비브의 카페를 아시나요

LEGENDS AND LATTES
Copyright © TRAVIS BALDREE
All rights reserved.
First published 2022 by Tor an imprint of Pan Macmillan,
a division of Macmillan Publishers International Limited

Korean translation copyright © 2025 by HAPPYBOOKS TOYOU
Korean translation rights arranged with Macmillan Publishers International Ltd.
through EYA Co.,Ltd

이 책의 한국어판 저작권은 EYA Co.,Ltd를 통해
Macmillan Publishers International Ltd. 와 독점계약한
'해피북스투유'에 있습니다.
저작권법에 의하여 한국 내에서 보호를 받는 저작물이므로
무단전재 및 복제를 금합니다.

비브의 카페를 아시나요
Legends & Lattes

트래비스 볼드리 장편소설
한지희 옮김

해피북스
투유

차례

Prologue † 9

1~29 † 13

Epilogue † 404

Prequel: Legends & Lattes의 시작 † 409

주요 캐릭터 소개

비브(오크) 덩치 큰 근육질 생명체로 전투에 능하다. 녹색 피부와 날카로운 송곳니가 특징이다.

탠드리(서큐버스) 성적 매력으로 정형화된 관능적인 여성형 생명체다.

칼(호브) 집 요정처럼 작은 몸집을 가진 정령. 주로 집안일을 돕고 가정을 지킨다.

팀블(랫킨) 쥐의 형상을 한 생명체로 손재주가 좋고 생존력이 강하다.

애미티(다이어캣) '우정'이라는 뜻의 이름을 가진 무시무시한 대왕 고양이다.

팬드리(바드) 류트를 연주하는 음악가이다.

페누스(엘프) 큰 키에 호리호리한 몸, 커다란 귀가 인상적인 우아한 생명체. 나이를 먹지 않는 불사의 존재다.

갈리나(노움), 두리아스(늙은 노움) 땅의 신령. 키가 작고 손재주가 좋아 마법, 발명 등에 능숙하다.

타이부스, 렉(스톤 페이) 돌의 요정, 이 소설에만 등장하는 독자적인 캐릭터.

보드킨(대플그림) 북유럽 설화에 등장하는 말馬. 강력한 힘을 가진 초현실적인 존재로 변신이 가능하다.

룬(드워프) 작은 체구와 긴 수염을 가진 존재로 종종 전사나 기술자로 등장한다.

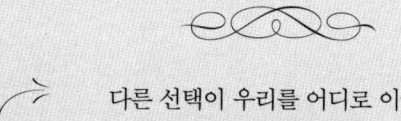

다른 선택이 우리를 어디로 이끌지
알고 싶은 사람들에게

Prologue

 스캘버트 여왕의 머리 위로 대검이 내리꽂혔다. 살점 붙은 두개골이 쩍 소리를 내며 갈라졌다. 깊게 박힌 검을 빼낼 때 비브의 팔근육은 팽팽해졌고 대검인 블랙블러드는 잔뜩 힘준 손아귀 안에서 진동했다. 뿜어져 나온 피는 사방으로 흩뿌려졌고 스캘버트 여왕은 오랫동안 울부짖다가 우레 같은 소리와 함께 돌무더기 위로 쓰러졌다.

 비브는 털썩 무릎을 꿇으며 한숨을 내쉬었다. 허리가 다시 쑤셔대기 시작했다. 그녀는 통증을 없애려고 주먹 쥔 손으로 허리를 꾹 눌렀다. 그러고는 반대 손으로 땀과 피로 범벅된 얼굴을 닦으며 눈감은 여왕을 내려다보았다. 뒤에서는 함성과 환호성이 울려 퍼졌다.

비브는 숨이 끊어진 여왕의 머리 쪽으로 몸을 기울였다. 갈라진 머리 한가운데에는 여왕에 관한 책에서 읽었던 대로 실로 살덩이를 꿰맨 이음매가 보였다. 비브는 봉합선 사이를 손가락으로 세게 누르면서 피부를 벌렸다. 틈새로 황금빛이 희미하게 새어 나왔다. 비브는 손을 벌어진 살덩이 사이로 깊게 집어넣어 보석과 유기물 덩어리를 감아쥔 다음 세게 잡아당겼다. 섬유 찢어지는 소리가 나면서 덩어리가 밖으로 빠져나왔다.

뒤에서 페누스가 다가왔다.

"그게 다야?"

페누스는 비브가 손에 쥐고 있는 건 그다지 관심이 없다는 듯이 무미건조하게 물었다.

"응."

비브는 작은 신음과 함께 블랙블러드를 지팡이 삼아 일어났다. 그러고는 손에 쥔 돌을 닦지도 않고 그대로 탄약띠 주머니 안에 쑤셔 넣었다.

"그게 정말 네가 원하는 전부라고?"

페누스는 미심쩍다는 듯 눈을 가늘게 뜨고 비브를 올려다보았다. 그의 얼굴에는 흥미로운 기색이 역력했다.

페누스는 턱짓으로 동굴 벽을 가리켰다. 스캘버트 여왕의 타액이 만들어 낸 거대한 막 안에는 휘황찬란한 보물들이 봉인되어 있었다. 금은보화들 사이사이에 마차, 궤짝, 사람의 뼈, 말의 뼈가 매달려 있기도 했다. 그것들은 몇 세기 동안 방치됐다는 게 믿기 어려울 정도로 빛났다.

"응."

비브가 다시 말했다.

"페누스, 이제 우리 사이의 계산은 끝났어."

말소리 사이 울리는 발걸음 소리에 고개를 돌려보니 룬, 타이부스, 갈리나가 두 사람이 서있는 방향으로 걸어오고 있었다. 룬은 수염에 묻은 진흙과 먼지를 털어내기 바빴고, 갈리나는 단검을 칼집에 넣고 있었다. 그들 중 키가 가장 크고 경계심이 많은 타이부스는 룬과 갈리나의 뒤에서 주위를 살피며 신경을 곤두세우고 있었다.

비브는 그들을 등지고 빛이 새어 들어오는 동굴 입구를 향해 발걸음을 성큼성큼 옮겼다.

"어디 가는 거야?"

룬이 특유의 걸걸한 목소리로 친근하게 소리쳤다.

"나는 이만 가볼게."

"너 그거 꼭 해야……."

갈리나가 입을 열었지만, 누군가 제지하는 소리가 들렸다. 아마도 페누스일 것이다.

부끄러움과 미안함이 뒤섞인 불편한 감정이 비브의 가슴을 콕콕 찔렀다. 갈리나는 비브가 가장 아끼는 동료였다. 적어도 갈리나에게는 시간을 들여 설명해야 하지 않았을까.

하지만 이미 마음을 정했기에 질질 끌 필요가 없었다. 앞으로 하려고 하는 것에 관해 이야기하고 싶지도 않았다. 이야기를 꺼내는 순간, 마음이 바뀔 것 같아 겁났다.

  22년간의 치열한 전사 생활이 비브에게 남긴 건 진동하는 피비린내와 추악한 속임수뿐이었다. 더 이상 그것들을 견딜 자신이 없었다. 오크의 삶은 폭력이 난무하고 갑작스러운 죽음으로 점철되어 있었다. 비브는 더 이상 고통스러운 길을 가지 않겠다고 마음먹었다. 한평생 전투하다가 생을 마감하고 싶지 않았다.

  이제 새로운 길을 갈 때였다.

1

 비브는 서늘한 아침 공기를 느끼며 드넓은 계곡을 내려다봤다. 강이 가로지르는 도시, 툰은 강둑을 자욱하게 감싸는 안개 위로 우뚝 모습을 드러냈다. 도시 곳곳에 세워진 구리첨탑은 볕을 받아 반짝였다.

 동이 트기 전, 막사를 정리하고 긴 다리로 빠르게 수 킬로미터를 걸었다. 블랙블러드는 무겁게 등을 짓눌렀고, 스캘버트의 돌은 재킷 안주머니 깊숙한 곳에 들어있었다. 비브는 돌이 제자리에 잘 있는지 확인하기 위해 가끔 주머니에 손을 댔다. 돌은 단단한 사과처럼 느껴졌다.

 한쪽 어깨에는 가죽 가방을 메고 있었다. 가방 안에는 계획서와 여분의 양피지 조각, 건빵 몇 개와 백금주화 몇 닢을 넣어둔 주머니, 여러 종류의 희귀한 돌, 그리고 호기심을 불러일으키는 조그마한 장비가 들어있었다.

비브는 안개가 걷히고 있는 계곡을 향해 내려갔다. 자주개자리가 가득 실린 수레를 끄는 농부가 휘청거리며 지나갔다.

비브의 마음속에서는 긴장감 섞인 흥분이 솟구쳤다. 오랜만에 느끼는 감정이었다. 전장에서 전사의 사기를 북돋는 우렁찬 함성을 참기 어려운 것처럼 솟아오르는 흥분을 억누를 수가 없었다. 무언가를 이렇게 철저하게 준비한 것은 처음이었다. 비브는 닥치는 대로 읽었고 조사했으며 깊이 고민했다. 그렇게 선택한 도시가 툰이었다. 후보에 있던 다른 도시를 모두 제거하고 나서야 확신이 섰다. 지금 와서 보니 그 확신이 새삼 충동적이었다는 생각도 들었지만, 새로운 시작 앞에서 흥분과 설렘은 쉽게 가라앉지 않았다.

툰은 본래의 영토에서 확장을 거듭하며 땅덩이를 넓혀나갔다. 따라서 도시를 둘러싸는 외벽은 없었다. 비브는 새로운 삶이 펼쳐질 땅, 그 경계에 이제 막 발을 들였다. 지금까지는 한 장소에 며칠씩 머물 일이 거의 없었는데 이제 비브는 세 번 방문한 게 전부인 도시에 정착하게 될 것이다.

비브는 걸음을 멈추고 근처에 무언가 있을지도 모른다는 생각에 경계 태세로 주위를 둘러보았다. 농부는 안개 속으로 사라진 지 오래였다. 비브는 가죽 가방에서 양피지 조각을 꺼내 필사해 둔 글귀를 읽었다.

마법 세계의 경계에 다다랐네.
스캘버트의 돌이 불타오르며
행운의 고리를 끌어당기고,
가슴 속 열망이 이루어진다네.

비브는 양피지 조각을 조심스럽게 가방에 넣고 일주일 전 아르벤의 주술사에게서 구매한 조그마한 장비를 꺼냈다.

구리 실이 감긴 마법 지팡이에는 룬 문자가 새겨져 있었다. 윗부분에는 잣나무로 만든 새총이 끼워져 있었는데 새총은 홈에 딱 들어맞아 자유로운 회전이 가능했다. 비브는 마법 지팡이를 감싸쥐었다. 구리 실이 손바닥의 온기를 흡수하는 것 같았다. 감싸쥔 손에는 마법 지팡이가 미세하게 당겨지는 것이 느껴졌다.

비브는 그게 끌림이라고 확신했다. 마법사의 시연 도중에도 강한 끌림이 있었다. 당시에는 속임수일지도 모른다고 생각했지만, 애써 그 생각을 밀어냈다. 통상적으로 사람들은 악수만 세게 해도 자기 손목을 부러뜨릴 수 있는, 본인보다 덩치가 두 배나 큰 오크에게 사기 칠 생각을 하지 않으니까.

비브는 깊게 숨을 들이마신 후 마법 지팡이를 들고 재빠르게 툰으로 걸어 들어갔다.

도시 안쪽으로 들어서자, 툰의 활기찬 소리가 가까워졌다. 변두리 건물들은 대부분 목재 건물이었고 그중 일부는 자갈로 기초를 세운 집이었다. 도시는 시간이 흐르면서 더 견고해진 것 같았다. 흙길은 점점 돌길로 바뀌기 시작하더니 도시 중심부로 갈수록 석조 건물이 많아졌다. 중심지에 다다르자, 자갈로 포장된 길이 나타났다. 각종 사원과 선술집은 중요한 인물들의 동상이 세워진 광장 주위에 옹기종기 모여있었다.

광장에 들어찬 사람들을 보니 마법 지팡이에 품었던 모든 의심이 눈 녹듯이 사라졌다. 이것은 분명한 끌림이었다. 끌림은 미세한 움직임으로 시작해 강력한 당김으로 이어졌다. 강력한 마법 에너지 통로인 레이라인은 분명 이 도시 아래를 지나고 있었다. 학자들은 사람들이 정착한 곳에 레이라인이 생겨나는 건지, 아니면 레이라인이 사람들을 끌어모으는 건지를 두고 논쟁을 벌였지만, 비브에게 중요한 것은 사람들이 이곳에 존재한다는 것이었다.

강력한 레이라인을 찾아내는 건 시작에 불과했다.

새총은 좌우로 움직이다가 한쪽으로 당겨지더니 다시 반

대 방향으로 당겨졌다. 마치 낚싯줄에 걸린 물고기처럼 움직였다. 이제 더 이상 새총을 바라볼 필요가 없었다. 눈으로 확인하지 않아도, 전해지는 느낌만으로 충분했다. 비브는 주변 건물로 시선을 돌렸다.

마법 지팡이는 비브를 대로변으로, 대로와 연결된 구부러진 골목길로 이끌었다. 지나는 길에 시장, 대장간, 여관이 보였다. 길거리에 비브보다 큰 사람은 거의 없었고, 몸에 지니고 다니는 블랙블러드 때문에 거리의 인파와 상관없이 비브의 주위는 늘 한산했다.

비브는 도시에서 나는 냄새를 전부 들이켰다. 빵 굽는 냄새, 말똥 냄새, 축축한 습기를 머금은 돌 냄새, 뜨겁게 달구어진 금속 냄새, 꽃향기가 나는 향수 냄새. 어느 도시에서든 흔히 맡을 수 있는 냄새들이었지만, 툰은 아침 강물의 내음이 은은하게 섞여있었다. 건물들 사이사이로 밀가루를 파는 방앗간의 물레방아가 보이기도 했다.

비브는 지팡이가 이끄는 대로 나아갔다. 지팡이가 강하게 당길 때는 걸음을 멈추고 주변 건물들을 살펴보기도 했지만, 별다른 건 보이지 않았다. 비브는 계속 앞으로 나아갔다. 지팡이는 반항하는 듯 잠깐 주저하다가 이내 포기한 듯 새로운 방향으로 이끌었다.

그러던 중 지팡이에서 처음 느껴보는 강력한 힘이 느껴졌다. 비브는 어리둥절한 상태로 멈추었다. 그리고 그 자리에서 찾던 걸 발견했다.

번화가에서 고작 한 블록 거리였다. 아직 켜지지 않은 기름 램프 가로등이 길거리에 일렬로 배치되어 있었다. 어둠이 내려앉는다 해도 이 거리에서 공격당할 일은 없어 보였다. 레드스톤 골목의 건물들은 대부분 세월의 흔적을 품고 있었지만, 지붕은 잘 수리된 상태였다. 특정 건물만 제외하고는 말이다. 마법 지팡이는 그 특정 건물 앞으로 비브를 강하게 끌어당겼다.

건물은 생각보다 작았다. 건물 앞에는 망가진 간판—파킨의 마구간—이 나사 하나에 의지해 위태롭게 매달려 있었다. 양각으로 새겨진 글자의 페인트는 오래전에 벗겨진 것 같았다. 테두리가 철로 마감된 커다란 나무문 두 개는 살짝 열려있었고 벽에는 빗장이 기대어져 있었다. 나무문 옆에는 비브가 드나들기 딱 좋은 크기의 문이 있었고 그 문에는 자물쇠가 채워져 있었다.

비브는 틈새로 고개를 넣어 안을 들여다보았다. 지붕에 난 구멍에서 빛이 스며들었고 점토로 만든 기와 조각들은 넓은 통로와 여섯 개의 말 우리 사이에 흩어져 있었다. 부실해 보이는 사다리가 이층 다락방으로 이어졌고 왼쪽으로는 조그마한 사무실이 보였다. 뒤에 있는 여물통에서는 썩어가는 건초가 시큼한 냄새를 풍겼다. 빛줄기 속에서 먼지가 소용돌이치듯 요란하게 움직였다.

비브가 기대할 수 있는 선에서는 더할 나위 없이 완벽한 곳이었다. 비브는 할 일을 마친 마법 지팡이를 가방 안에 넣었다.

길가로 다시 나왔을 때 거리 맞은편에서 늙은 여성이 현관 계단을 쓸고 있었다. 노파는 비브가 이곳에 도착했을 때부터 현관을 쓸고 있었는데 청소를 멈추지 않고 비브를 염탐하듯 힐끔힐끔 바라보았다.

비브는 노파를 향해 거침없이 걸어갔다. 노파는 예의상 깜짝 놀란 시늉을 하더니 애써 미소를 지어 보였다.

"혹시 저 건물 주인이 누구인지 아세요?"

비브가 마구간을 가리키며 물었다.

비브 키의 절반도 되지 않는 노파는 비브와 눈을 맞추기 위해 고개를 치켜세웠다. 눈이 감길 정도로 생각에 잠긴 노파의 얼굴에 주름이 도드라졌다.

"마구간이요?"

"네."

"음, 그게 누구더라."

한참을 고민하는 척하던 노파는 기억을 헤집는 것처럼 보였지만 비브는 그녀의 기억력에 아무런 문제가 없다는 것을 금세 알아차렸다.

"내 기억이 정확하다면 주인은 앤섬이에요. 사실 그 노인네는 사업에 소질이 없어요. 그 사람 아내 말로는 그래요."

노파는 뭔가를 암시하는 듯 빠르게 눈썹을 움직였다. 비브는 그 찰나를 놓치지 않았다.

"파킨이 아니에요?"

"아니에요. 앤섬은 저 건물을 사들인 후에 간판 바꾸는 돈이 아까워서 그냥 뒀어요. 그 양반 지독한 구두쇠거든요."

비브는 아래 송곳니를 드러내며 웃었다.

"어디로 가면 그분을 만날 수 있을까요?"

"누가 알겠어요? 아마 본인이 가장 잘하는 일을 하고 있을 거예요."

노파는 빗자루가 없는 손으로 술잔을 들어 입에 가져가는 시늉을 했다.

"그를 찾고 싶으면 여기서 여섯 블록 떨어져 있는 로우본 골목에 가봐요."

노파가 남쪽을 가리키며 말했다.

"이렇게 이른 아침부터요?"

"그 양반한테는 아주 중요한 일이지."

"고맙습니다, 아가씨."

"에구머니나, 아가씨라니!"

노파는 껄껄 웃었다.

"앞으로 레이니라고 부르면 돼요. 아마도 새 이웃이 될……?"

레이니가 비브에게 손짓했다.

"비브라고 해요."

"비브."

레이니가 말하며 고개를 끄덕였다.

"아마 곧 알게 되겠죠. 결과는 그가 얼마나 흥정에 젬병인지, 그가 얼마나 형편없는 사업가인지에 달려있겠네요. 말씀하신 것처럼요."

비브가 로우본 골목으로 떠날 때까지 레이니는 그 자리에서 웃고 있었다.

비브는 레이니의 말을 들었음에도 단시간에 앤섬을 찾을 수 있을 거라는 기대는 하지 않았다. 문을 연 싸구려 술집에 들어가 그를 아는지 물어보고 다니다가 단골 술집을 찾아낸다면, 시간은 조금 걸릴지 몰라도 결국 만날 수 있겠거니 생각했다.

하지만 네 번째로 들른 술집에서 앤섬을 찾았다. 앤섬을 아냐고, 안다면 혹시 이곳에 있냐는 비브의 질문에 술집 주인은 비브를 위아래로 훑더니 어깨 위 블랙블러드에 시선을 고정하고 눈썹을 치켜올렸다.

"걱정하실 필요 없어요. 이건 일할 때 쓰는 거예요."

비브는 조금이라도 덜 위협적으로 보이기 위해 부드럽게

말했다. 비브가 싸움을 벌이거나 불편한 상황을 만들 생각이 없다는 걸 알아챈 주인은 안심한 듯 엄지로 구석을 가리킨 다음 다시 바를 닦기 시작했다.

테이블에 가까이 다가가자, 강렬한 분위기가 비브를 압도했다. 마치 숲속에 사는 늙은 짐승의 소굴에 발을 디디는 기분이었다. 짐승은 어쩌면 오소리일지도 모른다. 위험한 느낌은 아니었다. 그저 그곳에서 너무 많은 시간을 보낸 나머지 자리가 그의 냄새를 흡수해서, 자연스럽게 그의 장소가 되어버린 것 같았다.

앤섬은 생김새마저 오소리 같았다. 희끗희끗해서 검은 줄무늬처럼 보이는 커다란 수염이 가슴팍까지 내려와 있었다. 몸집도 키만큼 커서 벽과 테이블 사이 많은 공간을 차지했고 숨을 크게 내쉴 때마다 테이블이 흔들렸다.

"앤섬 씨, 맞으세요?"

앤섬은 고개를 끄덕였다.

"앉아도 될까요?"

비브는 허락을 구하듯 묻기는 했지만 곧바로 앉았다. 블랙블러드는 의자 등받이에 기대 놓았다. 누군가의 허락을 구하는 일은 비브에게 익숙하지 않았다.

앤섬은 부어오른 눈꺼풀 너머로 비브를 빤히 바라보았다. 적대적이지는 않았지만, 충분히 경계하는 눈빛이었다. 앤섬 앞에는 거의 바닥을 보인 커다란 술잔이 놓여있었다.

비브가 주인을 부르고 술잔을 가리키자, 앤섬의 표정이 단숨에 환해졌다.

"대단히 고맙소."

앤섬이 중얼거렸다.

"선생님께서 레드스톤에 있는 마구간 소유주라고 들었습니다. 맞습니까?"

비브의 물음에 앤섬은 고개를 끄덕였다.

"제가 마구간을 사고 싶은데요. 선생님도 팔고 싶으실 것 같고요."

앤섬은 놀란 듯했지만, 이내 눈빛이 날카로워졌다. 그 순간 비브는 그가 사업에는 자질이 없을지 몰라도 흥정에는 도가 튼 사람일 거라고 확신했다.

"그럴 수도."

그가 낮은 목소리로 말했다.

"그건 고급 건물이에요. 최고급이지. 그런 제안을 한두 번 받은 게 아니라고요. 노른자 땅에 있는 건물이잖소. 건물 자체만 볼 게 아니라 위치까지 봐야 하는데 다들 터무니없는 낮은 가격에 사들이려고 한단 말이야."

그때 주인이 새 술잔을 가져왔다. 앤섬은 대화 주제에 흥미를 보였다.

"어처구니없는 제안이 많았거든요. 미리 일러두는데 나는 그곳의 가치를 아주 잘 알고 있어요. 그래서 제대로 된

남성 사업가에게만 팔 생각이오. 음…… 제대로 된 여성 사업가에게만요."

앤섬은 비브를 흘깃거리며 말하다 긴 머리카락을 보더니 말을 급하게 바꿨다.

비브는 레이니의 말을 떠올리면서 치아를 드러내고 최대한 친절하게 웃었다.

"음, 사업에는 종류가 다양하니까요."

비브는 자신의 옛 직업은 이 협상마저도 쉽게 만들어주었을 텐데 생각하면서 뒤에 기대어져 있는 블랙블러드를 의식했다.

"분명한 건 저는 어떤 일을 하든 진지하게 임한다는 겁니다."

비브는 가방에서 백금 주화가 든 주머니를 꺼내 무게를 가늠해 보았다. 그러고는 주화 한 닢을 꺼내 빛 아래에서 자세히 살폈다. 백금은 여기서는 거의 찾아볼 수 없는 화폐였다. 다른 화폐로 환전할 필요가 있었지만 바로 이런 순간을 위해 일부를 가지고 있었다.

앤섬의 눈이 휘둥그레졌다.

"오, 당신, 진심이군요!"

앤섬은 놀란 속내를 들키지 않을 요량으로 맥주를 천천히 마셨다.

'*교활한 늙은이.*' 비브는 헛웃음을 참으며 생각했다.

"진정성 있는 사업가로서 말씀드릴게요. 저는 선생님 시간을 뺏고 싶지 않습니다."

비브는 테이블에 팔꿈치를 올리고 백금 주화 여덟 닢을 테이블 위로 미끄러뜨렸다.

"영국 금화 여든 닢과 동등한 값어치라고 보시면 될 겁니다. 이 정도면 그 부지의 가치 이상일 테고요. 아시다시피 건물이 많이 손상된 상태더군요. 제 생각에 다른 여성 사업가가 선생님을 찾아와서 현금으로 그 건물을 살 가능성은 없어요."

앤섬은 비브를 바라보았다.

그는 여전히 술잔을 입에 대고 있었지만 마시지는 않았다.

비브는 주화를 다시 거두려고 했지만, 비브의 손이 주화에 닿기 전에 그가 재빨리 손을 뻗어 가로막았다. 비브는 눈썹을 들어올렸다.

"예리한 안목을 가졌군요."

앤섬의 눈이 빠르게 깜박였다.

"그렇다고 할 수 있죠. 지금 잠깐 짬을 내서 계약서를 가져와 서명할 의향이 있으시다면, 저는 여기서 기다리겠습니다. 점심때까지 기다릴 생각은 없고요."

앤섬은 보기보다 날렵했다. 비브가 계약서에 서명하고

마구간 열쇠를 주머니에 넣었을 때 그는 거래가 완료됐다는 점에 안도하며 백금 주화를 주섬주섬 지갑에 넣었다.

"그쪽이 마구간 일에 관심이 있을 줄은 몰랐네요."

말이 오크를 좋아하지 않는다는 건 널리 알려진 상식이었기에 그는 조심스럽게 말을 꺼냈다.

"마구간 일에는 관심 없어요. 커피숍을 열 생각이거든요."

앤섬은 어리둥절한 표정을 지었다.

"그렇다면 왜 마구간을 사려고 하는 거요?"

비브는 잠시 말을 아끼다가 앤섬을 똑바로 응시했다.

"그곳이 원래 어떤 모습이었는지는 중요하지 않으니까요."

비브는 계약서를 접어 가방에 넣었다.

그녀가 술집을 나올 때 앤섬이 뒤에서 소리쳤다.

"이봐요! 도대체 커피가 뭡니까?"

―――◆―――

마구간으로 돌아가기 전, 비브는 세 군데를 더 들렀다.

먼저 환전소에 가서 백금 주화를 구리와 금, 은 주화로 바꾸었다. 그리고 강의 북쪽에 있는 마법 대학교 도서관으로 향했다. 독서가 필요한 경우를 대비해 도서관 위치를 알아두고 싶었다. 무엇보다 중요한 건 그곳에서는 주요 도시의 도서관들과 우편 서비스가 가능하다는 점이었다. 이미 본 적이 있는 구리첨탑 때문에 도서관을 찾는 건 어렵지 않았다.

비브는 책장 사이에 놓인 커다란 테이블에 앉아서 가져온 양피지를 꺼내 두 통의 편지를 썼다. 흩날리는 먼지와 짙게 배인 세월의 냄새 덕에 최근에 했던 모든 독서가 떠올랐다.

근육을 키우고 반사 신경을 강화하고, 정신을 단련하면서 평생을 살아온 비브였지만, 이제는 읽고 계획하고 세부사항을 검토하는 생활을 하고 있었다. 비브는 글을 쓰며 씁쓸한 웃음을 지었다.

우편 접수 창구에 있던 직원은 비브가 밀랍 인장을 눌러 봉인하는 모습을 넋 놓고 바라보았다. 직원은 도서관 건물 안에서 오크를 봤다는 사실에 놀랐는지 주소를 두 번이나 받아적었다.

"열쇠 수리공을 찾고 있어요. 혹시 알고 계신 분이 있나요? 실력 좋은 사람으로요."

직원은 넋 나간 듯이 한동안 입을 벌린 채로 있다가 정신을 차리고 카운터 뒤에 놓인 주소록을 뒤적였다.

"마르케브와 아들의 열쇠 가게. 메이슨 거리 827번지로 가보세요."

비브는 고맙다는 인사를 하고 건물을 나왔다. 직원이 알려준 길은 찾아가기 조금 모호했다. 어렵게 찾아간 곳에는 주소록 광고대로 마르케브와 아들의 열쇠 가게가 있었다. 비브는 은화 한 닢과 구리 세 닢으로 값을 치른 다음 무거운 금고를 근육질 팔에 끼워 넣고 발걸음을 옮겼다.

해가 질 무렵, 마구간으로 돌아온 비브는 굴러다니는 철근으로 마구간 문을 보강했다. 계약서와 돈을 넣은 금고는 단단히 잠가서 기역자 모양 카운터 뒤에 내려놓았다. 금고 열쇠는 목에 걸었다.

비브는 손과 발로 바닥을 꼼꼼하게 확인한 후 헐겁게 놓인 판석을 찾아 힘껏 들어올렸다. 판석이 있던 자리의 흙을 퍼내고 조심스럽게 스캘버트의 돌을 넣은 비브는 다시 흙으로 덮고 그 위에 판석을 내려놓았다. 그러고는 솔이 빠지고 낡았지만, 뼈대는 튼튼한 빗자루로 마치 아무 일도 없었던 것처럼 주위를 쓸었다.

비브는 한동안 판석을 내려다보았다. 마구간 안에 비밀의 심장처럼 묻어둔 돌, 그녀가 품은 모든 희망이 이 돌에 집중되어 있었다.

비브는 주위를 둘러보았다. 마구간은 잠시 머무르는 곳도, 곧 떠날 곳도, 하룻밤 잠을 청하는 곳도 아니었다. 앞으로 살아갈 곳이었다. 지붕에 난 구멍을 통해 저녁 공기가 들어왔다. 정착하기로 다짐했지만, 적어도 오늘 밤은 별을 보며 지샌 다른 밤들과 별반 다를 게 없었다. 비브는 다락방으로 이어지는 사다리를 바라보았다. 시험 삼아 아래쪽 가름대에 발을 올리자, 사다리는 산산조각나며 부서져 버렸다. 비브는 메고 있던 블랙블러드를 다락방 안쪽으로 던졌다. 생각보다 큰 소리에 깜짝 놀란 비둘기 떼가 지붕 밖으로 날아갔다. 그렇게 한동안 블랙블러드를 바라보다가 말 우리 중 한 곳으로 들어가 침낭을 폈다. 모닥불도, 등불도 없었지만, 그래도 괜찮았다.

비브는 저물어 가는 빛에 의지해 말라비틀어진 말똥과 먼지투성이인 내부를 둘러보았다. 건물에 대해서는 잘 알지 못했지만, 대대적인 수리가 필요하다는 것은 알 수 있었다.

그래도 이제는 무언가를 파괴하는 일이 아니라 쌓아 올리는 일을 하게 될 터였다. 한편으로는 어리석은 계획이라는 생각이 들기도 했다. 커피숍? 그것도 커피를 아는 사람이 드문 도시에서? 불과 6개월 전까지만 해도 비브 역시 커피의 맛도, 향도 몰랐다. 커피의 존재 자체를 몰랐다. 표면적으로는 이 시도 자체가 한심해 보였지만, 비브는 어둠 속에서 미소를 지었다.

침낭에 누워 다음 날 할 일 목록을 헤아리기 시작했다. 하지만, 세 번째 목록도 넘기지 못하고 비브는 깊은 잠에 빠져 버렸다.

2

 비브는 고요한 정적을 깨우는 바깥 소음에 눈을 떴다. 쪽빛 하늘 아래 아침을 시작한 레드스톤 사람들의 소리를 들으며 비브도 하루의 문을 열었다. 비브는 일어나자마자 스캘버트의 돌을 묻어둔 판석을 확인했다. 잘 묻혀있는 돌을 확인한 비브는 몇 가지 물건을 챙겨 밖으로 나갔다. 촉촉한 아침 어스름은 이제 막 떠오르는 태양에 자리를 내주고 있었다. 마구간 앞에서 비브는 비상용으로 챙겼던 건빵을 먹으며 수분을 가득 머금은 아침 공기를 크게 들이마셨다. 편안한 밤을 보내서인지 몸의 상태는 당장이라도 전력 질주를 할 수 있을 만큼 회복되어 있었다.
 가게 맞은편에는 레이니가 스툴에 앉아 바구니 안에 담

긴 콩을 까고 있었다. 비록 전날 처음 본 사이지만, 두 사람은 친근하게 인사를 나눴다. 비브는 마구간 문을 잠그고 강가를 향해 발걸음을 내디뎠다.

비브는 콧노래를 흥얼거리며 걸었다. 아침 안개가 걷힐 때쯤 강둑 근처에 있는 조선소에 도착했다. 망치와 톱에서 나는 생동감 넘치는 소리가 안개 너머에서 희미하게 들렸다. 원하는 것은 분명했지만 빠르게 찾아낼 수 있을 거라는 기대는 하지 않았다. 기다릴 수 있었다. 오랜 시간 적의 은신처를 감시하고 정찰하며 최적의 타이밍을 기다렸던 비브의 삶은 자연스럽게 기다림에 익숙해져 있었다.

비브는 랫킨 소년에게서 빛깔이 좋아 탐스러워 보이는 사과를 구매했다. 기다림을 위해 한적하게 앉아있을 곳을 둘러보던 비브는 쌓여있는 상자 더미를 발견하고 그 위에 자리를 잡았다. 비브는 사과를 한 입 베어 물며 주변을 관찰하기 시작했다.

기다란 부두에는 열두 척 정도의 배가 있었다. 이곳의 선박들은 크지 않았고, 강 크기에 어울리는 작은 배도 몇 척 보였다. 선박 수리공들은 부두에 모여 오염을 긁어내고 방수 처리를 하며 배 수리에 몰두하고 있었다. 비브는 자신이 여기에 온 목적을 생각하며 수리공들이 작업하는 모습을 주의 깊게 살폈다.

수리공들은 대부분 두 명, 혹은 세 명씩 짝지어 일했다.

목소리와 덩치가 큰 수리공들은 선체 이곳저곳을 오가며 서로에게 고함을 질러대기도 했다.

비브가 관찰을 시작하고 시간이 얼마 지나지 않아, 조그만 체구의 남자가 자기 몸의 절반 크기만 한 나무 상자를 끌고 나타났다. 올리브색의 피부를 소유한 남자의 몸은 말랐지만 탄탄해 보였고, 귀는 길쭉했다. 호브인 그는 납작한 빵모자를 깊게 눌러쓰고 있었다.

사람들은 호브를 '픽'이라고 비하하며 업신여겼다. 그래서 호브들은 자기들끼리 모여 지내기 때문에 도시에서 호브를 만나기는 쉽지 않았다. 비브는 호브의 처지를 어느 정도 이해할 수 있었지만, 위협당하는 일은 겪어보지 않았기에 완벽하게 공감하기는 어려웠다.

그는 조그만 배에서 혼자 일하고 있었다. 선박 수리공과 부두 노동자들은 그를 피해 다녔지만, 비브는 성실하고 꼼꼼하게 일하는 그를 지켜보았다. 비브는 비록 자신이 목수는 아니었지만, 목공품을 감상할 정도의 안목은 갖췄다고 자부했다. 그의 장비는 세심하게 정리되어 있었고 칼날은 날카롭게 갈려있었다. 그는 칼과 대패, 각종 도구를 사용해 배 앞머리를 만드는 중이었다. 철저한 계산 아래 움직이는 것 같았다.

정오가 되자 그는 장비를 깔끔하게 정리해 놓고 연장통에서 점심을 꺼냈다. 비브는 그제야 그에게 접근했다. 자신을 덮치는 큰 그림자에 모자 아래서 눈을 가늘게 뜬 그는 비브를 바라보았지만, 아무런 말도 하지 못했다.

"일 잘하시던데요."

비브가 말했다.

"흠."

"저는 배를 잘 모르지만요."

"배를 잘 모르는 경우라면 일을 잘한다는 칭찬이 조금 무색해지겠는데요."

그가 대답했다. 그의 목소리는 예상보다 깊고 낮았다.

비브는 웃음을 터뜨리고는 부두를 위아래로 살펴보았다.

"여기 혼자서 작업하는 사람은 거의 없네요."

"그렇죠."

"일감이 많이 들어오나요?"

그는 어깨를 으쓱해 보였다.

"네. 충분하죠."

"다른 일을 하지 못할 만큼 충분하신가요?"

그는 모자를 벗었다. 무언가 골똘히 생각하는 눈치였다.

"배를 잘 모르신다는 분이 선박 수리 일감이 많을 거라고 예상하는 게 좀 이상한데요."

그의 위로 우뚝 솟은 채 서있던 그와 마주하기 위해 비브는 바닥에 앉았다.

"음, 맞아요. 저는 배에 대해 잘 몰라요. 그렇지만 나무는 어디에서도 나무고 기술은 어디에 써도 기술이죠. 그쪽이 작업하는 모습을 오전 동안 지켜봤어요. 제가 살면서 깨우친 사실이 하나 있는데요. 어떤 사람은 약간의 도구만 주어져도 문제를 바로 해결할 수 있다는 점이에요. 그리고 저는 그런 사람을 고용할 때는 조금도 망설이지 않아요. 저와 함께 일해주실 수 있을까요?"

"흠."

"저는 비브라고 해요."

비브가 손을 내밀었다.

"칼라미티요."

굳은살 박인 그의 손이 비브의 손바닥 안으로 쏙 들어왔다.

비브의 눈이 휘둥그레졌다.

"호브들이 쓰는 이름이에요. 그냥 칼이라고 불러요."

"뭐가 됐든 원하시는 대로 부를게요. 이름을 나한테 맞출 필요는 없어요."

"칼이라고 부르면 돼요. 다른 건 부르기 복잡하기만 해요."

칼은 점심 식사를 다시 연장통에 넣고 식탁보로 사용했던 천을 접었다. 이제 칼의 관심은 온통 비브에게 쏠렸다.

"그렇다면, 말씀하신 일 말이에요. 당장 해야 하는 일이에요? 아니면……?"

자신이 해야 하는 일이 무엇인지 알지 못하는 칼은 대충 손을 휘저었다.

"지금 당장요. 보수는 섭섭하지 않게 드릴게요. 필요한 재료 구입 비용은 제가 전부 부담하고요. 재료 선택은 전적으로 당신의 손에 맡길 거예요."

비브는 주머니에서 황금 주화를 꺼내 건넸다.

칼은 비브가 주화를 던질 거라 예상하고 떨어질 주화를 잡기 위해 손을 뻗었지만, 비브는 칼의 손바닥 위에 주화를 살포시 올려놓았다.

"왜 저를 선택한 거죠?"

생각보다 큰 금액이 주어지자 칼은 주화를 돌려주려고 했지만, 비브는 받지 않았다.

"말씀드렸잖아요. 당신이 작업하는 모습을 지켜봤다고요. 날은 날카롭게 갈려있었고 작업 공간도 체계적으로 정리되어 있던데요. 무엇보다 일에 완전히 집중했고요."

비브는 다른 시선을 의식하는 듯이 주위를 둘러보았다. 남자들은 거의 보이지 않았다. 안심하고 말을 이어나갔다.

"누군가는 바보 같다며 피할 수도 있는 일을 당신은 포기하지 않고 하잖아요."

"음, 그 미련함 때문에 제가 선택된 건가요? 선박 수리를 원하시는 것 같지는 않은데 원하는 게 정확히 뭐예요?"

비브가 생긋 미소를 짓더니 자리에서 일어나 말했다.

"직접 보여드리는 게 나을 것 같네요."

"엉망진창이군."

칼이 조그마한 소리로 투덜거리면서 모자를 벗어 허리춤에 끼워 넣었다.

두 사람은 마구간 바깥쪽에 서있었다. 활짝 열린 마구간 문을 본 비브는 순간적으로 불안한 감정을 느꼈지만, 태연하게 행동했다.

"지붕 공사는 제 전문이 아니에요."

그는 지붕의 구멍을 보면서 말했다.

"그래도 시도해 볼 수는 있죠?"

"흠."

비브는 그의 반응을 긍정적인 의미로 받아들였다. 그는 천천히 내부를 돌아다니며 말 우리 사이의 벽을 발로 차보기도, 판석 위에서 발을 굴러보기도 했다. 그가 스캘버트의 돌 위를 지날 때 비브는 마음을 졸였다.

칼은 비브를 돌아보며 물었다.

"몇 명이나 고용할 생각이에요?"

"당신이 같이 일하고 싶은 사람들이 있다면, 그게 누구든, 몇 명이든 저는 상관없어요. 원하신다면 제가 언제든 도울 수도 있고요. 저는 체력이 좋아서 쉽게 지치지 않거든요."

비브는 증명이라도 하듯 양손을 들어 보였다.

"아, 그리고 마구간을 원하는 게 아니에요."

"마구간이 아니라고요?"

"혹시 커피라는 걸 들어본 적이 있나요?"

칼은 고개를 저었다.

"음, 제가 원하는 건 레스토랑 같은 거예요. 다만 음료를 팔지만요. 혹시, 동쪽에 있는 노움의 도시를 아나요? 아지무스요. 그곳에서 우연히 발견했어요. 제가 거기 갔었던 이유는…… 음, 사실 이유는 중요하지 않죠. 아무튼 처음 맡아보는 냄새가 났어요. 냄새를 따라가니 그 가게가 있었죠. 그건…… 차랑 비슷했는데 차는 아니었어요. 그 냄새는……."

비브는 말을 멈추었다. 칼은 비브가 계속 말하기를 기다렸다. 이어지는 정적에 비브는 자신이 횡설수설하고 있다는 것을 깨달았다. 의문을 띠고 있는 칼의 시선에 곧바로 말을 이었다.

"냄새는 중요하지 않아요. 설명하기도 어렵고요. 어찌 되었든 여기에 술집을 연다고 생각해 봐요. 술이 나오는 탭이나 술통은 없지만, 여느 가게처럼 테이블 몇 개와 카운터, 그 뒤에 조리대로 쓸 약간의 공간만 있으면 돼요. 제가 본 곳을 그려봤는데, 한번 봐줄래요?"

비브는 가방에서 스케치를 해둔 양피지 조각을 꺼냈다. 순간 뜻밖의 긴장감이 돌았다. 스케치한 종이를 건넬 때 비브는 얼굴이 뜨거워지는 걸 느꼈다. 비브는 다른 사람의 평가나 시선을 신경 쓸 일이 없었다. 마주치는 사람들은 대부분 비브보다 작았고, 자신보다 작거나 약해 보이는 사람의 평가는 무시하며 살아왔다. 하지만 지금은 상황이 달랐다. 자신의 목표를 실현시켜 줄 수리공이 스케치를 보고 한심하게 여길까 봐 불안한 마음이 들었다.

종이를 받아든 칼은 모든 걸 기억에 저장하는 것처럼 한 장 한 장 세심하게 살폈다.

이후 몇 분간 고심하는 듯하더니 종이를 돌려주었다.

"직접 그린 거예요? 나쁘지 않네요."

칼의 칭찬에 비브의 얼굴이 붉어졌다.

"저기에서 지낼 생각인 거예요?"

칼이 검지를 들어 다락방을 가리켰다.

"네, 맞아요."

그는 허리에 손을 얹고 말 우리를 응시했다. 비브는 칼이 발길을 돌려 그대로 떠날지도 모른다고 생각하면서도 한편으로는 자신의 선택이 맞았다고 믿고 있었다.

"그러면……."

칼은 한 바퀴 돌며 내부를 다시 둘러보았다.

"말 우리는 그대로 두어도 되겠어요. 우리 문을 뜯어낸 다음에 벤치를 설치해서 공간을 활용해도 좋겠네요. 벤치 사이, 우리를 나누는 울타리 위에는 기다란 판자를 얹고요. 그렇게 되면 칸막이 자리와 테이블이 생기는 겁니다. 그리고 사무실로 들어가는 벽을 허물자고요. 카운터는 아직 쓸 만해 보이네요. 나무가 썩었는지 확인해야겠지만요."

칼은 사다리에서 떨어져 나온 나뭇조각을 발로 차더니 비브를 보며 눈썹을 치켜올렸다.

"새 사다리가 필요해요. 못도 많이 필요하고 석회, 페인트, 기왓장, 자갈, 창문도 몇 개 더 내야 할 것 같아요. 그리고 목재도 많이 필요해요."

"칼, 이 일을 해줄 거예요?"

칼이 생각에 잠긴 표정으로 비브를 바라보았다.

"아까 뭐라고 했었죠? 누군가는 바보 같다고 피할지 모르는 일을 제가 한다고 했죠? 음, 그쪽이 도와준다면 한번 해보죠. 양피지랑 펜 좀 주실래요? 목록을 좀 적어야 해요. 내일 목록에 적힌 걸 구매해야 하고요. 돈도 많이 들 거예요. 그쪽 지갑이 얇아질 테니 단단히 각오해야 할 거예요."

칼은 비브와 만난 후 처음으로 엷은 미소를 지었다.

"비용이 얼마나 들지, 안 물어봐요?"

"얼마나 들지 벌써 알고 있어요?"

"아직은 모르죠."

비브는 말 안장을 보관하는 낡은 상자를 끌어당겨 먼지를 털어낸 다음 그에게 펜을 건네주었다. 둘은 양피지 위로 몸을 구부렸고 칼은 무언가를 적기 시작했다.

칼은 아침에 다시 오겠다고 말하며, 늦은 오후가 돼서야 선박 작업을 마무리하기 위해 떠났다. 비브는 자재 목록을 적어둔 양피지를 가방에 집어넣고 마구간에 서있었다. 마구간은 바깥 소음이 적게 들어와 조용했다. 문밖으로는 레이니의 집을 바라보았지만, 늘 현관에 서있던 레이니는 보이지 않았다. 비브는 돌연 허전함을 느꼈다. 사람 그림자조차 보이지 않는 곳에서 홀로 긴 시간을 보낸 비브에게는 낯선 감정이었다. 긴 여정, 혼자 하는 야영, 온기 없는 텐트, 물이 뚝뚝 떨어지던 서늘한 동굴에서도 잘 지냈었던 비브의 삶은 짧은 새에 바뀌었다.

다양한 문화를 가진 인종이 있는 툰, 비브가 있는 레드스톤 구역에서 혼자인 적은 없었다. 비브의 이름을 알고 있는 사람은 두 명뿐이고 그들을 진정한 친구라고 부를 수 없지만, 레이니는 항상 친절했고, 칼과 함께 있으면 묘한 안정감이 들었다.

비브는 마구간 문을 잠그고 로우본 거리 반대쪽에 있는 큰길로 걸어갔다.

'혼자가 싫은 거야? 누군가가 곁에 있으면 좋겠어? 그렇다면 좋아. 여기에는 새로운 장소와 볕이 드는 집이 있어. 이번에는 정착할 수 있을 거야.'

비브는 가장 밝고 시끄러운 가게 안으로 들어갔다. 손님이 붐비는 레스토랑 겸 술집이었다. 가게 앞 거리는 쾌적했다. 비틀거리는 취객도 없었고 오줌 웅덩이를 피할 필요도 없었다. 비브가 문턱에 머리가 닿지 않게 고개를 숙이며 안으로 들어가자, 시끌벅적했던 대화 소리가 잠시 멈췄다. 툰은 국제적인 도시였고, 오크가 흔하지는 않아도 생소한 존재는 아니었다. 소리는 금세 다시 커졌다.

비브는 숨을 크게 들이마시고 연습했던 대로 위협적으로 보이지 않게 부드러운 표정을 지었다. 블랙블러드를 지니지 않았더라면, 조금 더 평범한 옷을 입었더라면 좋았을 걸 하는 짧은 후회를 했다.

깨끗하고 길쭉한 바 테이블에 사람들이 드문드문 앉아있었고 뒤쪽 벽에는 거울이 걸려있었다. 등불은 식사 공간 전체를 밝게 비추고 있었다. 난로를 피울 만큼 춥지는 않았다.

테이블은 대부분 차있었다. 비브는 자연스럽게 보이려고 애쓰면서 바 테이블에 있던 스툴을 끌어당겨 앉았다. 사람들로 붐비는 데다가 다들 꽤 가까이 붙어있어 어색한 기분이 들었다. 이곳은 그냥 지나쳐 가는 장소가 아니라는 생각이 들자 불현듯 불안감이 몰려왔다. 제대로 정착하기도 전에 전사였던, 자신의 과거가 발목을 잡는 것은 아닐까 하는 게 말도 안 되는 걱정이라는 걸 머리로는 알고 있었지만, 여전히 불안했다.

달처럼 동그란 얼굴의 남자가 다가왔다. 뺨에 홍조가 있었고 귀는 약간 뾰족했다. 엘프의 혈통이 섞인 듯했다. 하지만 몸은 인간의 몸에 가까웠다.

"안녕하세요."

그는 비브의 앞에 조그마한 칠판과 분필을 내려놓으며 말했다.

"식사하실 건가요, 술을 드실 건가요?"

"밥 먹을 거예요."

비브는 아래 송곳니가 너무 많이 드러나지 않게 노력하면서 웃었다.

그는 한결같은 표정으로 칠판을 톡톡 두드렸다.

"돼지고기가 맛있어요! 잠시 생각할 시간을 좀 드릴게요."

그러고는 가벼운 발걸음으로 돌아갔다.

몇 분 후 그가 다시 왔을 때 비브는 돼지고기를 주문했다. 음식을 기다리는 동안 비브는 주변을 둘러보며 생각에 잠겼다. 전에는 이렇게까지 무언가를 구체화할 엄두를 내지 못했는데, 칼의 개입으로 막연했던 꿈이 실현 가능한 현실이 되었다. 비브는 스스로에게 꿈을 허락했다.

과거 비브가 갔던 아지무스의 카페는 전형적인 노움의 건축 양식으로 지어진 곳이었다. 정밀한 벽타일, 기하학적 형태, 복잡한 패턴의 바닥 문양. 가구 크기 역시 노움에게 맞추어진 곳이라 비브는 당연히 앉을 수 없었다.

비브의 카페는 아지무스의 그곳과는 다를 것이다. 이제 자신의 공간을 머릿속에서 형상화해 볼 참이었다.

먼저 가게의 내부 장식을 세심하게 보았다. 한쪽에는 금색 액자에 들어있는 유화가, 바닥에는 거대한 도자기 꽃병이 놓여있었다. 꽃병에는 공기를 싱그럽게 해주는 식물이 꽂혀있었다. 단순한 디자인의 샹들리에 위에는 두툼한 양초 세 개가 놓여져 있었다. 흘러내린 촛농 같은 건 보이지 않았다. 양초는 정기적으로 교체되는 듯했다.

비브는 자신의 공간을 마음속에 그리기 시작했다. *조금 더 밝게.* 그녀는 높은 마구간 천장을 떠올리며 생각했다. 높게 난 창을 통해 들어오는 빛. 그녀는 칼이 언급한 부스 형태의 좌석 외에도 카페 중앙에 놓인 기다란 테이블과 벤치를 상상했다. 여럿이 공유할 수 있는 테이블이 있으면 좋을 것 같았다.

마구간의 커다란 문이 활짝 열린 모습도 떠올렸다. 바람과 볕을 즐길 수 있게 가게 밖 입구 주변에 둔 테이블, 반들반들 광이 나는 판석과 하얗게 칠한 벽…….

주문한 메뉴가 나오고 나서야 비브는 상상에서 깨어났다. 풍미 가득한 냄새가 코에 닿자마자 몹시 배가 고팠다는 사실을 깨달았다.

"잠시만요. 궁금한 게 있는데…… 혹시 여기가 사장님 가게인가요?"

엘프가 눈을 깜박이더니 조금 더 환한 미소를 지었다. 예의상 짓는 미소 이상이었다.

"맞아요! 이제 4년 됐어요."

"실례가 아니라면 어떻게 시작하게 됐는지 알고 싶어요."

그는 바 테이블에 몸을 기대면서 말했다.

"음, 물려받은 건 아니에요. 혹시 그게 궁금하신 거라면요. 처음 가게를 시작한 곳은 이 자리도 아니었어요."

그가 가볍게 웃었다.

"처음에는 장사가 잘 안 됐던 거예요? 아니면 처음부터 사람들이 많았나요?"

그는 손을 흔들었다.

"아, 처음에는 정말 어려웠어요. 솔직하게 말하면 돈도 많이 날렸죠. 감당할 수 없을 만큼 많이요. 이후에도 계속 그랬고요. 지금은 딱 먹고살 정도로만 벌어요. 혹시 이 근처에 펍을 열 생각이에요? 그렇다면 추천하기는 어렵겠어요."

그는 그녀를 보며 윙크했다. 농담이 분명했다.

"펍은 아니에요. 비슷한 걸 생각 중이기는 하지만요."

그는 놀란 듯했지만, 곧바로 평정심을 되찾았다.

"음, 행운을 빌게요."

그는 손으로 입을 가리고 속삭이는 시늉을 하며 말했다.

"그래도 제 가게 손님을 빼앗아 가지는 말아주세요."

"그럴 가능성은 없어 보이는데요."

"좋아요. 얼른 식사하세요. 다 식겠어요."

비브는 조용히 음식을 먹었다. 비브는 펍을 나올 때까지 사색에 잠겨있었다. 펍에서 나와 늦게까지 열려있는 양초 가게에 들러 등불을 구매했다. 그리고 마구간으로 돌아와 잠들지 못한 채 등불의 불꽃을 바라보았다. 언젠가 손에 넣게 될 장소의 상상 속 모습은 지금 누워있는 차갑고 황폐한 이곳과는 딴판이었다.

이제 내일, 본격적으로 일에 착수할 것이다.

3

칼은 약속대로 아침에 마구간 문을 열며 나타났다. 비브는 아침 햇볕에 그림자가 만들어지는 모습을 바라보며 지금 당장 커피 한 잔이 있다면 얼마나 완벽할까 하고 말 안장이 든 상자 앞에 앉아 생각했다.

칼은 자신이 챙겨온 공구 상자를 질질 끌고 와서 문 안쪽에 두었다.

"좋은 아침이에요."

비브가 말했다. 그는 다정하게 고개를 끄덕이고 주머니에서 재료 목록을 꺼내 펼쳤다.

"할 일이 태산이에요. 몇 개는 당장 처리할 수 있는 것들이고 몇 개는 시간이 걸릴 거예요."

비브는 돈주머니를 꺼냈다. 백금 주화를 비롯해 모든 주화의 대부분은 금고 안에 있었지만, 가지고 다니는 돈만으로도 당장 필요한 건 충당할 수 있을 터였다. 비브는 칼에게 돈주머니를 건넸다.

"괜찮으시다면 직접 구매하시는 게 좋을 것 같아요."

칼이 놀란 표정을 지었다. 그는 한참을 고민하는 것 같더니 조심스럽게 말했다.

"제가 가면 만족스러운 가격에 구매하기 어려울 거예요. 저는 흥정을 잘 못하거든요."

"제가 직접 하면 더 나을 것 같아요?"

"글쎄요. 어쩌면 별 차이 없을 수도 있고요. 저를 믿고 모든 걸 맡기고 싶으신 거예요? 제가 이걸 가지고 그냥 도망쳐 버릴 수도 있잖아요. 걱정되지 않으세요?"

그는 손에 쥔 돈주머니를 흔들었다.

비브는 표정 변화 없이 칼을 한참 동안 응시했다.

"그렇지는 않겠군요……."

칼이 비브의 커다란 몸집을 바라보며 말했다.

"당신은 그런 걱정 같은 건 할 필요가 없겠네요."

비브는 한숨을 내쉬었다.

"제 존재 자체가 위협적으로 보인다는 사실을 알고 있어요. 당신에게는 그런 모습으로 보이지 않기를 바라고요."

칼이 작게 고개를 끄덕이고 돈주머니를 넣었다.

"아마 몇 시간 걸릴 거예요."

비브는 일어서서 통증이 느껴지는 등허리를 손으로 눌렀다. 날이 쌀쌀하면 몸이 뻐근했다.

"쓰레기를 담아 옮길 수 있는 수레가 필요해요. 쓰레기를 버리는 곳도 알아야 하고요."

"그건 방앗간에 가보세요. 거기 가면 수레를 빌릴 수 있을 거예요. 그리고 서쪽으로 나가서 보이는 큰길에서 조금 들어가면 쓰레기 처리장이 있어요."

"고마워요."

"그럼 저는 이만 가볼게요."

칼은 모자를 살짝 들어 인사하고 문밖을 나섰다.

칼의 말이 맞았다. 방앗간은 은화 한 닢을 받고 말을 제외한 수레만 빌려주기로 했다. 사실 은화 한 닢의 가치가 수레의 가치보다 높았다. 그녀가 은화를 건네자, 방앗간 주인은 거드름을 피우며 웃었다. 주인은 오크가 수레에 말을 매느라 애를 먹는 장면을 예상했겠지만 비브는 양손으로 말을 고정하는 띠를 쥔 다음 수레를 거뜬히 들어올렸다.

방앗간 주인은 비브가 가볍게 수레를 다루는 모습을 보더니 당황한 듯 머리를 긁적였다.

비브는 땀을 흘리며 돌아왔다. 중간에 공사 현장에 있던 석공에게서 물건도 샀다. 석공은 가지고 있던 사다리 서너 개 중 하나를 시세보다 구리 주화 열 닢만큼이나 더 비싸게 높은 가격에 팔았다. 그렇게 구매한 사다리를 수레 안에 실었다.

레이니는 다시 현관을 쓸고 있었다. 레이니의 현관은 레드스톤에서 가장 깨끗한 곳이지 않을까, 비브는 생각했다. 비브는 이웃답게 고개를 끄덕여 인사한 다음 마구간을 청소하는 일을 시작했다.

썩은 나무, 말발굽에 붙이는 편자, 녹슬고 휘어진 쇠스랑, 쌓아둔 곡물자루를 비롯해 부서진 안장과 곰팡이가 핀 안장 덮개가 쌓인 마구간은 쓰레기로 넘쳐났다. 좀먹은 장부, 깨진 잉크병, 먼지에 뒤덮여 변해버린 겨울용 내의가 널브러진 사무실에도 쓰레기가 가득했다.

비브는 망가진 사다리를 발로 툭툭 부러뜨려 수레 위로 던진 후 구매한 새 사다리를 설치했다. 다행히 다락에는 약간 오래된 건초, 비둘기 둥지 몇 개, 이런저런 자그마한 파편들이 전부였다. 다락에 올려둔 블랙블러드 위에도 먼지가 약간 쌓인 상태였다. 비브는 블랙블러드를 손에 쥐어보고는 기울어진 천장에 조심스럽게 기대놓았다.

정오가 되자 수레에는 쓰레기가 높게 쌓였다. 비브는 머리부터 발끝까지 먼지를 뒤집어썼다. 마구간 내부는 마치 모래 폭풍이 지나간 것 같았다. 폭풍이 한바탕 지나간 자리에는 작은 모래 언덕과 흙먼지가 남아있었다. 순간 비브에게 좋은 아이디어가 떠올랐다. 레이니를 고용해 먼지를 쓸어내면 좋을 것 같았다. 부탁하기 위해 밖을 내다보았지만 레이니는 보이지 않았다.

마구간 문간에는 낯선 그림자가 있었다.

등이 쑤시기 시작했다. 육감이 작용한 걸까. 비브가 지금까지 살아남을 수 있었던 건 결국 그 육감 덕분이었다.

"혹시 제가 도울 일이라도 있을까요?"

비브는 손에서 먼지를 털어내고는 다락에 기대어져 있는 블랙블러드를 떠올리며 물었다.

주름이 너풀너풀한 셔츠와 조끼, 챙이 넓은 모자를 쓴 세련된 차림의 남자가 서있었다. 하지만 자세히 들여다보니 옷은 낡았고 땀에 얼룩져 있었으며 가장자리가 헤진 상태였다. 피부는 돌의 요정이 으레 그렇듯 회색빛이었고 얼굴선은 날카로웠다.

"아, 아니요. 도움은 필요하지 않습니다. 저희는 이 도시에 신생 사업가가 들어오는 걸 환영합니다. 우리 지역에서 어떤 종류의 사업을 하실지 궁금하기도 하고요."

그의 목소리는 부드러웠고 교양이 넘쳤다.

비브는 그가 뭉뚱그려 저희라고 언급했던 부분을 놓치지 않았다.

"아, 그렇다면 그쪽은 관리인인가요?"

비브가 활짝 웃었다. 이번에는 아래 송곳니가 얼마나 드러나는지 개의치 않았다. 그에게 다가가자, 둘의 키 차이는 더 뚜렷해졌다. 이 남자가 원하는 게 무엇인지, 너무나도 잘 알고 있었다. 예전의 비브였다면 이미 그의 목을 들어올려 땅바닥에 내동댕이쳤을 것이었다.

하지만 그는 미동도 없이 다시 미소를 지었다.

"그런 건 아니에요. 저는 그저 우리 지역에 새로 오신 분을 환영하고 그들의 복지에도 관심을 쏟는 사람일 뿐이죠. 그게 지역민의 도리라고 여기거든요."

"그렇다면 저는 지금 환영받는 중이라고 생각하면 되겠네요."

"아직 성함을 알려주지 않으셨어요."

"저도 그쪽 성함을 듣지 못했어요. 이름을 교환하는 건 공평해야죠."

"그럼요. 새로운 사업에 관해서 약간 설명을 해주시면 좋을 것 같은데요."

그는 주위를 둘러보고 수레를 살피더니 장갑을 낀 손을 흔들었다.

"어떤 종류의 사업이죠?"

"사업상의 기밀입니다."

"아, 그렇군요. 그렇다면 더 이상 캐묻지 않을게요."

"그렇게 말씀해 주시니 다행이군요."

비브는 돌아서서 마구 여러 개를 들어 올렸다. 팔근육이 불뚝거렸다. 마구는 아침에 비해 눈에 띄게 무거워져 있었다. 등허리에 묵직한 통증이 다시 찾아왔다. 비브는 험악한 표정으로 방문객을 응시하면서 빠른 속도로 그를 지나치고 문으로 향했다. 그는 자신의 예상과는 다르게 우아하지 않은 모습으로 입구에서 비켜나야만 했다.

"다음에 다시 뵐게요!"

그가 뒤에서 외쳤다. 굳은 얼굴의 비브는 숨을 몰아쉬며 서쪽을 향해 수레를 끌었다.

구름이 두툼하게 뭉치기 시작했다. 당장이라도 비가 내릴 것만 같았다. 거리의 사람들은 곧 다가올 폭풍을 대비하기 위해 분주하게 움직였다.

칼이 외출했다 돌아왔을 때, 하늘은 더욱더 어두워진 상태였다. 비브는 마구 상자 앞에 앉아있었다. 소매는 둘둘 말아 올린 상태였고 팔에 묻은 시커먼 먼지는 땀과 엉켜 얼룩져 있었다.

다가오는 칼의 팔에는 꾸러미가 끼워져 있었다. 그는 멈추어 서서 꾸러미의 한쪽 모서리를 흔들어 보였다.

"방수포예요. 비가 올 것 같아서요. 새 목재들이 젖으면 안 되니까요."

칼은 비브에게 돈주머니를 건넸다. 비브는 확인도 하지

않고 돈주머니를 집어넣었다.

비브는 사다리를 들고 나가 골목에서 돌을 몇 개 주웠다. 두 사람은 지붕으로 올라가 지붕에 난 구멍 위에 방수포를 깔았다. 방수포가 움직이지 않게 돌로 고정하자마자 빗방울이 기왓장 위로 떨어지면서 흙먼지와 섞여 갈색 물방울로 변했다.

다시 마구간 안으로 들어온 두 사람이 빗소리를 듣고 있을 때 칼이 말했다.

"비가 그치지 않으면 오늘은 아무것도 배달되지 않을 거예요."

칼은 텅 빈 내부를 둘러보았다.

"청소 끝내니까 좋은데요? 지금 보니 꽤 넓어요."

비브 역시 내부를 둘러보며 허탈한 미소를 지었다. 아무것도 없는 공간을 마주하자, 앞으로 해야 할 일이 더 버겁게 느껴졌다.

"너무 무모해 보여요?"

칼이 어깨를 으쓱해 보였다.

"당신 같은 부류한테 부정적인 의견을 내놓는 편은 아닌데."

"나 같은 부류라고요? 그게 무슨 뜻……."

"돈을 주는 사람 말이에요. 고용주요."

칼이 비브에게 엷은 미소를 지어 보였다.

"음, 돈을 주는 사람으로서 얘기하자면, 당신까지 여기서 기다릴 필요는 없어요."

그때 작고 단단한 나무상자 세 개를 실은 수레가 도착했고 비브는 말을 멈추었다.

"생각보다 빨리 왔네요."

칼이 말했다.

"지금 온 것들은 자재가 아니에요."

비브가 어깨너머로 말했다. 비브는 도착한 물건의 정체를 냄새로 알아차렸다. 비브는 배달 서류에 서명하고 기사에게 돈을 지불한 뒤 상자를 마구간 안으로 옮기려는 배달 기사의 도움은 정중히 거절했다. 상자는 깔끔하게 조립된 상태였다. 바닥과 옆면은 서로 정교하게 끼워져 있었고 윗면만 못으로 고정되어 있었다. 상자에는 노움의 문양이 일정하게 새겨져 있었다.

칼은 호기심 가득한 눈빛으로 비브가 마지막 상자를 조심스럽게 내려놓는 모습을 지켜보았다. 비브는 칼의 공구함을 가리키면서 양해를 구하는 표정을 지었다.

"마음껏 사용하세요."

그가 말했다.

비브가 칼의 지렛대로 상자 윗부분을 들어 올리자, 무명천 자루 몇 개가 보였다. 냄새는 더욱 강해졌다. 비브는 기대에 부풀어 전율했다. 자루 하나를 풀어 손을 집어넣자, 손가락 사이로 구워진 갈색 콩이 흘러내렸다. 콩들이 다시 자루 안으로 떨어질 때 나는 청명한 소리에 비브는 만족스러운 미소를 지었다.

"흠, 당신 말대로 차랑은 아주 다르네요."

비브는 칼을 힐끗 바라보았다.

"이 냄새 어때요? 구운 견과류와 과일 냄새요."

칼은 눈을 가늘게 뜨고 비브를 바라보았다.

"마시는 거라고 하지 않았어요?"

비브는 콩 하나를 꺼내 살짝 베어 물었다. 따뜻하고 씁싸래하면서 진한 맛이 혀에 감돌았다.

"이걸 갈아서 가루로 만든 다음 가루를 천에 담아 감싸고 뜨거운 물을 천 위로 흘려보내는 거예요. 물론 과정은 그게 다가 아니지만요. 기계가 도착하면 보여드릴게요. 그 냄새는 정말 끝내줘요. 칼, 지금 맡는 냄새는 실제의 반의반도 못 미쳐요."

비브는 판석에 앉아 엄지와 검지로 콩을 굴렸다.

"말했죠. 이걸 아지무스에서 우연히 발견했다고요. 그때 어떤 냄새에 이끌려 가게로 들어갔어요. 그들은 그 가게를 카페라고 불렀어요. 사람들은 도자기 잔에 든 내용물을 마시면서 앉아있었죠. 저도 그걸 마셔봤고요. 그건 마치 평화로움을 마시는 기분이었어요. 마음이 편안해졌거든요. 너무 많이 마시면 그때는 또 다른 기분이 들기도 하지만요."

"맥주를 마신 후에 평화를 얻는다고 하는 것과 비슷한가요?"

"그거랑은 달라요. 그 느낌을 어떻게 설명해야 할지 모르겠어요."

"흠, 그렇다면 뭐, 알겠어요."

그의 표정은 다정했다.

"당신의 새 사업이 잘되려면 다른 사람들도 그쪽이 했던 경험을 그대로 해야겠죠. 부디 그렇게 되기를 바랄게요."

"저도 그랬으면 좋겠어요."

비브는 자루를 여미고 상자를 덮은 뒤 망치로 못을 박았다. 비브가 다시 고개를 들자, 칼이 사무실에서 나오고 있었다. 그는 생각에 잠긴 채 바닥을 응시했다. 비브는 칼이 말하기를 기다렸다.

"뒤쪽에 음식을 만드는 주방이 있어야 할 것 같아요. 가스레인지, 물탱크, 수도관, 냄비나 프라이팬을 걸어둘 거치대도 필요해 보이고요."

"물탱크는 좋은 생각이에요. 물이 필요하니까요. 그런데 주방이요? 주방이 왜 필요하겠어요?"

"흠, 만약 손님들이 그 콩으로 만든 물을 좋아하지 않으면 적어도 다른 음식을 제공할 수는 있을 테니까요."

그는 미안하다는 표정을 지으며 말했다.

날이 저물어 갈 무렵 비가 그쳤다. 아직 어두워진 것은 아니었지만, 비브는 등불과 양피지 조각을 들고 문밖에 놓아둔 마구 상자로 갔다. 상자에 앉아 자료를 다시 살펴보려고 할 때, 건너편에 서있는 레이니가 눈에 들어왔다. 그녀는 숄로 몸을 감싸고 머그잔에 든 차를 입김으로 식히고 있었다.

비브는 등불을 상자에 올려두고 양피지 조각을 덮은 다음 비가 고인 웅덩이를 피해 레이니에게 다가갔다.

"안녕하세요."

비브가 말했다.

"안녕하세요."

레이니는 고갯짓으로 마구간을 가리켰다.

"바빴나 봐요, 아가씨."

레이니가 능글맞게 웃었다.

"아, 네, 맞아요."

"잠도 저기서 자는 거예요? 밤에는 문단속 철저히 해야 해요. 번화가에서 가깝긴 하지만 밤에 불쾌하거나 위험한 상황이 생기면 안 되잖아요."

비브는 놀란 모습을 숨길 수 없었다. 대부분의 사람들은 비브의 신체적 안전을 걱정하지 않았다. 그건 자신도 마찬가지였다. 비브는 레이니의 마음 씀씀이에 감동했다.

"걱정 안 하셔도 돼요. 단단히 잠가두거든요. 불쾌하다는 이야기가 나와서 말인데……."

비브는 물어보려는 내용을 빠르게 머릿속으로 정리했다.

"오늘 누가 찾아왔었어요. 커다란 모자를……."

비브는 머리 위로 손을 넓게 펼쳐보였다.

"고급스러운 셔츠를 입고 있었어요. 돌의 요정 같았는데, 혹시 그를 아세요?"

레이니는 코웃음을 치더니 차를 후루룩 들이켰다.

"마드리갈의 부하 중 한 명일 거예요."

"마드리갈이요? 이 지역 건달 조직의 우두머리 같은 건가요?"

"바퀴벌레 같은 놈들이죠."

레이니가 진저리를 쳤다.

"마드리갈이 우두머리고요."

레이니의 입가로 주름이 모였다.

"그렇지만 마드리갈을 무시할 수는 없어요. 특히 그들이 돈을 요구할 때."

레이니의 날카로운 시선이 비브를 향했다.

"그들은 분명 돈을 요구할 거예요. 그러니 돈을 마련해 두는 게 좋아요."

"그들이 원하는 대로 하기는 어려울 것 같은데요."

비브는 상냥하게 대답했다. 레이니는 비브의 단단한 팔을 가볍게 쓰다듬었다.

"알아요. 지금까지는 그런 생각을 할 필요가 없었다는 거. 그런데 예전에 하던 일을 계속하려고 이곳에 온 건 아니잖아요. 내 말이 맞죠?"

레이니의 말에 비브는 다시 한번 깜짝 놀랐다.

"음, 맞아요. 그렇다고 해도 그 커다란 모자를 쓰고 이상한 셔츠를 입은 남자에게 굴복할 수 있을지는 모르겠어요."

레이니는 씁쓸한 미소를 지었다.

"모자 쓴 남자는 신경 쓸 필요가 없어요. 경계해야 할 대상은 마드리갈이니까요."

"네. 조심할게요."

비브가 말했다.

두 사람은 몇 분간 편안한 침묵 속에 시있었다.

비브는 차가 담긴 레이니의 머그잔을 곁눈질로 흘끔거렸다.

"혹시 커피를 마셔본 적 있으세요?"

그녀가 물었다.

레이니는 눈을 깜박였다. 모욕이라도 당한 듯한 표정이었다.

"지금 코피를 흘려봤냐고 묻는 거예요? 아니, 어떻게 그런 질문을……. 진정한 숙녀는 자기 질병에 관해 떠벌리면 안 된다고 배웠어요."

레이니가 새침한 태도로 말했다. 비브는 크게 웃음을 터뜨려 레이니를 짜증 나게 했다.

비브는 침낭과 등불을 경사진 지붕 아래 위치한 다락방으로 옮겼다. 커피콩 향기가 나무판 사이를 통과해 방 안에 퍼졌다. 그녀는 따뜻한 추억을 들이마시듯 향기를 깊게 들이마셨다. 이따금 강풍이 불었고 멀리서 들려오는 북소리처럼 방수포가 쿵쿵거렸다.

기대어져 있던 블랙블러드는 등불을 받아 어슴푸레 모습을 드러냈다. 비브는 한동안 블랙블러드를 응시한 채 오늘 찾아온 모자 쓴 남자와 마드리갈을 생각했다. 그러자 블랙블러드 바로 옆에서 잠들고 싶은 충동이 일었다. 야영장과 움막에서 보낸 숱한 나날들처럼 말이다.

비브는 애써 블랙블러드를 외면하고 등불을 껐다.

얼마 지나지 않아 지붕 위에서 묵직한 쿵 소리가 나더니 규칙적인 발소리와 기와를 긁는 듯한 소리가 이어졌다. 하지만 비브는 이미 꾸벅꾸벅 졸기 시작했고 지붕 위 소음은 바람을 맞는 방수포 소리에 묻혀버렸다. 비브는 방수포에 떨어지는 빗소리를 자장가 삼아 잠들었다.

4

 목재와 타일, 갖가지 자재들이 다음 날부터 며칠에 걸쳐 도착했다. 한바탕 폭우가 지나간 하늘은 맑게 개었다. 비브와 칼은 구멍 난 지붕을 수리하며 구멍 아래로 낡은 기와가 떨어져 바닥이 깨지기도 했다. 완벽한 수리를 위해서는 생각 이상으로 많은 목재가 필요했다.

 칼은 비브가 기대했던 만큼 꼼꼼하고 계획적이었다. 고된 이틀간의 노동 끝에 이제 지붕은 비가 내려도 끄떡없는 상태가 되었다.

 칼은 내부를 돌아다니며 판자를 하나하나 두들겨 소리를 들어보았다. 가끔은 고개를 저으며 썩은 나무를 손으로 빼내기도 했다. 낡은 목재를 들어내고 새것으로 끼워 넣는 작업은 나흘 동안 계속되었다. 수리 기간이 생각보다 길어지자 비브는 그 빌어먹을 것들을 다 철거하고 아예 새로 짓는 게 낫겠다고 생각하며 방앗간에서 다시 수레를 빌려 폐기물을 날랐다.

비브와 칼은 영구적으로 사용할 수 있는 튼튼한 다락방 사다리도 만들었다. 비브는 무엇이든 빠르게 배웠다. 전사 시절 금속을 던져 목표물에 명중시키는 게 주특기였던 걸 증명하듯 망치와 못을 다루는 솜씨도 제법이었다.

다락방에 올라갔을 때 칼은 어둠 속 구석에서 블랙블러드가 빛나고 있는 걸 보았지만 구태여 언급하지는 않았다.

"안락해 보이네요. 그래도 침대랑 옷장이 필요할 거예요."
"필요 없어요. 바닥에서 자는 게 익숙하거든요."
"익숙한 거랑 필요한 건 다르죠."

이후 칼은 더 이상 강요하지 않았고 대화는 그렇게 끝이 났다.

마구간 중심부는 칼의 제안대로 말 우리 사이의 벽을 잘라내 각각 부스형으로 바꾸었다. 칼은 내부를 따라 깔끔하게 디귿 모양의 벤치를 설치했다. 두 사람은 테이블 상판을 조립했고 비브는 완성된 상판을 들어 받침대에 얹었다.

북쪽과 동쪽 벽에는 두 개의 높은 창을 냈다. 그 덕에 아침 해는 다락부터 테이블까지 내부 전체로 퍼졌다.

카운터 표면은 매끄럽게 다듬은 뒤 끝부분에 경첩을 달

아 확장했다. 칼은 말 용품 보관용으로 사용했던 낡은 선반을 재활용해 가게 입구 쪽으로 옮겼다.

"흠, 이제는 마구간 같지 않네요."

칼이 마지막 유리를 끼워 넣는 모습을 보면서 비브가 말했다.

"흠, 더 이상 마구간 냄새가 나지 않아서 좋아요."

어느 날 오후, 비브는 몇 블록 떨어진 우물에서 물을 길어왔다. 한쪽 어깨에는 물통을 짊어지고 손에는 양동이 몇 개를 들고 온 비브는 카운터 뒤쪽 모서리에 그것들을 내려놓았다. 칼은 곧바로 물통을 들어 새는 건 아닌지 확인했다.

그들은 사무실 한쪽에 선반을 여러 개 설치해 식료품 저장실을 만들었다. 비브는 적어두었던 노트를 참고해 구덩이를 만들고 그 위에 점토로 단열 처리를 했다. 찬 음식을 보관하기 위한 구덩이였다. 그사이 칼은 경첩이 달린 문을 추가했다.

비브는 사다리에 올라 건물 앞면을 흰색 페인트로 칠했고 칼은 벽 아래쪽 둥근 돌 사이를 시멘트와 모래로 메꾸었다.

비브가 이마에 흐르는 땀을 닦으며 페인트가 담긴 양동

이를 들고 안으로 들어갔다. 그때 칼은 판석들 사이사이를 확인하고 있었다. 비브의 시선은 자연스레 스캘버트의 돌이 묻힌 곳에 안착했다. 칼의 작업을 중단시키고 싶은 충동을 애써 눌러야 했다.

"거기서 해야 할 일이라도 있나요?"

비브는 자신의 말이 자연스럽게 들리기를 바라며 최대한 밝은 어투로 물었다. 만약 칼이 돌을 발견하기라도 한다면? 그는 그게 무엇인지 알아볼 수 있을까? 만약 알아본다면? 칼을 전적으로 믿었지만, 불안한 마음이 드는 건 어쩔 수 없었다.

칼이 고개를 들었다.

"흠, 모래를 더 추가해야 할 것 같은데요. 이 부분이 조금 헐거워요. 판석을 들어낸 다음에 아래쪽에 모래를 채워야겠어요."

말을 마친 칼이 스캘버트의 돌을 묻은 판석을 밟았다. 비브의 심장이 방망이질 치기 시작했다.

"그건 제가 알아서 할게요."

비브가 최대한 자연스러운 미소를 지으며 말했다.

칼은 아무것도 모르는 눈치였다.

"흠."

칼의 반응은 그게 다였다.

그날 저녁, 비브는 가게 밖으로 나와 거리를 내다보았다.

가게 안으로 들어와 주위를 살피며 모자를 쓴 남자가 가게 내부를 염탐하고 있지는 않은지 경계했다. 고요함만 감도는 가게 안, 조용히 판석을 들어내 스캘버트의 돌을 꺼내 손에 쥐었다. 온기가 느껴졌다. 돌이 뿜어내는 은은한 노란빛은 등불에서 나오는 빛과는 달랐다. 비브는 조심스럽게 다시 돌을 내려놓고 파헤친 흙을 평평하게 만든 후 판석을 올리고 판석 틈새에 모래를 채웠다.

그날 밤 비브는 스캘버트 여왕의 꿈을 꾸었다. 꿈속에서 돌을 꺼내기 위해 여왕의 두개골에 손을 집어넣자, 살덩이가 손목 주위를 단단히 조여오기 시작했다. 다시 손을 빼내려고 했지만, 살덩이는 점점 단단해졌다. 셀 수 없이 많은 여왕의 눈에 차례대로 불이 붙더니 어둠 속에서 터지는 신호탄처럼 타올랐다. 비브는 어떻게든 손을 빼내려고 죽을 힘을 다해 노력하다가 잠에서 깼다. 오른팔은 불이 붙은 것처럼 화끈거렸고 손은 바늘로 찌르는 것처럼 따끔거렸다.

비브는 꿈에서 깨서 잠들지 못한 채 한동안 누워있다가 어느 순간 다시 잠들어버렸다. 아침이 되자 꿈은 까맣게 잊혀졌다.

고된 노동으로 인한 근육통, 목재 조각, 갖은 먼지, 땀 냄

새, 석회 가루 냄새로 가득한 나날을 보냈다.

2주가 지나자, 마구간은 제법 멋진 공간으로 탈바꿈했다. 비브는 하루에도 몇 번씩 거리로 나가 손을 허리에 얹고 가게를 바라보며 성취감에 빠지고는 했다.

가끔은 바로 옆에 다가와 있는 레이니를 발견하고 깜짝 놀라기도 했다. 레이니는 늘 빗자루를 지팡이 삼아 몸을 기대고 있었다. 어떻게 그렇게 인기척도 없이 다가왔는지 궁금할 정도였다.

"이야, 살아오면서 본 것 중에 가장 고급스러운 마구간이네요."

한마디를 건네고 레이니는 돌아갔다.

비브는 사다리를 타고 올라가 파킨의 마구간 간판을 떼어낸 후 쓰레기 더미에 던졌다. 왜 미리 하지 않았을까 라고 생각하며 비어있는 자리를 보고 만족감을 느꼈다.

"새 간판이 필요하겠는데요."

칼이 반바지 허리춤에 엄지를 걸고 덩그러니 남은 철제 지지대를 바라보며 말했다.

"사실 제가 메모를 정말 많이 했거든요. 웬만한 사항들은 전부 메모에 있을 정도로요. 그런데 희한하게 간판이나 가게 이름은 아예 생각해 본 적이 없어요."

비브는 칼을 내려다보며 말했다.

잠시 후 칼이 목을 가다듬더니 머뭇거리며 말을 꺼냈다.

"비브의 가게는 어때요?"

"그것도 나쁘지는 않네요. 딱히 더 좋은 아이디어가 있는 것도 아니고요."

칼은 만족스럽지 않은 것 같았다.

"흠, 그렇다면 혹시…… 비브의 커피는요?"

"솔직하게 얘기하면 제 이름이 들어가는 게 꼭 간판에 제 얼굴을 붙이는 것 같아 이상하게 느껴져요."

"그럼 그냥 커피라고 하는 건 어때요? 그렇게 하면 사람들이 헷갈릴 일은 없을 거예요."

"일단은 보류해야겠어요. 정 안되면 그쪽 이름을 따서 지을 수도 있죠. 칼라미티 커피는 부르기도 좋잖아요?"

칼은 비브를 바라보다가 진지하게 말했다.

"뭐, 딱히 틀린 말은 아니네요."

그 주 후반, 공사는 대부분 마무리되었다. 두 사람은 대형 테이블을 만들었고 부스 사이에 벤치를 넣었다. 나무로 만든 제품에는 스테인 처리를 하고 기름을 발라 광택을 냈다. 바닥을 청소하고 새롭게 난 높은 창에는 유리를 설치했다.

비브는 샹들리에를 높이 들어 칼이 설치한 볼트 금속판에 고정했다. 날이 어두워지기 시작할 때쯤 가늘고 기다란 양초로 샹들리에에 불을 붙였다. 샹들리에에서 뿜어져 나오는 빛이 바닥에 원을 그리는 모습을 보며 둘은 기뻐했다.

두 사람은 양피지를 엮어 만든 비브의 노트를 사이에 두고 테이블에 앉아 가구 디자인과 배치, 러그, 내부를 아늑하게 만들어줄 식물에 관해 의논했다.

그러다가 불청객의 등장으로 대화가 중단되었다.

문 앞에는 지난번 기싸움을 벌였던 챙이 넓은 모자를 쓴 남자가 서있었다. 이번에는 일행도 있었다. 전부 다 세련된 복장은 아니고 차림새가 다양했다. 머리카락을 뒤로 넘겨 수염이 돋보이는 드워프와 두 명의 인간이 함께였다. 비브의 눈에 두 자루의 단검이 들어왔다. 비브는 경험으로 다진 감으로 그들의 소맷자락 안에 적어도 여섯 자루 이상의 검이 숨겨져 있을 거라는 확신이 들었다.

"안 그래도 언제 다시 오실지 궁금했어요."

비브가 자리에서 일어나지도 않고 말했다.

"저를 기억하시다니 영광입니다."

남자가 안으로 들어오면서 말했다. 그는 수리된 내부를 둘러보더니 감탄스럽다는 듯 고개를 끄덕였다.

"열심히 일하셨나 봐요! 이곳이 이렇게 좋아 보였던 적은 없거든요. 아무래도 말이랑 관련된 사업을 하실 것 같지는 않았는데."

비브는 어깨를 으쓱해 보였다.

"먼저 한 말씀 드리자면, 저는 누구 못지않게 농담을 즐기는 사람이에요. 하지만 그쪽은 직설적인 걸 선호하시는 분 같네요. 제 이름은 렉이고요. 저는 단순히 마드리갈의 대리인에 불과합니다. 이 거리 남쪽 구역 전체가 마드리갈의 이로운 감시와 보호 아래 있다는 걸 알려드려요."

그는 마치 마드리갈이 자신을 보고 있기라도 한 것처럼 정중하게 고개를 숙였다.

"저를 감시할 필요가 있다고 생각하시나 봐요?"

비브가 눈썹을 치켜올렸다.

"다들 누군가의 보호를 바라잖아요."

렉이 대답했다.

"이제 달마다 해야 하는 비자발적 기부에 관해 말씀하실 차례겠네요. 그걸…… 뭐라고 하셨죠? 이로운 감시?"

렉은 비브의 말이 정확하다는 듯 그녀를 향해 손가락을 들어 올리며 환하게 웃었다.

"음, 제가 더 들어야 할 얘기는 없는 것 같군요."

비브는 그를 무시하고 노트로 시선을 돌렸다. 칼은 비브가 렉과 대화하는 내내 경직된 표정으로, 미동도 없이 앉아 있었다.

렉의 목소리에는 불만이 가득 묻어났다.

"기부금 납부는 이번 달 말까지입니다. 기대하겠습니다. 금화 한 닢, 은화 두 닢입니다."

"그쪽이 무엇을 기대하든 나랑은 상관없어요."

비브는 부드럽게 말했다.

렉의 뒤에 있던 건장한 사람들이 움직이기 시작했다. 렉이 손짓으로 그들을 제지했다.

비브가 렉의 반박을 기다리는 동안 숨막히는 긴장감이 마구간에 맴돌았다.

잠시 후 렉과 그의 일행은 별말 없이 그대로 자리를 떴다.

칼이 큰 숨을 내쉬며 걱정스러운 눈으로 그녀를 바라보았다.

"마드리갈이랑은 엮이지 않는 게 좋아요."

칼의 목소리는 부드러웠다. 항상 일정한 톤을 유지하며 이야기했고 그의 어투는 신뢰감을 주었다. 하지만 여느 때와 다른 칼의 어조를 감지한 비브는 진지한 눈빛으로 그를 바라보았다.

"레이니도 그렇게 말했어요."

비브가 한 손을 테이블 위에 얹고 손바닥을 펼쳐 보였다.

"칼, 당신은 제가 이 손으로 무슨 일을 하고 살아왔는지 짐작하고 있을 거예요. 저랑 맞붙었을 때 어떤 일이 벌어질지 역시 알고 있을 거고요. 저 같은 사람한테 덤비면 어떻게 될지, 결과도 예측 못 하는 멍청이들 앞에서 제가 머리를 조아리는 모습이 상상이 가나요?"

"흠, 당신이 그 넷을 손쉽게 제압할 수 있다는 건 알아요. 하지만 그 네 명이 전부가 아니에요. 그들은 극히 일부일 뿐이죠. 게다가 마드리갈은 본보기를 내세워 남들에게 경고하는 걸 즐기는 사람이에요."

"저는 살면서 많은 전설을 들었어요. 그리고 이야기는 늘 현실보다 나쁘죠. 제가 잘 해결할 수 있어요."

"그럴 거예요. 하지만 이곳은요?"

그는 손으로 테이블을 두드렸다.

"여기는 언제든 불에 탈 수 있어요. 물론 혼자 힘으로 해결할 수 있다는 건 알아요. 그렇지만 지금 여기에도 걸려있는 게 많잖아요. 제 말이 틀렸나요?"

비브는 말문이 막힌 채 찌푸린 얼굴로 그를 바라보았다.

칼은 일어나서 비브를 가리키며 말했다.

"잠깐만요."

그는 남은 자재들을 뒤져 망치와 못을 꺼낸 다음 카운터 뒤편 벽 앞에서 까치발을 하고 못을 몇 개 박았다.

"당신 검을 저 위에 올려둡시다. 날카로운 이빨을 가진 맹수라는 걸 알려주고 싶다면 언제든 이를 드러낼 수 있다는 걸 보여줘야죠. 안 그래요?"

비브가 잠자리에 누워 벽에 걸린 블랙블러드를 떠올렸다. 블랙블러드는 존재만으로도 치명적인 무기였다. 하지만 비브는 블랙블러드가 계속 구석에 숨겨져 있기를 바랐다.

비브는 칼이 올 거라고 기대하지 않았지만, 칼은 오후에 아궁이와 화덕 기능이 포함된 대형 난로와 다양한 길이의 파이프를 실은 수레를 타고 나타났다.

비브는 수레에서 뛰어내리는 칼을 곁눈질로 보며 말했다.

"이게 다 뭐예요?"

칼이 어깨를 으쓱했다.

"흠, 주방이 필요할 거라고 했잖아요. 비용은 이미 다 처리했어요."

비브는 황당하다는 듯 양손을 옆으로 들어 보였다. 비브의 표정은 재미있어하는 것 같기도, 화가 난 것 같기도 했다.

"이게 다 어디서 난 거예요? 저는 제빵사가 아니라고요."

칼이 위층을 가리켰다.

"여기는 겨울에 엄청 추워요. 벽난로도 없고요. 지붕에 눈이 쌓이는 저 다락방에 누워서 얼어 죽고 싶은 거예요? 자, 어서 도와줘요."

비브는 말없이 수레의 짐칸에 있던 난로를 들어올렸다. 무거운 철제 난로는 비브도 들어 올리기 버거웠다. 결국 난로를 내려놓고 조심스럽게 끌어서 가게 안으로 이동시켰.

칼은 난로 파이프를 하나씩 들어 내부로 옮긴 다음 서둘러 마부에게 돈을 건넸다.

비브는 벤치에 털썩 주저앉았다. 숨이 약간 차올랐고 허리가 다시 쑤시기 시작했다.

"칼, 당신이 돈을 내면 안 돼요."

"흠, 이미 저한테 큰돈을 주셨잖아요. 그 돈을 쓸데없이 낭비하는 것보다는 이게 더 낫지 않겠어요?"

"겨울철 난방용이군요?"

칼이 고개를 끄덕였다.

"그리고 만약에 콩으로 만든 물이 잘되지 않으면……."

비브는 웃음을 터뜨렸다.

"말이 나와서 그런데……."

비브는 카운터를 가리켰다. 거기에는 절구와 절굿공이, 어지럽게 널린 천 조각, 주전자 몇 개, 머그잔들이 있었다.

"약제사 일도 하는 거예요?"

"한번 보여드릴게요. 그 전에 배송 온 것들 정리 먼저 하고요."

칼의 지시대로 난로를 서쪽 벽에 설치했다. 설치 작업은 여러 번의 시행착오 끝에 마무리되었다. 칼은 톱으로 파이프를 잘라낸 다음 벽과 만나는 플랜지를 통해 밖으로 빼냈다. 몇 시간 후 그들은 파이프 끝부분을 지붕 위로 올리고 비를 막아주는 덮개로 마감했다.

남은 자재와 자투리 재료로는 불쏘시개를 만들어 불을 피웠다. 연기는 문제없이 위로 올라가더니 밖으로 빠져나갔다.

"좋아요. 주전자에 물 좀 부어서 난로에 얹어요."

칼이 눈썹을 들어올렸다.

"물이요?"

"난로가 잘 작동하는지 시험해 보고 싶지 않아요?"

그는 어깨를 으쓱하더니 물통에서 주전자로 물을 옮겨 담았다.

비브는 자루에서 원두를 한 움큼 꺼내 절구에 간 다음 리넨 필터에 쏟았다. 그러고는 도자기 머그잔 입구에 필터를 걸쳤다. 주전자의 물이 끓기 시작하자 비브는 필터 위로 천천히, 그리고 조금씩 물을 부었다.

"그거 여자들 신는 스타킹 아니에요?"

칼이 물었다.

비브가 그를 흘낏 바라보았다.

"깨끗한 천이에요. 그리고 저는 스타킹 안 신어요."

"그냥 물어본 거예요."

그가 부드럽게 말했다.

"흠."

어느새 비브는 칼의 습관적 말투를 그대로 따라 하고 있었다.

"난로도 없이 주전자를 어떻게 사용할 생각이었던 거예요?"

칼이 날카롭게 지적했다.

"음, 주전자는 곧 도착할 기계에 물을 채울 용도로 쓰려고 했어요. 이건 기대하지 않았던 행운이네요."

비브는 나선형으로 물을 붓더니 부풀어 오른 가루가 물에 우러나기를 기다렸다가 리넨 필터를 제거한 잔을 휘휘 돌렸다. 그녀는 눈을 감고 향을 깊게 들이마셨다. 비브는 시험 삼아 한 모금 마시더니 고개를 끄덕이며 미소 지었다.

"생각보다 괜찮네요."

칼은 비브를 보며 얼굴을 찡그렸다.

"나중에 제대로 만들면 이것보다 더 맛있을 거예요."

비브는 자신을 변호하듯 말하며 머그잔을 건넸다.

칼은 과장된 몸짓으로 커피 향을 맡더니 눈썹을 들어 올리고 살짝 고개를 끄덕였다. 그리고 아주 천천히, 아주 신중하게 한 모금을 들이켰다. 그는 머그잔을 손에 든 채 가만히 서있었다. 시간이 꽤 흘렀다고 느낀 비브가 더 이상 궁금증을 참지 못하고 물었다.

"어때요?"

"흠, 이건…… 그렇게 나쁘지 않은데요."

두 사람은 커다란 테이블에 앉아 각자 머그잔을 들고 있었다. 칼은 커피에 관심 없는 척했지만, 비브가 다른 곳을 보고 있다고 생각할 때 조심스럽게 몇 모금 들이켰다. 비브는 양손으로 머그잔을 감싼 채 커피의 열기와 향을 고스란히 흡수하며 생각에 잠겼다. 걸쇠가 딸깍 소리를 내며 완벽하게 닫힐 때 드는 쾌감과 비슷한 만족스러운 기분이 들었다.

"여기에 우유를 넣어서 라테를 만들 수도 있어요. 아마 좋아하실 거예요."

"우유를 넣는다고요?"

칼이 얼굴을 찌푸렸다.

"이상하게 들릴 수도 있는데 그렇지 않아요. 기계가 도착하면 꼭 마셔보세요. 노움들은 그걸 라테라고 불렀어요."

"라테? 그게 무슨 뜻인데요?"

"아마도 그걸 발명한 바리스타 노움 라테 다이아메터의 이름을 따서 붙인 것 같아요."

칼은 혼란스러운 듯한 표정이었다.

"모르는 말을 설명하는 또 다른 모르는 말이네요. 바리스타는 뭐예요?"

"칼, 제가 그 말을 만든 게 아니에요."

"사람들이 콩물, 아니 커피를 사 마시려면 단어부터 배워야 할 것 같은데요?"

"네. 그래도 저는 그게 마음에 들어요. 왠지 이국적이잖아요."

"여성용 스타킹에 우린 이국적인 콩물, 아니 커피라니, 행운의 여신이 우리 편이었으면 좋겠네요."

5

 구인 게시판은 툰에서 가장 큰 광장의 동쪽 끄트머리에 있었다. 낮은 위치에 기다란 게시판이 달려있었고 오래된 양피지 조각들 위에는 새 양피지 조각이 덧붙여져 있었다. 게시판의 공고를 쭉 훑어보자, 넌더리 나는 기억들이 물밀듯 밀어닥쳤다. 야수 사냥, 현상금, 전투……. 비브는 여러 도시를 누비며 일을 마치고 피범벅이 된 손으로 보수를 받기 위해 양피지를 뜯어냈었다. 그렇게 뜯어낸 양피지만 족히 백 장은 됐을 것이다.
 한참 일하던 당시에는 직접 공고를 만들기도 했었다. 이곳에서는 용병 모집 공고를, 저곳에서는 수배범 추적 공고를 붙였다.

지금 눈앞에 보이는 내용과는 딴판이었다. 비브는 공고문을 붙이고 적은 내용을 다시 읽어보았다.

직원 구함
배우려는 의지가 있는 분
경영 및 식음료 관련 업종 종사자 우대
승진 기회 제공
인내심 강한 분 선호
임금은 경력에 따라 조정
궁금한 점은 레드스톤 구역에 있는 옛날 마구간으로 문의
정오부터 늦은 오후까지 문의 가능

성공 가능성이 희박한 도전이라고 생각할 수도 있었다. 하지만 스캘버트의 돌은 아직 비브를 실망시키지 않았다.

비브는 가게로 돌아온 후부터 안절부절못하며 내부를 서성거렸다. 이 도시에 온 첫날, 가장 중요한 물건을 배달받기 위해 두 통의 편지를 보냈었다. 원두는 제때 도착했지만, 다른 물건은 아직 받지 못했고 가게의 수리와 청소는 이미 끝냈다. 비브는 불안한 감정을 해소해 줄, 집중할 만한 일거리가 없어 좌절했다.

칼이 없는 동안 할 일이 없어 손이 근질거리기도 했다.

결국 짜증이 난 상태로 노트를 가방에 넣고 툰에 온 첫날 들렀던 술집으로 걸어갔다.

비브는 뒤쪽에 있는 테이블에 앉아 주문한 음식을 기다리며 시답잖은 것들을 적어 내려갔다. 정오가 되었지만 불안함을 달아내려는 노력은 허사로 돌아갔다. 주문한 음식은 반이나 남겼고 별수 없이 자리에서 일어나 음식값을 내고 가게로 돌아갔다.

공고를 붙인 첫날부터 지원자가 있을 거라는 기대는 하지 않았다. 하지만 비브의 선택지는 스캘버트의 돌이 가진 힘을 믿거나 믿지 않는 것이었다. 만약 비브가 돌의 힘을 믿는다면…….

스캘버트의 돌이 불타오르며
행운의 고리를 끌어당기고,

비브는 난로에 불을 지피고 주전자를 올려 물을 끓인 후 원두를 갈아 커피를 한 잔 만들었다. 하지만 너무 빠르게 마셔버린 탓에 다시 한 잔을 만들었다. 그리고 또 한 잔을 더 마셨다. 그 때문이었을까, 그 어느 때보다 초조해졌고 구인 광고 내용을 조금 다르게 했더라면 좋지 않았을까, 하고 후회했다. 돌의 힘에 대한 그릇된 믿음이 비브를 이곳에 머물도록 한 것은 아닐까? 정말 그 돌이 그렇게 빠른 결과를 가져올 거라고 기대했던 걸까? 의심이 피어올랐다.

블랙블러드는 위협적인 분위기를 자아내며 벽에 걸려있었다. 비브는 블랙블러드를 내려 칼날을 갈고 싶어졌다. 생각을 날릴 수 있는 단순 작업이 간절했다. 하지만 애써 고개를 돌렸다. 그곳에 블랙블러드를 걸어놓도록 부추긴 칼에게 짜증이 났고 칼을 탓하는 자신에게도 화가 났다.

그날 늦은 오후 문 두드리는 소리가 나더니 곧 문이 열리며 한 여성이 신중하면서도 자신감 넘치는 눈빛으로 주위를 둘러보며 당당하게 걸어들어왔다. 그녀의 키는 비브보다 조금 작았고 턱까지 오는 검정 머리카락에는 윤기가 흘렀다. 여성은 승마 바지에 어둡고 헐렁한 터틀넥 스웨터 차림이었다. 얼굴에는 기품이 있었고 눈동자 색은 어두웠으며 피부에는 희미한 자줏빛이 섞여있었다. 머리카락 사이로는 짧은 뿔이 튀어나와 있었다. 탄력 있어 보이는 꼬리를 본 비브는 깜짝 놀랐다. 서큐버스가 분명했다.

비브는 이미 네 잔의 커피를 마신 터라 예민한 상태로 자리에서 일어났다.

서큐버스는 표정 변화 없이 비브를 위아래로 훑어보았다. 그녀는 의도적으로 벽에 걸린 블랙블러드를 보더니 다시 비브를 바라보았다.

"직원을 모집하신다고요."

"네, 맞아요."

비브가 대답했다. 여자는 천천히 눈썹을 치켜올리더니 문을 닫고 손을 내밀었다.

"탠드리라고 해요."

그녀가 말했다.

"비브예요."

비브는 어색한 모습으로 탠드리가 내민 손을 맞잡았다. 멍하고, 빠르게 뛰는 심장과 미세하게 떨리는 손끝을 보며 비브는 커피를 빠르게 여러 잔 마신 것을 후회했다.

"미안해요. 공고 첫날부터 지원자가 올 거라고는 예상 못 했어요."

비브의 말은 사실이 아니었지만, 정신없는 모습을 둘러 대기 좋은 핑곗거리였다.

"저는 시간을 잘 지키는 편이라서요."

탠드리가 말했다.

"좋아요. 좋아!"

비브는 과장되게 반응하며 날뛰는 마음을 차분하게 가다듬으려고 애썼다. 고용주의 입장이 되어본 게 처음은 아니었기에 방식을 모르지 않았다. 다만, 과거에 고용했던 사람은 용병들 혹은 범죄자였다. 고용 구조 자체는 크게 다르지 않았다. 업무 내용을 설명하고, 조건을 명확히 한다. 그리고 상황이 어려워졌을 때 도망갈 사람은 아닌지 파악한 후 최종 결정을 내리는 일이 비브에게 어려운 일은 아니었다.

"공고를 보셔서 아시겠지만, 저를 도와줄 직원을 구하는 중이에요. 하는 일은…… 그게…… 음, 혹시 커피라는 음료를 들어본 적 있어요?"

탠드리가 고개를 저었다. 그녀의 머리칼이 커튼처럼 펄럭였다.

"아니요. 못 들어봤어요."

"좋아요. 안 들어봤다고 문제될 건 없어요. 차는 아시죠? 이 가게는 쉽게 차를 파는 곳이라고 할 수 있어요. 실제로는 차가 아니라 커피지만요. 저 혼자서는 모든 일을 할 수가 없어요. 그래서 일을 배워서 손님을 응대하고 이외의 업무를 도와줄 사람이 필요해요. 청소도 해야 할 거고요. 그리고 커피도 만들어야 해요. 커피 만드는 건 제가 알려 드릴게요. 아, 그리고 공고에 '식음료 관련 업종 종사자'라고 적혀있는데, 혹시 경험이 있나요?"

탠드리의 표정은 조금의 흔들림도 없었다.

"아니요. 없어요."

탠드리는 비브를 바라보며 고개를 위아래로 까딱했다.

"그쪽은요?"

비브는 탠드리의 교만한 태도에 당황한 나머지 입을 떡 벌리고 있다가 겨우 대답했다.

"저는…… 없어요."

"공고문 상단에 적힌 대로 배우려는 의지는 충분해요."

탠드리가 말했다.

"그렇죠."

비브는 지금 상황이 너무 어색한 나머지 자신의 뒤통수를 긁었다.

"'승진 기회 제공'이라는 문구도 적혀있던데요. 어떤 승진 기회를 말하는 거죠?"

"음…… 열심히 일하고 장사가 잘된다면 그쪽이 요구하는 바에 따라 달라지지 않을까요?"

두 사람 사이에 아주 어색한 정적이 흘렀다.

비브는 하고 싶은 말을 어떻게 정리해서 내뱉어야 할까, 고민했다. 그녀는 섬세한 표현에 서툴렀다. 지금까지는 그럴 필요가 없기도 했다. 서큐버스는 성적인 쪽으로 악명이 자자했다. 그들의 욕구나 성적 취향은 선택일까, 아니면 본능일까? 그 점이 문득 궁금해진 비브는 조심스럽게 말을 이어나갔다.

"서큐버스…… 맞죠?"

질문이 암시하는 것 때문인지 탠드리의 표정이 처음으로 바뀌었다. 꼬리가 뒤에서 움직이더니 입술을 꽉 다물었고 눈가가 팽팽해졌다.

"맞아요. 그쪽은 오크고요. 찻집이 아닌 무언가를 운영하는 오크."

"당신을 판단하려는 의도는 아니에요."

비브는 큰 실수를 저지르고 있다는 걸 직감하면서도 말을 멈추지 않았다.

"그냥 궁금해서 물어보는 건데요. 혹시……."

"아니요. 그런 게 궁금한 거라면 손님들을 유혹할 생각은 전혀 없어요."

탠드리의 말투는 얼음장처럼 차가웠다.

"제가 말하려던 건 그게 아니었어요. 그런 건 절대 제멋대로 추측하지 않아요. 단지 저는 당신 같은 분과 한 번도 일해본 적이 없어서……."

비브는 이 불편한 상황에서 벗어나고 싶었다. 제 의도와 다르게 전달된 말에 비브의 얼굴은 당장이라도 울 것 같아 보였다.

탠드리는 팔짱을 낀 채로 눈을 감았다. 그녀의 뺨도 붉어져 있었다.

비브는 탠드리가 당장 이곳에서 나갈 거라고 생각하고는 긴 한숨을 쉬었다.

"미안해요. 제가 말하는 게 서툴러서요. 지금 뭘 하고 있는지도 모르겠어요."

비브는 손가락으로 벽에 걸린 대검을 가리켰다.

"저게 바로 저한테 익숙한 일이죠. 제가 아는 전부고요. 이제는 다른 걸 하고 싶어요. 다른 사람이 되고 싶고요. 타고난 겉모습만 보고 선입견을 품으면 안 된다는 걸 남들보다 잘 알면서 너무 바보 같은 말을 해버렸어요. 괜찮다면 처음부터 다시 시작해 봐도 될까요?"

탠드리는 천천히 숨을 크게 들이마시고 내쉬기를 반복했다. 이내 눈을 뜨고 원래의 당당한 눈빛으로 비브를 바라보며 힘 있게 말했다.

"다시 시작할 필요 없어요."

"아, 그렇군요."

비브가 제안을 거절당했다 생각하고는 실망한 투로 말했다.

"뭐하러 시간을 낭비해요? 이미 내용을 알고 있는데. 급여는 어떻게 되나요?"

탠드리가 쾌활하게 물었다.

비브는 커진 눈으로 탠드리를 바라보다가 더듬거리며 말했다.

"처음 시작할 때는 주급으로 은화 세 닢에 비트 여덟 닢이요."

"은화 네 닢으로 하죠."

"아…… 네, 그래요."

"그 정도면 적당하네요."

"그렇다면 저와 함께 일하실 건가요?"

"네. 할 거예요."

탠드리가 다시 손을 내밀었다. 비브는 벙벙한 상태로 손을 맞잡았다.

"음, 그럼 환영합니다. 고마워요."

비브는 자신을 도와줄 보조 직원을 고용할 생각이었지만, 의도치 않게 동업자를 얻게 된 듯한 느낌이 들었다. 누가 면접을 본 건지 당최 알 수가 없었다.

"자, 그렇게 하는 걸로 하죠. 만나서 반갑습니다, 비브."

탠드리는 뒤돌아서 조용히 문을 닫고 나갔다.

"강한 인내심 가진 분 선호. 조건에 들어맞네……."

비브가 혼잣말로 중얼거렸다.

몇 분이 지나서야 비브는 탠드리와 언제부터 일을 시작할지, 구체적인 일정을 정하지 않았다는 사실을 깨달았다. 하지만 희한하게 걱정되지 않았다.

비브는 곧바로 광장으로 걸어가 게시판에 붙여둔 지 일곱 시간도 되지 않은 공고문을 뜯어냈다. 공고문을 접어 주머니에 넣고 가게로 돌아와 남아있던 커피 자국을 닦았다.

그다음에는 밖으로 나가 식사를 하고 만족스러운 포만감과 함께 돌아왔다. 비브는 테이블에 앉아 마법 지팡이를 장난감처럼 가지고 놀았지만, 시선은 자꾸만 스캘버트의 돌이 놓인 곳으로 향했다.

비브는 침낭에 누워 천장을 바라보면서 곧 다가올 개업

과 앞으로 닥칠 상황을 그려보았다. 그러자 마음 깊은 곳에 잠재워 두었던 긴장감이 슬그머니 피어났다. 이제 남은 일은 마지막 장애물을 제거하는 것이었다.

그때 지붕에서 쿵 하고 큰 소리가 났다. 뒤이어 서쪽으로 이동하는 발걸음 소리가 들리더니 일순간 정적이 흘렀다. 긴장감이 느슨해질 때쯤 다시 쿵 하는 큰 소리가 다락방에 울려 퍼졌다.

비브는 작은 몸짓으로 침낭에서 나와 조용히 사다리를 타고 내려갔다. 어둡고 고요한 거리에서 소리가 났던 방향으로 지붕 위와 골목을 살폈지만, 아무것도 발견하지 못했다.

6

 다음 날 아침, 비브는 옆에 물이 반쯤 찬 양동이를 놓고 가게 앞 거리에서 젖은 머리카락의 물기를 짜내고 있었다. 근처 목욕탕에 가는 것이 싫었던 비브는 예전 습관 그대로 야외에서 목욕을 했다.

 비브는 머리카락을 돌돌 말아 핀으로 고정한 다음 손바닥으로 얼굴의 물기를 닦고 있을 때, 탠드리가 가게를 찾아왔다.

 "미안해요. 언제부터 일을 시작할 건지 알려줬어야 했는데, 아직은 아니에요. 배달받을 게 남았어요."

 비브가 말했다.

 "할 일이 많아 보이던데요."

전날과 마찬가지로 탠드리의 화법은 단호하고 직설적이었다. 비브가 지금껏 전해들었던 서큐버스의 성적인 몸짓이나 태도는 찾아볼 수 없었다. 자르르한 머리카락 윤기와 유연하게 움직이는 꼬리만이 탠드리의 매력을 암시했다.
"네?"
　비브가 되물었다.
"제가 앞으로 할 일이 무엇인지 알아야죠. 그러기에는 지금이 가장 좋은 때고요."
"그렇기는 하지만, 기계가 도착하기 전까지는 자세한 내용을 알려드릴 수가 없어서요. 오늘은 식기와 가구를 정리할 생각이었어요. 인테리어에 일가견은 없지만 아이디어가 몇 가지 있거든요. 도예가도 찾아야 하고 바깥에 놓을 테이블과 의자도 알아봐야 하고, 어쩌면……."
　비브는 애매한 듯 손을 휘저었다.
"장식용 그림도…… 몇 점? 인테리어는 쉬울 것 같았는데 생각보다 까다롭네요."
"제가 제안을 좀 해도 될까요."
　탠드리가 말했다. 질문처럼 들리지는 않았다.
　비브는 마음껏 하라는 의미의 제스처를 해보였다.
"오늘과 내일, 툰에 장이 열려요. 매주 열리는 장이죠. 거기 한번 가보세요. 돈도 아끼고 여기저기 돌아다니는 시간과 에너지도 함께 아낄 수 있을 테니까요."

"저를 구경시켜 주실 건가요?"

"대가를 지불하시면요."

 탠드리가 말했다. 그녀의 말투는 여느 때와 같았지만 비브는 그녀의 얼굴에 스쳐지나간 미소를 알아챘다.

 비브의 경험상, 싸움과 거리가 먼 사람들은 비브 앞에서 조심스럽게 행동했다. 실제로는 일어나지 않을 공격적인 상황을 지레짐작해 겁을 먹고 움츠리는 것 같았다. 그래서였을까. 비브는 탠드리의 꾸밈없는 태도가 좋았다. 그리고 칼은 그 숨김없는 태도를 탠드리와는 완전히 다른 방식으로 가지고 있었다. 비브는 그들이 자신에게 어떤 행운을 끌어다 줄지 궁금해하며 스캘버트의 돌을 떠올렸다.

 비브는 가게 문을 잠그고 탠드리를 따라 번화가의 북쪽에 위치한 거리로 향했다. 곡선으로 길게 구부러진 거리에는 많은 상인이 매장이나 작업실을 운영하고 있었다. 비브는 그곳이 도시에 처음 왔을 때 찾아갔던 자물쇠 수리점 근처라는 사실을 깨달았다. 상인들 대부분은 넓은 거리 쪽으로 차양, 테이블, 진열대를 설치해 두었다. 장날이라 그런지 손님들로 문전성시를 이루었다.

 두 사람은 정오를 넘기고도 몇 시간 동안이나 더 구경했다. 비브는 목록에 적어둔 물건들을 유심히 살폈다. 탠드리는 도자기에 미세한 균열이 있거나 용접 부분이 매끈하지 않은 물건을 발견하면 비브가 고르지 못하도록 은근한 눈치를 주며 돌려세웠다. 게다가 제 일인 것처럼 적극적으로 물건값을 흥정했다. 비브는 무채색의 옷차림과 상냥한 태도로 최대한 사람들 이목을 끌지 않기 위해 노렸했고 탠드리 역시 타고난 매력을 조금도 이용하지 않으려고 했다. 하지만 두 사람은 어떤 방식으로든 상인들에게 영향을 끼치는 것 같았다.

비브는 장터에서 도자기 접시, 머그잔, 컵이 전부 포함된 식기 세트와 커다란 구리 주전자 두 개를 구매했다. 그 외에도 숟가락과 포크, 나이프 여러 개가 담긴 크고 무거운 상자, 조리 도구를 걸어둘 걸이, 러그, 철제 테이블 두 개와 테이블에 잘 어울리는 의자, 벽걸이 등불 다섯 개, 갖가지 청소 도구 그리고 비브는 뿌옇게 보인다고 생각했지만, 탠드리가 인상적이라고 주장한 시골 풍경을 담은 그림 몇 점도 구매했다. 물건을 구매할 때마다 탠드리는 배달 서비스를 조건으로 내걸었지만, 돌아오는 길에 비브의 손에는 협상에 실패한 수저 상자와 조리도구 걸이가 들려있었다.

물건을 가게에 가져다 둔 다음 비브는 탠드리에게 고마움의 표시로 점심을 대접하겠다고 했다.

번화가에는 낮에만 여는 식당이 있었다. 요정이 운영하는 곳이었는데, 지금 분위기에 잘 어울리는 곳이라고 느껴졌다. 두 사람은 밖에 있는 테이블에 자리했다. 날은 따뜻했고 강 내음이 코를 찔러왔다.

요정의 요리는 버터 풍미가 가득한 빵과 예술 작품을 보는 듯한 플레이팅으로 유명했다. 평소 비브는 음식의 맛과 플레이팅에 그다지 신경을 쓰지 않는 편이었지만, 최근 들어 점점 요정 요리에 빠져들며 관심이 생기게 되었다.

"계속 툰에서만 살았어요?"

비브가 음식을 기다리며 탠드리에게 물었다.

"아니요. 여러 곳에서 살았어요. 그쪽은 다양한 문화를 경험해 본 사람 같지는 않은데, 왜 툰으로 온 거죠?"

탠드리는 자연스럽게 대화의 주제를 비브에게로 옮겼다. 비브는 레이라인과 툰을 선택한 진짜 이유에 대해 생각했지만, 탠드리에게 설명하기는 어려울 것이라 생각했다. 그래서 어느 정도 진실은 담고 있지만, 덜 복잡한 대답을 했다.

"연구 때문에요."

비브는 자조적인 태도로 자신을 내려다 보며 말했다.

"제 겉모습을 보면 상상이 안 되겠지만 저는 책을 많이 읽어요. 이 일을 시작하기로 마음먹었을 때도 가장 먼저 간 곳이 도서관이고 그곳에서 많은 시간을 보냈죠. 사람들과 많은 대화를 나누기도 했고요. 여러 가지 이유로 이곳이 가장 좋은 장소라고 결론을 내렸고 그렇게 오게 됐어요."

비브의 답변을 진지하게 듣던 탠드리가 옅은 미소를 지으며 말했다.

"커피는요? 그건 예전부터 꿈꾸던 건가요. 아니면 단순히 새로운 걸 원했던 건가요?"

자신의 말을 경청하는 탠드리에게 이전에 칼에게 이야기할 때보다 더 깊게 아지무스에서 커피를 처음 알게 된 상황을 알려주었다. 비브가 말하는 내내 탠드리는 사색에 잠긴 표정으로 진지하게 비브의 이야기를 들었다.

"전에는 다른 일을 하셨던 것 같은데요."

"음, 제가 무슨 일을 했을 것 같은데요?"

비브는 눈썹을 치켜올리며 물었다. 탠드리는 깜짝 놀란 표정을 지으며 말했다.

"제가 바보 같은 질문을 했네요."

비브가 웃었다.

"장난친 거예요. 그런 말로 당황하지 않아요. 참고로 그쪽의 추측이 맞아요. 농사짓는 일을 해서 몸에 이렇게 많은 상처가 생기기 쉽지 않죠."

탠드리는 비브를 의미심장하게 바라보다가 다시 긴장을 풀고 차분하게 자세를 고쳐 앉았다.

곧이어 주문한 음식이 나오고, 음식을 가져다준 요정이 떠난 후 탠드리는 맥주잔을 들어 비브의 쪽으로 기울였다.

"자, 헛다리 짚은 제 추측에 건배."

비브도 맥주잔을 들어 탠드리 쪽으로 기울이며 말했다.

"저 또한 그 놀라운 점에 건배."

식사 중에도 두 사람은 계속 대화를 이어나갔다.

"몇 년간 모험, 전투, 현상수배 보상금 따위의 일에서 빠져나올 길을 찾았던 것 같아요. 수백 번 반복된 부상으로 천천히 피를 흘리거나 치명적인 한 방을 기다리는 삶이었죠. 일단 그런 삶에 익숙해지면 다른 가능성이나 변화에는 무뎌져요. 그런 상태였던 제 감정을 건드린 건 커피가 처음이었어요. 심지어 그 감정을 계속 느끼고 싶었어요. 그래서 여기까지 온 거예요. 지난 삶의 고통이 아직 제 안에 남아 있기는 하지만요."

탠드리는 고개를 끄덕이더니 아무 말도 하지 않았다. 비브는 탠드리의 말을 기다렸지만, 그녀는 말없이 식사를 이어갔다.

가게로 돌아왔을 때, 가게 앞 길가에 커다란 상자가 놓여 있었다. 상자 위에는 룬이 앉아 다리를 대롱대롱 흔들며 비브를 기다리고 있었다. 단단한 체격을 가진 룬은 비브와 돈독한 사이였다.

"룬! 여기서 뭐 하는 거야?"

비브가 반가움 가득한 목소리로 크게 외쳤다.

룬이 상자에서 폴짝 뛰어내리더니 긴장한 듯 땋은 수염을 잡아당기며 말했다.

"오랜 친구에게 물건 배달 왔지."

그가 말했다.

"룬, 이리 와."

비브는 팔을 넓게 벌리며 말했다.

룬의 표정에 드리웠던 불안감은 안도감으로 바뀌었다. 두 사람은 서로를 얼싸안았다.

"솔직히 말하면 네가 나를 다시 보고 싶어 할지 몰랐어. 네가 그렇게 떠나서……."

비브는 무릎을 꿇어 룬과 시선을 맞추었다.

"그건 미안해. 만약 그 모든 걸 설명하려고 걸음을 멈추었다면 나 자신에게 설득당해서 이 결정을 포기했을지도 몰라. 너한테도, 다른 동료들한테도 미안해. 하지만……."

비브는 어쩔 수 없었다는 듯 어깨를 으쓱했다.

룬은 고개를 끄덕이며 비브의 어깨를 가볍게 토닥거렸다.

"이제는 다 끝난 일이니까 말해줄 수 있지?"

"응. 그렇지."

비브가 상자를 쳐다보면서 말했다.

"그나저나 배달이라니?"

"아! 내 동생 캐나가 아지무스에서 마차 대여점을 운영해. 동생이 이용자 목록에서 네 이름을 봤다고 나한테 알려주더라고. 그래서 배달물도 안전하게 지킬 겸 내가 함께 가겠다고 했지. 예전에 해봤던 일이기도 하고 말이야. 게다가 상자를 보고 나니까 네가 하려는 일이 뭔지 궁금해서 참을 수가 없었어."

룬의 시선은 비브의 뒤쪽으로 이동했다.

"아! 이쪽은 나랑 함께 일하는 동료 탠드리야."

비브는 일어나서 소개했다.

"탠드리, 여기는 몇 년 동안 같이 일한 친구 룬이에요."

"아주 최근까지 같이 일했죠. 탠드리, 만나서 반가워요."

"저도요."

"음, 이렇게 길에서 계속 서있을 수는 없지."

비브는 잠가두었던 가게 문을 열었다.

"룬, 이걸 안으로 옮기게 좀 도와줘."

두 사람은 힘을 합쳐 상자를 기다란 테이블 위로 옮겼다. 탠드리는 어리둥절한 표정으로 그들을 지켜보며 따라 들어왔다.

"룬, 이게 뭔지 직접 열어보겠어?"

비브가 말했다.

"그래도 괜찮다면."

룬이 대답했다.

그는 허리춤에 차고 있던 도끼의 끝부분으로 상자 가장자리를 조심스럽게 들어올렸다. 안에는 충격 방지용으로 채워 넣은 톱밥 위에 커다란 상자처럼 보이는 은색 기계가 놓여있었다. 정교하게 만들어진 배관이 곡선으로 여기저기 배치되어 있었고 두툼한 유리 뒤에는 계기판이 보였다. 여러 개의 버튼과 다이얼이 장착된 기계 앞쪽에는 긴 손잡이가 달린 복잡한 장치 두 개가 있었다.

"비브."

벤치 위에 서서 상자 안을 들여다보던 룬이 말했다.

"도대체 이게 뭐야? 감도 안 오는데."

"커피 머신."

탠드리가 생각하던 걸 입 밖으로 뱉었다.

"맞죠?"

"맞아요. 정확해요."

비브가 만족스러워하면서 대답했다.

"커피? 네가 아지무스에서 계속 이야기했던 거?"

룬이 탠드리를 힐끗 보면서 덧붙였다.

"계속 얘기했었거든요."

"맞아."

비브가 룬을 보고 웃으며 대답했다.

"대체 이걸로 뭘 하려는 건데?"

룬이 물었다.

"우선 꺼내는 것 좀 도와줘. 그다음에 알려줄게."

세 사람은 커피 머신을 카운터 위에 올리고 빈 상자는 밖에 내다 놓았다. 비브는 곧바로 열어두었던 가게 문을 닫았다. 렉의 예기치 않은 방문을 피하고 싶었다. 룬이 같이 있는 이상 렉에게 물리적 해를 가하고 싶다는 욕구를 억제하기 어려울 것 같았다.

상자 속 톱밥들 사이에는 사용 설명서가 들어있었다. 탠드리는 사용 설명서를 가져가 자세히 읽었고 비브와 룬은 테이블에 앉아 대화를 나누었다.

비브가 이곳에서 해온 일들과 앞으로의 계획을 설명하자, 룬은 감탄스러운 시선으로 가게를 오랫동안 유심히 살폈다.

"와, 비브 네가 무언가를 시도할 때는 정말 열정적이구나. 너는 일을 시작하기 전에 늘 결과를 알고 있었어. 그걸 모르면 뛰어들지 않았겠지. 그래서 나는 내 직감보다 네 직감을 더 믿어."

룬이 말했다.

"나는 잘 모르겠어. 운에만 맡기지 않으려고 최대한 노력하겠지만……."

비브가 말했다.

룬은 눈을 가늘게 뜨고 그녀를 바라보았다. 뭔가 더 설명을 요구하는 눈치였다.

"갈리나는 좀 어때? 잘 지내?"

비브는 화제를 돌리기 위해 서둘러 주제를 바꿨다.

"상처받기는 했지. 하지만 알다시피 갈리나는 누구보다 강하잖아. 서운하다고 느낄 수는 있지만 금방 괜찮아질 거야. 만약 갈리나에게 하고 싶은 얘기가 있다면 내가 편지를 전해줄 수도 있고…….."

"편지를 써야 할 것 같아. 어떤 내용을 쓸지는 조금 고민을 해볼게. 바리안을 지나서 가?"

"당연하지. 어디를 가든 바리안을 거치면 빠르거든."

"그러면 거기서 보내면 되겠다. 뭐라고 할지 생각해 본 다음에…… 그냥 그렇게 떠나와서 미안하다고 전해줘."

룬은 고개를 끄덕이고 손으로 테이블을 가볍게 두드렸다.

"이제 가봐야겠어. 날이 어두워지기 시작하네. 내일 갈 길도 멀고. 그 전에……."

그는 허리띠에 달린 주머니를 뒤져 조그만 회색 돌을 꺼냈다. 돌의 측면에는 물결 모양의 선, 세 개가 새겨져 있었다.

"블링크 스톤?"

"맞아. 이거랑 맞는 짝은 내가 가지고 있을게. 네가 여기서 아무런 문제가 없을 거라고 믿지만, 혹시 위험에 처하거나 예상하지 못한 일이 생기면 이걸 불에 던져. 그럼 내가 신호를 받을 거야. 이제 네가 어디에 있는지 아니까 바로 올 수 있어."

"룬, 나는 괜찮을 거야."

"음, 그래야지. 하지만 나중에 혹시라도 그런 상황이 생길 수 있잖아."

룬은 비브가 반박할 틈도 없이 바로 손을 들어 보였다.

"그렇게 될 거라고 말하는 건 아니야! 그럴 가능성이 높다고 예상하는 것도 아니고. 그래도 대비해서 나쁠 것 없으니까. 안 그래?"

비브는 룬에게서 블링크 스톤을 건네받았다.

"준비해서 나쁠 건 없겠지."

위험한 상황, 그건 비브도 원치 않았다. 하지만 자신이 아무런 설명 없이 동료들을 떠나왔음에도 룬은 좋은 마음으로 비브에게 친절을 베풀고 있었다. 룬의 호의를 기꺼이 받아들이는 것, 그게 비브가 할 수 있는 최소한의 도리였다.

"그럼, 나는 이제 가볼게."

룬이 일어나서 다시 한번 비브를 껴안았다. 그러고 나서 탠드리에게 간단한 인사를 덧붙였다.

"만나서 반가웠어요."

비브는 룬을 배웅하면서 말했다.

"룬, 다시 봐서 너무 좋았어. 갈리나랑 타이부스한테도 미안하다고 전해줘. 그리고 페누스는……."

룬이 비브를 보고 웃었다.

"한 대 때려줄까?"

"흠."

비브가 대답했다.

"나중에 보자. 몸조심하고 잘 지내, 비브."

룬은 어두운 거리 속으로 사라졌다.

"미안해요."

비브가 배웅을 마치고 돌아왔을 때 탠드리는 여전히 사용 설명서를 읽고 있었다.

"이렇게 늦은 시간까지 계실 필요는 없어요. 시간 가는 줄도 모르고 있었네요. 한 시간 전에는 보내드렸어야 했는데."

탠드리가 사용 설명서에 고정되어 있던 시선을 비브에게 옮기며 말했다.

"이걸 본 다음에 그냥 갈 수 있을 것 같아요? 어떻게 작동하는지 당장 알고 싶어요. 눈앞에 기계가 있는데 작동법도 모르고 밤새 궁금해할 수는 없잖아요."

탠드리는 반짝거리는 기계를 만지작거렸다.

현대적인 외관을 가진 기계는 카운터 위에서 광택을 뿜내고 있었다. 노움의 기술력은 가히 놀라웠다. 비브가 아지무스에서 본 것과 완전히 똑같지는 않았지만, 꽤 비슷했다.

"이거 어떻게 다루는지 알고 있는 거죠?"

탠드리가 물었다.

"어느 정도는요."

비브는 기계를 바라보며 대답했다. 그녀의 시선은 곡선 배관들과 유리로 덮인 계기판 위를 왔다 갔다 했다.

"그럼."

탠드리의 표정에 장난기가 묻어났다.

"궁금해 죽겠으니까 빨리 보여줘요."

"좋아요! 불부터 붙이고요."

비브는 기계 앞면에 있는 조그만 입구를 열었다. 기름을 넣는 자리와 심지가 보였다. 그녀는 길쭉한 유황성냥을 그어 심지에 불을 붙이고 입구를 닫았다.

"그리고 물은……."

비브는 주전자에 물을 채운 다음 기계 꼭대기에 있는 다른 입구를 열고 조심스럽게 물을 부었다. 그녀가 원두를 가지러 저장고에 간 사이 쉭쉭 소리가 부드럽게 커지기 시작했고 돌아왔을 때는 앞쪽 계기판의 바늘이 미세하게 움직이고 있었다.

기계의 끄트머리에는 정교한 그라인더가 장착되어 있었다. 비브는 특정한 위치에 원두를 일정량 쏟아부었다. 그러고는 기계 앞쪽의 긴 손잡이 중 하나를 돌려서 풀어내더니 그라인더 아랫부분에 꽂았다. 오른쪽 계기판 바늘이 천천히 움직이다가 파란색 구역으로 이동했을 때 비브는 레버를 당겼다. 원두가 갈리는 소리가 윙윙 울려 퍼지면서 손잡이 끝 오목한 부분에 가루가 채워졌다.

"컵 하나만 이쪽으로 줄래요?"

탠드리는 컵을 건네고 모든 과정을 흥미롭게 지켜보았다.

"이제 마지막 단계만 남았어요."

비브는 포터 필터를 다시 원래 자리에 끼운 후 바로 아랫부분에 컵을 놓았다. 그리고 버튼을 눌렀다.

이번에는 더 크고 날카로운 쉭쉭 소리가 나더니 기계가 진동하면서 물이 끓기 시작했다. 곧이어 은색 파이프를 통해 물이 솟구쳐 나왔다. 몇 초간 소리가 더 커지더니 아래 놓인 컵 안으로 짙은 갈색 액체가 흘러내렸다.

비브는 스위치를 약간 늦게 끄기는 했지만, 이 정도면 대체로 잘 해냈다고 생각했다. 컵에서는 고소한 견과류의 풍미 가득한 향이 올라왔다. 모든 게 완벽했다.

비브는 코를 컵에 대고 눈을 감은 다음 향을 들이켰다.

"세상에, 그래. 바로 이거야."

안도감과 행복감이 동시에 밀려들었다.

"이게 좋기는 한데 아무래도 초보자한테는……."

비브는 컵을 다른 구멍 아래 내려놓고 바로 위에 있는 버튼을 눌렀다. 그러자 컵이 가득 채워질 때까지, 부글부글 끓어오른 물이 떨어졌다.

그녀는 조심스럽게 탠드리 쪽으로 컵을 내밀었다.

"여기, 한번 마셔보세요. 조심하시고요. 아주 뜨겁거든요."

탠드리는 진지한 모습으로 컵을 받아 양손으로 쥐었다. 그러고는 조심스레 냄새를 맡았다.

그녀는 컵 가장자리에 입술을 대고 몇 초간 호호 불더니 신중하게 한 모금 마셨다.

기다란 정적이 흘렀다.

"아, 세상에나."

탠드리가 말했다.

비브는 웃었다. 잘될 것 같은 예감이 들었다.

7

칼이 장비를 가지고 나타났을 때 비브는 커피 머신을 자랑스럽게 보여주었다. 칼은 엄지를 허리띠에 끼워 넣고 흥미롭게 기계를 살폈다. 그때 탠드리가 모습을 드러냈다.

비브는 둘에게 서로를 소개했다.

"반갑습니다."

칼은 허리를 굽혀 인사했다.

"멋지게 작업하셨네요."

탠드리가 내부를 가리키며 말했다.

"이곳의 예전 모습을 기억하고 있거든요."

탠드리의 말을 들은 칼은 기분 좋아 보였다. 그는 새어 나오는 웃음을 감추며 '흠' 하고 고개만 끄덕였다.

하루에 걸쳐 전날 주문했던 물건들이 차례대로 도착했다. 칼은 벽에 등을 설치하고 탠드리와 비브는 포장된 상자를 열어 식기류를 정리했다. 배송 온 러그를 바닥에 깔고, 가게 앞면 유리창 쪽에 테이블과 의자도 배치했다.

오후가 되어 볼일을 보고 오겠다며 사라졌던 칼은 커다란 나무 간판을 간신히 들고 들어왔다. 그러고는 가쁜 숨을 내쉬며 간판 앞면이 보이지 않게 거꾸로 내려놓았다. 칼은 불안한 듯 간판 끝부분을 손가락으로 두드리며 말했다.

"비브, 미리 물어봤어야 하는데 아무래도 아직 결정을 내리지 못한 것 같아서요. 아무것도 걸려있지 않기도 하고요. 다시 생각해 보니까…… 아마도 제가…… 음."

비브는 순간 칼의 볼이 붉게 발그레하게 변하는 것을 보았다.

"아이고."

결국 그는 한숨을 내쉰 다음 비브가 간판을 볼 수 있게 방향을 돌렸다.

방패 모양의 간판에는 두 단어가 양각으로 새겨져 있었다. 두 단어 사이에는 비브가 한눈에 알아볼 수 있는 검의 윤곽도 들어가 있었다.

"이걸 굳이 사용할 필요는 없어요. 그냥 혼자 생각해 본 거예요. 여유 시간도 조금 있었고요. 음…… 아무래도 간판이 필요할 것 같아서요. 사람들은 아직도 여기가 마구간이라고 생각할 수도 있으니까요."

긴장한 듯 칼의 목소리에서 미세한 떨림이 느껴졌다.

LEGENDS
&
LATTES

"칼."

감정이 격해진 비브의 울먹이는 목소리가 갈라졌다.

"너무 좋은데요. 완벽해요."

그는 간판을 비브가 서있는 방향으로 내밀었다.

탠드리가 생각에 잠긴 채 고개를 끄덕였다.

"간판이 아주 특이해요. 기억하기도 좋을 것 같고요. 그런데 라테가 뭐죠?"

"커피에 우유를 섞은 거요."

칼이 말했다. 탠드리는 얼굴을 찌푸렸다.

비브는 웃으며 간판을 받아 들고 감상하듯 바라보았다.

"말이 나온 김에 보답으로 제대로 된 라테를 만들어줄게요. 저장고 안에 신선한 우유도 있고 아침에 연습도 해봤어요. 한번 마셔보세요."

"흠, 먼저 간판부터 걸죠."

의자 위에 올라선 비브의 손은 간판을 걸 자리까지 충분히 닿았다. 비브는 고리 장치를 사용해 돌출된 쇠못에 간판을 걸었다. 칼이 미리 치수를 재둔 게 분명했다.

세 사람은 한 걸음 뒤로 물러서서 간판을 감상했다.

"이제 저도 보답을 해야겠죠? 우유가 들어간 커피 어때요?"

비브가 칼을 보고 웃으며 물었다.

그는 장난스럽게 투덜거리는 시늉을 했지만, 비브가 커피를 내리는 모든 과정을 집중해서 지켜보았다. 비브는 마지막으로 증기를 뿜어내는 은색 주둥이 아래서 우유 거품을 만들었다. 그녀는 우유 거품을 머그잔에 부은 다음 칼 앞에 내려놓았다. 칼은 머그잔과 그녀를 차례로 바라본 후 조심스럽게 한 모금 마셨다.

칼의 눈이 휘둥그레졌다.

"흠, 이럴 수가. 우유가 들어간 커피라니, 끝내주는데."

칼은 다시 한번, 길게 들이켰다가 혀를 델 뻔했다.

"그거, 나도 마셔볼래요."

탠드리가 말했다.

칼은 뜨거워진 입안을 식히려고 공기를 후후 뱉으면서 잔을 건네주었다.

탠드리는 신중하게 한 모금 들이켜고 눈을 감은 상태로 맛을 음미했다. 그녀 또한 훌륭한 맛이라고 평가했다.

"툰에도 노움들이 살잖아요. 그들은 왜 이걸 팔지 않았을까요?"

탠드리는 감탄한 말투로 물었다.

"그 답은 아무도 모를걸요? 그래도 그들이 시작하지 않았으면 좋겠어요. 일단 제가 여기서 안정적으로 자리를 잡아야 하니까요!"

비브가 대답했다.

"맞아요. 그렇게 돼야죠."

탠드리는 말하고 다시 길게 한 모금 마셨다. 그녀의 꼬리가 만족스러운 듯 빠르게 움직였다.

"그거 제가 마저 마셔야겠어요."

칼이 머그잔을 향해 손짓하면서 말했다.

"어차피 어떻게 만드는지 연습해 봐야 하지 않아요?"

"기계랑 같이 들어있던 사용 설명서를 읽었는데 그림을 그리는 방법도 있더라고요."

탠드리는 대답하면서 잔을 건넸다.

"이쪽으로 와봐요. 보여줄게요."

비브가 미소를 지으면서 말했다. 처음으로 이 건물이, 이 도시가, 이 지역이 자신의 공간인 것처럼 느껴졌다. 내일도, 다음 주에도, 계절이 바뀌어도, 해가 바뀌어도 여전히 지낼 공간⋯⋯ 비브의 집.

"내일이 개업이라고 했죠?"

야외 테이블에 앉아 각자의 음료를 마시고 있을 때 탠드리가 물었다.

"계획대로라면요. 아직 어떻게 될지 모르겠어요. 솔직하게 말하면 완벽하게 준비된 것 같지 않아서 좀 긴장돼요. 뭔가 빠뜨린 것 같은데 그게 뭔지 몰라서 우선 시작해야 할 것 같아요. 그다음에는 피 흘리는 고통을 감수하면서 하나하나 해결해 나가야겠죠."

"그래도 피를 보는 일은 없어야겠죠."

탠드리가 입꼬리를 올리고 말했다.

"비브, 그런데 손님들이 그냥 문 앞에 나타나기를 기대하는 거 아니죠? 홍보는 할 거죠?"

"홍보요?"

"알려야죠. 광고물을 붙여도 되고요. 홍보를 대신해 줄 사람들을 고용할 수도 있어요."

비브는 놀라움을 금치 못했다.

"저는 그런 생각조차 해본 적이 없어요."

"그렇게 계획적인 사람치고는 꽤 놀라운데요."

탠드리가 말했다.

비브는 칭찬을 받은 것 같아 기쁘면서도 자신이 간과한 부분을 깨달아 부끄러웠다.

"아지무스에서 그 카페를 우연히 발견했거든요. 여기서도 그런 방식이 통할 줄 알았어요."

"그 카페 안에 손님들이 있었나요?"

"당연하죠."

"그런 경우라면 그 자체로 홍보가 됐을 거예요. 그곳을 지나가면서 사람들이 뭔가 주문하는 모습을 보았을 테고 그게 뭔지 알아봐야겠다고 생각한 거잖아요."

"음, 이런 건 저보다 탠드리가 더 많이 아는 것 같은데 어떻게 하면 좋을까요?"

탠드리는 잠시 생각한 다음 대답했다. 비브는 탠드리의 그런 점이 마음에 들었다.

"개업을 미룰 필요는 없어요. 일을 해봐야 우리도 빨리 익숙해질 거고요. 문제가 하나 있다면 여기서 판매하는 걸 홍보한다고 해도 사람들이 커피를 모른다는 거예요. 칼과 제가 몰랐던 것처럼요."

칼이 동조하듯 고개를 끄덕였다.

탠드리는 계속 말을 이어나갔다.

"그러니까 커피가 어떤 건지, 사람들이 알아야죠. 어떻게 알릴지는 한 번 고민을 해볼게요. 일단 내일 예행연습을 해보는 게 좋겠어요. 기대는 금물이에요. 기대가 클수록 실망도 크니까요."

비브는 이마를 찡그렸다.

"두 분 반응을 보기 전에는 이게 이렇게 어려운 일이라고 예상 못 했어요."

"아직 걱정하기는 일러요."

탠드리는 비브의 손을 잡으면서 말했다.

"기대치를 현실적인 수준으로 낮추는 게 좋겠어요."

비브가 고민에 빠진 채 생각에 잠겨있을 때 또 다른 목소리가 들렸다. 비브는 깜짝 놀랐다.

"와, 아가씨, 보아하니 이제 완전히 자리를 잡았네요!"

레이니가 미소를 지으면서 그들에게 다가왔다. 그녀의 얼굴은 말라버린 사과 같았다.

"레이니! 오랜만이에요."

비브가 말했다.

"여기가 뭘 하는 곳인지는 모르겠지만 좋아 보이는데요."

레이니가 눈을 가늘게 뜨고 간판을 올려다보았다.

"봐도 모르겠어요. 짐작도 안 가요."

레이니는 밝은 표정으로 둥근 빵이 올라간 접시를 테이블에 놓았다.

"축하할 일이 있어 보여요. 마침 오늘이 빵을 굽는 날이기도 하고요."

"아, 어…… 고맙습니다."

비브는 더듬거리며 말했다. 비브가 칼과 탠드리를 소개하자, 레이니는 손을 흔들며 고개를 끄덕였다.

"앉으실래요? 마실 것 좀 드릴까요?"

비브가 자신의 머그잔을 들면서 말했다.

"여기서 하는 일도 알게 되실 거예요."

레이니는 머그잔을 들여다보고 과장되게 냄새를 들이마시는 시늉을 해보이더니 다시 손을 흔들었다.

"아, 아니에요. 요즘에는 익숙하지 않은 걸 먹으면 소화가 안 되거든요. 맛있게 드시고 접시는 내일 돌려주세요."

그녀는 길 건너편으로 절뚝거리며 돌아갔다.

비브는 나이프와 포크를 챙겨와 무화과 케이크로 보이는 것을 잘랐고 다들 한 입씩 맛을 보았다. 그러고는 힘겹게 케이크를 삼키면서 진심이 담기지 않은 감사의 말을 중얼거렸다. 서로의 시선을 공유한 그들은 웃음을 터뜨리며 이건 도저히 먹을 수가 없는 케이크라고 결론 내렸다.

셋은 앉은 자리에서 조금 더 이야기를 나누었다.

"흠, 이제 개업 준비는 마무리된 것 같고 정산도 마쳤으니……."

칼이 음료를 다 마셨을 때 테이블을 내려다보며 말했다.

"제 일은 끝난 것 같네요. 물론 선착장에는 여전히 해야 할 일이 많고요."

"언제든 오셨으면 좋겠어요."

비브가 말했다. 목소리에는 아쉬움이 가득 담겨있었다. 비브는 어느새 칼이 제 주위에 있는 것에 익숙해져 있었다.

"아무 때나 들르세요. 커피는 얼마든지 드릴 수 있으니까요. 꼭 들르시면 좋겠어요."

"그럴게요. 커피가 생각날 때 그렇게 할게요."

그가 말했다.

비브는 그에게 손을 내밀었다.

"계속 왕래하면서 지내요, 우리."

비브의 손이 그의 손을 완전히 감쌌다. 둘은 맞잡은 손을 흔들었다.

"그럼요. 비브. 즐거운 작업이었어요."

칼의 말이 비브의 마음을 따뜻하게 어루만졌다.

"만나서 반가웠어요, 칼."

비브가 말했다.

칼은 다시 고개를 끄덕인 다음 허리를 굽혀 인사하더니 가게를 떠났다.

칼이 떠나는 모습을 바라보는 비브는 마음이 조금 아렸다.

탠드리가 소매를 걷어 올리고 닦은 머그잔을 건조대에 정리하는 동안 비브는 식료품 저장실로 향했다. 그곳에서 비브는 아침에 우유와 같이 구매한 호랑가시나무 장식을 꺼냈다.

비브는 한참 동안 벽에 걸려있는 블랙블러드를 응시하

다가 그 위에 호랑가시나무를 칭칭 감았다. 그러고는 한 발짝 물러서서 그 모습을 골똘히 살펴보다 생각에 잠겼다.

"보기 좋은데요."

탠드리가 젖은 손을 닦으며 말했다. 비브는 깜짝 놀라며 생각에서 빠져나왔다.

"제 생각에는…… 이 생각을 어떻게 표현해야 할지 모르겠어요."

"알아요. 지금까지는 언제든 손에 쥐고 휘두를 수 있는 무기였을 거예요."

탠드리는 비브를 바라보며 말했다.

"하지만 이제 그건 과거의 물건일 뿐이에요. 장식품이고요."

비브는 고개를 끄덕였다.

"그 말이 맞아요."

탠드리는 작게 미소 지었다. 뿌듯함이 녹아든 미소였다.

"대개 제 말이 맞는 편이거든요. 저건 그저 과거의 잔재일 뿐이라는 사실을 언젠가는 받아들일 수 있을 거예요."

"흠, 미안하지만 아까 말해주신 내일 예측은 틀렸으면 좋겠어요."

"제 예상이 맞아도 개인적으로 자책하지는 마세요."

비브가 킥킥 웃으며 답했다.

"노력해 볼게요."

하지만 비브는 여전히 불안했다.

탠드리가 뒷정리하는 동안 비브는 스캘버트의 돌을 묻어둔 곳으로 갔다. 그녀는 행운을 빌며 발로 판석을 세 번 두드린 다음 주머니에서 손때가 탄 양피지 조각을 꺼냈다.

> 마법 세계의 경계에 다다랐네.
> 스캘버트의 돌이 불타오르며
> 행운의 고리를 끌어당기고,
> 가슴 속 열망이 이루어진다네.

"이제 그만 가볼게요."

탠드리가 가게를 나서면서 말했다. 비브는 자신의 행동을 탠드리가 지켜보았을까 봐 다시 한번 깜짝 놀랐다.

탠드리는 의아한 표정으로 바라보았고 비브는 황급히 반바지 주머니에 양피지 조각을 넣었다.

"아, 좋아요! 내일 봅시다. 잠을 잘 자야 할 것 같은데 솔직히 그럴 수 있을지 모르겠어요."

"그럴 수 있을……."

그 순간 쿵 소리가 나더니 덜커덕 소리가 이어졌다. 둘은 곧바로 입구 쪽으로 고개를 돌렸다.

비브는 문밖으로 머리를 내밀었다.

레이니의 접시는 여전히 철제 테이블 위에 있었지만, 처음 받았을 때나 다름없던 무화과 케이크는 보이지 않았다.

    탠드리도 어느새 문간으로 다가왔다.

    "대체 이게 무슨 일이야?"

    비브가 말했다.

    "그걸 훔쳐 간 사람이 누구인지는 모르지만, 진심으로 안타까운 일이네요."

    탠드리가 말했다.

8

　비브는 커다란 출입문을 활짝 열고 창문 옆 벽에 '영업 중' 팻말을 걸었다. 그러고는 떨리는 마음으로 카운터에 서서 손님이 오기를 기다렸다.

　기대가 무안하게 손님은 단 한 명도 오지 않았다. 탠드리 말이 맞았다. 비브는 면밀한 계획하에 사전 조사와 준비를 마쳤지만, 가장 중요한 것을 간과해 버렸다. 대체 어떤 사람이 무엇인지 알지도 못하는 걸 사러 오겠는가?

　하지만 탠드리는 그 문제를 즉각 알아차렸다. 비브는 어째서 그 생각을 못 했던 걸까?

　탠드리는 한쪽 팔에 가죽 서류 가방을 끼워 들고 들어오더니 가방에 관해서는 일언반구도 없이 카운터 아래 넣어두었다. 그녀는 곧바로 머신 뒤에 자리를 잡고 커피를 두 잔 내렸다.

"조용해서 연습하기 딱 좋은데요."

전날 비브가 커피를 내리던 모습을 주의 깊게 관찰한 모양이었다. 탠드리의 첫 번째 커피는 약간 쓴맛이 났고 두 번째 커피는 약간 싱거웠다. 그래도 무리 없이 마실만 했다. 비브는 커피 향을 맡고 나서야 겨우 안정감을 되찾았다.

열어둔 문을 통해 촉촉하고 시원한 바람이 들어왔다. 머그잔에서는 따뜻한 김이 매력적인 곡선을 그리며 피어올랐다. 모든 게 갖추어져 있었다. 애초에 비브가 기대했던 것보다 더 완벽에 가까운 상태였다. 할 일이 없다는 것만 제외하면 말이다.

처음 몇 시간 동안, 비브는 울타리 안에 갇힌 포악한 짐승처럼 이리저리 서성거렸다.

잠깐 모습을 드러낸 칼은 부러 들으라는 듯 바깥을 향해 큰 소리로 커피 맛을 칭찬했다. 결국 그는 씁쓸한 미소를 지으며 카페를 떠났다.

정오가 되기 전, 예상치 못한 손님이 방문했다. 레이니가 절뚝거리며 길을 건너왔다.

"다들 안녕하세요."

레이니는 밝은 목소리로 인사했다.

"아무래도 여기서 무언가 소동이 벌어지는 것 같아서 직접 확인해 보려고 왔어요. 그거 하나 줘봐요. 얼마예요?"

레이니는 커피 머신을 가리키며 말했다.

비브는 얼마 전 호프집에서 본 칠판 메뉴판을 떠올리며, 그런 메뉴판을 미리 준비하지 못한 것을 후회했다.

"커피는 구리 반 닢이고 그건 기본적인 커피예요. 라테는 한 닢이고, 음…… 커피에 우유가 들어간 것을 라테라고 불러요. 우유를 마셔도 소화 기능에 문제가 없으시다면……?"

비브는 자신의 배를 문지르며 말했다.

레이니는 풍성한 원피스 주머니에서 동전을 꺼내 카운터에 올렸다. 탠드리는 착실하게 동전을 금고에 넣고 커피를 내리기 시작했다.

커피 머신이 쉭쉭 원두가 갈리는 소리와 보글보글 물이 끓는 소리를 내뿜자, 레이니는 신기해하면서 깔깔 웃었다. 그녀는 우유 거품이 올라간 머그잔을 받고 고개를 끄덕였다.

"아주 좋네요. 아주 좋아요. 둘 다 고마워요. 아! 그리고 이왕 온 김에 먼젓번 가져왔던 접시를 다시 가져갈 수 있을까요?"

비브는 감사의 인사와 함께 접시를 건넸다.

"정말 고마워요!"

레이니가 큰 소리로 말했다.

"그럼, 하던 일을 마저 끝내러 가야겠네요. 앞으로도 계속 친하게 지내자고요."

그녀는 한 손에 접시를 들고 절룩거리며 다시 길을 건너갔다. 입도 대지 않은 라테는 카운터 위에서 식어가고 있었다.

비브는 무거운 한숨을 뱉었다. 탠드리가 레이니가 주문하고 가져가지 않은 라테를 마셨다.

"자, 그러면."

탠드리가 가죽 서류 가방을 집으며 말했다. 비브는 탠드리가 긴장하는 모습을 처음 보았다.

"어젯밤에 몇 가지 아이디어를 얘기했었잖아요. 그리고 집에 가서 생각을 좀 해봤어요."

"네?"

탠드리는 서류 가방을 열어 스케치와 글로 가득한 양피지 뭉치를 꺼냈다. 자신감 있는 말투와 다르게 그녀는 초조한 모습으로 뭉치를 간추렸다.

"어, 너무 낙담하지 않았으면 좋겠어요. 아직은 사람들이 이게 뭔지 모를 뿐이니까요. 우리가 이게 뭔지 알려주기만 하면 상황은 좋아질 거예요."

탠드리는 비브의 눈을 바라보며 말했다.

"이건 좋은 아이디어거든요."

"저도 그렇게 되기를 바라요."

비브가 중얼거렸다. 지난밤 탠드리는 아주 자신만만했지

만, 지금은 비브가 중간에 말을 끊지는 않을지 불안해하며 빠르게 말을 이어나갔다. 비브는 탠드리의 메모를 내려다 보았다.

"이건 그냥 몇 가지 아이디어일 뿐이에요. 제 생각에는요. 핵심 고객층, 그러니까 단골손님을 확보할 방법을 생각하면 될 것 같아요. 그러면 금방 입소문이 날 거예요. 그리고 매장 안에 손님들이 있으면 지나가던 사람들도 궁금해서 들어올 거고요. 그래서 하는 말인데 이벤트 같은 걸 했으면 해요."

탠드리는 비브가 볼 수 있게 양피지의 방향을 바꾸었다. 탠드리의 스케치는 정말 매력적이었다. 스케치 뒤에 남은 밑그림 흔적도 보였다. 글자는 음영과 외곽선 효과가 입혀져 다양한 모양으로 표현되어 있었다.

신장개업
Legends & Lattes
이색적인 노움의 맛을 체험해 보세요.
무료 샘플 제공
한정 수량!

"이걸 직접 쓴 거예요?"
비브는 감명받은 듯한 표정으로 물었다. 탠드리는 흘러내리는 머리카락을 귀 뒤로 넘기면서 꼬리를 휘둘렀다.

"네. 어쨌거나 인쇄소에 포스터 제작을 의뢰해야 해요. 포스터는 구인 게시판에 붙일 거고 길가에는 간판을 설치할 거예요. 이런 식으로요."

그녀는 또 다른 스케치를 꺼냈다. 이전 것과 비슷했지만 예술적으로 보이는 커다란 화살표가 가게 쪽으로 추정되는 방향을 가리키고 있었다.

"탠드리, 이거 너무 멋진데요. 대단해요."

비브가 말했다. 비브는 순간 탠드리의 얼굴이 살짝 붉어진 것 같다고 생각했다.

"뭐라고 말해야 할지 모르겠어요. 이건…… 정말 감동이에요."

"장사가 잘돼야 저도 월급을 받을 테니까요."

탠드리가 미소를 지으며 말했다.

"그렇죠. 맞는 말이에요."

"여기서 중요한 건, 샘플 수량을 한정해서 체험 기회를 제공하는 거예요. 우리가 바라는 건 한 번에 많은 사람이 오는 거지만 너무 많아도 안 되거든요. 바로바로 응대할 수 없으니까요. 그러니까 이 간판을 길에 두는 걸로 시작하는 게 좋을 것 같아요. 처음에는 무료 샘플 때문에 적자가 나겠지만 우리의 장기적인 목표는 단골손님을 만드는 거니까요."

비브는 탠드리가 우리라고 말한 것을 알아차리고 미소를

지었다.

"그러면 이제 뭐부터, 어떻게 해야 할까요?"

탠드리는 자신의 아이디어에 확신이 있었다.

"일단 돈이 조금 필요해요. 재료를 사야 하니까요. 내일이면 입간판을 설치할 수 있을 거예요. 오후에 입간판을 그리면 되니까요. 오늘 영업시간 이후에 길거리에 세워둔 다음 내일 결과를 지켜보자고요."

비브는 금고를 열어 주머니에 돈을 채운 후 탠드리에게 건네주었다.

"그 계획, 저는 무조건 찬성이에요."

탠드리가 처음으로 함박웃음을 지으며 주머니와 서류 가방을 챙겼다. 그녀는 서둘러 문을 나서면서 어깨 너머로 소리쳤다.

"금방 돌아올게요!"

비브의 낙관적이었던 기분은 개업 첫날, 부진한 손님으로 인해 빠르게 잦아들더니 결국 좌절감이 그 자리를 대체해 버렸다. 여전히 성공의 여부가 불확실한 상태였지만, 탠드리의 아이디어로 인해 비브의 기분은 천천히 회복되고 있었다. 비브는 혹시 카페를 찾아오는 손님은 없는지 길가를 힐끗힐끗 살피며 씁쓸한 미소를 지었다. 그러고는 잠시 가게 문을 닫아버렸다. 문을 닫은 가게에 홀로 남은 비브는 테이블을 밀고 조심스럽게 판석을 들어올렸다. 스캘버트의 돌을 어루만지며 비브가 속삭였다.

"제발 내가 실망하지 않게 해줘."

탠드리는 허리 높이까지 오는 접이식 입간판 두 개를 들고 힘겹게 돌아왔다. 서류 가방은 한쪽 겨드랑이 아래 불안하게 끼워져 있었고 어깨에는 천 가방을 메고 있었다.

"이것까지는 미처 생각하지 못했어요."

탠드리는 가쁜 숨을 몰아쉬며 말했다.

비브는 서둘러 입간판을 건네 받았다. 탠드리는 나머지 짐을 서둘러 내려놓았다.

탠드리는 판매 상황이 나아졌는지 묻지 않았다. 대신 천 가방 안에서 마개가 덮인 잉크통과 붓, 곡선으로 마감된 나무 조각 몇 개를 꺼냈다.

탠드리는 돈이 들어있는 주머니를 다시 비브에게 건네주고 작업을 시작했다.

탠드리는 바닥에 앉아 소매를 걷어 올리고 잉크를 열었다. 붓으로 매끈한 선을 그리는 탠드리의 손길은 안정적이었다. 비브가 나무 조각이라고 생각했던 건 스텐실 기법에 사용하는 판이었다. 그녀는 길고 복잡한 선을 그릴 때 판을 사용했다. 탠드리는 자신의 스케치를 흘깃거리며 참고했지만, 비브가 보기에는 스케치 없이도 충분히 작업이 가능할 것 같았다.

한 시간도 채 되기 전에 구불구불한 선을 마지막으로 그리면서 작업이 마무리됐다. 탠드리는 붓을 천에 닦고 잉크통 마개를 덮었다. 그러고는 작업물을 살펴보면서 기지개를 켜고 어깨를 주물렀다.

비브는 탠드리의 그런 모습이 꽤 전문적으로 보인다고 생각했다.

"원래 간판 제작 일 같은 걸 했던 거예요?"

"아니요. 그냥 미술에 관심이 많았어요."

탠드리는 비브 쪽으로 돌아섰다.

"이제 가게 문을 닫고 이걸 밖에 내놓는 게 좋겠어요. 해가 지기 전에요."

"전문가 말을 따라야죠. 어디든 말해요. 원하는 자리에 놓을게요."

비브가 장난기 가득한 표정으로 웃으며 말했다.

탠드리는 거리로 나갔다.

"하나는 여기, 문 앞에요."

탠드리는 문에서 1미터쯤 떨어진 곳을 가리키며 말했다. 비브는 입간판 두 개 중 하나를 벽에 기대어 세웠다. 다른 하나는 화살표가 가게 입구를 향하도록 들고 있었다.

"이건 어디에 놓을까요?"

비브가 물었다.

"번화가 초입의 교차로에 놓으면 어떨까, 생각했어요. 따라오세요."

탠드리는 레드스톤 거리를 지나 교차로로 향했다. 비브가 입간판을 내려놓자, 탠드리는 여러 각도에서 간판을 확인하고 위치와 방향을 꼼꼼하게 조정했다.

두 사람은 거리의 등불을 밝히는 일꾼들이 양초로 점등을 시작할 무렵 가게로 돌아왔다.

"효과가 있을 것 같아요?"

탠드리가 짐을 챙기는 동안 비브가 문간에 기대고 서서 물었다.

"밑져야 본전이잖아요. 지금보다 더 나빠질 일은 없겠죠."

탠드리는 서류 가방을 들고 문 앞으로 왔다.

고민에 빠진 듯 비브의 눈이 가늘어졌다.

"저는 잘 모르겠어요."

비브는 우울한 목소리로 중얼거렸다. 그때 탠드리의 어깨 너머로 누군가 걸어오는 모습이 보였다. 그의 모자는 쉽게 알아볼 수 있었다.

"왜 그래요?"

탠드리가 비브의 시선을 따라 고개를 돌렸다. 그들의 시선이 닿은 곳에는 허리춤에 등불을 차고 가슴팍에 배지를 단 덩치 큰 남자와 렉이 느긋하게 다가오고 있었다.

렉이 경비병 어깨에 친근하게 손을 얹고 웃으면서 중얼

거리자, 배지를 찬 경비병이 웃음을 터뜨렸다.

"아무것도 아니에요."

비브가 말했다.

렉은 몇 걸음 떨어진 곳에서 멈추었다. 그는 놀란 눈으로 비브와 가게를 바라보았다. 경비병은 상황을 이해하지 못한 채 어리둥절한 표정을 지었다.

렉이 가까이 다가오더니 창문으로 안을 들여다보았다.

"꽤 멋진 검이네요, 비브. 그쪽이 본색을 드러내지 않기를 바라지만 말이에요."

그가 내부를 가리키며 말했다.

경비병 역시 눈을 가늘게 뜨고 유리창 너머를 들여다보았다.

"음, 정말 멋진 검이군요."

그는 동의하면서 자신의 짧은 칼자루를 가볍게 두드렸다.

"너무 감상적인데요."

비브의 목소리는 의도한 것보다 거칠게 나왔다.

탠드리는 서류 가방을 꽉 쥐고 그들 사이를 왔다 갔다 했다.

"제가 걱정해야 하는 상황인가요?"

탠드리가 조용하게 물었다.

비브는 어떻게 대답해야 할지 확신이 서지 않았다. 그 순간 가게 외에도 잃을 것이 많다는 사실을 불현듯 깨달았다.

렉이 고개를 끄덕이자, 가슴팍의 주름 장식이 너풀거렸다.

"2주입니다. 그냥 상기시켜 드리는 거예요. 돈은 꼭 따로 준비해 두는 거 잊지 마시라고요."

경비병은 렉의 말에도 눈 하나 깜짝하지 않았다. 그 모습을 본 비브는 지역 당국에 도움을 요청하려던 생각을 완전히 접었다.

비브는 주먹을 꽉 쥐었다가 다시 풀고 말했다.

"그때까지 상황이 좋아지기를 바라는 수밖에 없겠네요. 단단한 돌에서 나오지도 않는 피를 짜낼 수는 없는 노릇이니까요."

"당신이 무언가에서 피를 짜내는 법을 잘 알고 있다는 데에는 의심의 여지가 없죠. 어떤 방식으로 짜내는 거든 말입니다. 아무래도 그런 쪽으로는 재능이 탁월해 보여서요. 그래도 안심하세요. 우리도 비슷한 재능이 있으니까요."

렉의 시선은 탠드리에게 옮겨갔다. 렉은 탠드리에게 정중하게 허리를 굽혀 인사했다.

"그만 갈까요?"

경비병이 말했다.

비브와 탠드리는 그들이 떠나는 모습을 지켜보았다.

"무슨 일 때문인데요?"

그들이 시야에서 사라지자마자 탠드리가 물었다.

"별일 아니에요. 걱정할 일도 아니고요. 제가 해결하면 돼요."

 탠드리의 표정은 회의적이었지만, 더 이상 캐묻지는 않았다.

 "이제 집에 가야죠. 입간판이 너무 멋져요. 제가 너무 늦게까지 붙잡아 두었네요."

 비브가 애써 웃음을 지으며 말했다.

 "진짜 그만 가봐도 되겠어요?"

 "그럼요."

 탠드리는 마지못해 고개를 끄덕이고는 팔에 서류 가방을 끼운 채 떠났다.

 탠드리가 모퉁이를 돌자, 비브는 걸려있던 '영업 중' 팻말을 떼고 안으로 들어갔다.

 비브는 최대한 조심스럽게 문을 닫으려고 애썼지만, 경첩은 요란하게 덜컹거렸다.

 비브는 침낭에 누워 룬이 주고 간 블링크 스톤을 꺼냈다. 손에 쥔 돌을 이리저리 관찰하면서 예전에는 성공과 실패의 경계가 얼마나 명확했었는지 떠올렸다. 경계가 그 어느 때보다 모호해진 지금, 비브는 돌을 치운 후에도 오랫동안 잠들지 못했다.

9

 내심 기대감을 품었던 건 사실이지만, 막상 '영업 중' 팻말을 걸기 위해 나갔을 때 가게 앞에 건장한 근육질의 부두 노동자, 볼에 홍조가 있는 빨래 여인, 밀가루가 묻은 커다란 가죽 앞치마를 두른 랫킨 세 명이나 줄을 서서 기다리는 모습을 보고 비브는 깜짝 놀랐다.
 부두 노동자는 비브를 위아래로 훑어보더니 놀란 표정을 지었다.
 "무료 샘플 주는 거 맞소?"
 그는 커다란 엄지로 길거리에 세워둔 입간판을 가리켰다.
 "네. 맞아요."
 비브는 강기슭에서 가져온 돌로 열어둔 문을 받치면서

말했다. 하늘은 아직 어둑어둑했고 봄에 접어든 아침 공기는 서늘했다.

세 사람은 서둘러 카페 안으로 들어왔고 비브는 빠르게 난로에 불을 지폈다. 벽에 달린 조명이 아늑한 빛을 내뿜었다.

카운터 앞으로 다가간 빨래 여인은 비브가 움직이지 않게 자갈로 고정한 양피지를 자세히 들여다보았다. 칠판을 준비할 시간이 마땅치 않았던 비브는 급하게 메뉴를 손으로 적어두었다. 물론 탠드리가 만든 예술적인 작업물에 비하면 볼품없었지만, 그래도 없는 것보다는 나았다. 조만간 탠드리가 다시 작업해 주기를 바랐다.

메뉴 목록에는 가격을 기재하지 않았다. 누군가 가격을 보고 놀라 겁을 먹고 카페를 도로 나가는 일은 없었으면 해서였다. 어쨌거나 당분간 모든 게 무료인 점도 있었다.

메뉴
커피   로스팅된 노움의 원두로 내린 맛이 풍부한 음료
라테   우유가 들어간 커피 — 부드럽고 맛있음

"뭐가 뭔지 전혀 모르겠어요."
여인은 검지로 메뉴 목록을 톡톡 두드리며 말했다.
"어떤 게 가장 맛이 좋아요?"

비브는 잠깐 생각하다가 되물었다.

"차를 마실 때, 보통 크림을 넣어서 드세요?"

"아니요."

그녀가 대답했다.

"저는 그냥 뜨겁고 양이 많은 게 좋아서 차도 그렇게 마셔요. 이것도 차랑 비슷해요?"

비브는 손을 좌우로 흔들며 말했다.

"아니요. 그렇지는 않아요."

비브는 다른 두 사람을 바라보았다.

"두 분은 어떤 걸로 드릴까요?"

"저 여성분이 선택하는 걸로요."

부두 노동자가 팔짱을 낀 채 말했다. 랫킨은 다가와서 메뉴를 보려고 까치발을 했다. 잠시 후 그는 말없이 메뉴판 위의 라테를 가리켰다.

"알겠습니다."

비브는 커피를 내리기 시작했다.

커피 머신이 쉭쉭 소리와 보글보글 끓는 소리를 내기 시작했다. 첫 손님들은 호기심 가득한 눈빛으로 가까이 다가왔다. 커피가 머그잔 안으로 흘러내리기 시작하자 랫킨은 놀랬는지 소리를 냈다. 랫킨의 눈이 기름방울처럼 반짝반짝 빛났다.

비브는 여인에게 첫 번째 커피를 건넸다. 여인은 조심스럽게 잔을 들고 향을 깊게 들이마셨다. 그러고는 입으로 바람을 불어가며 커피를 식히더니 크게 한 모금 들이켰다. 그녀는 순간적으로 얼굴을 찡그렸다가…… 고개를 끄덕였다.

"음. 나쁘지 않은데요."

그녀가 말했다.

"차가 아닌 건 확실하네요. 돈을 주고 사먹을 것 같지는 않지만요……."

그녀는 테이블이 있는 쪽으로 걸어가 벤치에 앉았다. 손으로는 머그잔을 감쌌고 그 위로 몸을 살짝 기울였다.

커피를 받은 부두 노동자는 의심스럽다는 듯 냄새를 맡더니 네 모금에 걸쳐 빠르게 마셨다. 비브는 얼굴을 찌푸리며 무의식적으로 자신의 목을 움켜쥐었다. 덩치 큰 노동자는 잠시 생각하는 듯하더니 어깨를 으쓱했다. 그는 잔을 다시 돌려주고 아무 말 없이 가게를 나갔다.

비브의 실망감은 이루 말할 수 없었지만, 프로페셔널한 첫인상을 주기 위해 애써 태연한 척 "감사합니다!"라고 외쳤다.

비브가 랫킨의 라테를 만드는 동안 탠드리가 조용히 문을 열고 들어왔다. 그녀는 카운터 안으로 자연스레 들어왔.

랫킨은 양손을 앞으로 모으고 기다렸다. 랫킨의 코가 움직일 때마다 수염도 같이 움직였다. 그는 기대감 가득한 손으로 잔을 받았다. 금빛 우유 거품 위로 곡선을 그리며 솟아오르는 증기에 코를 댄 그는 조심스럽게 한 모금 들이켠 후 눈을 감았다. 분명 커피를 음미하는 모습이었다. 비브는 카운터에 팔꿈치를 기댄 상태로 그의 반응을 지켜보았다.

눈을 뜬 랫킨은 감사의 의미로 머리를 살짝 숙였다. 그는 잔을 들고 조용히 칸막이 좌석으로 갔다. 그곳에 앉아 커피를 한 모금씩 마시며 허공에 대롱대롱 매달린 발을 흔들고는 했다.

"출발이 좋은데요? 희망이 보여요. 지금까지 여기 있는 손님들이 전부였어요?"

탠드리가 물었다.

"지금까지는요."

여인은 잔을 테이블에 그대로 올려두고 떠났고 커피를 다 마신 랫킨은 빈 잔을 카운터로 가져왔다. 그는 공손하게 고개를 숙여 인사하고 가게를 빠르게 나갔다. 그가 지나간 자리에는 흩뿌려진 밀가루가 남았다.

탠드리는 난로에 주전자를 데웠고 싱크대에 물을 채운 다음 잔들을 담갔다.

"잘했어요. 효과가 있네요."

탠드리는 카운터 위의 메뉴판을 가리키며 말했다.

비브는 곁눈으로 힐끗 탠드리를 보았다.

"당신이 만들면 더 잘할 수 있잖아요."

"음, 더 잘한다는 표현은 제 실력에 비해 지나친 것 같아요."

"이따가 칠판이랑 분필을 사러 가려고요. 번화가에 있는 호프집에서 쓰는 걸 봤거든요. 여기 걸어두려고요. 입간판에 멋지게 요술을 부린 것처럼 이번에도 작업해 줄 수 있어요?"

"그럼요."

이른 아침의 손님들이 드문드문 방문했다. 비브와 탠드리는 합심해서 메뉴를 설명했고 번갈아 가면서 커피를 내리거나 내부를 쓸고 닦았다. 카페는 아늑하고 편안했으며 구운 원두의 향은 공기에 스며 길거리로 퍼져나갔다. 몇몇 사람들은 냄새에 이끌려 안으로 들어오기도 했다.

비브는 감히 희망을 품어보기로 했다.

아침에 잠깐 북적였던 가게는 몇 시간 만에 도로 한산해졌다. 가게 밖 유동 인구는 늘었지만 가게 안은 파리가 날렸다.

"지금은 어제랑 다를 게 없네요."

비브가 볼멘소리를 냈다.

"아직 걱정하기는 일러요."

탠드리가 말했다.

하지만 비브는 탠드리가 이미 닦은 머그잔을 다시 닦고

있다는 사실을 알아차렸다. 곧이어 탠드리는 커피 머신을 박박 닦기 시작했다. 다섯 번도 넘게 닦인 기계에서는 광이 났다.

이후 몇 시간은 고통 속에 지나갔다. 정오쯤에 드디어 오후의 첫 번째 손님이 문을 열고 들어왔다.

젊은 남자였다. 그는 키가 크고 잘생겼지만 허약해 보일 정도로 마른 상태였다. 다소 귀족적인 분위기가 풍겼지만, 어울리지 않는 수염이 외모를 망가뜨리고 있었다. 수염은 너무 가는 데다가 듬성듬성했다. 그는 누군가를 찾는 듯 주위를 둘러보며 둥글게 오므린 손바닥을 계속해서 내려다보았다. 한쪽 팔에는 책이 가득 든 가방이 들려있었다. 그는 아랫부분이 두 갈래로 나뉜 망토를 입고 있었는데 왼쪽 가슴팍에는 수사슴 머리 모양의 브로치가 달려있었다.

그는 카운터로 가는 대신 바로 테이블 쪽으로 향했다.

비브는 이마를 찌푸리고 그를 지켜보았다.

"애커스 학생이네요."

탠드리가 중얼거렸다.

"애커스요?"

"마법 학교요."

"아, 여기 도착한 첫날 갔던 곳이군요. 학교 이름은 몰랐어요. 저 학생은 꽤 부유해 보이는데요. 어쩌면 입소문이 날지도 몰라요. 학생들끼리는 서로 정보를 공유하잖아요?"

"그렇기는 하죠."

탠드리는 불만스러운 듯 낮은 목소리로 중얼거렸다. 목소리에 섞인 불쾌한 뉘앙스를 감지한 비브는 의아한 표정으로 그녀를 바라보았다.

젊은 남자는 대형 테이블과 벤치 주위를 두 바퀴 돌고 나서 부스형 테이블로 다가갔다. 그는 자리에 앉아 책을 몇 권 꺼내더니 읽기 시작했다.

비브는 의문 가득한 시선을 던졌지만, 탠드리는 어깨만 으쓱해 보일 뿐이었다. 둘은 계속해서 그를 지켜보았다.

20분 정도 지나자, 비브의 혼란스러움이 극에 달했다. 비브는 그에게 다가가 물었다.

"혹시 뭐 필요하신가요?"

그는 고개를 들더니 밝게 웃으며 대답했다.

"아니요. 괜찮습니다!"

"무료 샘플 때문에 오신 거 아닌가요?"

비브가 재차 물었다.

"샘플이요? 아, 아니요. 저는 괜찮아요. 고맙습니다!"

그는 다시 책으로 돌아갔다. 당황한 비브는 머리를 긁적거리며 카운터로 돌아왔다.

그는 무려 세 시간 동안이나 그 자리에 머물렀다. 책에 완전히 몰입한 채 중간중간 양피지에 무언가를 휘갈겨 썼다. 오므린 손을 끊임없이 확인하면서 혼자서 중얼거리기도 했다. 마지막에는 물건을 전부 챙겨서 카운터로 왔다.

"정말 감사합니다."

그는 고개를 숙이더니 가게를 떠났다.

무기력하게 서성이던 비브는 돌연 뭐라도 해야겠다고 결심했다. 그녀는 탠드리에게 가게를 맡기고 도시 북쪽의 상업지구로 갔다. 장이 서는 날은 아니었지만 간판 가게에 가서 커다란 칠판과 분필을 구매했다. 탠드리가 다양한 색으로 작업할 수 있게, 분필 색도 여러 가지 구매했다.

뭐라도 하고 있다는 생각에 비브의 기분이 나아졌다. 아침의 분주함은 그날 하루에 대한 기대치를 높였지만, 돌아오는 길에는 헛된 희망을 품지 않으려고 마음을 내려놓았다.

업종마다 특별히 붐비는 시간대가 있었다. 식당은 아침, 점심, 저녁 식사 시간대가 바빴고 카페는…… 음, 그녀는 그때가 언제인지 막 알아가는 중이라고 생각했다.

"아, 좋아요. 이 정도면 작업하기에 완벽해요."

탠드리가 칠판과 분필을 받아 들고 만족스럽게 말했다. 그녀는 창고에서 나무 스텐실을 가져와 커다란 테이블에서 작업을 시작했다.

탠드리가 그림을 그리는 동안 비브는 문간에 서서 길거리를 계속 살폈다. 늘 그렇듯 레이니는 빗자루로 현관을 쓸고 있었다. 그녀는 비브를 보고 밝은 표정으로 손을 흔들었다.

아침 시간에만 장사가 된다고 생각해야 하는 걸까? 아지무스에서는 전혀 그렇지 않아 보였다. 그곳의 카페들은 하루 종일 활기가 넘쳤고 손님들로 북적거렸다. 커피가 이곳 사람들에게 익숙해지면 차츰 나아지지 않을까. 내일쯤이면 앞으로의 상황이 어떻게 전개될지 감이 올 것 같았다.

다시 가게로 들어갔을 때 탠드리는 완성한 메뉴판을 벽에 기대어 놓고 살펴보고 있었다. 비브가 했던 예술적 시도들은 탠드리의 작업물에 비하면 볼품없었다. 탠드리는 다양한 색을 멋지게 조합했다. 글자는 너무 입체적이어서 칠판 밖으로 튀어나올 것만 같았다. 탠드리는 문구도 창의적인 방식으로 다듬었다.

Legends & Lattes

~ 메뉴 ~

커피 이국적인 향 & 풍부하고 묵직한 보디감　　반 닢
라테 고급스럽고 부드러운 버전　　　　　　　　한 닢

※

신사 숙녀 여러분들을 위한 기품 있는 맛

오브제로는 커피콩 두 알과 머그잔에서 김이 멋지게 피어오르는 모습을 예술적으로 그려 넣었다.

"마음에 들어요. 당신은 뛰어난 예술가예요."

비브가 세차게 고개를 끄덕이며 말했다.

"자, 저 뒤에 망치가 있어요."

탠드리가 완성한 메뉴판을 들고 있는 동안 비브는 메뉴판을 걸어 둘 수 있도록 아래쪽 벽에 못을 몇 개 박았다.

"메뉴를 칠판에 적는 건 좋은 아이디어였어요. 언제든 내용을 수정하거나 추가할 수 있으니까요."

탠드리가 말했다.

"수정한다고요?"

"메뉴를 늘릴 수도 있잖아요. 앞날을 누가 알겠어요."

비브는 가게를 둘러보더니 한숨을 쉬었다.

"점심시간이 지나고 손님이 좀 왔으면 했는데, 아니면 저녁때라도요. 지금 보니 그럴 것 같지 않네요. 메뉴 추가 고민을 할 수 있는 날이 오기는 할까요."

탠드리는 오므린 입술을 검지로 톡톡 두드렸다.

"내일 아침은 어떨지 한번 보자고요."

"무료 샘플은 계속해야겠죠?"

"네. 다시 오는 손님이 있는지도 봐야죠."

탠드리의 표정에 장난기가 서렸다.

"일단 미끼를 던지고 미끼를 문 손님들의 관심이 지속되는지 보는 거예요."

"저는 낚시는 영 젬병이라서요."

"이제 강이 있는 도시에 사니까 곧 배우게 될 거예요."

비브는 탠드리의 말이 맞기를 바랐다.

10

　단골손님들이 왔다. 물론 커피가 무료인 기간에 방문하는 이들에게 '단골손님'이라는 표현은 적절하지 않아 보였지만. 가게 문을 열었을 때 빨래 여인과 랫킨이 다시 나타났다. 여인은 친구와 같이 왔고 그들 뒤로 네 명의 손님이 더 있었다.

　재빠른 랫킨이 밀가루를 흩날리며 가장 먼저 안으로 들어왔다. 그는 말없이 메뉴판의 라테를 가리켰다. 탠드리는 가게에 방문한 손님들을 위해 커피를 내리기 시작했다. 길거리를 바라보던 비브는 몇몇 손님들이 짧은 줄 뒤에 합류하는 모습을 보고 작게 고개를 끄덕였다.

　장사는 꽤 안정적이었다. 비브와 탠드리, 둘 중 하나는 계속해서 커피를 내려야 했다.

"낚시가 잘 되는 것 같은데요."

탠드리가 빈 머그잔을 들고 지나가며 중얼거렸다.

"낚시꾼은 그쪽이잖아요. 저보다 전문가니까."

비브가 웃으면서 말했다. 비브는 테이블 쪽을 보기 위해 몸을 앞으로 기울였다. 테이블에는 아직 잠이 덜 깬 듯 피곤해 보이는 사람들이 드문드문 앉아 조용하게 대화를 나누고 있었다.

뒤를 돌아보니 탠드리가 분필을 들고 발 받침대 위에 올라가 메뉴판에 글을 적고 있었다.

오늘 단 하루만 무료 샘플!

탠드리는 비브의 의아한 시선을 마주하면서 발 받침대에서 내려왔다.

"미끼가 제대로 먹혔는지 확인해 보자고요."

정오로 접어들면서 한가해진 가게에 어제 왔던 애커스 학생이 다시 나타났다. 당당하게 안으로 들어온 그는 테이블에 앉아 커피를 마시는 사람들을 보고 놀란 표정을 지었다. 그는 비브와 탠드리를 흘끗 보더니 서둘러 비어있는 칸막이 좌석으로 갔다. 그러고는 가방을 열어 책을 꺼냈다. 그는 다시 무언가를 휘갈기기 시작했다. 역시나 이번에도 중간중간 손바닥을 확인하는 이해하기 어려운 행동을 했다.

이후 한 시간이 지나도록 그는 자리만 차지한 채 아무것도 주문하지 않았다. 비브는 점점 짜증이 나기 시작했다.

"저 사람은 대체 뭘 하는 거죠?"

비브는 탠드리에게 속삭이는 척 물었지만, 그에게도 들릴 정도로 큰 소리를 냈다.

탠드리는 어깨를 으쓱했다.

"과제? 공부? 왜 여기서 하는지는 모르겠지만요."

"어제는 와서 자리를 채워주는 자체가 좋았는데, 만약 계속 자리만 차지하고 있을 거라면⋯⋯."

"목적을 알아내는 건 식은 죽 먹기죠."

탠드리가 카운터를 돌아 나가면서 말했다. 탠드리가 다가가자, 그는 대수롭지 않게 탠드리를 힐끗 바라보더니 폈던 손을 오므렸다.

"뭐 필요하세요?"

그는 약간 신경질적으로 물었다.

"제가 하려던 말을 먼저 해주셨네요. 저희 카페에 이틀 연속으로 방문해 주셔서 감사합니다. 샘플을 원하시는지 확인하려고요. 샘플 때문에 이곳에 오신 거 맞나요?"

비브는 대화를 엿듣기 위해 카페를 천천히 가로지르며 주변을 서성였다.

"샘플이요?"

그의 눈이 그녀의 뿔과 꼬리 사이를 빠르게 오갔다. 전날 똑같은 질문을 받았음에도 그의 표정은 혼란스러웠다.

"커피? 아니면 라테? 무엇을 드릴까요? 여기가 음료를 파는 가게라는 건 알고 계시죠?"

"아!"

그는 이내 다시 침착해졌다.

"네. 음, 그런데 그럴 필요 없어요."

그는 마치 자신이 호의를 베푼다는 듯 웃으며 말했다.

"안 주셔도 괜찮아요!"

예의상 장착했던 탠드리의 미소가 점점 옅어지고 있었지만, 그녀는 의도적으로 더 밝은 미소를 지어 보였다. 비브는 탠드리가 평소 감추고 있던 모습 중 일부를 드러내고 있는 듯한 느낌을 받았다. 탠드리는 부드럽고 매력적인 목소리로 말했다.

"뭘 하시는 중인지 여쭈어봐도 될까요. 성함이……?"

"아, 어, 해밍턴입니다."

그는 더듬거리며 말했다.

"저는, 음, 어, 저도 알려드리고 싶지만, 기술적인 분야라 설명하기 복잡해서요."

그는 미안하다는 듯한 표정을 지어 보였다.

"저도 기술적인 것들에 관심이 많아요. 애커스에서 강의를 몇 개 듣기도 했고요. 괜찮으시다면 그냥 설명해 주시는 건 어때요?"

탠드리가 말했다.

"정말요?"

해밍턴이 눈을 깜박였다.

"아! 음, 이건 보시다시피 레이라인이랑 관련이 있어요."

탠드리는 그의 맞은편에 앉아 손으로 턱을 괴었다.

"레이라인은 툰을 이리저리 가로질러요. 저는 레이라인에 얽힌 마법 에너지가 물질계에 미치는 방사 효과를 조사하는 중이고요. 그 효과는 제가 연구하는 것과 흥미로운 지점에서 접점을 이루거든요."

그는 손을 폈다. 손바닥에 새겨진 마법을 상징하는 고리 문양들이 옅은 푸른색을 뿜으며 반짝였다. 문양은 손바닥 위에서 꿈틀거리더니 빛의 움직임을 따라 모양을 바꾸었다.

"레이라인 나침반이네요."

탠드리가 그의 손바닥을 가리키며 말했다. 탠드리의 지적인 모습에 비브는 깜짝 놀랐다.

"음, 맞아요!"

해밍턴이 말하는 것을 탠드리가 알아듣자, 그는 기뻐했다.

"그런데 이 나침반을 이곳에서 발견한 게 너무 이상해요. 자, 도시 전역과 카더스로 향하는 서쪽 부분을 한번 보세요. 여기저기 흩어진 작은 선들의 교차점이 보이죠. 그런데 바로 이곳에서 정말 흥미로운 교차점을 찾아냈어요. 당연히 레이라인은 진동하고 있고요."

"당연히 그렇겠죠."

탠드리가 동의한다는 듯 말했다.

"그리고 이 교차점은 고정되어 있어요. 아주 특별하죠. 그래서 이 교차점을 관측하고 메모하면서 정리하는 중이에요. 이 방어 문양들과 교차점의 상호작용을 설명하는 논문을 쓰려고요. 아주 흥미로운 내용이 될 거예요."

비브의 속이 불편해졌다. 스캘버트의 돌을 묻어둔 자리에 계속 눈길이 갔다. 돌이 원인이라는 사실을 부정하기는 어려웠다. 저 학생이 연구를 계속한다면 나침반은 그를 어디로 이끌게 될까?

"해밍턴, 정말 흥미로운데요."

탠드리가 말했다.

"그래요? 그런가? 그렇죠."

"하지만 여기는 영업장이에요."

그녀는 계속 말을 이었다.

"당연히 우리도 그쪽을 손님으로 받고 싶지만, 이 좌석은 손님들을 위한 자리라서요……."

해밍턴은 황당하다는 표정을 지었다.

"저는…… 따뜻한 음료는 안 마셔요."

탠드리는 그의 반박을 가볍게 무시하고 다정한 미소를

지어 보였다.

"게다가 오늘은 샘플이 무료입니다."

"네. 음, 저는, 어, 그렇게 할게요."

그는 마지못해 알겠다고 했다.

"저…… 그럼…… 저도 그걸 마셔볼게요."

"아주 좋아요. 바로 한 잔 드릴게요."

그녀는 일어나서 카운터로 가려다가 다시 돌아섰다.

"아, 참고로 오늘이 행사 마지막 날이에요. 감사합니다!"

탠드리가 커피를 내리는 동안 비브가 속삭이며 물었다.

"당신도 애커스 졸업생이에요?"

"졸업생은 아니고요. 관련 강의를 조금 들었던 게 전부예요."

"어떤 강의요?"

"개인적으로 관심 있던 거요."

탠드리는 대충 얼버무렸다. 비브는 더 이상 묻지 않았다.

탠드리가 음료를 건네자, 헤밍턴은 의심스러운 눈으로 바라본 뒤 먹는 시늉만 하고는 한 모금도 마시지 않았다.

탠드리는 턱을 톡톡 두드리다가 분필을 들고 메뉴판에 한 줄을 추가했다.

음료를 구매하셔야 테이블 이용이 가능합니다.

헤밍턴은 결국 한 입도 마시지 않은 음료를 테이블에 남겨두고 카페를 떠났다. 그래도 음료 앞에서 망설이는 최소한의 예의는 보여주었다. 내용물이 그대로 남은 잔을 제자리에 두고 가는 게 나을지, 아니면 카운터에 가져다 두는 게 나을지, 어떤 경우가 덜 민망한 상황인지 고민하는 듯했다. 그는 카운터 옆을 슬그머니 지나면서 메뉴판에 새로 추가된 문구를 눈여겨보았다.

"저도 뭔가를 주문하기는 할 텐데요. 아까도 말씀드렸지만 뜨거운 건 마시지 않아서요. 만약 다른 음식이 있다면……."

그는 부탁하는 어조로 말했다.

"흠."

비브는 칼의 말투를 따라 하면서 말했다.

"제안해 주신 내용 검토해 보겠습니다."

그가 떠난 후 비브는 칼이 설치한 화덕 기능이 있는 난로를 바라보았다. 마음에 뭔가 걸려 꺼림칙한 와중에 아이디어가 하나 떠올랐다. 머릿속으로 아이디어를 구체화하면서 헤밍턴의 머그잔을 가지러 갔다.

가게에는 구석 자리에 앉아 여유롭게 커피를 마시는 늙은 드워프를 제외하고 손님이 없었다. 그는 신문지 위에서 손가락을 움직이며 조그만 소리로 신문을 읽고 있었다.

그때 몸을 돌린 비브는 그대로 굳어버렸다. 그녀의 시선이 향한 곳에는 털이 수북하게 난 거대한 생명체가 편안하게 늘어져 있었다. 생명체가 누운 곳은 네모나게 볕이 드는 가게 정중앙이었다. 탠드리는 그 반대편에서 눈이 휘둥그레진 상태로 서있었다.

짐승은 약 63킬로그램 정도 되어 보였고 늑대만큼 몸집이 컸다. 하지만 늑대보다는 먼지가 털에 엉겨 붙어 꼬질꼬질한 길고양이와 더 비슷했다.

"갑자기 나타났어요. 들어오는 것도 못 봤어요."

탠드리가 말했다.

"대체 저게 뭔데요?"

비브가 물었다.

정체 모를 짐승은 그들은 안중에도 없다는 듯 늘어지게 하품하더니 앞발과 등을 펴고 기지개를 켰다.

"다이어캣."

비브 뒤에서 목소리가 불쑥 튀어나왔다.

늙은 드워프가 신문에서 시선을 돌리며 말했다.

"요즘에는 보기가 어려운데, 다이어캣이 행운을 불러온다고 했었나? 아마, 그럴 거예요."

그는 잠시 생각에 잠긴 듯 눈을 가늘게 떴다.

"아니, 불행을 가져오는 거였던가? 헷갈리네."

"전에도 보신 적이 있어요?"

"그럼요. 내가 어릴 때는 주변에 많았어요. 타고난 쥐잡이였죠. 떠돌이 개를 사냥해서 개체수를 줄이기도 했었어요."

탠드리의 얼굴이 하얗게 질렸다.

"우리가 저걸 옮겨야 할까요?"

다이어캣은 접시만큼 커다란 녹색 눈으로 탠드리와 비브를 바라보았다. 잠시 후 커다란 눈이 서서히 감기더니 진동 소리가 가게 안을 가득 메웠다. 마치 멀리서 산사태라도 난 것 같았다. 비브는 그게 고양이가 기분 좋을 때 내는 그르렁 소리라는 걸 뒤늦게 알아차렸다.

비브는 그동안 지붕 위에서 들리던 쿵쿵 소리와 없어진 레이니의 케이크, 스캘버트의 돌과 시의 구절을 머릿속에 떠올렸다.

"제가 확실하게 배운 게 한 가지 있는데요. 짐승이 현재 평온한 상태라면 괜히 건드려서 긁어 부스럼 만들 필요가 없다는 거예요. 그러니까 그냥 놔두는 게 좋을 것 같아요. 어쩌면 제 발로 떠날지도 모르잖아요? 제 생각에는 이 근처에 사는 것 같아요."

탠드리는 미심쩍은 표정으로 고개를 끄덕인 다음 조심스럽게 카운터 뒤로 갔다.

늙은 드워프는 신문을 접어 팔에 끼우고 자리에서 폴짝 뛰어내렸다. 그는 고양이 옆을 지나치면서 커다란 귀 뒷부분을 가볍게 긁어주었다.

"그래그래. 착하지. 착한 소녀구나. 그동안 보고 싶었단다."

"고양이가 암컷인지는 어떻게 알아요?"

탠드리가 물었다.

드워프는 어깨를 으쓱했다.

"짐작일 뿐이죠. 꼬리를 들어 올려서까지 확인하고 싶은 생각은 없고요."

다이어캣은 떠나지 않았다. 비브는 크림이 담긴 그릇을 미끼로 고양이를 가게 중앙에서 구석으로 유인하는 데 성공했다. 다이어캣은 위풍당당하게 다가와 내부를 둘러본 다음, 마치 삽으로 퍼내듯 거대한 혀로 그릇을 비웠다. 그러고는 다시 자리를 잡더니 세 배는 더 큰 소리로 그르렁거리다가 잠이 들었다. 생명체가 막고 있던 길이 트이자 탠드리는 안도했다.

카페는 다시 텅텅 비었고 비브는 하루 중 가장 지루한 시간이 시작됐거니 여기면서도 내심 한두 명의 손님이 더 와주기를 바랐다.

하지만 문간에 나타난 건 비브가 가장 마주하고 싶지 않은 사람이었다.

페누스가 뒷짐을 지고 가게 안으로 성큼성큼 들어왔다. 향수 냄새가 마치 끌려오는 망토처럼 그를 뒤따라 들어왔다. 요즘 유행하는 헤어스타일로 멋을 부린 그의 표정은 거만했다. 페누스는 늘 귀족 같은 품위와 고고한 태도를 지니고 있었다. 그는 어째서 자신보다 머리 두 개만큼이나 큰 비브를 업신여길 수 있는 걸까. 비브는 도무지 이해할 수가 없었다.

비브와 페누스는 여러 해 동안 함께 일했지만 서로 정을 나누던 사이는 아니었다. 비브는 둘의 성격이 너무 달라서 그런 거라고 애써 합리화했지만, 마음 깊은 곳에서는 서로가 서로를 경멸하고 있다는 사실을 알고 있었다. 페누스는 비브에게만 미묘하게 빈정거리는 말투를 사용한다든지, 일부러 상처 주는 말을 골라서 한다든지 하는 식으로 비브가 페누스보다 열등한 존재라고 느끼게 했다. 그 방식이 너무나도 교묘해서 비브는 그의 의도를 뒤늦게 알아차렸다. 알아차린 후에 비브는 에두르지 않고 직설적으로 반격했지만, 그 반격조차도 즉각적이지 못한 경우가 대부분이었다.

비브는 다시 페누스를 볼 일이 없을 거라 여겼고, 그러기를 바랐다. 하지만 그가 나타났다. 비브에게 뭔가 원하는 것이 있다는 뜻이다. 비브는 자신의 추측이 틀리기를 간절히 바라며 불청객을 향해 억지 미소를 지어 보였다.

"페누스! 여기서 보다니 놀라운데."

페누스는 비브보다 더 억지스러운 미소를 지었다.

"비브, 룬에게 들었어. 새 사업을 시작했다던데."

페누스는 카페를 둘러보며 말했다. 그의 이마에 생긴 주름마저도 완벽해 보였다.

"두 눈으로 직접 보고 싶어 한번 와 봤어."

"룬은 어떻게 지내?"

"잘 지내. 아주 잘."

그는 카운터 위를 손가락으로 쓸면서 다시 한번 카페를 둘러보았다.

긴장감이 맴도는 분위기를 감지한 탠드리는 입을 꾹 다물고 지켜보다가 카운터에 기대 웃는 얼굴로 페누스에게 말을 건넸다.

"안녕하세요! 말씀 중에 죄송하지만, 무료 샘플 좀 드릴까요? 오픈 행사 중이거든요."

"오픈 행사요?"

그는 그 단어가 우습다는 뉘앙스를 풍기며 말했다.

"아하, 이게 바로 너를 흠뻑 홀렸다던, 노움의 음료야?"

페누스는 이제야 수긍이 간다는 듯 묘한 미소를 지으며 비브를 바라보며 말했다.

"아니요. 감사하지만 안 주셔도 됩니다. 저는 그냥 옛 친구를 보려고 들른 거라서요."

"만나서 반가웠어."

마음과 반대로 비브가 말했다.

"사업 잘될 것 같은데, 출발이 멋지네. 직접 보게 되어서 기쁘다."

페누스는 누가 봐도 텅 빈 카페를 둘러보면서, 미소를 유지한 채 말했다.

그는 손가락 마디로 커피 머신을 두드리더니 기계에서 나는 미세한 소리에 귀를 기울였다.

"확실히 행운의 기운이 느껴지는데."

행운이라는 말에 비브는 순간 얼어붙었다.

그때 갑자기 다이어캣이 비브 곁을 지나쳐 페누스 앞에 섰다. 다이어캣은 마치 빨래판을 긁는 것처럼 그르렁 소리를 냈다. 소리는 꽤 위협적이었다. 다이어캣의 털은 삐죽하게 솟았고 그 덕에 몸집은 본래 크기보다 더 커 보였다. 고양이는 커피 머신이 내는 소리보다 더 크게 그르렁거렸다.

페누스는 불안한 눈빛으로 다이어캣을 쳐다보았다.

"이건 네가 키우는 거야?"

탠드리는 몸을 앞으로 기울이며 공손하지만 동시에 고소한 기분이 든다는 듯한 통쾌한 어투로 대답했다. 탠드리의 예상치 못한 반응에 비브는 깜짝 놀랐다.

"맞아요. 우리 카페의 마스코트 같은 존재죠."

페누스는 혐오스럽다는 표정으로 코를 찡그리더니 비브에게로 시선을 돌렸다.

"멋지네. 나는 그만 가볼게. 그냥 축하 인사나 하려고 들른 거야. 행운을 빌어, 비브."

비브는 페누스가 떠나는 모습을 지켜보았다. 탠드리는 카운터에서 나와 다이어캣 앞에 쪼그려 앉았다. 고양이는 만족스러운 모습으로 당당하고 느긋하게 앞발을 핥았다.

탠드리는 이전에 가졌던 두려움은 깡그리 잊어버렸다는 듯 다이어캣의 귀를 긁어주며 그르렁 소리를 유도했다.

"아주 착한 소녀구나. 그렇지? 놈팡이를 보면 바로 알아차리는 착한 소녀야."

탠드리는 비브를 올려다 보며 말했다.

"옛 동료라고요? 서로 사이가 좋지 않아 보이던데요."

"그런 셈이죠. 이전 직장의 특성상 구태여 동료와 잘 지낼 필요가 없기도 했고요."

탠드리는 다시 다이어캣에게로 관심을 돌렸다.

"음. 너한테도 이름이 있어야겠는데……. 애미티는 어떨까?"

비브는 '풉' 하고 새어 나오는 웃음을 참을 수 없었다.

"왜 안 되겠어요. 이미 둘은 번개보다 빠르게 친해진 거 아니었어요?"

"그쪽이랑 저 사람만큼은 아니죠."

탠드리는 엄지로 조금 전 페누스가 나간 쪽을 가리켰다.

"그가 정말로 원하는 게 뭐라고 생각해요?"

비브는 대답 대신 페누스가 했던 말을 곰곰이 더듬어 보았다. 그녀는 주머니 안에 넣어둔 양피지 조각을 빼냈다.

마법 세계의 경계에 다다랐네.

스캘버트의 돌이 불타오르며
행운의 고리를 끌어당기고,
가슴 속 열망이 이루어진다네.

11

페누스에 관한 걱정으로 밤잠을 설친 비브는 결국 해밍턴이 카페를 떠날 때 했던 음식 이야기로 생각을 전환했다. 해밍턴이 떠나고 비브가 고민에 빠져있던 그때 탠드리는 메뉴판에 적힌 '무료 샘플 한정 제공 문구'를 지우고 메뉴도 약간 수정했다.

단골손님들 외에 처음 보는 손님들도 몇몇 들어왔다. 불평 없이 커피값을 지불하는 그들의 모습을 본 비브는 기뻤다. 비브와 탠드리는 서로 안도의 눈빛을 교환하고 커피 머신이 내뿜는 소리를 들으며 온기가 도는 북적임 속에서 일했다.

칼도 오랜만에 가게를 찾았다. 그는 비브가 커피값을 받지 않자 투덜거렸지만, 지난번처럼 쓸데없는 잡담으로 침묵을 메꿀 필요가 없어 다행이라고 생각하는 것 같았다. 그는 카운터 근처에 앉아 커피를 마시며 비브와 탠드리가 일하는 모습을 보며 혼자 고개를 끄덕이고는 했다.

비브에게 좋은 아이디어가 떠올랐다. 비브는 한창 바쁜 시간에 탠드리에게 커피 내리는 일을 전부 맡겼다. 탠드리가 무리 없이 주문을 소화해내자 비브는 뒤쪽 구석, 부스 좌석에 앉아있는 랫킨을 찾아갔다. 그는 김이 올라오는 머그잔을 앞에 두고, 눈을 감은 채 발을 대롱대롱 흔들고 있었다.

비브는 그의 맞은편에 앉았다. 랫킨은 눈을 뜨고 불안감이 깃든 초롱초롱한 눈으로 비브를 바라보았다. 아침마다 늘 그렇듯 그는 밀가루가 범벅된 똑같은 앞치마 차림이었다. 가까이에서 보니 그의 얼굴과 팔에 난 가는 털 사이에도 밀가루가 묻어있었다.

"안녕하세요. 저는 비브라고 해요."

랫킨은 고개를 끄덕이더니 라테를 후루룩 마셨다.

"원래도 말수가 적은가 봐요?"

그가 고개를 좌우로 흔들었다.

"그건 상관없어요. 물어보고 싶은 게 있는데……."

비브는 랫킨의 앞치마를 가리켰다.

"음, 그 밀가루요. 혹시 제빵에 관해 아는 게 좀 있나요?"

비브를 바라보는 랫킨의 수염이 살랑거렸다. 그는 조심

스럽게 머그잔을 내려놓고 고개를 천천히 위아래로 세 번 끄덕였다.

"그래요? 제게 아이디어가 한 가지 있거든요. 우리 가게에 필요한 것에 관한 아이디어요……. 빵 같은 거요. 꼭 빵이 아니어도 구운 음식이요."

그녀는 눈에 보이지 않는 빵이 있기라도 한 듯 손으로 빵을 쥐는 흉내를 내면서 말했다.

"간식 같은 거요. 저는 그런 쪽으로는 무지렁이지만 당신은 잘 알 것 같아서요. 음, 뭔가 아는 게 있으시다면……."

랫킨이 조심스럽게 앞발을 들어 비브의 말을 막았다. 그는 커피 위로 몸을 기울이더니 작고 흐릿한 목소리로 말했다.

"내일이요."

"내일요?"

그는 다시 고개를 세 번 끄덕였다. 비브는 랫킨이 기대에 차있다고 생각했다.

그가 지금 가봐야 하는 건지, 아니면 생각할 시간이 필요한 건지, 비브는 알 수 없었지만, 더 이상 캐묻지 않기로 했다. 비브는 테이블을 톡톡 두드리고 일어났다.

"그럼 기대하고 있을게요. 성함이……?"

랫킨은 비브를 올려다보면서 무게감 있는 어투로 속삭였다.

"팀블이에요."

"팀블."

비브는 고개를 끄덕이고 다시 카운터로 돌아갔다.

오후가 되자 다시 파리가 날리는 시간이 찾아왔다. 다시 방문한 해밍턴은 커피를 구매했지만, 고통스러운 표정을 짓더니 이번에도 손대지 않은 커피를 남기고 떠났다.

비브가 빈 테이블을 닦고 사용한 머그잔을 한데 모으고 있을 때 돌연 정적을 깨는 탠드리의 목소리가 들렸다. 그녀의 목소리는 얼음장같이 차가웠다.

"여기서 뭐 하는 거예요?"

탠드리는 카운터에 기대 끈적거리는 시선으로 그녀를 바라보고 있던 젊은 남자를 노려보면서 말했다. 해밍턴이 입었던 것 같은 망토를 입고 있지는 않았지만, 세련된 모습에서 그의 부유함이 엿보였다. 비브는 그의 셔츠에 달린 사슴 모양 브로치를 보았다.

"창문으로 당신이 여기 있는 걸 봤거든요. 그래서 꼭 한번 들러야겠다고 생각했죠. 탠드리, 오랜만이에요. 꼭 나를 피하는 것 같은 느낌이 들지만요."

그가 끈적한 눈빛으로 탠드리를 바라보며 말했다.

"그쪽 생각이 맞아요."

"음, 나는 그냥 손님으로 온 거니까 운명이라고 볼 수 있겠네요."

"창문으로 나를 봤다면서요. 운명이라는 게 진짜 존재한다면 당신은 돌아서서 여기를 나가게 될 거예요."

"그런 식으로 굴면 안 되죠. 당신 같은 서큐버스라면 우리 사이에 존재하는 끌림을 느낄 수 있을 텐데요. 느끼고 있다는 거 다 알아요."

그는 탠드리와 자신의 사이를 손으로 가리키며 말했다.

탠드리는 충격을 받은 것 같았지만 일부러 담담한 표정을 지었다.

"켈린, 우리 사이에는 어떠한 끌림도 없었어요. 단 한 번도요. 그러니까 이만 가보세요."

"아직 아무것도 구매하지 않았는데요?"

그는 장난기 가득한 목소리로 항변했다.

"우리 가게에는 당신이 원하는 게 없을 것 같네요."

보다 못한 비브가 팔짱을 낀 채 위협적인 모습으로 다가갔다.

켈린은 비브에게로 주의를 돌렸다. 그는 얼굴에서 웃음기를 지우고, 날카로운 표정으로 말했다.

"우리 대화에 그쪽을 초대한 기억이 없는데요."

비브는 그가 자신을 보고도 겁먹지 않는 모습에 살짝 놀랐지만 침착하게 말했다.

"여기는 제 가게입니다. 저한테는 원하는 시간에, 원하는 고객에게만 서비스를 제공할 권리가 있어요. 당신에게는 서비스를 제공하고 싶지 않습니다. 그러니 이만 나가주셔야겠네요."

켈린은 한동안 비브를 노려보더니 코웃음을 쳤다.

"당신을 보아하니 아직 마드리갈을 만나본 적이 없군요. 언젠가는 그들에게 복종하게 될 겁니다. 여기 사람들이 다 그렇듯 말이죠. 조만간 당신은 나한테 대가를 치르게 될 거예요."

"아, 그렇다면 그쪽이 마드리갈의 심부름꾼인가 보네요? 나는 멋진 모자를 쓴 사람이 그 역할을 하는 줄 알았는데."

그가 응수하려던 찰나 비브 뒤에서 애미티가 모습을 드러냈다. 애미티는 점잖은 모습으로 우아하게 걸어가더니 탠드리 옆에 앉아 커다란 앞발을 핥았다.

켈린은 놀란 듯 눈을 끔벅였지만, 다시 비웃는 표정을 지었다.

이 사람은 멍청한 걸까, 겁이 없는 걸까. 비브는 궁금해졌다.

"지금은 그냥 가지만, 곧 다시 보게 될 겁니다."

켈린이 당당한 태도로 말했다. 그러더니 다시 탠드리를 바라보며 마치 그녀가 자신의 소유물이라도 되는 양 부드럽게 말했다.

"우리는 다음에 이야기하도록 하죠. 기대하고 있어요. 우리의 운명을."

켈린은 그렇게 떠났다.

탠드리는 천천히 숨을 내쉬었다.
"무슨 일이에요?"
비브가 물었다.
"켈린은 애커스 학생이었어요. 그리고······."
탠드리는 적당한 단어를 찾는 것 같았다.
"저한테 병적으로 집착했어요."
"당신이 관심 있다고 했던 분야의 강의를 들었을 때요?"
"맞아요."
"보아하니 이 지역 건달 우두머리 아래서 일하는 것 같던데요. 그러고 보면 교육이 꼭 사람을 옳은 길로 이끄는 건 아닌가 봐요."
"다시는 여기에 못 오게 해야죠."
탠드리가 어두운 목소리로 중얼거리더니 애미티 옆에 쪼그려 앉았다.
"아니면 애미티에게 그를 간식으로 대령할까요? 아가야, 배고프지 않니?"
애미티는 산사태 소리만큼 큰 그르렁 소리를 냈다.

그날 저녁, 탠드리는 오랫동안 자리를 비웠다가 담요 몇 개와 거위 털 베개를 가지고 돌아왔다. 탠드리와 비브는 가게 뒤쪽 구석에 다이어캣을 위한 임시 잠자리를 만들었다. 이후 다시 가게에 나타난 애미티는 조심스럽게 담요 더미에 다가가 거대한 앞발로 건드려 보더니 그냥 나가버렸다. 그럼에도 그들은 담요를 그대로 두었다.

두 사람이 오픈 준비를 하고 있을 때 팀블이 문을 두드렸다. 그는 천으로 감싼 덩어리를 들고 있었고 천에서는 김이 모락모락 올라왔다. 계피 향과 함께 따뜻하고 달콤한 냄새가 비브의 코를 장악했다.

팀블은 재빠르게 카페 안으로 들어왔다. 탠드리는 원두 한 자루와 우유가 든 유리병을 가지고 식료품 저장실에서 나오던 중이었다. 탠드리는 숨을 깊게 들이쉬면서 말했다.

"이 끝내주는 냄새는 뭐지?"

팀블은 긴장한 모습으로 둘을 바라보다가 손에 든 꾸러미를 카운터 위에 슬며시 올려놓았다.

비브가 꾸러미를 가리키며 물었다.

"한 번 봐도 될까요?"

팀블은 머뭇머뭇하다가 고개를 끄덕였다.

조심스럽게 천을 펼치자, 비브의 주먹만큼 커다란 롤빵

이 모습을 드러냈다. 부드러워 보이는 빵은 나선형으로 감겨 있었다. 나선형 틈새마다 갈색 설탕과 계핏가루가 뿌려져 있었고 윗부분에 올라간 두툼한 아이싱은 옆면까지 흘러내렸다. 탠드리 말대로 냄새가 끝내줬다.

"이걸 직접 만들었어요?"

비브가 놀라워하며 물었다.

"네."

랫킨은 고개를 위아래로 세 번 흔들며 기어들어 가는 목소리로 대답했다. 그의 손은 밀가루가 묻은 앞치마 위에 살포시 포개져 있었다.

비브와 탠드리는 눈빛을 교환했다. 비브는 조심스럽게 빵 한 조각을 떼어낸 다음 냄새를 깊게 들이마시고 입에 넣었다.

눈을 감고 맛을 음미하던 비브는 본능적으로 기쁨의 탄성을 뱉었다. 팀블의 빵은 지금껏 비브가 먹어본 것 중 단연코 가장 맛있는 음식이었다.

"와, 세상에."

비브는 입안 가득 빵을 넣고 중얼거렸다.

"탠드리, 빨리 먹어봐요."

탠드리 역시 빵을 한 조각 떼어 입에 넣었다.

그녀가 빵을 씹는 동안, 비브는 탠드리 주변의 분위기가 묘하게 달라진 것을 감지했다. 탠드리는 관능의 빛을 온몸으로 내뿜으며 꼬리를 우아하게 흔들었다. 비브와 랫킨은 그녀가 빵을 삼키는 모습을 넋 놓고 바라보았다.

다시 눈을 뜬 탠드리의 눈동자는 커져있었고 얼굴은 상기되어 있었다. 마치 꿈을 꾸는 듯한 표정으로 랫킨을 바라보았다.

"당신을 고용할게요."

탠드리가 낮은 목소리로 말했다. 그녀가 내뿜던 광채는 엷어지고 있었다.

"잠깐, 팀블이 여기 온 이유가 이거 맞죠?"

비브는 팀블을 돌아보았다.

"여기 매일 와서 이걸 만들어줄 수 있어요?"

팀블은 고개를 끄덕이며 하고 싶은 말이 있다는 듯 발을 동동거렸다. 하지만 적절한 단어를 떠올리지 못하는 눈치였다.

"주당 은화 네 닢 어때요?"

비브가 먼저 말을 꺼냈다. 그러고는 반대 의견은 없는지 확인차 탠드리를 바라보았다.

탠드리는 눈을 크게 뜨고 고개를 끄덕이며 어서 빨리 진행하라는 듯 손을 흔들었다.

팀블은 긍정의 의미로 고개를 끄덕이고 코를 앞으로 빼꼼 내밀었다. 그러더니 처음으로 두 단어가 넘어가는 말을 속삭였다. 조그맣고 부드럽게.

"커피는 공짜예요?"

비브가 손을 내밀었다.

"팀블, 커피는 원하는 만큼 마음껏 마셔요. 언제든지요."

12

 팀블은 덕지덕지 얼룩이 진 양피지 조각을 앞발로 들고 출근했다. 그는 총총걸음으로 들어와 양피지를 카운터 위에 올려놓았다.

 탠드리는 기울어진 서체로 작고 빽빽하게 목록을 적어 놓은 양피지를 읽어 내려갔다.

 "밀가루, 베이킹 소다, 계피, 흑설탕, 소금…… 전부 재료들이네요."

 탠드리가 말했다. 팀블은 양피지를 가리키며 진지한 모습으로 고개를 끄덕였다. 목록을 세심히 살피던 탠드리가 목록을 다 읽은 후 말을 덧붙였다.

 "프라이팬, 볼 같은 몇 가지 도구도 있고요."

팀블은 재빠르게 카운터 뒤쪽 공간을 살폈다. 그리고 식료품 저장실을 유심히 들여다보았다. 그는 앞발로 입술을 톡톡 두드리면서 추가로 필요한 물품을 고심하는 듯했다. 고심 끝에 앞발을 내밀며 양피지를 다시 달라는 몸짓을 했고 탠드리는 미소를 지으며 양피지를 돌려주었다.

그는 카운터 아래에 있던 깃털 펜을 쥐고 까치발을 한 채 목록을 추가한 다음 결심한 듯 고개를 끄덕였다. 팀블은 말이 아닌 몸짓으로 하는 의사소통을 선호하는 것 같았다.

"혹시, 이게 시나몬이 들어간 롤빵을 만드는 데 필요한 재료 목록인가요?"

비브가 물었다.

팀블은 고개를 연이어 세 번 끄덕였다.

"이거 어디 가면 구할 수 있는지 알아요?"

비브는 탠드리에게 물었다.

"당장은 어려워요. 제빵사를 찾을 수는 있겠지만……."

그때 팀블이 비브의 소맷자락을 잡아당기며 그들의 말을 끊었다. 그는 자기 자신을 가리켰다.

"제가 보여줄게요."

"아, 좋아요. 음, 쇠뿔도 단김에 빼랬다고 당장 가죠. 탠드리, 제가 돌아올 때까지 가게 좀 맡아줄래요?"

"그럼요."

팀블이 양 앞발을 꼼지락거리며 간절한 눈빛으로 커피

머신을 바라보았다.

"커피 먼저 마시고 가도 될까요?"

그가 간청하듯 물었다.

팀블은 가장 좋아하는 자리에 앉아 한 모금, 한 모금을 음미하며 혼자만의 시간을 누렸다. 손님들이 붐비는 아침 시간이 되자, 다 마신 머그잔을 들고 자리에서 일어나 마지막 손님이 주문을 마칠 때까지 기다렸다.

"이제 슬슬 가봐야겠어요."

비브가 젖은 손을 닦으며 말했다.

탠드리는 잠이 덜 깨어 눈을 게슴츠레 뜨고 있는 경비병의 라테에 우유 거품을 내면서 건성으로 고개를 끄덕였다.

그들이 막 가게를 나가려고 할 때, 애미티가 천둥 번개를 품은 구름처럼 문지방을 넘어 미끄러지듯 들어왔다. 팀블은 찍소리도 내지 못하고 그대로 얼어붙었다.

"아뿔싸."

비브가 탄식했다. 그녀는 애미티가 팀블에게 조금이라도 공격적인 태도를 보이면 바로 팀블을 들어 올릴 참이었다.

하지만 애미티는 눈을 천천히 끔벅이고 코를 핥은 다음 아무런 관심도 없다는 듯 그들을 지나쳤다.

애미티의 방문은 드문 일인 데다가 시간을 예측하기도 어려웠다. 그래서 비브는 애미티가 팀블을 위협할 수 있다는 생각을 하지 못했다.

아니면 비브가 스캘버트의 돌을 가게에 숨겨뒀기 때문에 애초에 위험할 일이 없었을지도 모른다.

두 사람은 가게를 나와 북쪽 상업 지구를 향해 재빠르게 발을 옮겼다.

팀블에게 필요한 물품을 전부 구하는 데는 아침나절이 꼬박 걸렸다. 비브는 작은 몸짓으로 재빠르게 움직이는 팀블을 따라가다가 몇 번이나 길을 잃기도 했다. 팀블은 수레를 빌렸던 방앗간에 가서 밀가루를 샀다. 비브가 돈을 조금 더 얹어주자, 주인은 팀블의 목록에 적혀있던 밀폐용기와 도자기 그릇을 담을 수 있는 빈 자루 몇 개를 덤으로 주었다.

팀블은 조금의 망설임도 없이 미로 같은 골목과 거리를 누비며 정확하게 목적지를 찾아갔다. 두 사람은 여러 상점을 들렀고 몇 번은 개인 주택의 문을 두드리기도 했다. 특히 안경을 쓴 나이 지긋한 남성의 집을 방문하기도 했는데 그의 집 안은 이국적이면서 강렬한 향기로 가득했다. 팀블은 매번 자신의 목록을 손가락으로 두드려 주인에게 물건을 요청한 다음 비브를 바라보며 비브가 계산하기를 기다렸다.

어느새 가벼웠던 비브의 한쪽 어깨 위에는 밀가루 두 자루와, 반대편 손에는 물건이 가득 찬 두 자루를 들고 엉거주춤한 자세로 가게를 향해 발을 내디뎠다. 비브의 허리가 다시 아려오고 있었다. 팀블은 제 몸만 한한 나무 숟가락 더미를 한아름 들고 비브 앞에서 길을 안내했다. 고통을 참고 카페에 도착한 비브는 해밍턴과 다른 두 명의 손님을 지나쳐 카운터 뒤쪽에 짐을 내려놓고서야 안도의 숨을 내쉬었다.

팀블은 쉴 틈도 없이 식료품 저장실로 들어가 구입한 재료들을 정리하기 시작했다. 그는 밀가루 자루의 무게를 버거워하면서도 도와주겠다는 비브의 말에 털북숭이 머리를 단호하게 흔들며 도움을 거절했다. 비브는 어깨를 으쓱하고는 팀블을 내버려두었다.

"다 구했어요?"

어느새 곁에 다가온 탠드리가 물었다.

"그런 것 같아요."

비브가 앓는 소리를 내면서 기지개를 켜자, 등에서 우두둑 소리가 났다.

그때 팀블이 그들 사이로 불쑥 모습을 드러냈다. 팀블은 그 어느 때보다 힘차게 이야기했다.

"이 정도면 당장 일을 시작할 수 있을 것 같아요."

그는 열정 넘치는 모습으로 저장실로 돌아갔다.

허리를 주무르며 잠시 휴식을 취한 비브는 심한 통증이 가시자, 탠드리 대신 새로 온 손님들을 응대하기 시작했다. 팀블은 그들 뒤에서 조그맣게 콧노래를 흥얼거렸다. 달그락거리는 프라이팬 소리와 나무 숟가락이 볼을 긁는 소리, 액체를 휘젓는 소리가 이어졌다.

발판에 기어올라 간 팀블은 그릇 건조대로 사용하던 작은 테이블에서 반죽을 시작했다. 그가 작업을 시작하자, 주위에서 작은 바람에 날린 밀가루가 안개처럼 일었다.

반죽을 마친 팀블은 긴장한 모습으로 수염을 씰룩거리며 다가와 작게 속삭였다.

"라테?"

"팀블, 원하신다면 갓 내린 커피를 하루 종일 드릴게요."

그의 몸이 기쁨에 겨워 들썩거렸다.

손님들의 주문을 전부 마친 비브와 탠드리는 팀블이 숙성이 끝난 반죽을 만지는 모습을 호기심 가득한 눈으로 지켜보았다. 그는 새로 구매한 밀대로 반죽을 고르게 펴고 시나몬을 두툼하게 골고루 발랐다. 시나몬을 바른 반죽은 기다란 원통 모양으로 말았다. 말린 반죽을 일정하게 롤 모양으로 잘라서 화덕 팬에 올려두었다.

반죽이 다시 부풀기 시작하자, 팀블은 볼에 설탕 한 주먹과 버터, 우유를 넣었다. 그는 힘차게 내용물을 저어 글레이즈를 만들었다. 효모와 설탕이 만들어 내는 기분 좋은 냄새가 카페 안에 진동했다.

롤이 부풀어 오르자, 그는 발판에서 뛰어내려 화덕 안에 롤을 넣었다. 그러고는 스툴에 앉아 양손을 모으고 기다렸다.

화덕에서 피어오르는 냄새는 도저히 모른 척할 수가 없었다.

"세상에. 냄새가 정말 끝내주잖아. 참을 수 없을 정도야."

탠드리가 감탄했다. 그녀의 말에 동의하려던 비브의 시야에 카페 앞을 서성이는 존재가 들어왔다. 톱밥이 머리카락에 잔뜩 붙은 것을 보아 목수인 것 같았다. 그는 혼란스러운 표정으로 콧구멍을 벌렁거리며 서성이더니 잠시 멈춰서서 눈을 여러 번 깜빡이다 의아한 표정으로 카페 내부와 메뉴를 둘러보았다.

"주문을 도와드릴까요?"

비브는 목수에게 다가가 말을 건넸다.

그는 낯선 목소리에 놀라 입을 벌렸다가 오므리고는 숨을 깊게 들이마셨다.

"아무거나…… 하나 주세요."

그는 멍한 표정으로 돈을 내더니 탠드리가 내린 커피를 받아 들고 테이블에 앉았다. 이내 먼 곳을 응시하면서 커피를 홀짝였다.

탠드리와 비브는 각자의 눈썹을 치켜올렸다.

"맙소사, 대체 이게 무슨 냄새야?"

익숙한 목소리가 들렸다. 레이니가 카운터로 다가왔다.

"제빵사를 고용했어요."

비브가 손가락으로 스툴에 앉아있는 팀블을 가리켰다.

"아직 굽고 있는 거죠? 비브, 드디어 이런 말을 할 수 있게 되어서 마음이 놓이네요. 커피를 나쁘게 평가하고 싶지는 않지만, 빵이 더 잘 팔릴 거예요. 내가 베이킹에 일가견이 있어서 잘 알아요. 그러니까 내 말 믿어도 돼요."

레이니가 진심이라는 듯 손을 가슴에 얹으며 말했다.

비브는 레이니의 케이크를 떠올리면서 얼굴에 감정을 드러내지 않으려고 애썼다.

"음, 바쁘실 테니 시간 그만 뺏을게요."

그러면서 레이니는 계속 말을 이었다.

"빵을 팔게 되면 내 몫도 좀 남겨줘요. 알겠죠?"

"그럼요. 그럴게요."

레이니가 절뚝거리며 가게를 나갈 때 손님 세 명이 들어왔다. 길을 걷던 사람들은 카페 문밖으로 쏟아져나오는 냄새에 취해 주위를 두리번거렸다.

한산한 오후가 될 것 같지는 않았다. 비브와 탠드리는 서둘러 머리를 맞대고 비브는 페이스트리 하나당 얼마를 받을 것인지 고민했다. 비브는 구리 두 닢을 받으면 되겠다고 말했지만, 탠드리는 비브의 팔에 손을 얹고 진지한 표정으로 고개를 저으며 말했다.

"비브, 네 닢이요. 네 닢."

비브가 칠판을 내렸다. 탠드리는 빠르게 새 메뉴를 추가

하고 페이스트리 그림을 그려 넣었다. 페이스트리 위로는 구불구불한 곡선을 넣어 환상적인 냄새가 피어오르는 모습을 연출했다.

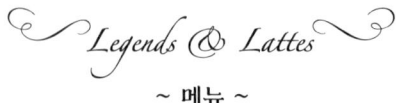
~ 메뉴 ~

커피 이국적인 향 & 풍부하고 묵직한 보디감   반 닢
라테 고급스럽고 부드러운 버전   한 닢
시나몬 롤
   환상적인 프로스팅의 시나몬 페이스트리   네 닢

※

신사 숙녀 여러분들을 위한 기품 있는 맛

"네 닢이요?"

비브가 칠판을 걸면서 다시 물었다.

"그래도 될까요?"

"저를 믿어보세요."

팀블은 스툴에서 폴짝 뛰어내리더니 두툼한 행주를 들고 화덕을 열어 롤을 꺼냈다. 롤의 크기는 비브의 주먹만 했고 황금빛을 띠어 먹음직스러웠다. 팀블이 조리대 위에 빵을

올리자, 냄새는 파도처럼 순식간에 퍼져나갔다. 비브는 자신도 모르게 탄성을 뱉었다. 배에서 꼬르륵 소리가 났다.

팀블은 식료품 저장고에 넣어둔 아이싱을 가져왔다. 냄새를 맡아보더니 흡족한 미소를 지으며 고개를 끄덕였다. 곧바로 걸쭉한 아이싱을 롤 위에 뿌렸다. 팀블의 행동에 주저함은 없었다.

비브가 고개를 들었을 때 해밍턴은 흥미롭다는 듯이 롤을 바라보고 있었다.

"냄새가 너무 좋은데요."

어느새 카운터 앞으로 바짝 다가온 해밍턴이 말했다.

"음, 뭔가 먹을 게 있으면 좋겠다고 하셨죠. 첫 번째로 구매하실 수 있게 됐네요."

"아, 그런데 특정 음식 섭취를 제한하는 중이라서요. 빵은 잘 먹지 않아요……."

비브는 눈썹을 찌푸리며 카운터에 몸을 기댔다.

"그래도 하나만 살게요. 하나만 사도 되죠?"

그는 겸연쩍은 듯 말했다.

"감사합니다."

"어, 네."

팀블이 고개를 끄덕이자, 탠드리는 김이 나는 롤을 하나씩 접시에 옮겼다. 그녀는 카운터 위에도 접시를 하나 올렸다.

해밍턴이 돈을 내자 비브는 그에게 유산지로 감싼 롤을 건네며 날카로운 시선으로 그를 바라보았다.

"이걸 먹지 않으면 탠드리나 제가 그쪽을 해칠지도 몰라요."

해밍턴은 웃음을 터뜨렸지만, 비브가 같이 웃지 않자 웃음이 어색하게 바뀌었다. 그는 양손으로 롤을 조심스럽게 쥐고 슬그머니 자리로 돌아갔다.

카페 안에 있던 사람들은 이미 줄을 서서 자신의 차례를 기다리는 중이었다. 롤이 전부 팔리는 데는 30분이 채 걸리지 않았다.

탠드리는 빵 부스러기만 남은 접시를 보더니 남은 글레이즈 얼룩을 손가락으로 훑어 입으로 가져갔다. 탠드리는 실망한 표정으로 비브를 바라보았다.

"한 개도 못 먹었어요. 네 닢 이상 내서라도 먹고 싶었는데."

탠드리가 말했다.

"음, 그래도 운이 좋은데요. 보아하니 다시 기회가 올 것 같거든요. 그리고 레이니를 위해서 하나 빼두겠다고 한 걸 잊어버리면 레이니가 그 빗자루로 어떻게 할지, 생각만으로도 겁나요."

팀블은 이미 또 다른 반죽을 만드는 중이었다. 그는 다시 콧노래를 흥얼거렸다. 전보다 더 크게, 더 흥겹게.

13

팀블은 이른 새벽부터 빵 만드는 작업에 몰두했고 탠드리는 냄새가 거리로 퍼져나갈 수 있게 미리 출입문을 살짝 열어두었다. 그 덕에 오픈 시간에 몰려든 손님은 전날보다 세 배쯤 더 많았다.

탠드리와 비브는 나란히 서서 커피를 내렸다. 그들은 두 개의 손잡이를 동시에 다루어 가며 일했다. 활기 넘치는 혼란 속에서 주문을 처리하던 둘은 서로의 발에 걸려 넘어질 뻔하기도 했다.

팀블의 시나몬 롤은 몇 분 만에 동이 났지만, 첫 번째 빵이 화덕에서 구워지는 동안 두 번째 반죽을 준비해 둔 덕에 재빠르게 대처할 수 있었다.

끊임없이 롤을 구워내는 화덕에서 뿜어져 나오는 열기, 밀려드는 음료 주문으로 쉬지 않고 돌아가는 커피 머신으로 인해 카페 내부는 평소보다 더 더웠다. 비브와 탠드리의 옷은 한 시간도 지나지 않아 땀으로 흠뻑 젖었다. 좌석에 앉아 대화를 나누는 손님들이 이마에도 송글송글 땀이 맺혀있었다. 손님들이 나누는 수다 소리와 팀블이 달그락거리는 소리, 커피 머신이 바쁘게 돌아가며 내는 기계음으로 카페는 처음으로 혼돈에 빠졌다.

점심때가 가까워지면서 손님이 줄어들기는 했지만, 10분 이상 일이 중단됐던 적은 없었다.

손님들은 서두르지 않고 느긋하게 머무르며 커피를 마시고 빵을 먹었다. 카페가 문을 열고 처음으로, 사람들이 부스 자리가 아닌 대형 테이블을 공유하며 시간을 보냈다.

비브는 카운터에 기대 손님들의 얼굴을 찬찬히 살폈다. 그리고 그간 긴장해서 미처 깨닫지 못했던 점을 발견했다. 반쯤 감긴 눈으로 커피를 천천히, 신중하게 음미하는 사람들의 모습이었다. 손으로 감싼 머그잔의 따스함과 기분 좋은 끝맛의 여운을 즐기는 모습. 자신도 같은 경험을 했었다는 것을 떠올리자, 비브의 입꼬리가 호선을 그리며 올라갔다.

"비브, 지금 한 시간 내내 웃고 있는 거 알아요?"

잠깐 한가해진 틈을 타 탠드리가 말했다. 비브는 탠드리의 말에 화들짝 놀라며 상념에서 빠져나왔다.

"제가 그랬어요?"

"네."

내부 열기로 두 사람 모두 얼굴이 발갛게 달아올라 있었다. 바쁜 와중에도 편안해 보이는 탠드리의 표정을 본 비브는 괜스레 기분이 좋아졌다.

"모든 게 딱 맞아떨어지는 것 같아요. 전에도 몇 번 그런 느낌이 들기는 했는데 그중 하나가 블랙블러드를 발견했을 때였어요."

비브는 벽에 걸린 블랙블러드 쪽으로 시선을 옮겼다.

"검은 제 손에 딱 맞았거든요. 그리고 실제로 사용할 때도……."

이야기가 어떻게 흘러갈지 깨달은 비브는 말을 멈추었다.

"어쨌든, 이 기분은…… 뭔가 제대로 될 것 같아요."

"그래요."

"어쨌든…… 잘될 것 같아요."

"그럼요."

"그래도 아직 처리해야 할 게 남아있어요."

"하루이틀 정도는 안심해도 될 것 같은데요."

탠드리가 미소를 지으며 말했다.

"글쎄요. 그러다가는 더워 죽을지도 몰라요."

팀블이 그들 사이로 모습을 드러냈다. 둘은 팀블을 내려다보았다. 그는 비브를 올려다보며 그녀의 셔츠 자락을 쭈

뻣쭈뻣 당겼다. 그러더니 화덕을 가리키며 양팔을 넓게 벌렸다. 비브가 몸을 숙여 팀블과 시선을 마주하고 말했다.

"미안해요. 팀블, 무슨 말을 하는지 모르겠어요."

그는 코를 씰룩거리며 속삭였다.

"크게요. 더 크면 좋겠는데…… 크게요."

"롤이요? 롤은 이미 제 주먹만큼 큰데요!"

팀블은 고개를 좌우로 흔들었다.

"화덕이요. 화덕!"

그는 겁을 먹은 듯 바로 움츠러들었다.

"죄송해요! 죄송해요!"

비브는 칼이 설치한 화덕을 힐끗 바라보았다. 팀블은 쉴 새 없이 일했고 롤은 한 김 식자마자 불티나게 팔려나갔다. 수요가 약간 줄어든다고 해도 팀블은 그 속도를 소화하느라 녹초가 될 게 뻔했다. 지금보다 큰 화덕이 있으면 일이 더 수월해질 터였다.

"팀블, 저도 그렇게 하고 싶지만, 이것보다 더 큰 화덕을 어떻게 설치해야 할지 모르겠어요. 이미 뒤쪽에는 놓을 자리가 없어서요."

팀블은 잠깐 우울한 표정을 지었지만, 이해한다는 듯 고개를 끄덕였다.

"조금 길게 보관할 수 있다면."

탠드리가 혼잣말하듯 중얼거렸다.

"그때그때 바로 만들어야 하는 게 아니라면 미리 만들어서 보관해도 편할 것 같은데."

팀블은 그녀를 바라보더니 앞 발톱으로 입술을 톡톡 두드리며 생각에 잠겼다. 그는 눈을 몇 번 깜박이다가 조리대로 돌아갔다. 그는 밀대로 새 반죽을 펴기 시작했지만, 때때로 먼 곳을 멍하니 응시하고는 했다.

칼이 며칠 만에 카페를 찾아왔다. 비브는 그에게 인사 대신 시나몬 롤을 건넸다. 칼은 호기심 가득한 표정으로 롤을 살피다가 크게 한 입 베어 물었다. 비브는 맛을 음미하는 칼을 긴장되는 표정으로 지켜보았다. 칼의 반응은 비브의 예상대로였다.

"흠."

그는 손님으로 붐비는 내부를 둘러보며 짧은 미소와 함께 고개를 끄덕였다.

"장사가 잘되는 것 같아서 다행이네요. 그리고 이건 정말 훌륭해요. 화덕이 제 몫을 톡톡히 해내니까 기분이 좋은데요. 이거랑 같이 마실 라테 한 잔 주실 수 있을까요?"

칼은 감탄스러운 눈빛으로 롤을 바라보며 다섯 닢을 건넸다.

"돈은 거절이에요. 이 안의 더위를 해결할 묘안을 떠올리실 수 있다면 오히려 제가 드려야 하니까요. 화덕이 돌아갈 때 이곳은 불지옥과 다름없어요."

비브가 받은 돈을 칼에게 돌려주며 말했다. 칼은 롤을 한 입 더 베어 물더니 눈을 감고 만족스러운 탄성을 뱉었다.

"음…… 아이디어가 떠오르기는 하는데, 효과가 있을지 확인하려면 시간이 조금 필요해요. 이전에 노움의 여객선에서 아주 획기적인 걸 본 적 있거든요."

칼의 말에 비브는 화색을 띠며 관심을 보였다.

"창문 같은 거예요?"

"아니요. 창문은 아니에요. 제대로 작동하지 않을 수도 있으니 큰 기대는 하지 말아요. 이틀 정도 시간을 주신다면 한 번 알아볼게요. 그때까지 가게가 불나지 않게 조심하시고요."

칼은 비브를 향해 엷지만, 진심 가득한 미소를 지어 보이고는 갓 나온 라테와 롤을 챙겨 빈자리를 향해 걸어갔다.

그날 하루는 손님이 끊임없이 드나들었다. 쉴 틈이 없기는 했지만, 스트레스를 받을 정도는 아니었다.

비브가 싱크대에서 머그잔 설거지를 마친 후 마른행주에 손을 닦고 있을 때 농부처럼 보이는 덩치 큰 남자가 들어왔다. 비브는 그의 한쪽 겨드랑이에 끼워진 기타 모양의 악기인 류트를 보고 약간 당황했다. 풍성한 그의 노랑 머리카락은 앞으로 흘러내려 눈을 가렸다. 그의 손은 비브의 손만큼 커다랗고 거칠어 보여서 음악가라고 하기에는 어딘가 어색하게 느껴졌다.

"안녕하세요. 무슨 일 때문이죠?"

비브가 물었다.

"어, 저기, 안녕하세요. 여쭈어보고 싶은 게 있는데…… 혹시 제가, 음, 어, 안녕하세요."

그는 말을 더듬어대더니 처음부터 다시 시작했다.

"제 이름은 팬드리입니다. 저는……."

그의 목소리가 점점 작아지더니 나중에는 거의 속삭이는 지경에 이르렀다.

"음악가이고요?"

팬드리의 말은 마치 질문처럼 들렸다.

"좋으시겠어요. 축하드려요."

비브는 위트 넘치는 말투로 대답했다.

"혹시 제가…… 혹시…… 여기서 공연해도 될까요?"

비브는 깜짝 놀랐다.

"그런 생각은 한 번도 해본 적이 없는데요."

비브가 솔직하게 말했다.

"아, 어, 음, 그렇다면 괜찮아요."

팬드리가 고개를 끄덕이자, 그의 머리칼이 찰랑이며 뺨

에 닿았다.

비브는 어쩐지 그가 안도하는 것 같다고 생각했다.

"실력이 궁금한데요?"

탠드리가 팔짱을 낀 채 카운터에서 나오며 말했다.

"저는, 음, 그게, 저는……."

비브는 웃으면서 탠드리를 가볍게 툭 쳤다.

"자, 이렇게 합시다."

비브는 스캘버트의 돌과 모든 게 맞아떨어지는, 모든 게 제자리를 찾는 느낌을 상기했다.

"일단 연주해 보세요. 다른 게 필요한 건 아니고 허락만 구하시는 거잖아요. 그렇죠?"

팬드리는 똥 마려운 강아지처럼 안절부절못했다.

"네. 아니, 아니요. 그게 아니라…… 맞아요."

탠드리가 재촉하듯 손을 휘휘 저었다.

"자, 빨리 해봐요."

탠드리의 표정은 진지해 보였지만, 속으로 웃음을 참고 있다는 걸 비브는 알 수 있었다.

팬드리가 쭈뼛거리며 안으로 들어왔다. 그는 얼굴에 드리워진 두려움을 애서 억누르며 주위를 둘러보더니 고개를 푹 숙이고 가게 뒤쪽으로 걸어갔다. 아무도 팬드리를 신경 쓰지 않았다. 팬드리는 몇 분간 서서 긴장한 모습으로 손에 꽉 쥔 류트를 조율하며 작은 소리로 중얼거렸다.

비브는 팬드리가 무언가를 고민하는 중이라고 생각했다. 그리고 궁금한 마음에 모퉁이 너머로 그의 모습을 지켜보았다.

류트는 조금 이상했다. 비브는 지금껏 그렇게 생긴 류트를 본 적이 없었다. 악기의 앞면 중앙에 울림을 증폭시키기 위해 있어야 할 구멍이 보이지 않았다. 그 대신 줄 아래에 은색 핀이 박힌 얇고 평평한 돌이 있었다.

비브는 팬드리가 부담감을 이기지 못하고 뛰쳐나가 버릴지도 모른다고 생각했다. 하지만 팬드리는 크게 심호흡을 한 번 한 후에 류트 줄을 튕기며 연주를 시작했다.

팬드리의 본격적인 연주가 시작되자 비브는 흠칫했다. 예상과는 완전히 다른 연주였다. 일순간 카페 안의 대화가 모두 중단되었다. 음색은 가공되지 않은 날것의 느낌이었지만 선율은 애절했다. 게다가 지금껏 들어본 어떤 류트보다 소리가 컸다. 하지만 그가 내는 소리는 음악적이라기보다는 정제되지 않은 거친 소리에 더 가까웠다. 연주를 들으며 사람들의 반응을 살피던 비브는 다른 사람들도 자신과 같은 반응을 보인다는 것을 알아차렸다.

비브는 문득 궁금해지기 시작했다. 지금까지는 스캘버트의 돌이 자신에게 필요한 것을 끌어당기고 있다고 믿었다. 혹시 돌을 너무 맹신한 건 아닐까, 만약 이것도 돌이 끌어당긴 상황이라면…….

비브는 불편해 보이는 손님들을 힐끗 보았다. 다들 자리에서 일어나 나갈 준비를 하고 있었다.

비브는 팬드리에게 다가갔다. 이런 상황에도 그는 놀라울 만큼 편안해 보였다. 게다가 음악에 완전히 몰입한 상태였다. 비브가 가까이 가자, 그는 눈을 뜨고 비브를 바라보았다. 팬드리는 내부를 둘러보더니 사람들의 놀란 표정을 알아채고 돌연 연주를 멈추었다.

"팬드리?"

비브가 손을 들며 말했다.

"아, 맙소사."

팬드리는 군데군데 비어있는 좌석을 보고 수치심에 탄식했다. 그러고는 류트를 방패처럼 들고 도망치듯 카페를 나갔다.

비브는 팬드리가 안타까웠지만 바쁜 오후를 보내느라 그를 계속 생각할 겨를이 없었다. 빵의 수요가 줄자마자 비브는 고생한 팀블을 곧바로 집으로 보냈다. 그는 기진맥진한 상태였고 비브가 그렇게라도 강제로 중단시키지 않으면 쓰러져 버릴지도 몰랐다.

비브가 테이블을 정리하고 돌아왔을 때 탠드리는 창가에 서있었다.

"이번에도 켈린은 아니겠죠. 그렇죠?"

"뭔데요?"

"저 할아버지요."

탠드리의 말에 비브는 문밖을 내다보았다. 테가 어두운 안경을 쓰고 작은 자루처럼 구부러진 이상한 모자를 쓴 노인 노움이 야외 테이블에 앉아있었다. 노인은 머그잔과 시나몬 롤을 옆에 두고 말이 없는 체스판을 바라보고 있었다. 맞은편 자리는 비어있었고, 테이블 아래 애미티가 몸을 둥글게 만 채로 엎드려 만족스러운 듯 그르렁 소리를 냈다. 애미티는 카페에 자주 찾아오지 않았고, 비브와 탠드리가 준비한 잠자리마저도 거부했었기에 편안하게 있는 모습이 낯설면서도 신기했다.

"음, 애미티가 저분을 좋아하나 봐요."

비브가 어깨를 으쓱했다.

"저분 한 시간째 앉아 계세요. 아까 팬드리가 온 직후에 왔었거든요. 그리고……."

"그리고요?"

"상대편 말을 누가 움직이고 있는 건지 모르겠어요."

"혼자서 게임하고 있는 걸까요?"

탠드리가 여전히 시선을 노인에게 고정한 채 고개를 끄덕였다.

"그런데 저분이 상대편 말을 움직이지는 않았어요. 적어도 제가 볼 때는요."

"곁눈으로 계속 관찰한 거예요?"

"처음에는 크게 신경 쓰이지 않았는데 지금은 저도 모르게 눈길이 가네요."

"음, 오늘 지옥의 음악을 선보인 음악가도 왔었는데 체스를 두는 유령은 왜 안 되겠어요?"

"언젠가는 꼭 알아낼 거예요."

탠드리가 결연한 모습으로 고개를 끄덕이며 말했다. 그때 경비병 두 명이 들어와 남은 롤을 전부 구매했다. 밀려드는 주문에 두 사람은 체스를 두는 노움 노인과 관련된 걸 전부 잊어버렸다.

14

팀블은 가게 문을 열기도 전에 나타났다. 앞발로는 또 다른 목록을 들고 있었다. 이번 목록은 지난번처럼 길지 않았다.

"건포도, 호두, 오렌지…… 카다멈?"

비브가 의아한 표정으로 물었다.

팀블은 열정적으로 고개를 끄덕거렸다.

"마지막 건 들어본 적도 없어요. 그리고 롤은 이미 완벽해요!"

팀블은 양손을 비비면서 간절한 표정을 지었다.

"저를 믿어보세요."

그가 기어들어 가는 목소리로 속삭였다.

비브는 새어 나오는 한숨을 참으며 말했다.

"알겠어요. 제가 가서 목록에 있는 재료를 사 올게요. 탠드리, 제가 이걸 구하러 갈 동안…… 괜찮겠어요?"

"그게 팀블이 더 많은 빵을 구워준다는 뜻이라면 저는 뭐든 환영이에요."

탠드리의 답변에 팀블의 얼굴이 밝아졌다.

습기를 머금은 아침 공기는 쌀쌀했다. 비브는 시장으로 향하는 길에 팀블과 처음 왔을 때 어떤 가게에 들렀는지 생각해 내고자 애썼다. 팀블이 적어둔 목록에 있는 건포도, 호두, 오렌지는 어렵지 않게 구할 수 있었지만, 마지막 재료가 있는지 물었을 때, 상인들은 비브가 되물었던 것처럼 혼란스러운 표정을 지었다. 그 순간 비브의 머릿속에 노인의 집이 떠올랐다.

비브는 몇 번 길을 잘못 들기는 했지만, 기억을 되짚어 강렬한 냄새로 가득했던 노인의 집 앞에 도착하는 데 성공했다. 조심스럽게 문을 두드리자 중얼거리는 말소리와 함께 발이 질질 끌리는 소리가 가까워졌다. 이내 살짝 열린 문 틈새로 노인과 눈이 마주쳤다.

"어, 저를 기억하실지 모르겠는데, 조그마한 남자와 함께 전에 한번 왔었어요. 지금은 카다멈을 구하고 있고요."

비브는 팀블의 키 높이에 맞춰 손을 내리며 말했다.

"음, 팀블의 심부름을 온 거군요?"

노인은 비브가 말한 이가 팀블이라는 것을 단박에 알아차리곤 문을 열어주었다.

"네, 그는 뛰어난 제빵사니까요."

노인은 비브를 마뜩잖은 눈빛으로 바라보며 말했다.

"팀블은 천재예요."

비브가 손에 쥐고 있던 양피지를 낚아채더니 노인은 등을 돌려 집안으로 천천히 들어갔다. 빽빽하게 진열된 물건들이 내뿜는 향기가 짙어 비브가 서있는 문밖까지 퍼져 나왔다. 비브는 그 냄새 때문에 순간 어지러움을 느꼈다. 각각의 냄새는 좋을 수 있지만 섞여버린 냄새는 생각보다 짙고 강했다. 비브는 노인이 그 냄새를 어떻게 견디고 사는지 궁금해졌다.

몇 번의 웅얼거림과 달그락거리며 쿵쿵거리는 소리, 약간의 신경질적인 욕설이 들리고 나서야 노인의 손에는 갈색 봉투가 들려 있었다. 노인은 비브에게 갈색 봉투와 가져갔던 양피지를 건네며 말했다.

"은화 두 닢, 동화 네 닢."

"이게 그렇게 비싸요?"

"어디 더 싸게 파는 곳이라도 있어요?"

그는 껄껄 웃었지만, 유쾌한 웃음은 아니었다.

비브는 주머니를 뒤져 노인에게 돈을 주었다. 곧바로 비브의 얼굴 앞에서 문이 쾅 닫혔다.

　식료품 봉투를 받아 든 팀블은 찍찍대며 기쁨의 소리를 냈다. 그는 곧장 식료품 저장실로 달려가 재료를 정리한 뒤에 만들고 있던 조리대로 돌아갔다.

　가게는 전날만큼 바빴다. 비브는 카운터에서 밀려드는 주문을 소화하고 있는 탠드리를 도왔고, 탠드리는 그런 비브에게 고마움의 미소를 지어 보였다. 비브는 팀블이 자신이 사 온 재료를 바로 사용하지 않는 것에 서운함을 느꼈지만, 몰려드는 손님을 응대하다 보니 감정은 빠르게 잊혔다.

　손님이 붐비는 오전을 지나 오후가 되었을 때, 조금의 여유가 생긴 팀블은 식료품 저장실에 들어가더니 이른 새벽, 비브가 사 온 재료를 꺼내왔다.

　탠드리는 팔꿈치로 비브를 가볍게 찔렀다.

　"뭘 만들어 낼지 너무 기대돼요."

　"카다멈을 사러 갔을 때 그 집 주인이 팀블을 보고 천재라고 하더라고요."

　비브가 말했다.

　"그런 말을 듣지 않아도 팀블이 천재라는 건 모를 수가 없어요."

　탠드리가 웃으며 대답했다.

　"그렇기는 해요."

팀블은 계량과 휘젓는 행위를 반복하더니 점성 높은 반죽을 만들었다. 반죽에는 잘게 자른 호두와 건포도, 곱게 간 오렌지 껍질을 넣었다. 갈색 봉투에서 나온 카다멈은 쪼글쪼글하게 생긴 조그마한 씨앗이었다. 팀블은 카다멈을 옆으로 눕혀 으깬 후, 칼로 더욱 잘게 다졌다. 으깨다 못해 가루가 되어버린 카다멈을 조심스럽게 긁어모아 만들어 둔 반죽에 넣었다. 그러고 남은 카다멈 가루를 유산지로 감싸 다시 식료품 저장고에 넣어두었다.

팀블의 작업을 계속 지켜보고 싶었던 탠드리와 비브는 마지못해 주문이 들어오는 커피를 교대로 만들었다. 그동안 팀블은 반죽을 치대 길고 납작한 나무 막대 모양으로 만들어 쟁반에 올린 다음 설탕을 뿌려 화덕에 넣었다. 그러고 나서 듣기 좋은 멜로디를 흥얼거리며 주변을 정리했다.

시간이 흐르고 고소하고 달콤한 냄새가 카페 안에 은은하게 퍼져 기대감을 더했다. 비브에게는 한겨울 동짓날 기념 축제를 떠오르게 하는 냄새였다. 드디어 그가 화덕에서 납작한 모양의 빵을 꺼냈을 때 비브는 탠드리와 함께 가까이 다가갔지만, 팀블은 손을 휘저어 그들을 쫓아냈다. 그는 빵을 잘라 쟁반에 일렬로 배열한 후 다시 화덕에 넣었다.

"두 번이나 구워요?"

비브가 물었다.

그는 단호하게 고개를 끄덕였다.

몇십 분이 흘렀을까. 팀블은 마침내 쟁반을 꺼내 빵을 식혔다. 비브는 의심스러운 눈으로 빵을 살펴보았다. 냄새는 좋았지만, 이전의 롤처럼 충분하게 부풀어 오르지 않아 아쉬운 마음이 들었다. 팀블은 빵이 다 식을 때까지 기다려야 한다고 말했다.

빵이 다 식었다고 판단한 팀블은 긴장한 모습으로 정중하게 하나씩 건넸다. 비브는 손에 있는 빵을 바라보며 이마를 찌푸렸다. 빵은 만들어진 지 오래되어서 말라비틀어진 것처럼 딱딱했다.

비브가 방문한 곳의 노인은 팀블의 천재성을 극찬했고 그가 만든 시나몬 롤을 보면 그의 주장을 반박하기 어려운 것도 사실이었다. 그럼에도 비브와 탠드리는 걱정 담긴 시선을 교환했다.

그들이 한 입 베어 물기 직전, 팀블은 발을 동동거리며 속삭였다.

"마실 거랑 같이요!"

탠드리는 급히 라테를 두 잔 만들었다. 두 사람은 시험하듯 빵을 작게 한 입 베어 물었다. 단단한 빵조각은 걱정과는 다르게 맛있었다. 겉보기와 달리 잘 부서지는 식감이었다. 이국적이고 부드러운 달콤함이 견과류와 과일의 풍미를 살려주었다. 아마도 카다멈이 맛의 핵심인 것 같았다. 시나몬 롤만큼 만족스럽지는 않았지만 그래도 충분히 좋았다.

팀블이 급하게 빵을 라테에 담그는 시늉을 했다.

비브는 어깨를 으쓱하고는 의심 가득한 눈빛으로 팀블을 바라봤다. 팀블의 말대로 빵의 끝부분을 라테에 담근 다음 다시 한 입 베어 물었다. 순간 비브의 눈이 휘둥그레졌다. 빵을 씹고 삼킨 후 남은 섬세하고 우아하게 어우러지는 맛을 한참 동안 즐겼다.

"맙소사, 노인의 말이 맞았어요. 팀블, 당신은 천재예요."

흥분의 시간도 잠시, 탠드리의 날카로운 지적 후에야 비로소 베이킹 천재 팀블의 진가가 드러났다.

"이건 보관도 가능한 거죠? 하루? 아니면 혹시 며칠 동안도요?"

팀블은 고개를 세 번 끄덕이고 두 사람을 보며 환하게 웃었다.

"이걸 넣어서 보관할 용기가 필요할 것 같아요. 그리고 탠드리, 메뉴판에도 추가해야겠어요. 그런데 이걸 뭐라고 부르죠?"

"좋은 생각이 있기는 해요."

탠드리가 미소를 머금고 말했다. 그녀는 카운터 아래서 분필을 꺼냈다.

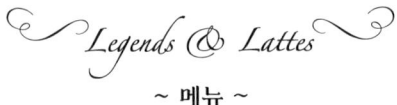

~ 메뉴 ~

커피 이국적인 향 & 풍부하고 묵직한 보디감   반 닢
라테 고급스럽고 부드러운 버전   한 닢
시나몬 롤
  환상적인 프로스팅의 시나몬 페이스트리   네 닢
팀블릿 바삭한 견과류 & 과일이 들어간 별미   두 닢

※

신사 숙녀 여러분들을 위한 기품 있는 맛

다음 날 아침이 되었다. 팀블릿은 처음부터 많이 팔리지는 않았지만, 시나몬 롤이 떨어지자, 손님들은 팀블릿을 대신 주문했다. 시간이 쌓이면서 팀블릿은 롤의 대체재가 아닌 첫 번째 선택이 되었다.

때때로 비브는 팀블릿을 먹으며 흥얼거리고 있는 자신을 발견하기도 했다.

주방은 날이 갈수록 더워졌다. 비브와 탠드리는 칼을 애타게 기다렸다. 마침내 모습을 드러낸 칼은 들어오자마자 손에 쥔 접혀있는 커다란 양피지를 카운터 위에 펼쳐보였다. 거기에는 치수가 표시된 도면이 있었다. 비브는 지금 눈앞에 있는 게 무엇인지 당최 알 수가 없었다.

"이게 가게 뒤쪽의 더위를 해결해 주는 건가요?"

"흠, 자동으로 작동하는 실링 팬이에요. 전에 말한 적 있죠. 노움의 여객선에서 본 게 있다고요. 설치하는 데 몇 시간은 걸릴 거예요. 어쩌면 하루가 꼬박 걸릴 수도 있어요. 난로 배관을 자른 다음에 사다리를 이용해 저 위에 매달아야 하거든요. 아주 무겁기도 해서 저를 도와주셔야 해요."

칼은 검지로 천장을 가리키며 말했다.

"하루 가게 문 닫는 것 정도는 어렵지 않아요. 카운터와 조리대 쪽이 화덕 안에 들어온 것처럼만 느껴지지 않으면 좋겠어요."

탠드리가 긴 숨을 내쉬며 말했다.

"하지만 비용이 좀 들어요."

칼이 미안한 표정을 지으며 손가락으로 도면을 가리켰다.

"이 도면을 노움 기술자에게 구매해야 해요. 그 비용이 만만치 않아서요."

"얼마나 드는데요?"

"금화 세 닢이요."

"휴, 그 정도면 마드리갈에게 두 달간 우리 가게에 관심 끄라고 협상할 수 있는 액수인데요."

비브의 말에 칼의 표정이 어두워졌다.

"농담이에요!"

비브는 장난스럽게 말했지만, 감당하기 부담스러운 액수인 것은 사실이었다.

"그래도 뭐, 한번 해봅시다."

비브는 금화 네 닢을 꺼내 그에게 건넸다.

"하나는 당신 몫이에요. 돌려주지 마세요."

"흠, 이번 주말까지 일을 끝내면 될까요?"

"좋은데요."

약속한 날, 시간에 맞춰 칼이 왔을 때 비브는 이미 가게 앞에 팻말을 걸어두었다.

임시 휴점
오늘 하루, 보수공사로 휴점합니다.

비브는 아침마다 오는 몇 명의 단골손님이 각자의 방식으로 실망을 표현하면서 팻말을 바라보는 모습을 지켜보았다. 어쩌면 그들이 다시 돌아오지 않을지도 모른다는 터무니없는 두려움이 엄습했지만, 비브는 애써 두려움을 억누르려고 노력했다.

칼은 놋쇠로 만든 커다란 통, 날개 모양의 대형 날 여러 개, 풍차처럼 생긴 작은 회전형 팬, 다양한 종류의 기다란 가죽 띠를 실은 손수레를 끌고 도착했다.

비브는 허리에 손을 얹고 이리저리 뒤섞인 부품들을 바라보았다.

"휴, 도면을 봤을 때도 감이 안 왔는데 막상 이렇게 보니까 뭐가 뭔지, 더 모르겠어요."

"아, 이건 아주 기발해요."

칼은 손수레를 끌고는 비브가 열어둔 문을 통과하면서 말했다.

"노움의 기술을 보면 깜짝 놀라게 될 거예요."

칼이 제일 먼저 한 일은 배관의 일부를 빼내고 반으로 자르는 일이었다. 잘라낸 배관 안에는 풍차 모양의 작은 팬과 회전축과 맞물리는 톱니바퀴를 정교하게 설치했다. 비브는 그 옆에서 원래의 배관에 자른 배관을 다시 연결하고 고정하는 작업을 도왔다.

비브는 뒤쪽에서 사다리를 가져와 벽에 기대 놓았다. 칼은 조심스럽게 사다리를 타고 올라갔고 비브는 그의 뒤에서 놋쇠 기계를 들어올렸다. 그녀는 기계를 한 손으로 올려 천장에 대고 눌렀다. 무게 때문에 한 손으로 지탱하기가 버거워 근육에 무리가 갔지만, 이 정도는 버틸 수 있었다.

칼은 노움의 나사로 재빨리 기계를 고정했고 비브는 기계가 제대로 고정됐는지, 살짝 당겨서 확인했다.

칼은 놋쇠 원통에서 방사형으로 뻗어 나온 네 개의 부품에 커다란 날개 모양의 날을 끼워 넣었다. 그 결과 배관 안에 들어간 장치와 같은 모양으로 크기만 큰 형태가 만들어졌다. 그들은 거대한 가죽 띠로 놋쇠 원통을 감싼 다음 가죽 띠를 배관 안에 있는 톱니바퀴 덮개까지 연결했다.

"음, 저는 아직도 이게 어떤 식으로 작동하는 건지 모르겠지만, 그래도 실제로 작동하기만 한다면 더 바랄 게 없을 것 같아요."

칼이 웃으며 난로에 장작을 던져넣고 불을 붙였다.

처음에는 눈에 띄는 변화가 없었다. 하지만 뜨겁게 데워진 공기가 위로 올라가자, 가죽 띠가 움직이기 시작했다. 처음에는 아주 천천히 움직이더니 점점 속도가 붙었다. 속도가 아주 빠르지는 않았지만, 천장에 달린 큰 팬들이 돌면서 시원한 바람을 만들어 내기 시작했다.

"정말 놀라워요."

비브가 말했다.

"흠, 이제 더워 죽을 일은 없을 거예요."

칼이 말했다.

15

"세상에, 진짜 다르네요."

탠드리가 말했다.

칼의 실링 팬은 머리 위에서 천천히 돌아갔다. 아래로 퍼지는 시원한 바람 덕에 한결 편안해졌다. 팀블도 두 사람만큼, 아니 그 이상으로 좋아하는 것 같았다. 비브는 랫킨도 땀을 흘린다는 사실을 이제서야 알게 되었다. 아마 화덕 근처에서 일하느라 누구보다 더 고통스러웠을 것이었다. 하지만 팀블은 단 한 번도 불평하지 않았다.

아침에 들르는 단골들은 전날의 휴업에 관해 투덜거리기도 했다. 하지만 공기를 뒤섞는 실링 팬을 향한 관심 앞에서 그 어떤 불만도 맥을 추지 못했다.

주위를 둘러보던 비브는 내부 인테리어에 새삼 자부심을 느꼈다. 현대적이면서 동시에 미래지향적이었고 아늑하게 환영하는 분위기였다. 그녀는 따뜻한 시나몬 롤과 갈아 둔 커피, 달콤한 카다멈의 향에 도취되었다. 커피를 내리고 미소 짓고 잡담을 나눌 때 순도 높은 만족감이 몽글몽글 차올랐다. 지금껏 한 번도 경험해 본 적 없는 안온한 감정이었다. 비브는 그 기분이 아주 많이 좋았다.

단골손님들을 둘러본 비브는 그들도 자신과 같은 감정을 공유하고 있다는 것을 알 수 있었다. 하지만 카운터 뒤에서만 경험할 수 있는 달콤함이 있었다.

'여기는 내 가게니까.' 비브는 생각했다.

그때 탠드리가 미소를 지으며 그녀 곁으로 다가왔다.

'아니, 여기는 우리의 가게니까.'

비브가 고개를 들었을 때 문간 바로 앞에서 이리저리 서성이고 있는 덩치 큰 음악가 지망생, 팬드리가 보였다. 이번에는 조금 더 전통적인 형태의 류트를 양손으로 단단히 쥐고 있었다. 그의 손이 너무 커서, 손아귀 힘 때문에, 류트는 부러질 듯 위태로워 보였다.

"팬드리, 안녕하세요."

비브는 팬드리 쪽으로 다가가 인사를 건네고 그의 반응을 기다렸다. 지난날 그렇게 사라진 팬드리가 이곳에 다시 찾아온 이유를 비브는 알 것 같았다.

"저는, 어, 그게……."

탠드리가 비브에게 뭐하냐는 듯한 표정을 지어 보였다. 비브는 팬드리가 안쓰러웠다.

"다시 한번 연주해 볼래요?"

비브가 조심스럽게 물었다.

"아, 저는…… 그렇게 하고 싶어요. 이번에는 조금 덜 현대적인, 그러니까 조금 더 전통적인 곡을 연주할게요, 아가씨."

"아가씨라고요? 아휴, 이제 알겠네, 레이니가 그 호칭을 질색했던 이유를."

비브가 얼굴을 찌푸리며 말했다.

"아…… 죄송합니다."

팬드리는 움츠러든 기색으로 말했다. 비브는 팬드리에게 손짓했다.

"해봐요. 저번에도 나쁘지는 않았어요. 그냥 놀랐을 뿐이에요. 팬드리, 이곳을 뒤집어 봐요."

비브의 말에 팬드리가 기겁했다.

"이 동네에서는 흔하게 쓰는 표현이 아닌가 보군요?"

탠드리가 어깨를 으쓱했다.

"전쟁 중에나 쓸법한 말이네요."

"그렇게 들릴 것 같기는 해요."

팬드리는 혼란스러운 표정으로 눈을 끔벅거리다가 고개를 숙이고 안으로 걸어갔다. 비브는 팬드리가 지난번보다 더 긴장할 것 같아 이번에는 그를 따라가지 않았다.

비브는 귀를 기울인 채 팬드리의 연주를 기다렸다. 시간이 흘러도 아무런 소리가 들리지 않자, 고개를 저으며 혼자 숨죽여 웃고는 주문이 들어온 커피를 내렸다.

손님에게 커피를 건네주고 커피 머신의 소음이 가라앉자, 류트 소리가 들리기 시작했다. 지난번보다 훨씬 부드러웠다. 팬드리는 듣기 좋은 선율의 발라드를 연주했다. 귀에 각인되는 멜로디였다. 그는 중간중간 섬세한 피치카토 기법으로 연주하기도 했다.

"지난번과는 다르게 연주 잘하는데요? 듣기 좋아요."

탠드리가 말했다.

"나쁘지 않네요."

새어 나오는 웃음을 참으며 비브가 탠드리의 말에 공감했다.

그때 달콤하고 감성적인 높은 음조의 목소리가 류트 선율과 만났다.

"잠깐, 이건 누구 목소리죠?"

고개를 돌려 구석을 바라본 비브는 깜짝 놀랐다.

"와, 정말 놀라운데요."

노래를 부르는 건 팬드리였다. 그의 음색은 놀라우리만

치 맑고 부드러웠다. 커다란 덩치, 우락부락한 외모와는 딴판이었다.

내 선택으로 치러야 했던 대가는 시간이 갈수록 커졌다네. 하지만 다른 길을 선택했을 때 나는 그 괴로움을 느끼지 못했네…….

"저런 노래는 처음 들어봐요. 전통적인 느낌은 들지만, 전통 음악은 아니에요. 분명 그가 만든 노래일 거예요."
탠드리가 말했다.
지난번과 다르게 놀라서 나가는 손님은 없었다. 심지어 몇몇은 발로 장단을 맞추기도 했다.
"의심하지 않았어야 했는데."
비브는 혼잣말로 중얼거렸다.
"그게 무슨 말이에요?"
"아, 아무것도 아니에요. 그냥 이번에도 행운이 찾아온 것 같네요."

해밍턴이 카운터에 다가와 겸연쩍은 모습으로 메뉴를 주문했다.
"커피랑 라테, 다 드릴까요?"
탠드리가 의심의 눈초리로 그를 보면서 물었다.

"어, 네. 맞아요."

그는 말을 멈추더니 불안한 듯 몸을 꼼지락댔다.

"그리고 물어보고 싶은 게 있어요."

비브가 한숨을 내쉬었다.

"헤밍턴, 뭔가 부탁할 일이 있으면 그냥 말해요. 마시지도 않는 커피를 만들고 싶지는 않으니까요."

"아, 그럼 좋아요."

그가 밝은 표정으로 말했다.

"그래도 이거 하나는 주문하셔야 해요."

비브는 팀블렛을 슬며시 밀면서 말했다.

"음, 물론이죠."

헤밍턴은 돈을 내고 구입했지만, 막상 팀블릿을 어떻게 먹어야 할지 고민하는 것 같았다.

"자, 뭘 어떻게 도와드릴까요, 햄?"

"먼저 저를 햄이라고 부르지 않으셨으면 좋겠어요."

"무언가를 부탁하는 사람은 그쪽인 것 같은데요. 그것도 당신이 원하는 건 아무것도 팔지 않는 가게에서 말이죠…… 햄."

헤밍턴이 얼굴을 찌푸렸다.

"제가 원하는 게 없는 건 아니고! 아, 그건 그냥 넘어가죠."

그는 숨을 깊게 들이마시고 다시 이야기를 시작했다.

"이곳에 방어막을 설치해 주셨으면 좋겠어요. 제 연구에 필요해서요."

비브가 찡그렸다.

"방어막이요? 그게 왜 필요한 건데요?"

"음, 실은 그게 제 주요 연구 분야거든요. 이곳에 있는 레이라인의 교차점이 마법 건축물에 어떻게 영향력을 행사하는지, 교차점이 특정 물질과 어떤 식으로 연결되는지, 그런 것들이요. 그건……."

"해밍턴, 좀더 간단하게 설명해 줄 수 있어요?"

"음, 그건 아예 눈에 띄지 않을 거예요."

해밍턴은 이야기하며 무의식적으로 팀블릿을 베어 물었다.

"그 방어막이 정확히 뭘 하는데요?"

"음…… 그걸로 할 수 있는 건 다양해요. 사실 방어막 자체가 중요하지는 않아요. 그리고 손님들한테도, 그 누구한테도 방해가 되지 않을 거예요. 눈에 보이지도 않을 거고요!"

"그렇다면 왜 몰래 설치하지 않고 제 허락을 구하는 건데요?"

해밍턴이 기분 나쁘다는 표정을 지으며 성대에 힘주어 말했다.

"저는 그런 걸 몰래 하는 사람이 아니에요. 절대로요."

그는 자신의 품위를 드러내기라도 하듯 위엄있는 말투로 말했지만, 곧바로 팀블릿을 한 입 베어 무느라 위엄이 무너져내렸다.

"그 방어막이라는 게 어떤 거예요?"

어느새 곁에 다가온 탠드리가 물었다. 둘의 대화를 엿듣고 있었던 게 분명했다.

"광학 작동 장치? 영혼 감지 장치? 마법 에너지를 모으는 장치?"

"음, 영혼 감지요. 그리고 에너지를 모으는 수단은 어떤 것도 가능해요. 이를테면 비둘기?"

"건물 위를 날아가는 비둘기를 추적해서 뭐 하려고요?"

탠드리가 물었다.

"그건 정말 예를 든 것뿐이에요. 아까 말씀드린 것처럼 방어막이 하는 일은 중요하지 않아요. 저는 단지 방어막의 안정성, 방어막의 힘이 닿는 범위, 방어막의 반응 정확도를 연구하고 싶은 거예요."

해밍턴이 말했다.

비브는 체념한 듯 한숨을 쉬었다.

"그만 듣고 싶어요. 그냥 알아서 하세요. 혹시……."

비브는 탠드리를 바라보았다.

"혹시 제가 걱정해야 할 일인가요?"

비브는 바닥에 묻어둔 비밀이 드러나는 건 아닐까, 걱정했지만 강력히 반대하는 게 오히려 역효과를 낼 수 있었다. 만약 해밍턴이 돌을 찾는다 해도 비브로서는 알 길이 없으니, 당장은 그냥 내버려두는 편이 나을 것이다.
"괜찮을 거예요."
탠드리가 말했다.
"눈에 띄지 않을 거라고 말했잖아요."
해밍턴이 투덜거렸다.
"눈에 보이지 않는다고 해서 안전한 건 아니에요."
비브가 다정하게 말했다.
"아무튼 좋아요. 해도 좋아요."
"저는…… 고맙습니다."
"팀블릿은 어땠어요?"
비브가 능청스럽게 웃으면서 물었다.
"그게 무슨 말씀이세요?"
비브는 아무것도 남아있지 않은 해밍턴의 손을 가리켰다.

모든 게 순조롭게 흘러가는 나날이 이어졌다. 만약 비브가 전장에 있었거나 적군의 은신처 주위에서 잠복 중이었다면, 무언가가 다가올지 모른다는 불길한 예감이 등골을 타고 올라왔을 것이었다.
저녁 시간, 비브와 탠드리가 가게를 정리하고 있을 때 탠드리와 비브의 불청객, 켈린과 렉이 카페 밖에 서있었다. 그

들 외에도 여섯 명에서 여덟 명이 더 있었다.

비브는 감시와 경계를 소홀히 해서는 안 되겠다고 생각하며 입구를 막기 위해 문간에 섰다.

"무슨 일이에요?"

탠드리는 닦고 있던 머그잔을 내려놓고 비브 옆으로 다가왔다. 탠드리는 바깥에 서있는 켈린을 보고 얼어붙었다. 비브의 시선은 켈린 뒤에 있는 무리에게 고정되어 있었다.

불청객들은 두 사람의 안위를 걱정해야 할 정도로 많고 모두 칼을 가지고 있었다. 비브는 내심 애미티가 나타나 자신을 도와주기를 바랐지만, 애미티는 그 어디에도 보이지 않았다. 비브가 걱정하는 건 칼날이 자신을 향하고 있다는 것이 아닌 탠드리가 제 옆에 있다는 사실이었다. 혼자였다면 자신의 안위 따위는 걱정하지 않았을 비브지만, 탠드리가 곁에 있는 이상 물리적인 힘은 해결책이 아니라는 판단이 들었다.

"가게가 꾸준히 잘되던데요. 축하드립니다."

렉은 모자를 벗고 허리를 굽혀 인사했다.

조롱일까, 진심일까. 비브는 그의 의도를 짐작하기 어려웠다.

"벌써 월말이 된 건가요? 아직 며칠 더 남은 것 같은데."

비브는 어두운 목소리로 물었다.

렉은 비브의 말에 동의한다는 듯 고개를 끄덕였다.

"맞습니다. 겉으로 문제가 드러나지 않을지라도 차질 없이 순조롭게 처리하는 것. 그게 제 일에서 가장 까다로운 점이죠. 일이 끝났다고 해도, 중간에 사고가 발생하거나 금전적으로 손해를 보게 된다면 그 일은 이미 실패한 거예요. 성공과는 거리가 멀죠. 마드리갈은 성공을 원해요. 그리고 그걸 가능하게 만드는 핵심 역할을 제가 맡고 있다고 볼 수 있겠네요."

"탠드리, 안녕하세요."

켈린은 탠드리를 보고 미소 지으며 말했다. 마치 그녀를 자신의 소유물이라고 경고하는 듯한 웃음이었다.

렉은 켈린을 보고서 얼굴을 찡그렸다.

탠드리는 눈을 크게 뜨고 비브를 바라보았다. 비브는 그 시선에 부응하고자 든든한 모습을 보여줘야겠다고 생각했다.

렉은 계속 말을 이었다.

"지금 일어나는 일이 단순한 장난이 아니라는 걸 알려주려고 온 겁니다. 월말에 받아갈 수 있게 미리 준비해 주시고요. 다시 말씀드리면 저는 이 계약이 성공적이기를 바랍니다. 만약 실패한다면…… 저희보다는 그쪽이 받을 불이익이 더 클 겁니다."

비브는 주먹을 꽉 쥐었다.

"예상과 다르게 당신이 더 불리할 수도 있어요."

렉은 유감이라는 표정으로 한숨을 쉬었다.

"이봐요. 당신의 신체적 조건이 뛰어나다는 건 알아요. 그건 누가 봐도 사실이니까요. 하지만 지금 당신은 사업을 하고 있고 직원들도 고용했죠. 순조롭게 운영하고 있고요. 그 모든 걸 그릇된 판단으로 날려버리고 싶어요? 이 세계에서는 세금과 수당, 그 대가로 받는 특권. 이런 것들이 만연하다고요. 차질 없이 성장할 수 있게 해주는 것들이죠. 이것도 그중 하나일 뿐이에요."

"여기가 잿더미로 변하는 걸 보고 싶지는 않은데."

켈린이 한 대 치고 싶은 정도로 얄미운 웃음을 지으며 말했다.

렉이 유연한 동작으로 거칠고 빠르게 켈린의 옷깃을 잡아채더니 가까이 끌어당겼다.

"닥쳐, 이 쓰레기 같은 놈."

그가 버럭 성을 냈다.

렉의 반응속도를 본 비브는 지금껏 그를 잘못 판단했을지도 모른다고 생각했다. 그는 생각보다 위협적인 존재였다.

켈린은 입을 벌린 채 주눅이 잔뜩 든 모습으로 휘청거리며 뒤로 물러났다.

렉은 외투를 반듯하게 정리하고 다시 모자를 썼다.

"다음 주에 봅시다. 앞으로 껄끄러운 관계는 되지 말아야죠."

그는 정중한 목소리로 말하고 비브와 탠드리에게 차례로 고개를 숙였다.

"아까 일은 사과드립니다, 아가씨."

그렇게 그들은 떠났다.

비브가 블링크 스톤을 손에 쥐고 짐을 정리하고 있을 때 탠드리가 다락방으로 비브를 찾아왔다.

"괜찮은 거예요?"

탠드리가 물었다.

따스한 걱정에 비브는 감동했다. 하지만 곧 미안함이 물밀듯 밀려들었다. 렉과 퀠린과 대치할 때 가장 크게 두려움을 느낀 건 바로 탠드리였다. 탠드리가 괜찮은지 먼저 물어봤어야 했는데, 한발 늦어버린 비브였다.

"괜찮아요."

비브는 자신의 마음과 다르게 입에서 나온 짤막한 대답에 당황했다. 그리고 급히 말을 덧붙였다.

"그냥 제가 할 수 있는 게 뭐가 있을지, 생각하던 중이었어요."

비브는 손바닥에 있는 블링크 스톤을 가만히 응시했다. 탠드리가 호기심 가득한 눈빛으로 스톤을 바라보았지만, 비브는 구태여 설명하지 않았다.

탠드리는 쓸쓸하게 느껴지는 방을 둘러보았다. 방에는

침낭과 가방, 한쪽 구석에 깔끔하게 포개둔 남은 자재들이 전부였다.

"여기서 주무시는 거예요?"

"여기보다 좁은 데서도 지냈는걸요."

자신의 모든 걸 들킨 것 같아 민망해진 비브는 멋쩍게 말했다.

탠드리는 한동안 말이 없었다.

"있잖아요. 당신은 대단한 일을 했어요. 아주 특별한 일이요."

탠드리는 비브의 눈을 바라보며 말했다.

"그리고 이제 새 삶을 꾸려나가고 있죠. 저도 그게 어떤지 알고 있어요. 어떤 기분인지도 알아요. 새로운 삶을 간절히 원하는 게 어떤 의미인 것까지도 알고요."

탠드리는 텅 빈 방을 향해 손짓했다.

"그렇지만 여기 있는 게 당신 삶의 전부는 아니잖아요. 한가한 시간에 무엇을 하는지도 중요하죠. 보세요. 독서광이라면서 정작 여기는 책이 한 권도 없어요."

어쩌면 비브는 목표를 위해 몇몇 즐거움을 뒷전으로 미루었는지도 모른다. 그건 반박의 여지가 없었지만 그래도 비브는 반박을 시도했다.

"사실 다른 건 필요하지 않아요. 오늘 카페의 손님들과 같은 기쁨을 공유하고 있다고 느꼈거든요. 오늘 느낀 감정으로 충분했어요. 그리고 그 감정을 계속 느끼고 싶어요."

"충분하다고요. 과연 그럴까요?"

탠드리가 얼굴을 찡그리며 아래를 내려다보았다.

"마드리갈과 그 부하들이 당신에게서 가져가려는 것들이요. 그게 너무 터무니없어요. 그들은 당신이 가진 모든 걸 빼앗으려고 할 거예요. 어쨌거나 제가 하고 싶은 말은······ 당신이 가게를 관리하는 것처럼 삶을 대한다면, 그러니까 가게에 투자하는 만큼 자신을 돌보고 삶에 투자한다면요. 아마 삶이 조금 더 편안해질 거예요."

비브는 어떻게 대꾸해야 할지 몰라 더 이상 반박할 수 없었다.

"먼저 이 방을 조금 더 신경 쓰는 게 좋을 것 같아요."

탠드리는 옅은 미소를 지었다.

"적어도 침대 하나는 있어야죠."

비브는 탠드리가 가게 문을 닫고 나가는 소리가 날 때까지 기다렸다. 잠시 후 비브가 부엌에 들어갔을 때 들리는 소리라고는 난로에서 나는 윙윙 소리뿐이었다.

비브는 화덕 입구를 열고 한참 동안 타오르는 불길을 바라보며 서있었다. 그리고 최근에 장식한 블랙블러드를 보았다.

그녀는 블링크 스톤을 불길 속에 던져넣고 화덕 문을 닫았다. 곧바로 사다리를 타고 올라가 차가운 침낭 안에 들어가 누워 잠을 청했지만 쉽게 잠들지 못했다.

16

사흘이 지나고, 페누스를 제외한 옛 동료들이 가게에 찾아왔다. 때는 늦은 오후였다. 첫 번째로 들어온 룬이 커피 머신 뒤에 서있는 비브를 보고 눈썹을 들어 올려 분주한 내부를 둘러보았다. 룬의 몸에 가려져 보이지 않았던 갈리나도 룬의 앞으로 나와 모습을 드러냈다. 갈리나는 머리 위에 고글을 얹고 환하게 웃었다. 타이부스는 기품 넘치는 모습으로 들어와 고개를 끄덕였다.

"비브, 오랜만이야."

룬이 말했다.

인기척에 깜짝 놀란 비브가 뒤를 돌아보았다. 놀러온 옛 동료들을 본 비브가 인사 대신 소리쳤다.

"여러분, 오늘은 가게 문을 조금 일찍 닫을게요. 미안합니다."

갑작스러운 비브의 말에 깜짝 놀란 탠드리가 비브의 옛 동료들을 바라보았다.

"아는 분들인가요?"

"오래된 친구들이에요."

비브는 대답하면서 엄지로 뒤에 있는 검을 가리켰다.

"저게 블랙블러드야?"

갈리나가 높은 목소리로 웃으며 외쳤다.

"그 위에는 동지와 하지를 기념하는 장식용 화환처럼 보이는데!"

"블랙블러드 맞아. 잠깐만 기다려 줘. 가게를 비워야 하니까."

비브가 웃으며 말했다.

마지막 손님까지 나가도록 설득하는 데는 생각보다 시간이 오래 걸렸다. 비브는 손님들이 마시던 커피를 가지고 갈 방법이 있으면 좋겠다고 생각했다. 물론 이전에도 하던 생각이기는 했다. 비브는 서둘러 팀블을 보냈고, 탠드리에게 가도 좋다고 말을 꺼내려던 찰나 탠드리는 손을 들어 꼬리를 날카롭게 흔들었다.

"저는 여기 있을 거예요."

비브는 잠시 고민하다가 고개를 끄덕였다.

"좋아요."

그들은 커다란 테이블에 둘러앉았다. 탠드리는 커피를 내렸고 비브는 시나몬 롤과 팀블릿을 접시에 담았다.

"다들 와줘서 고마워."

커피와 빵이 전부 차려졌을 때 비브가 말했다. 비브는 앞에 놓인 머그잔을 만지작거렸다.

"먼저 소개부터 해야지. 이쪽은 탠드리야. 나랑 같이 일하는 동료고. 탠드리, 룬은 이미 알고 있죠? 여기는 갈리나, 그리고 타이부스."

비브는 각각을 가리키며 소개했다.

"매력이 넘치시네요."

룬이 시나몬 롤을 크게 베어 물면서 말했다.

"서큐버스, 맞죠?"

갈리나가 턱을 괴고 말했다.

비브는 탠드리의 몸이 긴장으로 굳어지는 모습을 보았다. 갈리나도 분명 알아챘을 터였다.

"신경 쓰지 마세요. 별 뜻 없어요. 예쁜이, 나한테 뭔가 발명하라고 시키지 않는 이상은요. 만나서 반가워요. 그쪽 스타일이 꽤 좋네요. 그 옷 마음에 들어요."

갈리나는 조그만 손가락으로 탠드리의 스웨터를 가리켰다.

"갈리나는 발명보다는 위험한 일을 하는 편이죠."

비브가 말했다.

"나는 칼을 좋아하거든요."

갈리나는 난데없이 칼을 꺼내더니 손톱을 손질하기 시작했다.

타이부스는 탠드리에게 정중하게 고개를 숙이고 짧은 인사를 건네고 나서 팀블릿을 조금 베어 먹었다. 타이부스는 늘 그렇듯 말을 아꼈다. 하얀색 머리칼이 그의 얼굴 주위를 감싸고 있었다.

"다들 만나서 반갑습니다."

탠드리가 말했다. 그녀는 재빨리 커피를 한 모금 들이켰다. 비브는 탠드리가 긴장했다는 걸 단번에 알 수 있었다.

룬은 비브와 나눠가진 블링크 스톤 반쪽을 테이블 위에 올려두고 롤을 다 먹어 치운 뒤 팀블릿에 손을 뻗었다.

"여기 와서 직접 보고 이걸 먹어보니 다시 밖에서 자고 두개골을 박살 내는 생활이 그리워서 우리를 부른 것 같지는 않은데."

"그건 네 말이 맞아. 나는 다시 돌아가지 않을 거야."

비브가 말했다. 그녀는 생각에 잠긴 모습으로 갈리나를 바라보았다.

"본론으로 들어가기 전에 사과부터 해야 할 것 같아. 그런 식으로 너희를 떠나와서는 안 됐어. 우리가 수년을 함께했으니까 조금 더 시간을 두고 작별을 고했어야 했는데…… 나는 두려웠어……."

"우리도 다 알아. 룬이 이미 다 말해줬어."

갈리나가 눈을 가늘게 뜨고 비브를 바라보며 말했다.

"화가 조금 났던 건 사실이야. 그런데 이건 정말 좋다."

갈리나는 카페 내부를 가리키며 크게 손짓했다.

"비브, 네가 행복해 보여서 기뻐."

"나는 신경 쓰지 않았어."

타이부스가 조용하게 말했다. 껄끄러운 대화를 피할 수 있는 사람이 있다면, 그건 바로 이 돌의 요정이었다.

"음, 이제 그건 넘어가고 본론으로 들어가자."

룬이 웃으면서 말했다.

"우리는 행동하는 사람들이잖아. 그냥 먹을 걸 주려고 부른 거라고 해도 좋지만."

비브는 숨을 크게 들이마신 다음 내뱉었다.

"일은 잘 풀리고 있어. 내가 기대했던 것 이상이야. 그런데 이 동네와 관련해서 해결해야 할 문제가 생겼어."

비브의 말에 타이부스가 큰 관심을 보였다. 갈리나는 벤치 위에 올라가 양손을 테이블에 올려서 시야를 확보했다.

"아직 그들을 제대로 손봐주지 않고 멀쩡하게 돌려보낸 거야?"

"응. 지금까지는 그랬지."

"그래서 우리가 도와주기를 원해?"

갈리나의 미소에는 피를 향한 갈망이 담겨있었다.

"그렇게 간단한 일이 아니야."

"아니야. 가장 간단한 방법이야. 그보다 쉬운 건 없다고!"

갈리나가 말했다. 비브는 적당한 말을 찾으려고 애썼다.

"문제가 뭐냐면, 나는 내 존재 자체가 그들에게 위협이 될 줄 알았어. 블랙블러드를 벽에 걸어놓은 것도 그렇고. 뭐랄까, 일종의 경고로 보이기를 바란 거지. 하지만 이제는 예전 방식으로 문제를 해결하고 싶지는 않아. 그 이유는…… 그러니까 왜냐면……."

비브는 명확하게 설명하려고 애썼다.

"왜냐하면, 그렇게 해결해 버리면 이뤄온 모든 걸 망치게 될 테니까요."

탠드리가 대화에 끼어들었다. 룬이 회의적인 표정을 지었다.

"비브는 이런 문제를 열두 번도 넘게, 아니, 스물네 번도 넘게 해결했어요! 자기 것을 지키는 게 뭐가 어때서요? 그건 부끄러운 게 아니에요. 정당한 거라고요. 그리고 그렇게 해결한다 해도 아무것도 망치지 않을 것 같은데요. 비브를 협박하고 갈취하는 멍청이의 얼굴 빼고는요."

"제 말뜻은 그게 아니에요."

탠드리가 열정적으로 말했다.

"맞아요. 이번에는 그게 통할 수도 있어요. 이번만큼은요. 하지만 그게 선택지 중 하나가 되어버려서 나중에 또다시 똑같은 선택을 하게 된다면……."

탠드리는 벽에 걸린 검을 가리켰다.

"검을 쓰지 않고 여기서 일군 모든 걸 잃게 될 거라고요. 이건 시작일 뿐이에요. 다음번에는 쪼들리는 겨울에 돈을 조금 벌 생각으로 다시 발을 들이게 될지도 몰라요. 불법적인 일을 맡기는 대신 상납금을 줄여줄 수도 있겠죠. 그렇게 되면 주먹 크기만 한 시나몬 롤을 먹을 수 있었던 이곳은 커피숍이 아닌 다른 형태로 서서히 바뀌게 될 거예요. 비브가 통제하는 영역으로 바뀔 거고 사람들은 비브와의 충돌을 피하려고 하겠죠. 비브를 처다봤다는 이유로 다리가 부러졌다는 누군가의 거짓된 이야기를 듣게 될지도 모른다고요."

"실제로 그런 적도 있어요."

갈리나는 입을 살짝 벌리고 비밀스럽게 속삭였다.

탠드리는 손가락으로 테이블을 두드렸다.

"지금, 이 마을, 이 카페는 백지상태에서 하는 새로운 출발이나 마찬가지예요. 그냥 마드리갈에게 돈을 주고 넘어가면 돼요."

"음, 비브."

룬이 혼란스러운 표정으로 말했다.

"네 생각이 그렇다면 우리를 여기로 부른 이유가 뭐야?"

비브는 답답하다는 듯 팔을 휘저으며 대답했다.

"나도 잘 모르겠어…… 아마도 조언을 얻으려고? 아니면 내 생각에는……."

"우리가 그 일을 할 수 있을 거라고, 생각했구나."

갈리나가 비브의 말을 끝맺었다. 그녀는 장난스럽게 물었다.

"혹시 그 대가로 우리한테 돈을 줄 생각이었어?"

비브가 괴로워하는 표정을 지었다.

"아니, 그럴 생각은 없었어. 나는…… 나는 어떻게 해야 할지 모르겠어."

비브가 힘없이 주절거렸다.

"문제는 내가 그들에게 돈을 주고 싶지 않다는 거야. 도저히 그렇게는 할 수 없을 것 같아. 그리고 아까 한 질문에 대답하자면 그렇지 않아. 너희를 시켜서 문제를 해결하려던 건 아니었어. 그래도 우리의 힘을 보여줄 수는 있을 거라고 생각했지."

"그건 결국 벽에 걸린 검이나 마찬가지예요. 만약 상황이 나빠지면 그냥 저걸 휘둘러 버리고 마무리 짓는 게 낫겠어요."

탠드리가 말했다.

한동안 긴 침묵이 이어졌다.

"마드리갈."

타이부스가 침묵을 깨뜨리고 말했다.

"그를 알아?"

비브가 물었다.

"그를 알고 있지."

타이부스가 대답했다.

"그렇다면 어떻게 하는 게 좋을까?"

타이부스는 조용하고 신중한 성격의 소유자였다. 모두가 시선을 고정한 채로 말없이 기다렸다.

"아마."

그가 마침내 입을 열었다.

"피를 흘리지 않고 해결할 수도 있을 거야."

"계속 얘기해 봐."

비브가 테이블에 몸을 바짝 붙이고는 말했다.

"내가 협상 테이블을 마련할 수 있을지도 몰라."

타이부스가 말했다.

"어두운 뒷골목에서 협상하는 건 뒤통수 맞기 딱 좋은 거 아닌가."

갈리나가 불퉁한 목소리로 말했다.

"비브랑 마드리갈은 생각보다 공통점이 많아."

타이부스가 단호한 말투로 말했다.

"그게 무슨 소리야? 그 말의 뜻이 뭐야?"

"전에 그를 만난 적이 있거든. 일종의 비밀 협약 같은 걸 체결한 상태라서 자세한 내용은 말할 수는 없어. 나는 그 협약을 진지하게 여기고 있거든. 그리고 그럴 가치가 있다고 생각해."

"그러면 자리를 좀 만들어줄 수 있겠어?"

비브가 물었다.

"응. 가능할 거야. 아는 사람 통해서 말해볼게. 내일 저녁쯤이면 알 수 있을 거야."

갈리나는 여전히 확신이 서지 않는다는 표정이었다.

"나는 아직도 무력으로 처리하는 게 더 안전하다고 생각해. 잠들었을 때 없애버리는 거지."

"장담하건대 그렇지는 않을 거야."

타이부스가 무미건조하게 말했다.

"협상이라, 그 위험을 감수하는 게 그들이 요구한 돈을 줘 버리는 것보다 낫다고 생각해요?"

탠드리가 팔짱을 끼고 심각한 표정으로 물었다.

비브는 잠시 생각에 잠긴 듯 고민하다 말했다.

"그게 더 나은 것 같지는 않아요."

비브가 한숨을 내쉬었다.

"예전 나 자신과의 연결고리는 전부 끊어냈다고 생각했지만, 하나가 남은 느낌이에요. 그런데 그 마지막 고리를 끊어낼 자신이 없어요. 그냥…… 아직은 준비가 덜 된 것 같아요."

탠드리는 입을 굳게 다물고 아무런 말도 하지 않았다. 길고 불편한 정적이 이어졌다.

룬이 갑자기 벤치에서 일어나 소리치며 기다란 침묵을 깼다.

"대체 저게 뭐야!"

애미티가 나타나 그들 주위를 돌고 있었다. 고양이는 벤치를 따라 몸을 비비며 지진이 난 것처럼 큰 소리로 그르렁거렸다.

"애미티야."

비브가 안도하는 미소를 띠며 말했다. 그녀는 주위를 감돌던 긴장감이 누그러진, 적어도 미루어진 이 상황에 고마워하며 탠드리를 바라보았다.

"우리가 왜 필요했던 거야? 이미 이런 끔찍한 짐승을 직원으로 고용해 놓고서."

룬이 말했다.

"와, 너 정말 귀여운 아이구나?"

갈리나는 양손으로 애미티의 등을 긁어주면서 사랑스럽게 말했다. 그녀는 애미티의 등에 쉽게 올라탈 수 있을 만큼 작았다.

"애미티는 이곳의 경비 고양이야. 자기 기분이 좋을 때만 오거든."

비브가 껄껄 웃으며 말했다.

"배도 고픈 것 같네."

갈리나는 그 거대한 생명체에게 롤을 건넸다. 애미티는 롤을 통째로 삼켜버렸다.

그 이후, 대화는 덜 민감한 주제로 흘러갔고 비브는 더 많은 커피를 가져왔으며 룬은 남은 빵을 전부 해치웠다.

그들은 해가 지고도 한참이 지난 후에야 떠났다. 배웅을 마친 비브와 탠드리는 조용히 가게를 쓸고 닦으며 남은 뒷정리를 했다. 비브가 젖은 손을 말리고 앞쪽으로 나왔을 때 탠드리가 속내를 알 수 없는 표정으로 입구에 서있었다.

"미안해요."

탠드리가 불쑥 말을 꺼냈다.

"뭐가요?"

"무슨 자격으로 그런 말을 한 건지 모르겠어요. 당신을 대신해서 말한 것도 주제넘었고요. 그래서 사과하는 거예요."

비브는 얼굴을 찌푸리며 한동안 손을 내려다보았다.

"아니에요. 당신 말이 맞았어요. 어떻게 대처해야 하는지에 관해서 말이에요. 제가 그렇게 할 수 있을지는 모르겠지만요. 그래도……."

비브는 탠드리를 다시 바라보았다.

"언젠가는 그렇게 할 수 있기를 바라야죠. 그래서 고마워요."

"아……."

탠드리는 고개를 살짝 끄덕였다.

"그런 거라면, 좋아요. 잘 자요, 비브."

탠드리는 조용히 가게를 떠났다.

"잘 자요, 탠드리."

비브는 닫힌 문에 대고 말했다.

17

 비브와 탠드리 사이에 전날 저녁의 이야기는 더 이상 오가지 않았다. 비브는 탠드리와 사이가 어색해지지 않을까 걱정했지만 그런 일은 없었다. 두 사람은 조용히 다정하게 서로를 챙기며 일했다. 그래서인지 아침 시간은 편안하고 안정적이었다. 비브는 마드리갈이나 월말 상납금, 블랙블러드를 휘둘러 곧 닥칠 문제의 싹을 잘라버리는 일 따위는 더 이상 생각하지 않기로 했다. 지금이 참 좋았다.

 정오가 가까워지자, 팬드리가 류트를 들고 다시 나타났다. 그는 전보다 덜 긴장하고, 덜 위축된 모습이었다. 비브는 웃으며 그를 향해 고개를 까딱해 보였고 팬드리는 조심스럽게 모퉁이를 돌아 안으로 들어왔다.

곧바로 시작된 공연에서는 이전보다 좀 더 경쾌한 느낌이 드는 전통적인 발라드가 연주되었다. 그 위로 팬드리의 달콤한 목소리가 조화롭게 얹어졌다. 팬드리의 공연은 점점 더 훌륭해지고 있었다.

탠드리가 비브를 살짝 찌르며 속삭였다.
"그 사람 다시 왔어요."
"누구요?"
"불가사의한 체스 기사요."
탠드리 말대로 늙은 노움이 바깥 테이블 위에 나무로 만든 체스판을 펼치고 있었다. 그는 신중하게 말들을 배치했다. 게임이 진행 중인 모습을 그대로 재현하는 것 같았다. 그러고는 느긋하게 가게 안으로 들어왔다.

그는 카운터를 올려다보며 벨벳처럼 부드럽고 감미로운 목소리로 말했다.
"라테 한 잔 주문할게요. 그리고 저 매력적인 과자도 부탁해요."
그는 팀블릿이 들어있는 유리병을 가리켰다.
"알겠습니다."
비브가 말했다.
그의 커피를 만들고 있던 탠드리의 꼬리가 빠르게 앞뒤로 흔들렸다. 비브는 그게 탠드리가 불안할 때 나오는 몸짓이라는 사실을 알고 있었다. 결국 더 이상 궁금증을 참을 수가 없었던 탠드리는 자연스러운 말투로 물었다.

"혹시…… 다른 사람을 기다리고 계신 건가요?"

그녀는 창밖의 체스판을 향해 손짓했다. 늙은 노움은 놀란 표정이었다.

"아니요, 전혀요."

그는 커피와 팀블릿을 받고 고개를 살짝 끄덕인 다음 자신의 테이블로 돌아갔다. 잠시 후 애미티가 마법처럼 등장하더니 다시 그의 테이블 아래서 몸을 웅크렸다.

탠드리는 입을 찡그렸다.

"젠장."

그녀는 혼잣말하듯 중얼거렸다.

비브는 웃음을 터뜨렸다. 더 이상 주문을 기다리는 손님은 없었다. 비브는 커피를 한 잔 내린 다음 팬드리의 공연을 감상하기로 했다. 팬드리는 밖에 있던 의자 하나를 안으로 가져와 앉았는데 그건 그의 평소 성향으로 미루어 볼 때 꽤 대담한 선택이었다. 그 모습을 비브는 흐뭇하게 바라봤다.

팬드리는 눈을 감은 채 손가락을 바쁘게 움직이며 연주에 완전히 몰입했다. 그의 감미로운 노래는 전부 처음 들어보는 것들이었다.

곡이 끝나고 잠시 휴식을 취할 때 비브는 팬드리에게 다가가 커피를 건넸다.

"잘하던데요."

비브는 주위를 둘러보았다.

"동전을 담을 모자나 상자는 없나요?"

비브의 말에 팬드리는 놀란 건 같았다.

"저는, 아, 그건 생각해 본 적이 없어요."

"그렇게 해야죠."

"아…… 네."

그가 더듬거리며 말했다.

"그리고 첫날 연주했던 곡 있잖아요. 그건 정말 특이했어요."

그는 얼굴을 찌푸리더니 금방이라도 사과할 것 같은 표정을 지었다.

"나쁘다는 게 아니에요."

비브가 재빠르게 덧붙였다.

"그냥 조금 다른 것뿐이었죠. 이제 손님들도 편안해졌을 테니 다시 시도해 보는 건 어때요?"

비브는 뒤에서 먹고 마시는 손님들을 향해 손짓했다.

"그건 시험해 보려던 거였는데 좀 지나친 감이 있었던 것 같아요."

그는 여전히 안색이 좋지 않았다. 물 밖에 나와 헐떡이는 물고기처럼 초조해 보였다.

"원래부터 음악가였던 건 아니죠?"

그녀는 그의 닳고 무뎌진 손가락 끝을 가리키며 물었다. 평생을 류트 연주자로 살아온 사람의 손에 박인 굳은살과는 딴판이었다.

"어, 네, 아니에요. 음, 가족 사업을 하는데 전혀 다른 일이에요. 사업은 지금도 하고 있고요."

"음, 연주는 계속하세요. 그리고 언제든 기분이 내킬 때 다른 류트도 가져오시고요."

비브는 고개를 끄덕이고 제 자리로 왔다. 팬드리가 혼란스러운 눈빛으로 비브의 뒷모습을 바라보았다.

"칼, 안녕하세요. 오랜만에 보니 좋네요."

탠드리가 말했다.

카운터 반대편에 있던 비브는 고개를 돌려 칼을 바라보았다. 그는 이 가게가 당장 무너져도 이상할 게 없다는 듯 걱정스러운 얼굴로 내부를 살펴보고 있었다.

"그래도 잘 버텨주고 있는 것 같군요."

칼이 확신을 담아 말했다.

비브는 그가 벽을 발로 차서 시험해 볼지도 모른다고 생각했다.

"평소 마시던 걸로 드릴까요?"

"흠."

칼이 고개를 끄덕였다.

탠드리는 진심에서 우러나온 다정한 미소를 지으며 커피 머신 스위치를 켰다. 그라인더 소음이 나는가 싶더니 윙윙거리는 기계음이 길게 이어졌다.

"아, 이런, 원두가 떨어졌네."

"제가 가져올게요."

비브가 말했다.

"아니에요, 제가 할게요."

탠드리는 비브의 팔을 잡아 제지하고 식료품 저장실로 향했다.

비브가 다시 칼을 봤을 때, 그는 비브의 팔에 고정되었던 시선을 올려 비브의 눈을 바라보았다. 상념에 잠긴 듯한 그의 얼굴을 보자 비브는 혼란스러워졌다.

칼은 목을 가다듬고 평소보다 더 조심스럽게 말했다.

"모든 게 잘 되어가는 것 같네요."

비브는 눈을 가늘게 뜨고 그를 바라보았다.

"잘 되는 건 맞아요. 그래도 더 자주 들러줬으면 좋겠어요. 커피는 언제든 공짜니까요."

칼은 콧방귀를 끼었지만, 차오르는 미소를 감출 수는 없었다.

"청개구리 같은 내 성향을 이용해서 값을 두 배로 받아낼 속셈 아니에요?"

"가능하면 세 배로 받아야죠. 고집쟁이 양반 같으니라고."

칼은 비브의 말에 웃음을 터뜨리더니 곧 팬드리가 있는 쪽을 바라보았다.

"다 잘 되어가는 것 같네요."

칼은 했던 말을 반복했다.

"한번 확인해 보세요. 흠?"

비브는 확인해 보라는 말이 무슨 의미인지 물어보려고 했지만, 탠드리가 다시 나타났다.

"죄송해요. 바로 해드릴게요."

탠드리는 그라인더 덮개를 열고 또르르 소리와 함께 원두를 부었다.

비브는 머그잔을 받은 칼이 내민 동전을 마지못해 받았다. 하지만 승리의 미소와 함께 시나몬 롤을 칼의 앞으로 내밀었다.

―――◆―――

늦은 오후에 갈리나가 혼자 찾아왔다.

"우리는 내일 떠나니까, 그 전에 이야기를 좀 하고 싶어."

갈리나는 까치발을 하고 팔을 카운터 위에 올렸다.

"단둘이서만 말이야."

"좋아! 얼른 마무리하고 가게 문을 일찍 닫을게."

"괜찮아요. 가게 문 닫을 필요 없어요. 어서 가봐요."

탠드리가 말했다.

"정말 괜찮아요?"

"그럼요. 이따가 제가 하면 돼요. 그리고 그렇게 바쁘지도 않잖아요."

탠드리가 비브를 부추겼다.

"고마워요."

비브가 감사의 미소를 띠며 말했다.

둘이 가게에서 나와 천천히 거리를 걸을 때 비브가 물었다.

"어디 가고 싶은 곳 있어?"

갈리나를 고개를 들어 그녀를 바라보며 눈썹을 움직였다.

"나 배고픈데, 너는 이제 이 동네 사람이잖아. 어디가 맛있어?"

"나도 아직 제대로 둘러본 적이 없어서 잘 모르지만, 갈 만한 곳이 있기는 해."

비브는 갈리나를 데리고 탠드리와 갔었던 요정의 식당으로 향했다.

"와, 여기 고급스럽다."

갈리나가 눈을 반짝이며 말했다.

"나도 이제 꽤 세련된 사람이라고."

비브는 탠드리가 했던 말을 떠올리면서 웃었다.

두 사람은 주문한 음식을 먹으며 예전 일들을 이야기하며 비브는 그들과 다시 전과 같은 편안한 친구 관계가 되었다고 느꼈다.

식사가 끝나갈 무렵, 갈리나가 생각에 잠긴 표정으로 말했다.

"비브, 네 고민에 대해 내 생각이 어떤지 알려줄게."

갈리나의 목소리에 날이 서있었다.

"너는 내가 그들 등에 칼을 꽂아야 한다고 생각하잖아."

비브는 슬쩍 웃으며 말했다.

"맞아."

갈리나가 진지하게 대답했다.

"그들이 애당초 계획한 것보다 더 많은 걸 빼앗으려 들 수도 있잖아. 그러니까 미리 처리해야지. 타이부스가 뭐라고 하든 나는 동의하지 않아. 마드리갈이라는 사람을 만나러 가는 건 너 자신을 먹잇감으로 던져주는 거나 마찬가지라고."

"최악의 상황이 온대도 나 하나쯤은 지킬 수 있어."

"알아. 그래도 확실히 해두는 게 좋을 것 같아서 그래."

갈리나는 마치 마법이라도 부린 듯 순식간에 얇은 칼 네 개를 꺼내 테이블 위에 올렸다.

"이걸 가지고 가. 블랙블러드는 꽃으로 장식하든 말든 알아서 하고, 바보 같이만 굴지 마."

비브는 갈리나에게 감동한 동시에 짜증이 나기도 했다. 칼을 다시 갈리나 앞으로 밀었다.

"내 손에 이런 게 들어오면 나는 그걸 나쁘게 사용할 수도 있어. 그런 상황은 아예 만들고 싶지 않아."

"아, 젠장, 비브."

갈리나는 팔짱을 끼더니 불만 가득한 표정을 지었다. 그러더니 순식간에 칼들을 치워버렸다.

"그걸로 나를 찌를 생각은 아니지?"

"그건 나중에 봐서."

갈리나가 크게 한숨을 쉬었다.

"어쨌든 지금은 너 때문에 기분이 나쁘니까 달콤한 거 사줘."

"디저트 파는 곳이 있는지 찾아보자."

갈리나는 비브를 가게 앞까지 데려다주었다.

"그 달콤한 롤, 한 봉투 얻어가려면 어떻게 하면 돼?"

갈리나가 물었다.

"조금 전에 디저트 사줬잖아."

"노움은 말이야, 벌새만큼 신진대사가 빠르거든."

갈리나가 함박웃음을 지으며 말했다.

"남아있는지 확인해 볼게."

탠드리는 가게를 정리하다 창밖에 서있는 비브와 갈리나를 발견하고는 두 사람을 향해 손을 흔들었다.

비브는 남아있던 롤 세 개를 유산지로 감싸고 실로 묶은 다음 갈리나에게 건넸다.

"이 정도면 집에 도착할 때까지는 충분히 먹을 수 있겠네."

갈리나는 고개를 끄덕이며 윙크했다. 곧 그녀의 표정이 무거워졌다.

"있잖아. 이런 말을 해도 될지 모르겠어. 괜히 얘기를 꺼냈다가 네가 사서 걱정하는 건 아닌가 싶어서 말이야. 아무튼 페누스가……."

"페누스가 왜?"

"그냥 네가 조심하는 게 좋을 것 같아."

"페누스가 무슨 말이라도 한 거야?"

"아니, 꼭 그런 건 아닌데…… 네가 페누스랑 어떤 협상 같은 걸 했는지 모르겠지만, 아무튼 요즘 개가 좀 이상해. 별일 아닐 수도 있는데 그냥 내 예감이 안 좋아서."

"조심할게."

비브는 작게 웃어보이며 갈리나를 안심시켰지만, 지난날 페누스가 카페를 떠나며 남겼던 인사를 떠올리며 잠시 생각에 잠겼다.

'행운을 빈다고 했던 페누스의 마지막 말에 정말로 행운

의 고리가 둘러진 걸까?'

 비브는 배웅을 마치고 카페로 돌아와 탠드리와 함께 남은 정리를 이어갔다. 비브가 마지막 머그잔까지 닦았을 때 탠드리가 카운터에 기대어 말했다.
 "좋았어요?"
 "그럼요. 유독 가깝게 지냈거든요. 마지막에 그런 식으로 떠나온 게 마음에 걸렸는데 그것도 잘 해결된 것 같고요."
 "잘됐네요."
 탠드리의 꼬리가 좌우로 흔들렸다.
 "더 하고 싶은 말은 없어요?"
 탠드리에게 뭔가 할 말이 있음을 감지한 비브가 그녀를 재촉했다.
 "조심해야 해요. 그 협상을 하러 갈 때요."
 비브는 껄껄 웃었다.
 "제가 지금까지 살아남을 수 있었던 건 늘 조심했고 미리 조치했기 때문이에요."
 "그게 제가 걱정하는 점이에요. 미리 조치하는 거요."
 비브는 웃음기를 지우고 진지한 눈빛으로 탠드리를 바라보았다.
 "실은 갈리나가 칼을 줬어요. 물론 바로 돌려줬고요."
 "잘했어요. 제가 관여할 일은 아니지만…… 아, 젠장."

탠드리는 고개를 푹 숙였다. 윤기가 흐르는 그녀의 머리카락이 앞으로 흘러내렸다. 탠드리는 다시 고개를 들고 말했다.

"아시다시피 저는, 그러니까 제가 가진 능력 중의 하나가 직감이에요."

"직감이요?"

"서큐버스의 특징이죠. 우리는 누군가의 의도나 감정을 더 잘 감지해요. 비밀 같은 것도요."

비브는 상황이 어떻게 흘러갈지 예상됐다. 순간 불안한 예감이 들었다.

"당신이 나한테 모든 걸 말하지 않았다는 것도, 말하는 것 이상으로 복잡하다는 것도 알아요. 그리고 괜찮아요! 다시 말하지만 제가 관여할 영역이 아니죠. 하지만 범죄 조직의 우두머리가 단순히 돈을 뜯어내는 게 다가 아닌 것 같아서요. 그보다 위험한 무언가가 숨겨져 있는 것 같아요."

비브는 스캘버트의 돌을 떠올렸지만, 렉이나 그의 부하들이 돌에 대해 알고 있을 것 같지는 않았다. 그들이 어떻게 알겠는가? 돌의 전설은 흔히 알려지지도 않은 데다가 잘 숨겨져 있었다. 그리고 비브는 들키지 않기 위해 조심해 왔다.

"제가 숨겨둔 게 하나 있어요."

더 이상 스캘버트의 돌의 비밀을 숨길 수 없다고 판단한 비브가 사실대로 말했다.

"하지만 마드리갈이 그걸 알아낼 방법이 없을 텐데 이상해요. 만약 마드리갈이 그 사실을 안다고 해도 크게 신경쓰지 않을 것 같고요."

"아까 제가 말했죠. 저는 직감 같은 게 있다고요. 당신한테서도 그렇고 어제 당신의 동료들한테서도 그렇고, 무언가 느껴져요. 그리고 불길한 예감이 들어요."

비브는 갈리나가 페누스를 두고 했던 걱정을 떠올렸다. 그러고는 페누스가 다른 동료들에게 정확히 무슨 말을 한 건지 궁금해졌다.

"조심할게요. 지금 할 수 있는 건 그것뿐이니까요."

"조심하는 걸로 해결됐으면 좋겠어요."

두 사람은 말없이 정리를 이어갔다. 얼마 지나지 않아 카페는 완벽하게 정리되었고, 깔끔해진 카페를 보며 탠드리는 만족한 듯 고개를 끄덕였다. 탠드리는 나갈 채비를 하며 기다란 침묵을 깨고 인사를 건넸다.

"그럼 잘 자요."

탠드리가 돌아서려고 할 때 비브가 불쑥 말을 꺼냈다.

"잠깐만요. 집까지 데려다 줄까요? 켈린이라는 놈도 그렇고 당신의 감각이 불길하다고 했던 것도 마음에 걸리는데 같이 가는 게 더 안전하지 않겠어요?"

탠드리는 잠시 생각하더니 대답했다.

"그게 좋겠네요."

밤거리는 어둡고 쌀쌀했다. 강에서 나는 상쾌한 자연의 냄새가 울적했던 기분까지 맑아지게 만들어주었다. 거리의 등불은 푸르스름한 저녁 그림자 사이사이로 노란빛 웅덩이를 만들었다. 둘은 느긋한 정적 속을 걸어 북쪽에 있는 건물 앞에 도착했다.
"이 건물 이층이에요."
탠드리는 일층의 식료품점 옆으로 난 계단을 가리키며 말했다.
"여기서부터는 안전할 거예요."
"네."
비브는 어색한 몸짓으로 손을 들고 말했다.
"그럼, 내일 볼까요?"
"네. 내일 봐요."
탠드리가 계단을 올라가 안으로 들어가는 모습을 지켜본 다음 비브는 몇 시간 동안 툰의 밤거리를 배회하다가 어두워진 가게로 돌아왔다. 난로의 마지막 불꽃이 차갑게 식어 있었다.

18

비브는 김이 모락모락 나는 갓구운 시나몬 롤이 올라간 접시를 레이니에게 건넸다. 최근 들어 일상이 된 일이었다. 레이니는 카페 문을 닫기 전에 늘 깨끗하게 닦은 접시를 카운터 위에 두었고 접시 위에는 반짝거리는 동전 네 닢이 올려져 있었다. 아침이 되면 비브는 동전을 챙기고 시나몬 롤을 올려 레이니에게 건넸다.

"오, 고마워요. 예쁜이!"

레이니가 접시를 받으면서 큰 소리로 말했다.

"그 랫킨 청년에게 말 좀 잘 전해줘요. 만약 레시피를 교환하고 싶다면 나는 언제든 환영이라고요. 나도 끝내주는 레시피를 몇 개 가지고 있으니까요."

"네. 꼭 전할게요."

팀블이 레이니의 케이크를 어떻게 생각할지 궁금해하면서, 비브는 대답했다.

"당신 같은 사람이 이웃이라서 너무 좋아요."

레이니 말에 비브는 카페를 돌아보았다.

"그렇게 말씀하시니 저도 좋은데요. 앞으로도 계속 이웃으로 함께할 수 있으니까요."

레이니가 고개를 끄덕였다.

"이렇게 자리 잡아가는 모습을 보니까 기뻐요. 꼭 필요한 건 파트너였지."

"파트너요?"

레이니는 먼 곳을 응시하고는 말을 이어나갔다.

"내 남편 타이터스는 우리가 서로의 빈자리를 채워주는 존재라고 했었거든요. 물론 그가 그 말을 했을 때는 더 선정적으로 들렸지만요."

비브가 그 말을 듣고 곰곰이 생각하는 동안 레이니는 롤에서 올라오는 김을 코로 들이마셨다.

"우리끼리니까 하는 얘기지만, 이게 말똥 냄새보다 낫잖아요."

레이니의 눈은 말린 과일처럼 주름진 미소 속에 파묻혀 보이지 않았다.

"말똥이 세워놓은 높은 기준선을 어떻게든 넘을 수 있기를 바랐거든요."

레이니가 깔깔거리며 웃었다.

비브가 카페로 돌아왔을 때, 타이부스가 가게 문 옆에서 기다리고 있었다. 그는 아침 안개만큼 조용했고 눈에 띄지 않았다. 그는 아무 말도 하지 않고 접힌 양피지를 조용히 비브에게 건넸다.

비브가 타이부스에게 고맙다고 말하자, 그는 고개를 끄덕이더니 유령처럼 거리 속으로 사라졌다. 비브는 건네받은 양피지를 펼쳤다.

금요일, 해 질 무렵.
브랜치 가와 세틀 가의 모퉁이.
혼자 올 것.
무장하지 않을 것.

비브와 마드리갈의 만남이 확정되었다.

"혼자 가는 건 좋은 생각이 아닌 것 같아요."
탠드리가 말했다.
"그건 바꿀 수 있는 게 아니에요."

비브는 커다란 문에 가로로 빗장을 지르고 벽에 걸린 등불들을 껐다.

"제가 멀리서 지켜볼 수도 있어요."

"그들이 당신을 알아채지 못한다고 해도 별 소용이 없을 거예요. 마드리갈은 여기 적힌 장소에 있지 않을 테니까요. 그들은 제 눈을 가리고 다른 장소로 데려갈 거예요. 거기서 멀리 떨어진 곳으로요. 만약 당신이 따라오면 그들은 단번에 눈치챌 거고요."

"걱정되지 않아요?"

비브는 어깨를 으쓱했다.

"걱정해봤자 크게 도움이 안 되니까요."

"너무 화가 나는데요."

"저는 예전부터 마음을 가라앉히고 긴장을 푸는 방법을 수련했어요. 그렇게 하는 게 십중팔구 더 나은 결과로 이어지더라고요."

카페 문을 완전히 닫고 밖으로 나왔을 때 해는 서서히 지고 있었다. 석양빛이 붉게 타올랐다.

"어서 집으로 가요."

비브가 다정하게 말했다.

"내일 다 얘기해 줄게요."

"내일 아침에 당신이 여기 없으면, 저는 어떻게 하죠?"

탠드리가 무거운 목소리로 물었다.

"저는 여기 있을 거예요. 만약 그렇지 않으면……."

비브는 그녀에게 여분의 가게 열쇠를 건넸다. 그리고 잠시 생각하더니 목에 걸고 있던 열쇠도 풀어서 건넸다.

"이건 금고 열쇠예요."

탠드리는 손 위의 열쇠를 만지작거렸다.

"더 불안한데요. 마음이 놓이지 않아요."

비브는 탠드리의 어깨에 손을 얹었다. 탠드리의 긴장감이 손을 통해 느껴졌다.

"괜찮을 거예요. 이보다 더한 일도 숱하게 겪었는걸요. 그 과정에서 얻은 상처도 많이 남아있고요. 그리고 내일 새로운 상처가 생길 것 같지도 않아요."

"장담할 수 있겠어요?"

"장담할 수는 없지만 제가 잘못 짚은 거라면 금고 안의 현금은 다 가져가도 돼요."

탠드리가 희미한 미소를 지었다.

"내일 도착했을 때 가게 문이 열려있기를 바랄게요."

비브는 가게에서 남쪽으로 멀리 떨어진 브랜치 가와 세틀 가의 모퉁이에 서있었다. 그들이 이곳을 선택한 이유를 단번에 알 수 있었다. 교차로에는 간헐적으로 등불이 들어

왔고 모퉁이가 내려다보이는 자리에는 커다란 창고가 있었다.

어둠 속에서 익숙한 얼굴이 나타나더니 모자를 벗었다.

"우리 둘이 빠르게 친구가 되어가는 것 같군요. 조금만 있으면 그쪽이 제 이름을 부르게 될 것 같은데요."

"그렇다면 제 얘기를 좋게 전달해 줄 수도 있겠네요."

비브는 태연하게 말하며 주위를 둘러보았지만 아무도 보이지 않았다. 하지만 보이지만 않을 뿐 그들이 존재한다는 사실은 짐작하고 있었다.

"이제 어떻게 되는 건가요?"

"따라오세요."

렉은 창고로 향하는 조그만 입구로 들어가며 말했다.

비브는 렉을 따라 안으로 들어갔고 렉은 머리와 얼굴을 전부 덮는 후드를 꺼냈다.

"그냥 눈가리개는 안될까요?"

렉은 어깨를 으쓱했다.

"숨 쉬는 데는 문제 없을 겁니다."

비브는 한숨을 쉬고 후드를 뒤집어썼다. 직물 사이로 창고 안의 흐릿한 빛이 스며들었다. 렉은 손으로 비브의 팔꿈치를 받쳤고 비브는 예상했다는 듯이 렉의 손길에 놀라지 않았다.

렉은 건물 안쪽으로 비브를 안내했다. 곧 날카로운 금속

소리가 들리더니 그가 바닥에 있던 문을 휙 열어젖혔다. 문이 열리면서 둔탁한 소리가 났다. 발밑의 널빤지가 흔들리는 것 같았다. 렉은 지하로 향하는 삐걱거리는 계단으로 비브를 안내하면서 머리를 부딪히지 않게 조심하라고 일렀다.

처음에는 흙냄새가 나더니 강물 냄새가 점점 짙어졌다. 찬 공기가 들어오는 곳, 맞바람이 치는 구역을 통과하며 여러 번 방향을 틀었다. 돌바닥을 지나기도 했고 때로는 흙길이나 나무 바닥을 지나기도 했다.

두 사람은 나무 기름 냄새, 청소용 세제 냄새, 직물 냄새, 꽃향기 비슷한 냄새가 나는 또 다른 계단을 올라갔다.

"자, 됐어요."

렉이 말했다.

비브는 후드를 벗고 눈앞에 있는 걸 자세히 보았다.

"음, 이건 제가 예상했던 거랑은 다르네요."

방은 아늑했다. 포근해 보이는 대형 안락의자 두 개가 놓여있었고 그 앞에는 작은 벽난로가 있었다. 벽난로 앞에는 화려한 병풍이 세워져 있었는데, 병풍에 가려진 벽난로에서 불꽃이 희미하게 반짝였다. 의자 사이에는 광이 나는 테이블이, 테이블 위에는 찻잔이 올라가 있었다. 올려진 잔에는 갖가지 덩굴식물들이 그려져 있었다. 벽난로 위쪽으로는 금테를 두른 대형 거울이 걸려있었고 붉은 벨벳 커튼이 커다란 창문 가장자리에 드리워져 있었다. 한쪽에 놓인 거대한 책장에는 두툼한 책이 빽빽하게 꽂혀있었다. 기다란 테이블 위에는 뜨개질로 만든 둥근 천이, 발밑에는 부드럽게 느껴지는 고급 카펫이 깔려있었다. 그리고 그 위에는 키가 크고 나이가 지긋해 보이는 여성이 안락의자에 앉아있었다. 은색 머리칼을 단정하게 올린 그녀의 얼굴에서 권위와 인자함이 동시에 엿보였다. 그녀는 코바늘로 코스터를 만들고 있었다. 그녀는 양식 하나를 완성한 다음 비브를 바라보았다.

비브는 그녀의 자세와 분위기, 렉이 존경을 표하는 방식으로 미루어볼 때 이 여성이 마드리갈임을 확신했다.

"비브, 앉아요."

여성의 목소리는 크고 거칠었다.

비브는 자리에 앉았다. 그러고는 입을 열기도 전에 마드리갈이 말을 이었다.

"당연한 말이지만, 저는 그쪽에 대해 많이 알고 있어요. 정보가 제 사업의 핵심이니까요. 그런데 막상 타이부스에게 연락이 왔을 때는 꽤 놀랐어요. 물론 우리가 알고 지내던 시기에 그는 타이부스가 아닌 다른 이름을 사용했지만요."

계속 코바늘을 뜨던 그녀는 고개를 들고 비브를 바라보았다.

"우리가 어떻게 아는 사이인지, 혹시 타이부스가 얘기했나요?"

그녀의 표정은 부드러웠지만 질문 이면에는 짙은 어둠이 깔려있었다.

"아니요."

마드리갈은 고개를 끄덕였다. 비브는 다르게 대답했다면 상황이 어떻게 전개됐을까, 궁금해졌다.

"타이부스의 요청만 있었다면 그쪽을 만나지 않았을지도 몰라요. 또 다른 공통의 지인이 아니었다면 말이죠."

그녀가 말했다.

"우리가 둘 다 알고 있는 다른 사람이요?"

비브가 혼란스러워하며 물었다.

"맞아요."

코바늘을 뜨는 그녀의 움직임은 중독적이어서 시선을 뗄 수가 없었다.

상황을 이해하기까지, 비브에게는 시간이 조금 필요했다.

"혹시, 페누스인가요?"

"그가 흥미로운 정보를 주더군요. 그리고 아까 말했듯이 정보가 곧 이 사업의 핵심입니다."

"그가 이야깃거리를 가지고 있었나 보네요. 혹시 옛 노래 가사 중 일부에 관한 건가요? 아니면 이 도시에 새로 온 사람에 관한 건가요?"

"둘 다죠. 그게 당신이 이곳에 온 이유입니다. 매달 내야 하는 상납금과는 상관없어요."

마드리갈은 상납금 따위는 별로 중요한 문제가 아니라는 듯 손을 가볍게 휘저었다.

비브는 입술 한쪽을 깨물었다.

"솔직히 말할게요. 당신의 예상과는 다르게 나는 그 무뢰한들을 쓸모 있게 여기지 않아요."

비브는 터져 나오는 웃음을 참을 수 없었다.

"당신의 복수에 저를 이용할 생각인가 보군요."

비브는 그 순간 마드리갈의 눈이 반짝였다고 생각했다.

"에두르지 않고 직설적으로 말할게요. 내 나이가 되면 알게 됩니다. 모든 문제는 초기에 뿌리를 뽑아버리는 게 낫다는 사실을요."

그런 경험이 있었던 건 아니지만, 비브는 마드리갈의 말이 이해가 갔다. 앞에 있는 여성이 직설적이고 솔직한 걸 원한다면 기꺼이 그렇게 해줄 생각이었다.

"무엇이 알고 싶으신 거죠?"

"그쪽이 스캘버트의 돌을 가지고 있나요?"

"네."

"건물 내부에 둔 것 같은데, 맞나요?"

"네."

여자는 고맙다는 표정으로 고개를 끄덕였다.

"노래 구절, 그리고 신화를 읽은 적이 있어요. 당신 추측대로 페누스가 약간의 정보를 준 건 맞아요. 하지만 내가 가진 자원은 상상 이상으로 방대합니다."

"저한테서 돌을 가져가실 수도 있어요."

비브는 자유롭고 대담한 기분을 느낌과 동시에 메스꺼움이 올라오는 것을 느꼈다. 과거의 삶에서 종종 느꼈던 감정이었다.

"그럴 수도 있죠."

마드리갈은 비브를 날카로운 눈으로 바라보았다.

"그런데 그게 나한테 어떤 도움이 될 것 같아요?"

비브는 잠시 생각했다.

"말하기 어려워요. 제가 알기로는 위치가 중요해요. 그리고 실제로 효과가 있는지는 저도 아직 확신할 수 없어서요."

"그곳은 무능력한 주정뱅이가 방치한 마구간이었어요. 그리고 몇 달 만에 손에 피를 묻히고 살던 여성인 당신이 그곳을 성공적인 카페로 탈바꿈시켰죠. 툰 전역에서 관심을 보일 정도로요. 우리 이제는 솔직해집시다."

"우연의 일치라고 여겨지는 상황을 많이 겪어서 쉽게 믿기가 어려워요. 어쩌면 당신 말이 맞을지도 모르죠."

"나는 잘 틀리지 않아요. 당연히 가끔 틀릴 때도 있겠지만, 공개적으로 인정하고 싶지는 않네요."

"그렇다면 제 돌을 가져갈 생각이세요?"

마드리갈은 코바늘을 무릎 위에 올려두고 비브를 뚫어지게 응시했다.

"아니요."

"이유를 여쭈어봐도 될까요?"

"아직 해석의 여지가 남아있으니까요. 실제로 나한테 이득일지가 확실하지 않다는 뜻이에요."

비브는 얼굴을 찌푸리며 생각에 잠겼다.

마드리갈이 계속했다.

"자, 이제 월 상납금 얘기를 해봅시다."

비브가 숨을 깊게 들이마셨다.

"실례가 아니라면 저는 그 돈을 내고 싶지 않습니다."

마드리갈은 코바늘을 다시 들어 뜨개질을 이어나갔다.

"사실 당신과 나는 크게 다르지 않아요."

실소가 나오는 듯 마드리갈의 입술 한쪽이 올라갔다.

"당신이 키가 더 크기는 하지만요."

비브의 말에 마드리갈은 다시 냉정한 말투로 돌아왔다.

"우리 둘 다 삶의 양극단을 경험하며 살아왔어요. 내가 살아온 길은 당신이 살아온 길과 반대 방향이었을 뿐이고요. 당신의 목표나 야망은 충분히 공감해요. 나도 마찬가지니까요."

비브는 상대를 존중하며, 마드리갈이 계속하기를 기다렸다.

"그렇지만 관례를 따라야 합니다. 그리고 제안이 하나 있어요."

"네. 계속하세요."

마드리갈의 제안을 들은 비브는 미소를 지으며 손을 뻗어 악수를 나누었다.

19

"스캘버트의 돌이요?"

탠드리가 열쇠를 돌려주면서 물었다.

다음 날 아침, 그들은 커다란 테이블에 마주 보고 앉아있었다. 팀블이 출근하기 전, 아주 이른 시간이었다. 비브는 깨어 있었고 탠드리는 새벽에 잠겨있던 문을 열고 들어왔다. 약속한 대로 비브는 탠드리에게 마드리갈과의 만남을 빠짐없이 이야기했다.

"혹시 들어본 적 있어요?"

"아니요. 들어본 적 없어요. 그래도 스캘버트가 뭔지는 알고 있어요. 동화책에서 봤거든요."

"그들은 커다랗고 못생긴 데다가 성질도 더럽죠. 눈도

많이 달렸어요. 이빨도 어마어마하게 많고요. 죽이기도 어려워요. 아무튼 여왕은 머리에서 돌을 만들어내요. 이 자리에서요."

비브가 자신의 이마를 톡톡 두드렸다.

"그게 가치 있는 물건이에요?"

"보통 사람들한테는 아니에요. 그런데 우연히 전설을 들은 적이 있어요. 믿기 어렵겠지만 처음 들었던 건 노래 가사였어요."

비브는 주머니에서 양피지 조각을 꺼내 탠드리에게 건넸다. 탠드리는 양피지 조각에 쓰여진 글귀를 읽었다.

탠드리의 눈썹이 올라갔다.

"레이라인이네요. 그래서 해밍턴이 그 얘기를 꺼낼 때마다 움찔했던 거군요."

"눈치챘어요?"

"행운의 고리를 끌어당기고, 가슴 속 열망이……."

탠드리는 고개를 들어 비브를 바라보았다.

"이게 뭔데요? 행운의 부적 같은 건가요?"

"옛날 사람 중 일부는 그렇게 생각했어요. 그들이 정확히 어떤 의미로 해석했는지 확실히는 모르지만, 그 개념이 반복해서 등장하거든요. 돌과 관련된 신화는 수없이 많은데 요즘에는 찾기가 어려워요. 스캘버트 여왕들도 별로 남지 않은 데다가 기꺼이 여왕을 죽일 사람도 별로 없으니까요."

"음, 들어보니 저도 꽤 관심이 가는데요. 그렇다면 그 행운의 돌은 어디 숨긴 거예요?"

비브는 벤치에서 일어난 뒤 탠드리에게도 일어나라고 손짓했다. 비브는 앉아있던 커다란 테이블을 옆으로 옮기고, 쪼그려 앉아 조심스럽게 흙을 퍼냈다. 얼마 지나지 않아 판석이 보였다. 그것을 들어 올리자 스캘버트의 돌이 모습을 드러냈다. 돌은 물에 젖은 것처럼 반짝였다.

"첫날부터 이 자리에 있었어요."

비브가 말했다.

탠드리는 돌을 자세히 보기 위해 쪼그려 앉았다.

"솔직히 말하면 이것보다 화려할 거라고, 생각했어요. 당신은 이 모든 게 돌 때문에 가능했다고 여기는 거예요?"

탠드리는 건물 안을 가리키며 말했다.

비브는 돌이 단순히 건물뿐 아니라 광범위한 영역에 영향을 미쳤을지도 모른다고 생각했지만 구태여 설명하지 않았다.

"사실 저는 의심스러운 마음도 있는데 마드리갈은 확실히 그렇다고 여기는 것 같았어요."

"그런데 마드리갈이 당신을 그냥 보내줬잖아요. 왜 돌을 가져가지 않은 걸까요?"

탠드리는 이해가 가지 않는다는 표정으로 물었다.

"어째서 그녀의 부하들이 지금 이곳을 샅샅이 뒤지고 있지 않은 걸까요?"

비브는 조심스레 판석을 제자리에 놓고 주위에 모래를 다시 채웠다.

"그건 다음에 설명해 줄게요."

비브는 테이블을 제자리로 옮기고 두 사람은 다시 자리에 앉았다.

"페누스 기억나죠?"

"잊어버리기 어렵죠. 게다가······."

그녀는 테이블 위 노랫말이 적힌 양피지를 보며 이마를 찌푸린 채 생각에 잠겼다.

"당신이 돌을 가지고 있다는 걸 그는 알고 있겠군요."

"맞아요. 그리고 마드리갈에게 그 사실을 알려준 사람도 페누스였어요."

"이유가 뭔데요? 단순히 증오심 때문에? 당신이 좋지 않은 방식으로 떠나와서 그런 거예요?"

비브가 한숨을 내쉬었다.

"아무래도 제가 바보 같은 실수를 한 것 같아요. 마지막 임무를 마쳤을 때 내가 원하는 건 이 돌뿐이라고 말했거든요. 애초에 돌을 찾아낸 사람이 저이기도 하고요. 그때부터 계속 의심했을 거예요. 나름 뒷조사도 했을 거고요. 아마 제가 그들 몰래 뭔가 중요한 일을 꾸민다고 생각한 것 같아요. 아니면 그를 빼놓고 뭔가 할 거라고, 의심했을 거예요."

"만약 그가 돌을 원했다면 어째서 다른 사람한테 정보를 넘긴 걸까요? 이해가 안 돼요."

"이미 저와 갈등 관계에 있는 누군가에게 맡길 수 있다면 본인이 직접 맞설 이유가 없으니까요. 그게 바로 그의 스타일이에요. 자기 손에 피를 묻히지 않고 다른 사람의 손을 빌려서 원하는 걸 얻는 거죠. 제가 겁을 먹고 돌을 옮기기라도 하면 그걸 몰래 지켜보고 본인이 직접 돌을 찾아야 하는 수고를 덜 수 있잖아요. 그 계획이 실패하면 적들끼리 싸우게 두는 것도 좋은 방법이죠. 적들의 힘이 약해질 테니까요. 그리고 잠잠해질 때까지 기다렸다가 기회를 엿보는 거예요. 그렇게만 된다면 페누스 입장에서는 손 안 대고 코 푸는 격 아니겠어요?"

"그건 알겠어요. 그렇다고 해도 그게 마드리갈이 돌을 가져가지 않은 이유를 설명해 주지는 않잖아요."

비브는 쓴웃음을 지었다.

"글쎄요. 그건 저도 확신할 수 없지만 아무래도 페누스가 마드리갈의 기분을 거슬리게 한 것 같아요. 물론 이유가 그거 한 가지만은 아닐 테지만요."

"단순히 그것 때문이라고요?"

"그는 상상하는 것 이상으로 재수 없는 자식이거든요."

"제 생각에는 페누스가 쉽게 포기하지 않을 것 같아요. 그렇죠?"

비브가 표정을 일그러트렸다.

"절대 포기할 놈이 아니에요. 지금 그는 그 어느 때보다 위협적인 존재예요."

페누스가 열쇠 구멍에 귀를 대고 엿듣는 모습을 상상하며 비브는 문을 힐끗 보았다.

"그래도 제가 알아서 처리할 수 있어요."

기다란 정적이 흘렀다. 탠드리는 아랫입술을 톡톡 두드렸다. 그녀의 꼬리는 천천히 고리 모양을 만들며 움직였다. 한참 후 탠드리가 말했다.

"그건 그렇고 상납금은 어떻게 된 거예요? 마드리갈의 부하들은 어떻게 된 거죠?"

비브는 손을 펼치며 대답했다.

"우리는 합의점을 찾았어요. 마드리갈의 제안이었죠."

"합의점이라고요?"

"음, 무언가 내기는 할 거예요. 실은 매주요."

탠드리의 이마에 근심 어린 주름이 생겼다.

"마드리갈이 팀블의 시나몬 롤을 좋아하더군요.

팀블은 제시간에 도착했다. 그는 카페 앞에서 너비 60센티미터, 높이 30센티미터쯤 되는 나무 상자와 씨름하고 있었다. 비브가 상자를 대신 들자, 그는 앞발로 식료품 저장실을 가리켰다. 비브는 저장실에 상자를 내려놓고 뚜껑을 열었다. 안에는 볏짚으로 감싼…….

"얼음이에요?"

비브가 물었다.

팀블은 크림과 달걀 바구니를 보관하는 차가운 저장고를 가리켰다.

"더 차갑게, 더 오래요."

"이거 어디서 구했어요?"

"아마도 노움의 가스 공장에서 구했겠죠?"

탠드리가 말했다.

팀블은 열심히 고개를 끄덕거렸다.

"그게 뭔데요?"

"강가에 있는 커다란 건물이에요. 수증기와 물을 원료로 쓰는 공장이죠. 기계가 돌아가는 원리 같은 건 잘 모르지만, 아무튼 그들은 얼음을 만들 수 있어요."

비브는 커피 머신을 힐끗 바라보았다.

"노움의 기술력은 이제 놀랍지도 않네요. 팀블, 이거 얼마 주고 샀어요?"

팀블은 어깨를 으쓱했다.

"이제부터는 제가 구매할 거예요. 알겠죠?"

그는 알았다는 듯 고개를 끄덕인 다음 녹고 있는 얼음덩어리들을 차가운 저장고 안으로 옮기기 시작했다.

비브는 저장실을 둘러보며 말했다.

"지금…… 여기서 좋은 아이디어를 얻었어요."

비브는 부스 좌석으로 가서 해밍턴 맞은편에 앉았다. 한창 연구에 빠져있던 해밍턴이 고개를 들었다. 비브는 그에게 머그잔을 내밀었다.

해밍턴의 얼굴에는 당황한 기색이 역력했다. 곧 애써 미소를 지었다.

"아, 고맙습니다. 하지만 말씀드렸던 것처럼 저는 뜨거운……."

"네. 알고 있어요, 뜨거운 음료 안 마시는 거."

비브는 잔을 해밍턴 쪽으로 더 가까이 밀었다.

거듭되는 권유에 해밍턴은 잔을 끌어당겼다. 내용물을 보더니 놀란 듯 눈썹을 치켜올렸다.

"차가운 거예요?"

커피 위에는 작은 얼음 조각 몇 개가 떠다녔고 잔 표면에 작은 물방울이 맺혀있었다. 그는 조심스레 한 모금 들이켜고 입술을 핥은 후 커피를 자세하게 살펴보았다.

"생각보다 좋은데요."

"성공이네요."

비브가 말하며 손깍지를 끼고 테이블 앞쪽으로 몸을 기울였다.

"부탁할 게 하나 있어요."

해밍턴이 의심 가득한 눈길로 비브를 바라보았다. 그는 커피를 밀어내려고 했지만 비브의 눈치를 보며 한 모금 더 마셨다.

"부탁이요?"

"사실 이게 당신한테도 도움이 될 수 있어요. 방어막은 이미 설치한 거예요?"

"네. 그래도 확실하게 했……."

비브는 손을 휘저으며 말했다.

"그건 괜찮아요. 눈치채지도 못했으니까."

"궁금한 게 있는데 혹시 그걸 하나 더 설치할 수 있어요?"

"하나 더요?"

"네. 특정한 사람을 대상으로요."

해밍턴이 입술을 오므렸다.

"음, 당연히 가능해요. 아시다시피 그건 아주 정확한 정보와 재료가 필요한 일이에요. 물론 저는 할 수 있고요. 염두에 둔 사람이 있는 건가요?"

"있어요."

비브가 말했다.

둘의 대화가 마무리됐을 때쯤 해밍턴은 커피를 다 마시고 남은 얼음을 깨물고 있었다.

비브는 커피 머신 뒤에 있던 탠드리에게 갔다.

"새 메뉴를 메뉴판에 추가해야겠어요. 그리고 정기적으로 얼음을 배달받아야 할 것 같아요."

탠드리가 비브를 바라 보며 미소 지었다.

"메뉴판에 아직 자리가 남아있어요."

그때 탠드리의 미소가 사라졌다. 탠드리의 시선을 따라 비브의 눈길이 닿은 문간에는 켈린이 음흉한 표정으로 탠드리를 바라보며 서있었다.

그는 천천히 안으로 들어와 능청스럽게 카운터에 기댔다. 순간 비브의 모든 감각이 불편해졌다.

"탠드리, 안녕하세요."

켈린의 인사에 탠드리는 아무런 반응을 보이지 않았다. 비브는 탠드리가 자신의 개입을 원하는지 확신할 수 없어서 일단 기다렸다.

켈린은 탠드리의 얼음장 같은 냉대를 개의치 않고 계속해서 카운터 위에 손가락으로 원을 그리며 말했다.

"언제든 보고 싶을 때 당신을 볼 수 있어서 좋은데요. 우리 조금 더 자주 봤으면 해요. 그리고 저는 이제……."

"그만 가세요."

탠드리가 켈린의 말을 끊고 단호한 어투로 말했다.

켈린은 자신의 말을 끊은 탠드리에게 짜증이 난 모양인지 순간 인상을 찌푸렸다.

"그렇게 무례하게 굴 필요는 없잖아요. 그냥 다정하게

대화하자는 것뿐인데요. 오늘 저녁에 시간 괜찮으면 제가……."

"나가달라고 하는 말 들었을 텐데요. 이제 내가 나가달라고 해야겠군요."

어느새 탠드리의 곁에 바짝 붙어 선 비브가 끼어들어 말했다.

켈린은 비브를 노골적인 혐오의 시선으로 노려보았다.

"당신이 나한테 이래라저래라할 입장은 아닌 것 같은데. 어디 내 털끝 하나만 건드려 봐. 마드리갈이……."

켈린이 으스대며 막말을 뱉었다.

"아, 몰랐어요?"

비브가 비아냥거리며 켈린의 말을 끊었다.

"마드리갈과 저는 만나서 이해관계를 어느 정도 조율했어요. 아무도 당신에게 말해주지 않았나 보네요."

켈린은 웃고 있었지만, 비브가 마드리갈의 이름을 강조할 때, 눈동자가 흔들리며 불안한 기색을 숨기지 못했다.

"그리고 마드리갈과의 대화에서 기억에 남는 게 있어요. 사실 마드리갈은 무뢰한들을 혐오한다고 하더라고요. 어떤 사람들은 마드리갈의 부하를 전부 무뢰한이라고 여길 수 있지만, 저는 그렇게 생각하지 않아요."

비브가 벽에 걸려있는 블랙블러드를 가리키며 말을 이어나갔다.

"임무를 수행하기 위해서는 어쩔 수 없이 손을 더럽혀야만 하는 사람들도 있어요. 그리고 나는 그런 사람들을 존경하고요. 그건 단지 일일 뿐이니까요. 제게 혐오의 대상이 되는 무뢰한들은 자신이 무엇이라도 되는 줄 착각하고 으스대는 부분이 있는데 딱 그 부분에서 마드리갈과 생각이 같더라고요."

비브는 퀠린의 눈을 똑바로 쳐다보며 팔짱을 끼고 물었다.

"퀠린, 당신이 그런 무뢰한은 아니겠죠? 그렇다면 마드리갈이 크게 실망할 거예요."

퀠린은 반박하려는 듯 입을 열었다 닫기를 반복했다. 체면을 차릴 만한 방법이 마땅치 않았는지 그는 몸을 돌려 부자연스러운 걸음으로 카페를 나갔다.

비브는 아무 일도 없었던 듯 제자리로 돌아가 하던 일을 다시 이어갔다. 탠드리가 고개를 숙이며 작게 미소 지었고, 비브는 곁눈으로 그 모습을 바라보았다.

카페 문을 닫을 무렵, 두 사람은 함께 메뉴판을 내려 탠드리의 주도 아래 메뉴판을 수정했다.

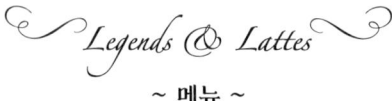

~ 메뉴 ~

커피 이국적인 향 & 풍부하고 묵직한 보디감   반 닢

라테 고급스럽고 부드러운 버전   한 닢

시원한 커피 한 차원 높은 버전   반 닢 추가

시나몬 롤

   환상적인 프로스팅의 시나몬 페이스트리   네 닢

팀블릿 바삭한 견과류 & 과일이 들어간 별미   두 닢

❋

신사 숙녀 여러분들을 위한 기품 있는 맛

 새 메뉴 앞에 분필로 화려하게 눈꽃을 그려 넣는 탠드리의 모습을 보고 있었다. 순간 비브의 등줄기가 서늘해지며 기시감이 들었다. 비브는 탠드리의 어깨 너머로 보이는 창문을 흘끗 바라보았다. 왠지 페누스가 서서 냉소를 드러내며 자신을 바라보고 있을 것만 같았다. 비브의 머릿속에 옛 속담이 떠올랐다.

 '*독이 묻은 컵은 독이 묻은 칼을 불러온다.*'

20

 점심시간에 휴식을 취하러 잠시 외출했던 비브는 새로 구매한 책의 책장을 휙휙 넘기며 돌아오던 중에 바깥 테이블 앞에서 발걸음을 멈췄다. 그곳에는 일방적으로 진행되는 체스판을 열심히 지켜보고 있는 늙은 노움이 앉아 있었다.
"여기, 자리 있나요?"
 비브가 물었다.
"아니요. 전혀요!"
 노인는 웃으며 앉으라는 듯이 빈 의자를 가리켰다.
 비브는 책을 테이블 위에 내려놓고 의자에 앉았다. 비브는 말을 건드리지 않으려고 주의하면서 체스판 위로 조심스레 손을 내밀었다.

"저는 비브입니다."

"두리아스라고 해요."

그는 손마디가 도드라진, 울퉁불퉁한 손으로 비브의 검지를 쥐고 흔들었다. 그러고는 앞에 있던 커피를 한 모금 마셨다.

"이 말을 꼭 하고 싶었어요. 나는 당신의 멋진 가게를 잘 즐기고 있어요. 진정한 노움의 커피를 다시 맛보게 될 줄은 몰랐거든요. 젊었을 때는 여기보다 더 큰 도시에서도 커피를 구하기 어려웠어요. 그런데 이걸 여기서 발견하다니, 이런 호사를 누릴 있어서 정말 기쁘네요."

"그렇게 말씀해 주시니 너무 좋은데요. 입에 맞으시다니 다행이에요."

"암, 그렇고 말고요. 그리고 이 페이스트리는……."

두리아스는 팀블의 디저트를 가리켰다.

"커피와 정말 환상적인 조합이에요."

"그건 제가 만든 건 아니지만, 꼭 전할게요."

두리아스는 팀블릿을 한 입 베어 물고 음미하면서 눈을 감았다. 비브는 앉은 자세를 바꾸며 말했다.

"꼭 대답하실 필요는 없지만, 제 친구가 선생님의 체스가 궁금해서 미칠 지경이라고 해서요."

비브는 카운터 뒤에서 의심스러운 눈빛으로 자신을 바라보고 있는 탠드리를 가리켰다.

"그래요?"

"제 친구 말로는 선생님께서 다른 쪽 말을 전혀 움직이지 않으신다던데요. 움직이는 모습을 보려고 지켜봤지만, 아직 한 번도 본 적이 없다고 해서요."

"아, 저는 분명 말을 움직이고 있어요."

두리아스는 고개를 끄덕거리며 답했다.

"움직이신다고요?"

"그럼요. 아주 오래전에 그랬죠."

두리아스는 자신의 말이 이치에 맞는다는 듯 말했다.

"그게 무슨 뜻인가요?"

두리아스는 비브의 물음에 대한 설명 없이 계속 말을 이어나갔다.

"나도 한때는 당신과 같은 모험가였어요. 지금은 은퇴했지만요."

"저는, 음……."

"아주 평화로운 곳을 찾아냈군요. 여기는 특별한 장소죠. 당신이 씨를 뿌렸고 이제 그게 꽃을 피우는 중이잖아요. 아주 좋아요. 쉬기 좋은 곳이에요. 이 늙은이가 쉴 수 있는 안락한 그늘을 만들어줘서 고마워요."

비브는 입을 벌리고 그대로 있었다. 어떤 반응을 보여야 할지 도무지 알 수가 없었다.

그 순간 두리아스가 외쳤다.

"아, 왔구나!"

애미티가 모퉁이를 돌아 살금살금 다가왔다. 두리아스가 귀를 긁을 수 있도록 애미티는 몸을 낮추었다. 애미티는 비브를 경계의 눈빛으로 쳐다본 다음, 테이블 아래로 들어가 몸을 웅크렸다. 두리아스는 애미티의 등에 발을 올렸고 발은 곧 애미티의 엉킨 털에 파묻혔다.

"정말 멋진 동물이에요."

두리아스는 진심 어린 표정으로 말했다.

"그렇죠. 음, 체스를 방해할 생각은 없었어요. 다시 집중하실 수 있게 그만 가볼게요."

비브가 중얼거리듯 말했다.

"방해라니요. 그렇지 않아요! 가서 일 보세요."

비브가 책을 들고 카운터로 왔을 때 탠드리는 환영하는 눈빛으로 비브를 바라보며 속삭였다.

"그래서 체스는 어떻게 된 거래요? 그가 알려줬어요?"

"네. 알려줬는데 제가 무슨 뜻인지 이해하지 못했어요."

비브가 머쓱한 표정을 지으며 작게 대답했다.

정오에 팀블은 비브와 탠드리가 전혀 해석할 수 없는 손짓을 하더니 급하게 나갔다. 분명 무슨 일이 생긴 것 같았다. 비브는 걱정스런 눈빛으로 손을 흔들며 그를 보내주었다.

팀블은 한 시간도 채 안 돼 끈으로 묶은 작은 소포를 가지고 돌아왔다. 카페가 한가해졌을 때 그는 카운터 위에 소포를 올리고 조심스럽게 끈을 풀었다. 소포를 풀자 거칠고 어두운 판 조각들과 덩어리들이 보였다. 갈색 표면은 부드러운 촛농처럼 광택이 났다.

"팀블, 이게 뭐예요?"

탠드리가 물었다.

팀블은 한 조각을 아주 작게 떼어내더니 입에 넣었다. 그는 비브와 탠드리에게도 따라하라고 손짓했다.

비브와 탠드리도 팀블을 따라 역시 한 조각씩 떼어냈다. 비브는 먼저 냄새를 맡았다. 흙냄새 같은 자연의 향 사이에 달콤한 냄새가 섞여있었다. 커피 향 같기도 했다. 비브가 조각을 혀 위에 올리고 입을 다무는 순간, 그것은 녹으면서 향이 입안 전체로 퍼졌다. 쓴맛이 강하게 느껴졌지만, 바닐라와 오렌지의 은은한 맛이 함께 감돌았고, 끝에는 미약하게나마 와인이 떠오르는 맛이 입안에 남았다. 그것은 강렬하면서도 부드러웠고 매혹적이었다.

비브는 많은 양을 먹기는 어려울 거라고 생각했다. 쓴맛이 큰 비중을 차지했기 때문이다. 하지만 향신료를 파는 노인 말이 맞았다. 팀블은 천재였다. 비브는 이것을 가져온 그의 계획이 무엇인지 알고 싶어서 견딜 수가 없었다.

탠드리는 입을 오물거리며 계속 맛을 음미했다.

"좋아요. 다시 물어볼게요. 이게 뭔지 꼭 알아야겠거든요.

이게 뭐예요?"

팀블의 몸이 앞으로 기울더니 수염이 위아래로 움직였다.

"초콜릿이요."

"뭔가 계획이 있는 거예요?"

비브가 물었다.

팀블은 고개를 끄덕이더니 또 다른 목록을 꺼냈다. 이전 목록보다는 짧았지만, 특정 냄비와 팬 등 몇 가지 도구가 적혀있었다.

비브는 몸을 숙여 그의 눈을 바라보았다.

"팀블, 언제든 새로운 아이디어가 떠오르면 제가 무조건 지원한다고 생각하세요. 알겠죠?"

팀블의 얼굴에 기쁨의 주름이 만들어졌다. 그의 눈은 주름 사이에 파묻혔다.

팀블이 요청한 물건을 전부 구매하는 데는 그리 오랜 시간이 걸리지 않았다. 한쪽 팔에 물건이 든 자루를 들고 가게로 돌아온 비브는 문간에서 굳어버렸다.

켈린이 카운터 앞에 경직된 자세로 서있었다.

비브는 곧바로 자루를 내려놓고 그의 목덜미를 낚아채 끌어내기 위해 다가갔다.

하지만 탠드리가 비브에게 고개를 저으며 괜찮다는 눈빛을 보내고는 살짝 미소 지어 보였다.

탠드리는 유산지 봉투를 켈린에게 건넸다. 그는 봉투를 거칠게 움켜잡으려다가 주위를 살폈다. 주변의 시선을 신경 쓰는 듯 얌전하게 손을 뻗어 봉투를 받았다.

"마드리갈을 위한 거예요."

탠드리의 말에 켈린은 꼭두각시처럼 고개를 부자연스럽게 끄덕이더니 잔뜩 주눅이 든 목소리로 말했다.

"감사합니다. 탠드…… 아니, 아가씨."

봉투를 들고 돌아선 켈린은 뒤에 서있던 비브를 보고 깜짝 놀랐다. 그는 급하게 문을 열고 나갔다.

"휴, 예상 밖인데, 내일은 해가 서쪽에서 뜨겠네요."

비브가 줄행랑치는 켈린의 뒷모습을 지켜보면서 말했다.

카페 문을 닫기 직전에 탠드리는 식료품 저장실로 들어가더니 천으로 덮인 바구니를 들고나왔다. 비브에게는 낯선 물건이었다.

"그게 뭐예요?"

탠드리는 대답하려고 입을 열었다가 초조한 듯 창문 밖의 하늘을 살피며 바구니를 다른 팔로 옮겨 들었다. 탠드리가 떨리는 목소리로 말했다.

"오늘 저녁에 뭐 해요?"

"저녁에요? 별일 없어요. 피곤하면 보통 일찍 잠들거든요. 간단하게 식사한 다음에 자러 가기도 하고요."

"아, 좋은데요. 어, 그러니까…… 지금 상황 말이에요. 아무래도 축하해야 할 것 같지 않아요? 원하신다면요."

비브는 탠드리가 이렇게까지 긴장한 모습을 본 적이 없었다. 그녀의 긴장한 모습은 상상보다 더 매력적이었다.

"축하요? 그럴 생각은 안 해봤지만, 좋아요. 이제 마드리갈은 문젯거리가 아니니까요. 다만 페누스가 다른 계략을 품고 다시 접근하기까지 그리 오리 걸리지 않을 것 같지만요."

순간, 어두워진 탠드리의 표정을 본 비브는 솔직하게 말한 자신이 바보처럼 느껴졌다. 비브는 탠드리의 기분 전환을 위해서라도 그녀의 제안에 응해야겠다 생각하며 말했다.

"음, 제 말은, 그러니까 좋다고요. 축하하는 게 좋겠어요. 생각해 둔 게 있어요?"

"거창한 건 아니고요. 강 위쪽, 애커스 서쪽에 작은 공원이 있어요. 예전에 가끔 가던 곳이에요. 저녁 시간에 경치가 좋거든요. 음, 그래서 몇 가지를 좀 챙겨봤어요. 소풍을 가는 거죠. 아, 막상 소풍이라고 하니까 좀 유치하게 들리네요. 축하하는 느낌도 안 나고요."

탠드리는 얼굴을 찌푸렸다.

"제 귀에는 좋게 들리는데요."

탠드리는 미소를 되찾았다.

탠드리와 함께 간 공원의 경치는 그녀의 말처럼 좋았다. 그곳은 공원이라기보다는 반듯하게 구획화된 장소 같았다. 벚나무와 관목이 강 위쪽 언덕을 내려다보고 있는 곳에 위치한 애커스 졸업생의 석상을 둥글게 에워쌌다. 두 사람이 앉은 풀밭 자리는 구리첨탑 뒤로 해가 떨어지는 아름다운 석양을 선물해 주었다.

탠드리는 빵, 치즈, 마른 소시지, 잼이 담긴 병과 브랜디 한 병을 꺼냈다.

"잔을 깜박했어요."

탠드리가 말했다.

"저는 상관없어요."

비브가 대답했다.

"준비한 게 별로 없지만……."

비브는 브랜디를 열어 크게 한 모금 마신 다음 탠드리에게 병을 건넸다.

"축하하는 기분으로 한 병이면 충분해요."

탠드리도 한 모금 크게 들이켰다. 비브는 마른 소시지를 얇게 썰고 빵에 잼을 넉넉히 발랐다. 두 사람은 먹고 마시며 잡담을 나누었다. 새 몇 마리가 휴식을 위해 벚나무로 날아왔다. 해가 저물자, 강의 찬 공기가 다가와 주변이 서늘해졌다.

둘은 희미해지는 도시의 빛 속에서 편안한 정적을 공유했다. 긴 정적을 깨고 비브가 물었다.

"대학은 왜 그만둔 거예요?"

탠드리는 비브를 바라보았다.

"애초에 왜 대학을 간 거냐고 물어보는 게 아니고요?"

비브가 어깨를 으쓱했다.

"그건 놀랍지 않아서요."

탠드리는 구리첨탑을 바라보면서 생각에 잠겼다.

길어지는 침묵에 탠드리가 대답하지 않을 거라고 생각한 비브는 질문한 걸 후회했다.

"저는 여기서 태어난 게 아니에요. 여기로 도망쳐 온 거죠."

비브는 말을 꺼내려다가 다시 기다렸다.

"궁금해할 것 같아서 얘기하자면, 누군가를 피해서 도망친 건 아니에요. 저 자신으로부터 도망쳤다고 해야 할까요…… 타고난 것. 보시다시피 거스를 수 없는 것으로부터요."

탠드리는 자신의 뿔 끝부분을 가리키고 꼬리를 휘둘렀다.

"대학에 가면 어떨까? 생각했죠. 어쨌거나 대학은 가지고 있는 의문을 학문으로 풀 수 있는 곳이니까요. 어디서 왔는지, 어떤 배경을 가졌는지가 중요한 게 아니라 앞으로 무슨 일을 할 것인지가 중요한 곳이요. 과학이 가진 논리가 제가 타고난 것을 넘어서는 존재임을 증명해 주지 않을까, 하고 기대했거든요. 그렇지만 어디를 가든 이건 제 일부더라고요."

"그래도 다닌 거잖아요."

탠드리는 우울한 표정으로 고개를 끄덕였다.

"그랬죠. 아껴 모은 돈으로 학비를 마련했고, 입학 허가를 받아 학비도 냈으니까요. 저 같은 사람의 입학을 막는 규정은 없어서 학교에서 입학을 거부하지 않았기 때문에 할 수 있었죠."

"그런데요?"

"그런데 알고 보니 그건 중요한 문제가 아니었어요. 들어 본 적 있어요? 문자 그대로 법의 조항은 따르되 그 정신과 가치는 따르지 않는다는 말이요."

탠드리가 한숨을 쉬었다.

"그들은 규정이 지향하는 의미까지는 깨우치지 못했던 거예요."

비브는 켈린을 떠올리며 고개를 끄덕였다.

"그래서 그렇게 다시 도망쳤어요."

두 사람 사이에 다시 정적이 흘렀다. 비브는 탠드리에게 조용히 브랜디를 건넸다.

탠드리는 한 모금 크게 들이켠 뒤 입가를 닦고 비브를 바라보았다.

"지혜로운 조언 같은 거, 뭐 없어요?"

"네."

탠드리가 한쪽 눈썹을 치켜올렸다.

"하지만 이렇게 말할 수 있을 것 같아요……."

비브는 탠드리를 진지하게 바라보며 말했다.

"개자식들, 엿이나 먹어."

생각지도 못한 대답에 놀란 탠드리가 큰 웃음을 터뜨리자, 벚나무의 새들이 푸드덕 날아올랐다.

비브는 바구니를 들고 탠드리를 집에 데려다주었다. 이번에는 탠드리의 방 앞까지 같이 갔다. 브랜디를 전부 마신 것도 아니었고 둘 다 술에 취하지도 않았다. 그저 기분 좋을 정도로만 취기가 올라온 상태였다.

탠드리는 계단 꼭대기 문을 열고 잠깐 고민하다가 비브를 방 안으로 안내했다.

비브는 낮은 천장에 머리를 부딪히지 않게 고개를 숙이고 들어갔다. 조그마한 방 안에는 깔끔하게 정리된 침대, 책으로 가득찬 선반, 가장자리에 술 장식이 달린 카펫, 조그만 화장대가 있었다.

"애커스에 다닐 때부터 여기서 살았어요."

탠드리가 방을 가리키며 말했다.

"그냥…… 이사하기 귀찮아서요."

탠드리는 비브를 올려다보았다. 탠드리가 가장 편안한 상태에 있을 때 뿜어져 나오는 온기가 비브에게 전달되었다. 비브는 자신의 내면 깊숙한 곳에서 뜨겁게 타오르는 무언가의 원인이 탠드리에게서 전해지는 온기라고는 생각하지 못하고 열감이 올라오는 건 브랜디 때문이라고 비브는 생각했다.

"비브."

탠드리가 말을 꺼냈지만, 이내 시선을 떨구었다. 무슨 말을 하려던 건지 까먹은 것 같았다. 비브는 탠드리가 하려던 말을 다시 생각해 내기 전에 서둘러 입을 열었다.

"잘 자요, 탠드리."

비브는 탠드리의 어깨에 손을 얹었다. 탠드리의 어깨 위에 올라간 자신의 손이 유독 크고 거칠어 보인다고 생각했다.

"그리고 고마워요. 당신이 나 때문에 도망치는 일은 생기지 않았으면 좋겠어요."

비브는 탠드리가 대답할 틈을 주지 않고 빠르게 문을 닫고 나왔다.

21

비브와 탠드리는 서로에게 방해가 되지 않게 최소한의 소음만 내며 아침 일과를 시작했다. 탠드리는 어제 일을 의식하는 듯 각자가 차지하는 공간에서 벗어나 부딪히지 않게 조심했다. 반면 비브는 전날 아무 일도 없던 것처럼 효율적으로 일하는 데 집중했다. 손님을 맞이해 주문받고, 커피를 내리는 등 겉보기에는 평소와 다름없었다.

초콜릿이 녹는 냄새가 가게 안에 퍼짐과 동시에 비브의 셔츠가 당겨졌다. 아래를 내려다보니 팀블이 밀가루로 범벅된 손을 한 채로 손깍지를 끼고 있었다. 어딘가 긴장돼 보였다.

"아, 팀블. 무슨 일……."

팀블의 시선을 따라 고개를 돌려보니 뒤쪽 선반에 초승달 모양의 황금색 빵들이 나란히 올라가 있었다. 팀블은 그중 하나를 집어 비브에게 건넸다. 비브는 고개를 끄덕이며 빵을 받았다.

팀블이 건넨 빵은 페이스트리의 얇은 층이 곡선을 만들어 반달 모양으로 말려있었다. 한 입 크게 베어 물자 입안에서 바스러지며 살살 녹았다. 입안을 가득 채운 버터 향과 가벼운 식감. 작물로 비교하자면 페이스트리와 일반 빵은 부드러운 실크와 거친 마대 같았다.

"이건…… 정말 놀라운데요."

비브가 겨우 말을 뱉었다. 여태 맛본 것 중 가장 맛있었다. 그러고는 조심스럽게 덧붙였다.

"그런데…… 이게 뭐라고 했었죠?"

"음, 초콜릿."

탠드리가 빵을 한 조각 더 떼어 입에 넣으면서 말했다. 그녀는 작은 감탄사를 내뱉으면서 눈을 감고 맛을 음미했다.

팀블은 참기 어렵다는 듯 재촉하는 손짓을 했다. 비브는 어깨를 으쓱하더니 다시 크게 한 입 베어 물었다. 그리고 중간에 녹아 있는 초콜릿을 발견했다. 어제 맛보았던 초콜릿과는 달랐다. 맛이 더 달고 진했다. 부드럽고 고급스러웠으며 약한 향신료 맛까지 느껴졌다.

"맙소사, 팀블!"

비브의 입안에서 환상적인 연주가 펼쳐지는 것 같았다.

"어떻게 이런 걸 계속 만들어 내는 거예요?"

비브는 놀란 눈으로 페이스트리를 바라보다가 다시 한 입 먹었다.

비브는 크고 빛나는 눈으로 초콜릿을 입술에 묻힌 채 그대로 멈춰버린 탠드리의 모습을 힐끗 바라보았다.

"팀블, 아마 잘 모르시겠지만 저는, 그러니까 우리는……."

탠드리는 꼬리로 머리부터 발끝까지 가리키는 동작을 해 보였다.

"다른 사람에 비해 모든 감각이 예민하게 반응해요. 감각에는 당연히 맛도 포함되고요. 그리고 이건, 음."

비브는 다시 한번 탠드리의 따뜻한 기운을 느꼈다. 이번에는 팀블도 느꼈을 게 분명했다. 팀블 역시 눈을 깜박이며 몸을 바르르 떨었기 때문이다.

"이게 뭐든지 간에 사람을 취하게 하네요."

탠드리는 거듭 감탄했다.

"팀블의 말이 맞았어요. 더 넓은 주방을 만들어야겠어요."

비브가 말했다. 탠드리는 곧바로 여유 공간이 있는지 둘러보았다.

"벽을 밀어내고 화덕 두 개를 들일까요?"

"칼한테 물어볼게요."

비브는 팀블을 다시 바라보았다.

"그건 그렇고 이건 뭐라고 불러요?"

비브는 이미 페이스트리를 다 먹고 손가락에 묻은 부스러기와 초콜릿을 핥던 중이었다. 팀블은 어깨를 으쓱해 보이더니 하나를 들고 꾹꾹 눌러 끝을 살짝 베어 물었다.

"그건 제가 알아서 할게요."

탠드리가 페이스트리를 다시 한 입 먹으며 말했다.

Legends & Lattes
~ 메뉴 ~

커피 이국적인 향 & 풍부하고 묵직한 보디감 　　반 닢

라테 고급스럽고 부드러운 버전 　　한 닢

시원한 커피 한 차원 높은 버전 　　반 닢 추가

시나몬 롤
　환상적인 프로스팅의 시나몬 페이스트리 　　네 닢

팀블릿 바삭한 견과류 & 과일이 들어간 별미 　　두 닢

깊은 밤의 초승달 버터 풍미 가득한
　겹겹의 페이스트리와 매혹적인 초코 필링 　　네 닢

※

신사 숙녀 여러분들을 위한 기품 있는 맛

비브와 탠드리 사이의 미묘한 긴장감이 사라졌다. 비브는 어렴풋이 아침의 어색한 행동들은 어쩌면 자신의 상상이었을지도 모른다고 생각했다. 팀블의 크루아상은 예상대로 한 시간도 안 돼서 동이 났다. 그는 이미 재작업에 들어간 상태였다.

비브는 비좁은 부엌 문제를 어떻게 해결할 수 있을까, 하는 고민에 빠져있었다. 칼과 상의한다면 그는 어떤 해결책을 제시할까? 비브는 위에 달린 실링 팬을 바라보았다. 어쩌면 칼의 대답은 비브의 예상과 다를지도 모른다.

"늘 드시던 걸로 드릴까요, 햄?"

해밍턴이 카운터에 다가왔을 때 비브가 물었다.

해밍턴은 더 가까이 다가왔다.

"저를 그렇게 부르지 않으셨으면 좋겠는데요."

해밍턴이 작은 목소리로 말했다.

비브는 주문을 받으며 크게 웃었다.

"음, 같은 걸로 주문한다는 거죠?"

"제가 하려던 말은 방어막이 거의 완성됐다는 거였어요. 그리고 맞아요. 아이스로 주세요."

"아, 그래요? 그렇다면 커피는 서비스로 드릴게요."

"특정 구역과 몇 미터 범위를 더 포함해야 해요. 정확하지는 않아도 대충 원형으로요."

"방어막이 설치됐는지 아닌지는 어떻게 알 수 있는데요?"

"그게 가장 마지막에 해야 할 일이죠."

해밍턴은 카운터 위에 왼손을 올렸다.

"손 좀 내밀어 주시겠어요?"

비브는 망설임 없이 커다란 손을 그와 같은 모양새로 내밀었다. 그는 오른쪽 손가락 두 개로 왼손을 두드리더니 손가락을 이리저리 비틀고 여러 번 돌렸다. 그러자 푸른 빛이 번뜩였다. 그는 빛이 사라지기 전에 비브와 손바닥을 맞댔다. 짧은 순간이었지만, 맥주 거품이 입술에 닿을 때처럼 찌르르한 느낌이 났다.

"이게 다예요?"

비브가 손을 떼면서 물었다.

"네. 그게 다예요. 방어막이 제대로 작동하면 손이 가볍게 당겨지는 느낌이 들 거예요. 그 정도면 알아차리는 데는 문제없을 거고요."

"가벼운 당김이라고요?"

"그리고 이걸 꼭 기억하세요. 방어막은 한 번만 작동해요. 작동하고 나면 방어막을 다시 설정해야 하는데…… 음, 아무튼 다시 설정해야 해요."

"한 번이면 충분해요."

비브는 그에게 커피를 건넸다.

"고마워요, 햄."

그는 반박하려고 입을 열었다가 그냥 고개를 저었다.

"천만에요, 비브."

해밍턴은 고개를 끄덕인 후 커피를 들고 자리로 돌아갔다.

"뭐였어요?"

탠드리가 물었다.

"그냥 작은 보험 하나 들어둔 거예요."

다음 날 오후 팬드리가 다시 나타났다. 이번에는 처음에 가지고 왔었던 기이한 모양의 류트를 들고 왔다. 비브는 기쁜 모습으로 격려 차원에서 고개를 끄덕였다.

"음, 어. 만약 연주가 마음에 들지 않으면 바로 멈출게요……. 혹시 손님들이 불평해도 바로 멈출게요."

그는 닥칠 일을 미리 대비라도 하듯 불안한 모습으로 숨을 가쁘게 쉬었다.

"괜찮을 거예요. 자, 이거 먼저 먹고 시작해요."

비브는 신메뉴를 건넸고 그는 어리둥절한 표정으로 받았다. 비브는 그의 악기를 가리키며 물었다.

"그리고 궁금한 게 있는데 그게 정확히 뭐예요?"

"아, 이거요? 음, 어, 이거는 마법의 류트라고 해야 할까요? 이건…… 음…… 이건 조금 새로운 거예요."

그는 현 아래 은색 핀들이 달린 회색 판을 가리켰다.

"여기 보시면 이 증폭기가 소리를 모아서, 어…… 현이 진동할 때 거기에…… 음…… 사실은 저도 어떤 원리로 작동하는지 잘 모르겠어요."

그는 자신감 없는 말투로 끝을 맺었다.

"괜찮아요."

비브는 그를 위로하면서 안으로 안내했다.

"자, 이제 사람들을 연주로 때려눕혀 버려요."

그는 눈을 끔벅거리더니 조심스럽게 초코 크루아상을 먹으면서 안으로 들어갔다. 그 모습을 지켜보는 비브가 미소를 지었다.

몇 분이 지나도록 아무런 소리가 들리지 않았다. 비브는 그가 페이스트리를 먹고 있겠거니, 여겼다. 그러다가 카운터 앞에 줄이 길게 늘어서는 바람에 그를 새까맣게 잊어버렸다.

마침내 연주가 시작되었을 때 비브는 깜짝 놀라 고개를 들었다. 류트는 이전처럼 거칠고 윙윙거리는 소리를 냈지만, 음악은 그때보다 섬세했다. 그는 여유로운 발라드에 맞추어 부드럽게 악기를 연주했다. 분위기는 이전보다 깊어졌고 마치 더 넓은 공간에서 연주하는 것처럼 음색도 풍부해졌다. 소리의 밀도는 더 촘촘했으며 음악은 감미롭고 포근했다. 오늘 연주는 맨 처음 그가 중단했던 연주보다 잔잔했다.

비브는 음악에 조예가 없었지만 팬드리의 방문에 익숙해지면서 그가 추구하는 현대적인 음악으로의 과감한 도약

이 낯설게 느껴지지 않았다. 그는 전통 음악과 현대 음악의 간격을 메꾸면서 자연스럽게 다음 단계로 발돋움하고 있었다. 팬드리의 뻔하지 않은 스타일은 카페와 잘 어울렸다.

비브는 탠드리와 혼란스러운 눈빛을 주고받다 웃음을 터트렸다. 비브는 탠드리의 꼬리가 약하지만 메트로놈처럼 일정하게 흔들리고 있다는 것을 알아차렸다. 팬드리에 대한 탠드리의 지지는 그거면 충분하다고, 비브는 생각했다.

비브는 일주일 내내 오른쪽 손바닥에 당김이 느껴지기를 기다렸다. 해밍턴은 당김이 가볍게 느껴질 거라고 했지만, 비브는 낚싯바늘에 살이 꿰인 것처럼 날카롭게 당겨질 거라고 상상했다. 하지만 아무런 일도 일어나지 않았다.

당김을 상상할 때마다 비브의 피부가 따끔거렸지만, 결국 그녀의 기대는 점점 흐릿해졌다.

레이니는 점점 더 자주 드나들면서 팀블과 자신의 레시피를 교환하는 것을 제안했다. 비브는 매번 팀블의 뜻에 맡겼다. 레이니가 팀블의 제스처와 초조한 눈 깜박임에 불만을 표하는 모습을 보면서 비브는 즐거웠지만 한편으로는 그를 곤란한 상황에 빠트렸다는 사실에 죄책감을 느끼기도 했다. 팀블의 손짓은 레이니를 마주했을 때, 가장 해석하기 어려웠다. 그래도 레이니는 항상 메뉴를 주문했다.

애미티는 조금 더 자주, 주기적으로 모습을 드러내기 시작했다. 때때로 따가운 시선을 느낀 비브가 고개를 돌리면 높은 곳에 석상처럼 앉아 손님들을 경멸하는 눈빛으로 내려다보았다.

탠드리가 마련해 둔 침대로 애미티를 유인하기 위해 간식을 미끼로 사용했지만, 애미티는 간식만 날름 받아먹었다. 애미티는 의미심장하게 탠드리와 눈을 맞춘 다음 꼬리를 높이 치켜들고 당당하고 느긋하게 걸어갔다.

비브는 감시에 능한 짐승이 주위를 어슬렁거린다는 사실에 흡족했다.

비브와 탠드리는 사장과 직원의 관계에 머물러 있었다. 지난날의 공원 나들이, 집까지 바래다주는 일처럼 근무 시간 외에 함께하는 시간은 없어졌다. 비브는 아쉬운 마음이 들었지만, 자신의 감정을 깊게 들여다보지는 않았다. 오히려 탠드리가 공원에서 보냈던 시간을 이야기하지 않아 겁쟁이처럼 안도감을 느꼈다. 그러면서 카페는 계속 분주했다. 좋은 냄새, 기대 이상의 연주, 마음이 잘 맞는 사람들과의 작업. 비브가 카페에 품었던 모든 바람은 기대치 이상이었다. 이 정도면…… 충분하지 않을까?

탠드리가 왼손에는 가느다란 붓과 잉크병, 오른손에는 머그잔들 들고 테이블에 내려놓으며 말했다.

"계속 생각하던 건데요. 오전 내내 이 잔에 커피를 마시거든요. 그렇게 하는 게 좋아서요."

비브는 이미 알고 있었다는 듯 탠드리를 향해 고개를 끄덕였다.

"네. 저도예요."

"그런데 당신의 손님은 그렇지 않죠."

"우리 손님이요. 무슨 말인지 이해했어요."

비브는 탠드리의 말을 정정하며 다시 고개를 끄덕였다.

"그렇다면, 손님들이 컵을 가지고 갈 수 있다면 어떨 것 같아요?"

"그 생각을 안 해본 건 아닌데요. 그게 어떻게 하면 가능할지 방법을 생각해 내지 못했어요. 만약 당신이……."

비브는 말끝을 흐리며 어깨를 으쓱해 보였다.

"손님들에게 머그잔을 판매하는 거예요. 그리고……."

탠드리가 잔을 들어 화려한 필체로 '비브'라고 썼다.

"구매한 손님의 이름을 적어주는 거죠. 원한다면 카페에 보관도 해주고요. 손님은 자신의 머그잔을 갖게 되는 거예요. 그 잔에 언제든 커피를 담아서 가지고 갈 수도 있어요.

컵을 반납할 필요가 없으니까요."

"탠드리, 아이디어가 너무 좋은데요. 저는 왜 그런 생각을 하지 못했을까요. 정말 바보 같네요."

비브가 머쓱한 듯 목덜미를 쓰다듬으며 말했다.

"비브, 당신도 결국 생각해 냈을 거예요."

탠드리의 따듯한 기운이 비브를 감쌌다. 비브는 그 느낌에 점점 익숙해지는 중이었다. 그러다 불현듯 불길한 일이 닥칠 것 같다는 예감이 들었다. 비브는 전장에서 발을 두는 위치, 칼의 움직임, 상대를 신뢰하거나 불신하는 것. 순간의 선택으로 결과가 달라진다는 것을 매 순간 느꼈다. 그렇게 아무런 행동을 하지 않는 것도 하나의 선택이 된다는 것을 알게 됐다. 중요한 순간이었다.

"탠드리, 이곳은 당신의 카페가 되어가고 있어요. 당신이 그렇게 만들어 가고 있고요."

탠드리는 당황해서 어쩔 줄 모르는 표정으로 말했다.

"죄송해요. 저는……."

비브는 서둘러 설명을 덧붙였다.

"그런 뜻이 아니에요! 당신이 없었다면 이곳은 지금 같지 않았을 거라는 얘기예요. 당신의 카페가 되어가서 좋다는 뜻이었어요. 그리고 이 말은 꼭 하고 싶은데…… 그러니까……."

비브는 혼란스러운 표정으로 말을 더듬더니 이내 멈춰버

렸다. 탠드리는 비브가 어떤 마음인지, 무슨 말을 하려고 했던 것인지 다 아는 눈빛으로 비브를 바라보며 말했다.

"비브, 걱정하지 말아요. 저는 계속 이곳에 있을 거예요."

불안감은 비브를 암흑 속으로 몰아넣었다. 자신을 인도해 주던 빛과 같은 존재를 잃고, 혼자가 되어 어두운 길에서 방황하게 될 것 같은 기분에 휩싸였다.

"그건 정말 좋아요. 바라는 일이죠. 하지만 진짜 하고 싶었던 말은……."

비브가 탠드리에게 하려던 말은 무엇이었을까? 현재에 안주해 버린 나머지 이 대화의 결말도 스캘버트의 돌에게 맡기고 싶었던 건 아닐까? 비브에게 탠드리는 중요한 존재가 아니었나? 탠드리가 비브에게 바란 건 진실된 말과 명백한 표현이 아니었을까. 어두운 길에는 위험 요소가 가득했지만, 그중 일부는 감수할 가치가 있을지도 모른다.

탠드리가 애써 미소를 지어 보이며 말했다.

"그럼, 머그잔을 메뉴판에 추가할게요."

"네, 당연히 그렇게 해야죠……."

비브가 주눅 든 목소리로 말했다. 탠드리가 메뉴판에 메뉴를 추가하러 자리를 떴다. 비브는 탠드리의 뒷모습을 지켜보며 지금 자신이 느끼는 감정이 안도감인지 실망감인지 분간할 수 없었다.

22

 팀블은 스툴 위에 올라서서 찍찍 소리를 내며 주의를 끌었다. 그는 비브가 카운터 위에 올려두었던 사용 설명서를 가리켰다. 목판화로 그린 난로는 보기에도 지금 것보다 두 배는 넓어 보였다. 화구와 대형 화덕 두 개가 있었고 뒤쪽 패널에는 온도 조절 장치가 달려있었다. 목판화로만 봐서는 설명서에 적힌 자세한 기능까지 알 수 없었지만, 디자인은 꽤 현대적이었다. 안내서에 나열된 기능을 읽어내려가는 팀블의 눈에는 간절한 갈망의 빛이 반짝였다.

 "이거 확실한 거죠?"

 비브는 가격을 보면서 눈썹을 치켜올렸다.

 툰에 올 때 비브는 자금을 넉넉히 챙겨왔지만 건물 수

리와 개조, 기계와 장비 및 재료 구매에 많은 비용을 지출했다. 아지무스에서 정기적으로 구매하는 원두 가격도 만만치 않았다. 새 난로를 구매하면 자금이 거의 바닥날 터였다. 그래도 팀블의 빵이 불티나게 팔렸기 때문에 몇 달이면 재정은 회복할 수 있을 것 같았다.

팀블은 단호하게 고개를 끄덕이다가 비브의 표정을 보고 주저하는 듯했다. 그러더니 페이지 아래쪽에 있는 보다 저렴한 모델을 가리켰다.

"아니에요, 팀블."

비브는 팀블의 손끝을 제지하며 말했다.

"최고의 제빵사에게는 최고의 화덕이 필요한 법이에요. 칼이 이걸 설치할 수 있는지 물어보고 주문할게요."

그때 탠드리에게 말을 건네는 익숙한 목소리가 들렸다. 비브는 시선을 급히 돌렸다.

"자, 이번 주 배달 때문에 왔습니다. 그리고…… 어디 보자, 라테도 하나 부탁해요."

렉이 탠드리 맞은편에 서서 메뉴판을 바라보며 콧노래를 흥얼거렸다.

탠드리가 주문 받은 커피를 내리는 동안 비브는 카운터 아래서 따로 준비해 둔 롤이 든 봉투를 꺼냈다. 그러고는 잠시 생각하다가 팀블의 초코 크루아상 두 개를 더 담았다. 비브는 가볍게 고개를 끄덕이며 렉에게 봉투를 건넸다.

"이번 주 신메뉴예요. 마드리갈이 어떻게 생각하는지 알려주세요."

"그러죠."

렉은 고개를 끄덕이며 커피를 받아 들고 조용히 카페를 떠났다.

"오늘도…… 음악을 들을 수 있을까요?"

어린 소녀가 바람에 흩날린 모습으로 들어와 숨가쁘게 말했다.

"그건 장담할 수 없어요. 팬드리는 불규칙하게 오거든요."

비브가 어깨를 으쓱하며 말했다.

"아……."

소녀는 실망한 눈치였지만 애써 괜찮다는 표정을 지었다.

"주문 도와드릴까요?"

"어, 아니요. 괜찮아요. 그러면 언제 다시 오는지 모르시는 거죠?"

소녀는 팬드리를 향한 관심을 감추려고 애쓰는 것 같았다. 하지만 비브의 눈에는 그 모습이 감춰지지 않았다.

"안타깝지만, 정확하게 말씀드리기 어려워요."

소녀가 떠나고 탠드리가 눈썹을 치켜올리며 말했다.

"이번 주에만 벌써 세 번째예요."

팬드리의 소녀 팬을 떠올리며 생각에 잠겼던 비브가 말했다.

"탠드리, 지금 저랑 같은 생각이죠?"

"비브, 그가 어디 있는지 알아봐요. 제가 안내판을 만들게요."

팬드리가 가게 문을 열고 들어왔다. 그는 밝은 모습으로 인사하며 자연스럽게 공연하는 자리로 향했다. 비브는 그의 몸짓에서 약간이지만 자신감이 엿보인다고 생각했다.

"팬드리, 어서 와요."

팬드리가 모퉁이를 돌기 전에 비브가 말했다.

"혹시 지금 잠깐 시간 괜찮아요?"

"어…… 네. 괜찮아요."

그의 얼굴에 자신감은 지워지고 걱정이 스멀스멀 올라오기 시작하는 것을 본 비브는 다급하게 말을 이었다.

"아직도 모자에 돈을 받고 있지 않은 거예요?"

"음…… 네. 그게…… 저는 그냥 연주하는 게 좋아서요. 만약 모자를 두면 구걸하는 느낌이 들 것 같거든요. 만약에 저희 아버지가 이 사실을 알게 되시면……."

그는 얼굴을 찡그리면서 말을 멈추었다.

"제가 돈을 드리는 건 어때요? 월급 같은 개념으로요."

팬드리가 놀란 표정을 지었다.

"그걸…… 왜 저한테……? 저는…… 저는 이미……."

"음, 당연히 정기적으로 와야겠지만요."

"정기적으로요?"

"일주일에 네 번 정도, 매번 같은 시간이에요. 오후 다섯 시는 어때요? 한 공연당 비트 여섯 닢, 괜찮을까요?"

팬드리는 믿을 수 없다는 표정이었다.

"어, 제가…… 정말로 저한테 돈을 주신다고요? 공연하면요?"

"네, 맞아요."

비브가 팬드리를 향해 손을 내밀었다.

"네, 사장님."

팬드리는 비브의 손을 힘차게 흔들었다.

"아, 팬드리. 그래도 모자는 내려놓으세요."

날이 저물 무렵, 가게 밖에는 탠드리의 멋진 필체로 적힌 또 다른 팻말이 걸렸다.

~ *Live Music* ~

월요일, 화요일, 수요일, 금요일

오후 5시

비브는 오른쪽 손바닥에서 찢어지는 듯한 통증이 느껴져 잠에서 깼다. 피부가 갈라지고 벗겨지는 듯한 느낌이었다. 곧바로 일어나 침낭 속에 있는 오른손을 꺼내 살펴보았다. 피부는 어떤 상처도 없이 매끈했다. 그럼에도 통증은 아래쪽 팔뚝을 찌르는 듯한 느낌으로 이어졌다. 지난 몇 달간 활동하지 않았음에도 비브의 직감은 여전했다. 잽싸게 침낭 옆에 자리한 블랙블러드를 향해 손을 뻗었지만, 어떤 다짐과 함께 장식된 부엌에 걸려있었다.

해밍턴의 방어막.

페누스는 분명 비브가 침낭을 열어젖히는 소리, 바닥의 나무가 삐걱거리는 소리를 들었을 것이다. 들리지 않았을까? 비브는 몸을 구부리고 살금살금 사다리 쪽으로 다가갔다. 맨발로 조심스럽게 체중을 분산시키며 움직였다. 손에서 느껴지던 당김, 찢어지는 듯한 통증은 서서히 가라앉았다. 아래쪽에서는 아무런 소리도 들리지 않았다. 아래를 슬쩍 보자, 흐릿한 달빛이 식사 공간을 밝히고 있었다. 샹들리에가 비브의 바로 앞에 있었고 아래로는 커다란 테이블이 희미하게 보였다. 커다란 테이블 주위, 어둠에 싸인 부스와 바닥의 판석은 어렴풋한 형태로만 눈에 들어왔다. 비브는 야간 시력이 나빴다. 그럼에도 숨을 죽이고 움직임의 실마리를 찾아내고자 집중했다.

약 1분이 지나고, 다시 1분.

그 순간 공간을 가득 메웠던 커피 냄새를 뚫고 낯선 냄새가 났다. 꽃향기가 나는 향수 냄새는 희미했지만 출처를 알아차릴 수 있는 냄새였다.

기다란 망토와 후드로 몸을 가렸지만, 분명 페누스였다.

옷이 스치는 소리조차 들리지 않았다. 페누스는 자기 존재를 드러낼 만한 어떤 소리도 내지 않았다. 그는 믿기 어려울 만큼 은밀하게 움직였고 같이 일할 때는 그게 커다란 장점이었다. 하지만 지금은 상황이 바뀌었다. 비브는 그의 소리 없는 움직임에 새삼 감탄하며 눈을 가늘게 뜨고 페누스의 동선을 추적했다. 커다란 테이블 한쪽 끝에 멈추어 선 그의 모습이 보였다. 테이블 위에 올려진 그의 창백한 손도 희미하게 보였다. 스캘버트의 돌은 바로 그 아래 숨겨져 있었다. 페누스의 머리가 망토 안에서 한쪽으로 기울어졌다. 뭔가 소리를 듣고 있거나 엘프만의 감각을 사용하고 있는 것 같았다. 더 이상 지며볼 필요가 없었다.

비브는 쿵 소리를 내며 사다리에서 뛰어내렸다. 몰래 접근할 생각도 없었다.

"안녕, 페누스."

비브가 말했다.

페누스는 놀란 척하는 수고조차 들이지 않았다. 그는 비브 쪽으로 몸을 돌리며 망토에 달린 후드를 뒤로 젖혔다. 둥글게 말아 쥔 그의 왼손에서 노란빛이 뿜어져 나왔다. 빛에 의해 페누스의 얼굴이 밝혀졌다. 늘 그렇듯 보는 사람의 분노를 일으킬 정도로 차분한 표정이었다.

페누스는 마치 자기 집 현관에서 비브를 맞이하기라도 하는 양 고개를 끄덕였다.

"비브, 네가 내 소리를 들었다니 관심이 생기는데."

페누스는 관심이라고는 눈곱만큼도 실리지 않은 어투로 말했다. 그에게서는 당황스러워하는 기색조차 찾아볼 수 없었다.

"도움을 조금 받았지."

비브는 어깨를 으쓱했다.

"여기 왜 왔는지 묻는 건 헛수고겠지?"

"나는 지금쯤 네가 죄책감으로 괴로워하고 있을 거라고, 생각했는데."

"죄책감?"

비브가 믿을 수 없다는 듯 물었다.

"대체 뭔 헛소리를 하는 거야? 죄책감이라니?"

페누스는 비브의 말에 문제가 있다는 듯 한숨을 쉬었다.

"비브, 너는 우리랑 공평하게 나누지 않았어. 나는 처음부터 널 의심하고 있었지. 마지막 순간에 네가 어떻게든 둘러대고 회피했으니까."

"우리는 공정하게 나누었어. 스캘버트의 보물들은 공평하게 나누기 충분했으니까."

비브가 침착하게 말했다.

"나는 네 말에 동의하지 않는데."

변함없는 페누스의 차분하고 이성적인 목소리가 듣기 거북했다. 하지만 늘 냉정하고 무관심한 표정으로 포커페이스를 유지하던 페누스가 못마땅한 표정을 지으며 입술을 일그러뜨렸다.

"네 의도와 행동은 눈에 빤히 보였어. 너는 무식하게 힘만 셌지, 꾀를 부리는 재치 같은 건 타고나지 않았으니까. 계책을 떠올리는 게 너한테는 어려운 일이었나 봐? 똑똑한 비브, 놀라운 미스터리를 풀어내다니! 분명 네가 처음으로 미스터리를 해결했다고 생각했겠지. 네 꼴이 얼마나 우스운지 봐봐. 너는 돌을 챙겨서 뒤도 안 돌아보고 도망쳤어. 오래 남아있으면 너도 모르게 뭔가를 누설할지 몰라 두려웠겠지. 아니면 수치심 때문에 도망친 건가?"

"수치심이라고?"

비브가 웃음을 터뜨렸다.

"페누스, 지금 네 입에서 나오는 소리는 전부 헛소리야."

"정말 그렇다고 생각해? 그러면 말해봐. 다른 사람들도 알고 있었어?"

"내가 노래 가사 몇 줄을 근거로 멍청한 내기에 판돈을 걸었다는 거? 아니. 그렇지만 그건 부끄러워서 말하지 않은 게 아니야. 페누스, 어떻게 말해야 할지 몰라 당황했을 뿐이지."

페누스는 건물 내부를 향해 팔을 크게 휘둘렀다.

"이런 멍청한 내기에 판돈을 걸었다고? 그렇게 보이지는 않는데."

비브는 이를 갈았다.

"약속은 약속, 거래는 거래야. 나는 내 약속을 지켰어. 페누스, 그게 너한테 정말로 필요한 거야? 그게 너한테 무슨 도움이 되는데? 아니면 단순히 네가 공정하지 않았다고 주장하는 거래를 마무리하려고 이 밤중에 몰래 와서 내 돌을 빼앗아 가려는 거야?"

"음, 공정한 거래? 아마도 그것 때문인 것 같네."

페누스가 중얼거렸다. 그의 시선은 벽에 걸린 비브의 대검으로 이동했다.

"저 칼을 손에서 내려놓았다고 해서 네가 도덕적으로 더 나은 사람이 되었다고 착각하지 마."

"대화는 충분히 한 것 같은데. 어디 원하는 대로 해봐. 어떤 일이 생길지는 두고 보자고."

"오, 비브. 안타깝지만······."

갑자기 페누스가 우스꽝스러운 모습으로 뛰어올랐다. 테

이블 위로 먼지투성이 거대한 그림자가 튀어나왔다. 그림자는 위협적으로 날카로운 발톱을 휘둘렀지만, 아슬아슬하게 그를 놓쳤다. 애미티는 우아한 사냥꾼처럼 착지하더니 페누스를 향해 으르렁거렸다.

"빌어먹을 짐승 같으니라고!"

페누스가 욕설을 뱉었다.

애미티는 신중하고 느린 걸음으로 그에게 다가갔다. 애미티의 주둥이는 날카로운 송곳니를 드러내며 일그러졌다. 비브는 애미티가 카페 안에 있는지도 몰랐다. 어째서 몰랐을까?

애미티의 으르렁 소리는 점점 커졌다. 페누스는 고양이조차도 따라갈 수 없을 만큼 재빠르게 문밖으로 나가 어둠 속으로 사라졌다.

애미티는 한동안 그가 나간 자리를 응시하다가 커다란 초록색 눈을 천천히 깜박거렸다. 그러더니 베개와 담요가 있는 구석으로 걸어가 그 위에서 빙글빙글 돌며 앞발로 담요를 꾹꾹 누르더니 편안하게 누워 잠들었다.

비브는 조심스럽게 다가가 무릎을 꿇고 애미티의 털을 쓰다듬었다. 고양이의 그르렁 소리가 만들어 낸 진동이 비브의 어깨까지 도달했다.

"대체 언제부터 여기서 자고 있었던 거야?"

비브가 혼잣말로 중얼거렸다.

"왜 이전에는 보지 못했던 걸까?"

비브는 맛있는 양고기와 함께 애미티가 언제든 먹을 수 있는 크림을 준비해 두어야겠다고 생각했다.

페누스가 돌에 무슨 짓을 하기에는 시간이 부족했다는 것을 알고 있었음에도 비브의 놀란 가슴은 안심되지 않았다. 이 상태로는 잠들지 못할 것 같았다.

비브는 거리 양쪽을 살피고 문을 다시 잠근 다음 테이블을 한쪽으로 밀어냈다. 쪼그려 앉아 판석을 들어내고 스캘버트의 돌을 부드럽게 만졌다.

카페, 탠드리, 팀블, 칼…… 이제는 애미티까지. 차곡차곡 일궈낸 나날은 꽃을 피우며 가까운 미래로 이어져 왔다. 인식하지도 못했던 필요가 채워지는 모양새였다. 이런 연이은 행운이 스캘버트의 돌 때문이었을까. 그건 확실치 않았다. 막연하게 추측만 할 뿐이었다. 행운을 굳이 분석할 필요는 없지 않을까?

의문점은 늘 존재했다. 이제 그 의문점을 직시해야만 했다. 만약 돌을 잃게 된다면? 만약 이 모든 걸 성장시키는 데 돌이 핵심적인 역할을 한 거라면? 그렇다면 돌이 없어졌을 때 꽃은 시들어 죽게 될까, 아니면 계속 꽃을 피울 수 있을까? 만약 후자라면 꽃은 얼마나 오래 피어있을 수 있을까?

비브는 지난 몇 달을 떠올려 보았다. 무엇보다 탠드리, 그리고 아무것도 없는 다락방에 대해 생각했다.

어쩌면 탠드리 말이 맞을지도 모른다. 탠드리 말대로 이 카페는 비브 삶의 전부가 아닐 수 있다. 비브는 카페를 잃게 될 경우를, 그 이후를 대비해야 했다.

카페가 없다면 비브 자신은 뭘까. 답은 한 가지로 귀결되었다.

혼자다.

23

"페누스가 한밤중에 여기 왔었다고요?"

탠드리가 물었다.

비브는 평소보다 카페 문을 늦게 열었다. 탠드리가 그렇게 하자고 강요했다. 비브는 아무 말도 하지 않았지만, 탠드리는 타고난 능력으로 출근하자마자 밤사이 문제가 있었음을 감지함과 동시에 무슨 일이 있었던 건지 설명을 요구했다.

"돌을 가지러 왔었군요. 혹시 페누스가 가져갔어요?"

"아니요."

탠드리는 자세한 설명을 기다렸다. 비브가 이야기하지 않자, 그녀는 손바닥으로 카운터를 세게 쳤다.

"무슨 일이 있었냐니까요? 전부 다 말해줘요."

비브는 지난밤, 페누스와의 대화를 자세히 털어놨다.

"우리 애미티를 고용해야 해요."

비브가 이야기를 끝냈을 때 탠드리가 중얼거렸다.

"아침에 보니까 사라졌더라고요. 언제, 어떻게 나갔는지도 모르겠어요. 다시 올 때를 대비해서 식품 저장고에 크림과 양고기를 넣어놨어요."

비브가 흐릿하게 미소 지으며 말했다.

"그렇다면 해밍턴이 설정한 방어막을 써버린 거네요. 그가 오면 다시 설정해 달라고 부탁해야겠어요."

"그럴 필요 없어요. 페누스는 같은 방식을 시도하지 않을 거예요. 다른 방식으로 접근하겠죠. 그게 뭐가 될지는 모르지만, 조심하고 경계하면 돼요. 그건 제가 잘하는 거기도 하고요. 적어도 예전에는 잘했어요."

"돌을 차지하기 위해서 그가 무슨 짓까지 할 수 있을 것 같아요?"

탠드리가 눈을 가느다랗게 뜨며 물었다.

"솔직히 저도 잘 모르겠어요. 분명한 건 이보다 더한 짓도 서슴지 않고 할 놈이라는 거예요."

탠드리는 꼬리를 좌우로 휘날리고 턱을 손가락으로 두드리며 내부를 서성거렸다.

"돌이 없어지면 무슨 일이 생길까요?"

"저도 그게 궁금해요. 이쯤 되면 돌이 효과가 있다고 여겨도 될 것 같거든요. 일도 잘 풀리는 중이고요. 마드리갈도 돌의 효과를 확신하는 듯했어요."

"당신이 잃을 수 있는 것 중에 가장 소중한 게 뭐예요?"

비브는 탠드리를 바라보았다. 처음 머릿속에 떠오른 걸 입 밖으로 낼 수 없어 비브는 우물쭈물했다.

"글쎄요. 어쩌면 전부 다요? 아니, 중요한 건 없을 수도 있어요. 그냥 돌을 다른 장소에 두는 게 나을지도 모르겠네요. 그렇다면 돌의 효과가 실제인지 확인해 볼 수 있을 테니까요. 그냥 강에 던져버리고 다시는 생각하지 말까, 싶기도 해요."

비브는 답답한 듯 한숨을 쉬었다.

"어쩌면 다시 검을 옆에 두고 잠들어야 할지도 모르겠어요."

"그만해요."

탠드리가 날 선 말투로 말했다.

"자기 연민에 빠져드는 건 당신답지 않아요."

비브가 입꼬리를 축 늘어뜨리며 말했다.

"미안해요."

탠드리는 어딘가 불안한 표정으로 서성이던 걸음을 멈추었다.

"어쨌거나 돌을 없애버리는 건 좋은 생각이 아니에요. 그건 안 돼요."

"그게 무슨 말이에요?"

탠드리는 대답하고 싶지 않은 듯 망설이다가 조심스럽게 말을 꺼냈다.

"음…… 마법학 이론 중에 이런 내용이 있어요. '마법의 교환 원리'라고 부르는데요. 마법을 엄격하게 통제하는 이유. 전쟁에서 마법을 쓰지 않는 이유가 바로 그 원리 때문이에요. 누군가를 죽이려고 마법을 쓰지 않는 이유도 그 때문이죠."

탠드리가 한숨을 쉬더니 말을 이었다.

"혹시 약으로 통증을 치료하는 원리를 알고 있어요? 약은 단순히 통증을 지연시킬 뿐이라는걸요? 치료가 끝나면 미루어 두었던 고통이 갑자기 몰려와요. 마치 나중을 위해 모아두기라도 했던 것처럼요."

"그런 이야기를 들어본 적은 있지만, 그게 사실인지는 잘 모르겠어요. 저는 숱한 고통을 경험했으니까요."

비브가 씁쓸하게 웃었다.

"아무튼."

탠드리가 계속 말을 이었다.

"마법도 앞서 설명한 것과 비슷한 원리인데요. 이건 측정할 수 있어요. 마법의 힘으로 발생한 효과는 마법의 힘이 사라질 때 그에 대한 반작용이 생겨나요. 모든 건 균형을 이루어야 하니까요. 일단 마법의 힘이 멈추면 무언가가 반격을 해오게 되죠. 고급 마법은 그 반작용의 방향을 어떻게 하면 되돌릴 수 있는가에 관한 거예요."

"그럼, 만약 돌이 없어지면 어떤 반작용 같은 게 있을 거라는 건가요? 예를 들면 불행 같은 거요?"

"저도 확실하게는 모르겠어요. 비브, 돌이 마법과 관련이 있기는 한 거예요? 그 돌에 같은 원리가 적용될까요?"

탠드리가 얼굴을 찡그리며 말을 이었다.

"그냥 가능성 중 하나예요. 만약 그게 사실이라면 중요한 건…… 지금 당장 잃게 될 게 얼마나 되는가가 아니라 나중에 얼마나 더 큰 대가를 치러야 하는가예요."

비브는 탠드리를 바라보며 입을 단단히 다물었다.

'당장 잃게 되는 것보다 나중에 치러야 할 더 큰 대가.'

비브는 가게 안에서 돌을 보관할 만한 더 안전한 장소를 떠올려 보려고 했지만, 결국 장소는 크게 중요하지 않다는 사실을 깨달았다. 애초에 페누스가 그곳을 단번에 찾아낸 것이면 다른 곳에 숨겨도 찾아낼 게 뻔했다. 그리고 한 번 놀라게 했으니, 같은 선택을 두 번 하지는 않을 것이다. 밤중에 몰래 다시 들어오는 그의 모습은 상상하기 어려웠다. 다음에는 그가 어떤 방식으로 접근할지, 그걸 알아내는 게 관건이었다. 어쩌면 누군가를 통해 접근할 수도 있었다.

가만히 앉아 공격을 기다리는 건 비브에게 익숙하지 않은 일이었다. 늘 그랬다. 비브는 상대가 나타나기 전에 모든 걸 처리했다. 자신의 등에 칼이 꽂힐지도 모르는 상황을 대비하면서 살지는 않았다. 그래서였을까. 끝나지 않을 것 같은 경계에 비브는 지쳐버렸고 점점 더 신경질적으로 변했다.

페누스가 다녀간 후 비브는 팬스레 탠드리와 팀블에게 퉁명스럽게 굴고 나서 곧바로 사과하기를 반복했다. 비브가 자신도 모르게 험악한 표정으로 손님을 받고 있을 때면 탠드리가 비브를 조심스레 밀어내고 카운터를 대신 보기도 했다. 그럼에도 제 곁에 있어주는 직원들에게 부끄럽고 고마웠다.

당연하게도 시간은 비브의 불안감을 둔감하게 만들었다. 그녀의 불안감은 밤에 가끔 들리는 소리에 놀라는 것, 낮에 스캘버트의 돌이 숨겨진 곳을 몰래 바라보는 것 정도로 줄어들었다.

팬드리의 정기 공연은 기분 좋은 변화였다. 공연을 보려고 정기적으로 방문하는 손님도 점차 늘었다. 대부분은 아무것도 주문하지 않았지만, 비브는 그의 팬 중 일부가 실제 고객으로 전환되고 있다고 확신했다. 비브는 테이블을 몇 개 더 구매해서 그들을 위한 추가 좌석을 마련하기도 했다. 평소에는 골목길에 보관하다가 공연이 있는 날에는 출입문을 활짝 열고 거리에 테이블을 설치했다.

팬드리는 이제 덜 움츠렸고 더 자주 미소를 지었다. 드디어 제자리를 찾은 것 같은 모습이었다.

레이니는 어쩌다 한두 번 길을 가로질러 와서 소음에 대해 불평을 늘어놓았다. 하지만 팀블의 빵을 입에 가득 넣은 채 불평하는 경우가 많았기 때문에 그 강도가 다소 희석되었다.

애미티는 공연 중에 나타나기도 했다. 그녀는 놀란 손님들 사이를 능숙하게 지나다니며 테이블 아래에 자리를 잡았다. 단골손님들은 애미티로부터 각자의 음식을 지키는 법을 터득하게 되었다. 지나가는 길에 애미티의 눈에 페이스트리가 들어오면 그냥 삼켜버렸기 때문이다. 그녀가 휘두르는 꼬리는 머그잔에 큰 위협이 되기도 했다. 하지만 비브는 단 한 번도 애미티를 쫓아내려고 하지 않았다.

한밤중 페누스의 침입 사건 이후로 3주가 지났다. 위험 요소가 사라졌다고 말할 수는 없었지만 비브는 다시 편안한 일상으로 돌아왔다. 기분도 좋아졌고 지난 2주 동안은

사과할 만한 퉁명스러운 말도, 날카로운 말도 하지 않았다.

칼은 가게에 더 자주 들렀다. 비브는 탠드리와 칼이 무언가 상의하는 모습을 한두 차례 목격했다. 그는 자물쇠의 품질과 관련해 날카로운 지적을 했고 비브는 칼의 말을 따라 자물쇠를 교체하기로 했다.

그때 마드리갈이 가게 안으로 성큼성큼 들어왔다. 비브는 놀라서 입을 떡 벌린 채 굳어버렸다.

"안녕하세요."

마드리갈이 태연한 표정으로 인사를 건넸다.

"안녕하세요. 음, 여사님…… 여기는 어쩐 일로……."

어안이 벙벙한 비브가 말을 겨우 뱉었다.

비브는 마드리갈의 이름을 언급하지 않을 정도의 기지를 발휘했지만, '여사님이라고?' 어쩐지 알랑거리는 것 같은 기분이 들어 내심 껄끄러웠다.

마드리갈의 옷차림은 화려하지는 않았지만, 절제된 품위가 돋보였다. 비브는 거리에 서있는 남자를 발견했다. 마드리갈을 그림자처럼 호위하는 사람 같았다. 눈에 들어오는 건 한 명이지만, 적어도 두 명 이상 보이지 않는 곳에 숨어 있는 것 같았다.

마드리갈의 차가운 시선이 호기심으로 빛났다.

'맙소사, 내가 이 여자를 적으로 만들어 버리는 건 아닐까.'라고 비브는 생각했다. 그녀에게 이렇게 직설적으로 말해버리다니.

"이곳에 관해 많은 이야기를 들었어요. 나이가 들고부터는 예전처럼 자주 밖에 나오지 않지만, 이렇게 기회가 있을 때 직접 와보고 싶었어요."

"음, 우리는 좋은 이웃사촌이 되려고 노력하는 중이잖아요."

비브는 자신이 실수한 건 없는지 알아내고 싶은 마음에 최대한 돌려서 말했다.

"그렇죠. 당신이 좋은 이웃인 건 확실해요. 모두가 좋은 이웃인 건 아니라서 걱정스럽지만요. 그건 꽤 끈질긴 골칫덩어리라고 할 수 있죠."

마드리갈은 비브의 눈을 똑바로 바라보다가 핸드백을 열어 안으로 손을 집어넣었다.

"아, 그리고 그 초승달 페이스트리 하나만 주시겠어요?"

비브는 기계처럼 동전을 받고 유산지로 포장한 빵을 건넸다. 비브는 넌지시 속삭였다.

"끈질긴 골칫덩어리요?"

마드리갈은 실망스럽다는 듯 한숨을 뱉었다.

"이런 멋진 이웃에게 불행한 일이 닥친다면 정말 안타까울 거예요. 앞으로 며칠 동안은 주의가 필요하겠어요. 지금 내가 하는 걱정이 기우였으면 좋겠네요. 왜냐하면."

마드리갈은 크루아상을 우아하게 베어 물었다.

"이건 정말 훌륭하니까요. 그럼, 이만 가볼게요."

마드리갈은 기품 넘치게 고개를 끄덕이고 돌아섰다. 그녀는 회색 실크 원단을 바스락거리며 가게를 떠났다. 그녀를 호위하던 남자도 시야에서 사라졌다.

탠드리는 말로 설명하기 어려운 감각들을 감지하며 의심 가득한 눈으로 떠나는 여자의 뒷모습을 바라보았다. 그녀는 비브에게 의미심장한 눈빛을 보냈고 비브는 대답으로 고개를 살짝 저었다. 탠드리의 내면에서 두려움이 끓어올랐다.

문을 닫은 후에야 탠드리가 물었다.

"아까 그 여자가 마드리갈이에요?"

"네."

"그녀가 당신한테 메시지를 주었잖아요."

"맞아요. 경고에 가까운 메시지였어요. 왜 굳이 알려줬는지는 모르겠지만요. 아무튼 페누스가 곧 움직일 것 같아요."

"그럼 우리는 어떻게 하면 돼요?"

"음, 언제든 그를 죽일 수 있어요."

비브의 말에 탠드리는 불안한 눈빛으로 바라보았다.

"농담이에요."

비브가 가볍게 웃으며 말했다.

"여기서 문제는 제가 실제로 그걸 고민해 봤다는 거예요."

탠드리가 고백하듯 털어놓았다.

"정말 개자식이잖아요."

"한 달 전, 제 친구들 앞에서 대단한 연설을 한 다음에요?"

"네. 뭐, 세상에 완벽한 사람은 없으니까요."

비브는 한숨을 쉬었다.

"이제 다시 원점으로 돌아왔네요. 페누스가 앞으로 뭘 어떻게 할 것인지, 알아내야 해요."

"비브, 원점이 아니에요. 그가 제 발로 여기에 올 만큼 돌을 원하고 있다는 사실을 알았으니까요."

"페누스가 같은 방법을 다시 쓸지는 모르는 일이에요. 장담하건대 이번에는 다른 방식으로 접근할 거예요."

"음, 분명한 게 하나 있어요."

탠드리가 말했다.

"그게 뭔데요?"

"여기서 혼자 지내면 안 돼요."

"탠드리, 왜 아직도 이걸 가지고 논쟁을 벌여야 하는지 모르겠어요."

탠드리가 잠긴 자물쇠를 다시 한번 확인하면서 말했다.

비브는 세제 거품을 팔꿈치까지 묻힌 상태로 머그잔을 박박 문질러 닦았다.

"그건 아무런 의미도 없어요. 당신이 여기 있는다 한들 달라질 게 없잖아요?"

비브가 투덜거렸다.

탠드리가 등불을 끄기 시작했고 주위는 금세 어두워졌다.

"당신 말이 맞아요. 해밍턴의 방어막이 사라졌는데 제가 있다고 해서 뭐가 달라지겠어요? 저는 그저 뛰어난 감각을 타고났을 뿐인데요. 표면에 드러나지 않는 감각을 알아차리는 능력이죠. 그것도 아주 광범위한 영역에 걸쳐서요. 그게 대체 무슨 도움이 될 수 있겠어요?"

비브는 의도적으로 머그잔을 세게 내려놓았다. 잔에 생긴 균열이 거미줄처럼 옆으로 뻗어나갔다.

"그래도 마음에 들지 않아요."

"어쨌든 제 주장을 반박하지 못하니까 저는 신경 쓰지 않을래요."

비브는 돌아서서 팔짱을 끼고 탠드리를 시무룩하게 바라보았다.

"비브, 어린애처럼 유치하게 고집부리지 마요. 정 그렇다면, 한 가지 규칙을 정하자고요. 만약 위험한 일이 닥치면 제가 당신 뒤에 숨는 걸로요. 어때요?"

과하게 방어적인 스스로가 한심하게 느껴지기 시작한 비브는 깊은 한숨을 쉬며 한발 물러났다.

"좋아요."

──◆──

"침대를 사라고 했잖아요."

탠드리는 여전히 텅 비어있는 다락방을 우울한 표정으로 살피며 말했다.

비브의 손에는 가끔 사용하는 애미티의 베개와 담요가 들려 있었다.

"음, 정신이 없었어요. 페누스의 침입도 있었고 다른 일도 많았고……."

탠드리는 불만스러운 표정을 지었다.

"그거 이리 줘요."

탠드리는 담요와 베개를 움켜쥐더니 애미티의 털을 탁탁 털었다. 그러고는 바쁘게 움직여 비브의 침낭을 펼쳐 넓은 잠자리를 만들었다.

비브는 점점 커지는 부끄러움과 긴장감을 느끼며 그 모습을 바라보았다.

"음."

탠드리가 양손을 허리에 얹고 말했다.

"난로가 켜져있어서 그렇게 춥지는 않을 거예요. 여기서 이렇게 지내왔다니 믿을 수가 없네요."

"혼자 있어도 괜찮아요. 정말이에요. 당신이 당신 침대에서 편안하게 잠들지 못할 이유가 없다고요."

"그 얘기는 이미 끝났어요."

탠드리는 잠시 주저하더니 겉옷을 벗고 내의 차림으로 재빠르게 담요 안으로 들어갔다. 그리고 비브에게 등을 보이고 누웠다.

비브는 탠드리를 한참 지켜보다 잠에 들은 것 같은 때에 남은 등불을 끄고 발끝으로 조심스럽게 움직이며 겉옷을 벗었다. 그러다가 자신의 우스꽝스러운 모습에 실소가 터졌다. 비브는 애미티 냄새가 강하게 풍기는 담요를 한쪽 어깨 위로 잡아당겼다. 탠드리와 서로 등을 돌린 상태였지만 비브는 탠드리의 온기를 느낄 수 있었다.

"잘 자요, 탠드리."

긴 정적 끝에 비브는 작은 목소리로 인사를 건넸다.

"잘 자요, 비브."

잠든 줄 알았던 탠드리가 말했다. 비브는 몸을 돌려 어둠 속에서 탠드리의 뒷모습을 응시했다.

"이건 당신의 꼬리예요?"

"그냥 편하게 있는 거예요."

탠드리는 쏘아붙이듯 대답했다. 그녀는 여러 차례 의도적으로 위치를 조절하더니 조용히 움직임을 멈추었다.

비브가 목청을 가다듬고 조심스레 말했다.

"함께 있어 좋아요."

탠드리의 호흡은 느리고 규칙적이었다. 비브는 그녀가

잠들었을지도 모른다고 생각했다. 하지만 그때 나직한 대답이 들렸다.

"알아요."

비브는 오랜만에 생각 없는 밤을 보냈다. 깊은 잠은 아침까지 쭉 이어졌다.

24

비브가 눈을 떴을 때, 지난밤 느꼈던 따뜻한 온기 대신 차가운 기운이 느껴졌다. 소음과 움직임에 민감한 비브는 탠드리가 다락방을 떠날 때까지 잠에서 깨지 않았다는 사실에 놀랐다.

비브는 방 안에 퍼지는 갓 내린 커피 향기를 맡으며 시간을 끌기 위해 느릿하게 움직였다. 그러다 나가기를 주저하는 자신을 목격하고 그 모습에 순간 짜증이 났다. 탠드리를 만나기 전, 비브의 삶에는 망설임이라는 게 없었다. 망설임도 습관이 되는 것인지 생각하며 비브는 조심스럽게 사다리를 타고 내려갔다.

탠드리는 커다란 테이블에 앉아 김이 곡선으로 피어오르

는 머그잔을 바라보고 있었다. 비브가 벤치에 앉자, 탠드리가 또 다른 머그잔을 내밀었다.

"고마워요."

비브가 말했다.

탠드리는 고개를 작게 끄덕이고 천천히 커피를 한 모금 들이켰다. 그녀의 등은 편안하게 굽어있었고 꼬리는 느긋하게 움직였다. 탠드리에게서 느껴지는 온기가 비브의 온몸을 감쌌다. 카페 벽에 가로막혀 멀게 들리는 툰의 아침 소음이 두 사람을 평화롭게 둘러싸고 있었다.

두 사람은 천천히, 침묵 속에서 커피를 음미했다. 비브는 함께 공유하는 사색적인 침묵을 깨는 것이 내키지 않았지만, 다락방에서 겁쟁이처럼 시간을 끄는 자신을 보며 앞으로는 피하지 말아야겠다고 다짐했다.

"잠은 잘 잤어요?"

"바닥에서 잔 것치고는 잘 잤어요."

비브는 탠드리를 향해 미소 지었다.

"언젠가는 침대를 들일 생각이에요."

커피를 다 마신 비브가 먼저 일어나 식료품 저장실에서 천으로 감싼 페이스트리 몇 개와 차가운 저장고에서 치즈를 꺼냈다. 곧바로 부엌에 합류한 탠드리와 함께 익숙한 아침 일과를 시작했다. 먼저 난로를 켜고 등불과 샹들리에 불을 밝혔다. 그리고 커피 머신에 기름을 채우고 크림 상태를 확인한 후 머그잔을 정리했다. 이게 레전드앤라테의 아침 일상이었다. 둘은 중간중간 음식을 집어 먹으며 조화롭게 일했다.

아침의 고요는 비브가 카페의 문을 활짝 열자마자 비눗방울이 터지듯 터져버렸다. 하루를 시작하는 거리의 활기찬 소음이 들이닥쳤다. 두 사람이 아침 내내 머물렀던 온기 가득한 세상은 지난밤 꿈처럼 사라졌다. 팀블이 굽는 빵 냄새와 신난 손끝에서 나는 달그락 소리가 부엌을 가득 채웠다. 단골손님이 하나둘 모여들었고 테이블에서 웅성이는 대화 소리와 부딪치는 머그잔과 접시 소리가 카페를 메웠다.

카페에 잠깐 들른 칼에게 비브는 새로 주문하려고 하는 난로를 보여주었다. 그는 적혀있는 너비를 주의 깊게 보더니 벽과 기존 난로를 살폈다.

"흠."

칼이 엄지를 턱에 대고 말했다.

"자리에 크기가 맞기는 하지만, 그렇게 되면 이 공간이 아주 좁아질 거예요. 지금 있는 것들로 적당히 해결하면 좋을 텐데. 지금 실링 팬이 잘 돌아가고 있는데, 화덕을 두 개나 쓰면 예전처럼 땀에 젖게 될 거고요. 꼭 새 난로를 들일 생각이라면 여기보다 더 큰 장소로 옮겨야 할 것 같은데요?"

칼의 답변을 들은 비브는 낙담했다. 가게를 옮기는 건 비브의 선택지에 없었다. 그녀는 뒤쪽을 힐끗 바라보았다. 팀블은 한참 전에 들어간 식료품 저장실에서 나오지 않았다. 그에게 이 사실을 전하면 분명 크게 실망할 터였다. 그가 실망하는 모습은 보고 싶지 않아 화제를 돌렸다.

"안타까운 소식이네요. 그건 그렇고, 도와주실 일이 하나 더 있어요."

비브는 칼을 식사 공간 쪽으로 안내했다.

"저 뒤에서 공연하는 음악가가 있어요."

그녀는 멀리 있는 벽을 가리켰다.

"무대…… 같은 걸 설치하고 싶어요. 바닥보다 조금 높게 올라간 무대요."

"그럼요. 가능해요."

칼이 말했다. 그는 가능하다고 말할 수 있는 게 생긴 것에 기뻐했다.

칼과 비브는 구체적인 내용을 상의했다. 칼은 인사의 의미로 모자를 살짝 기울인 후 뜨거운 커피가 든 개인용 머그잔과 팀블릿을 챙겨 카페를 떠났다.

하루가 순식간에 지나갔다.

"어디서 잘 건지, 그 문제로 다시 이야기할 생각은 없는 거죠?"

탠드리가 장난스럽게 물었다.

"저도 실수하면서 배우는 사람이에요. 같은 실수를 두 번 하지는 않아요."

탠드리는 콧노래를 불렀다.

"그래도 오늘은 꼬리를 자제할 수 있겠죠?"

비브는 등을 돌린 채 마지막 머그잔을 정리하면서 미소를 지었다.

"저녁은요?"

탠드리는 가볍게 웃으며, 마치 종종 저녁을 함께하는 사이처럼 친근하게 비브에게 식사를 했냐고 물었다. 흘러가는 시간 속에서 두 사람은 함께하는 것에 점점 익숙해지고 있었다.

비브는 테이블 다리 사이에 웅크리고 있는 애미티를 보았다. 무슨 일인지 애미티는 하루 종일 가게에 있었다. 그게 비브의 마음에 평화를 가져다주었다.

"팀블의 빵 말고 다른 것도 먹어줄 필요가 있어요."

비브는 자신의 배를 가볍게 두드리면서 말했다.

"요즘 들어 옷이 너무 꽉 끼네요."

탠드리와 비브가 웃으면서 가게 밖으로 나갔다.

두 사람은 문을 잠그고 번화가를 산책하다가 한 번도 가본 적 없는 식당에 들어가 저녁을 먹었다. 둘은 최근에 레이니가 온갖 사탕발림으로 팀블의 레시피를 알아내려고 했던 시도와 팀블에게 새 화덕 설치 계획이 무산됐음을 어떻게 전하면 좋을지, 팬드리와 그의 열렬한 팬에 관해서도 이야기했다.

"가장 열정적인 팬이 어제 다시 왔어요. 일찍 와서 좋은 자리에 앉았죠."

비브가 말했다.

"머리카락 휘날리던 그 소녀요?"

탠드리는 바람에 흩날린 곱슬 머리칼을 손으로 흉내 내며 말했다.

"맞아요. 팬드리는 아직 자신의 팬을 모르는 것 같더라고요."

"음, 사람들은 대개 그런 걸 잘 인식하지 못하는 것 같아요."

비브는 가벼운 농담으로 맞받아치려고 했지만 탠드리의 표정이 심상치 않아 다시 생각한 다음 가장 무난한 대답을 했다.

"그런 것 같아요."

저녁 식사 후 둘은 가게로 돌아와 등불과 촛불을 껐다. 테이블 아래서 애미티의 그르릉 소리가 울려 퍼졌다.

"애미티가 아직도 여기 있는 게 너무 신기해요."

탠드리가 말했다.

"아마 동트기 전에 사라질 거예요."

비브는 그러지 않기를 바라며 말했다.

탠드리가 먼저 사다리를 오르는 동안 비브는 아래서 기다렸다. 아침에 잠깐 공유했던 고요함과 평화로움이 다시 찾아왔다. 탠드리가 옷을 벗을 때 비브는 보지 않으려고 고개를 돌렸고 둘은 등을 맞댄 채 편안하고 따뜻한 상태로 잠이 들었다.

비브가 애미티 울음소리에 깜짝 놀라 잠에서 깼다. 배에 묵직한 것이 닿는 감촉이 느껴졌다. 애미티의 거대한 머리가 다시 한번 닿았을 때 완전히 눈을 뜰 수 있었다. 비브는 벌떡 일어나서 숨을 깊게 들이마셨다. 매캐한 냄새가 몰려왔다.

"일어나요!"

희미했지만 느낄 수 있었다. 애미티는 초조한 듯 꼬리를 휘두르며 사다리 꼭대기에서 왔다 갔다 하기를 반복했다. 비브는 동물이 빛에 더 민감하다는 사실을 깨달았다. 내부를 비추는 빛이 처음에는 희미한 달빛이라고 생각했지만 분명 달빛과 색이 달랐다. 귀신불 같은 녹색이었다. 흐릿하던 색은 점점 선명해지고 있었다.

"이게 무슨 냄새예요?"

탠드리가 옷을 집어 들고 가슴팍에 붙이며 말했다.

"상황이 안 좋아요."

비브는 자신의 옷은 신경 쓰지도 않은 채 사다리로 달려갔다. 애미티가 먼저 뛰어내렸고, 비브는 서까래에 손을 지탱해 몸을 내밀어 밖을 내다보았다. 기괴한 녹색 귀신불이 커다란 문틀을 혀로 핥고 있었다. 비브는 얼굴을 찌푸렸다. 귀신불은 문 주위로 빠르게 퍼져나가고 있었다. 희한하게 연기는 나지 않았다. 그때 큰 소리가 나더니 불꽃이 문 위로 퍼져 올라왔다.

"젠장, 서둘러요! 불이야! 그 개자식이 불을 질렀어!"

"우리가 꺼야 해요!"

탠드리가 소리쳤다.

비브는 탠드리를 들어 올렸다. 갑자기 붕 뜨는 몸에 놀란 탠드리는 옷을 떨어트릴 뻔했다. 비브는 다른 팔로 탠드리의 다리를 받치고 바닥으로 뛰어내렸다. 떨어지는 순간 전해지는 충격으로 탠드리는 끙 소리를 냈다. 비브는 탠드리를 내려놓고 부엌 구석을 바라보았다. 작은 불꽃들이 떼를 두르며 난로 뒤에 있는 벽을 타고 올라가고 있었다. 또 다른 불꽃 떼는 식료품 저장실 쪽으로 번지고 있었다.

칼날 위로 피가 흘러내리는 것처럼 녹색 불꽃은 천장을 가로질렀다. 지붕의 기왓장이 깨지는 날카로운 소리가 연이어 들렸다.

"이건 일반적인 불이 아니에요."

탠드리는 무너지고 부서지는 혼란 속에서 크게 소리치며 말했다. 일반적인 불은 연기를 동반했지만 지금 나고 있는 불은 연기가 나지 않고 냄새가 더 강했다. 처음 겪는 일에 탠드리의 동공은 확장되었고 이내 공황 상태에 빠졌다.

"맞아요. 이건 정상적이지 않죠. 당신은 지금 당장 여기서 나가요."

"나만요? 우리가 아니고요?"

애처롭게 울부짖던 애미티가 끓는 주전자 소리를 내며 이리저리 튀는 불꽃을 피하려고 테이블 아래 숨어 몸을 웅크렸다.

이미 시간은 많이 흘렀다. 여기서 더 지체한다면 선택지마저 사라질 것이다. 이 기이한 불이 얼마나 더 타오를지, 어떻게 끌 수 있을지 알 길이 없었다. 방법이 있긴 한 걸까.

비브는 부엌에 있는 물통으로 달려갔다. 벽이 타고 있는 부엌은 이미 강한 열기에 휩싸여 있었고 난로 위 금속 부분은 이미 빨갛게 변해 있었다. 물통에서도 김이 올라왔다. 일반적인 화재보다 불은 더 뜨겁게 타올랐다.

비브는 팀블의 믹싱 볼 몇 개를 급하게 물통에 담갔다 뺐다. 그러고는 불이 활활 타오르고 있는 문을 향해 물을 끼얹었다. 하지만 물은 조금도 효과가 없었다. 닿기도 전에 증발해 버렸다. 문은 이미 검게 그을린 상태였다. 퍼져 나가는 주황빛 불꽃 선은 거미줄처럼 복잡하게 얽혀있었다.

"젠장!"

좌절감에 빠진 비브가 뒤를 돌아봤을 때 탠드리는 옷 대신 양팔 가득 머그잔을 들고 있었다. 그녀는 창문을 깨트리기 위해 머그잔을 하나씩 던졌지만, 창은 꿈쩍도 하지 않았다. 부서진 머그잔 조각만 바닥에 흐트러져 있었다.

탠드리는 비브를 바라보며 말했다.

"이제 여기서 어떻게 나가죠?"

"이쪽으로요!"

비브는 테이블과 커다란 이중문이 있는 쪽으로 돌진했다. 묵직한 나무 빗장이 여전히 가로로 채워져 있었다. 녹색 불길은 뱀처럼 움직이며 빗장 전체를 가로질렀고 위에서는 커튼처럼 드리워진 불길이 떨어져 바닥에서 피어오르는 불꽃과 만났다.

비브는 커다란 벤치 하나를 들어 올려 문 쪽으로 온 힘을 다해 던졌다. 강렬한 열기 때문에 눈을 찌푸리면서 벤치 끝부분을 불타고 있는 빗장 아래쪽에 걸치는 데 성공했다. 그러고는 있는 힘껏 벤치를 위로 잡아당겼다. 빗장은 살짝 흔들리는 것 같더니 다시 원상태로 돌아갔다. 그 반동으로 녹색 불꽃이 바닥에 쏟아져 내렸다. 떨어지는 불꽃은 달구어진 금속 위에 물이 떨어질 때처럼 격한 소리를 냈다. 불꽃은 비브의 팔 위로도 떨어졌다. 순간, 눈앞이 흐려질 정도로 고통스러웠다. 곧 살이 타는 냄새가 났다.

비브는 젖 먹던 힘까지 짜내서 다시 벤치 끝부분을 들어올렸다. 한 번, 두 번, 그리고 세 번째 시도 끝에 빗장이 풀렸다. 빗장은 쿵 소리를 내며 판석 위로 떨어졌다. 또 다른 녹색 불꽃이 폭포처럼 흘러내렸다.

"물러서요!"

비브가 소리쳤다. 그녀는 벤치의 중간 부분을 쥐고 벤치를 완전히 들어올렸다. 그리고 그대로 오른쪽 문으로 돌진했다. 문과 강하게 충돌한 후에도 멈추지 않고 떨어진 빗장을 뛰어넘으며 앞으로 나아갔다. 차가운 밤공기가 비브를 맞이했다. 비브는 달리던 관성으로 앞으로 더 나아간 후 벤치를 던져버렸다. 벤치는 달가닥거리며 길거리를 굴렀다. 한밤중 일어난 화재에 하나둘 나타나는 이웃들의 모습이 보였다.

고개를 돌리자, 아직 가게 안에 갇혀 두려움에 떨고 있는 탠드리가 보였다. 바닥에 떨어진 빗장에서는 불길이 더 크게 번졌다.

그때 탠드리의 오른쪽에 있던 그림자가 불길을 뚫고 뛰어나왔다. 애미티는 몸에서 연기가 나는 상태로 길바닥에 떨어졌다. 애미티는 공포에 질린 눈으로 비브를 잠깐 바라본 다음 골목으로 달아났다.

비브의 시선은 다시 탠드리에게로 향했다. 탠드리는 고통스러운 표정으로 한쪽 팔을 감싸 쥐고 있었다. 뺨에서는 눈물이 흘러내렸다.

비브는 숨을 크게 들이마시고 다시 가게 안으로 뛰어 들어갔다. 마치 펄펄 끓고 있는 물 같은 불길을 지나쳐 탠드리를 안아 올린 비브는 바깥을 향해 뜨거운 녹색 불꽃 속으로 다시 뛰어들었다.

"여기 있어요."

비브가 탠드리를 거리에 내려놓고 말했다. 뒤를 돌아보자, 불길이 건물 전체를 삼키고 있었다. 불길은 건물 표면을 따라 불가사의한 속도로 퍼져나갔다. 비브는 귀를 찢는 기왓장의 날카로운 소리에 깜짝깜짝 놀랐다. 열기에 녹아내린 점토는 비처럼 쏟아졌고 부서진 점토는 사방으로 튕겨 나가며 먼지를 일으켰다.

"다시 들어가면 안 돼요!"

탠드리는 불길이 포효하는 소리를 뚫고 외쳤다.

탠드리의 만류에도 비브는 숨을 깊게 들이마신 후 불길 속으로 들어갔다. 안으로 들어가자마자 탄내가 비브의 몸속에 퍼졌다. 곧바로 비브는 테이블 아래 판석을 바라보았다. 무언가 잘못된 것 같았다. 판석이 움직인 걸까? 확인해 보고 싶었지만, 그럴 여유가 없었다. 비브는 몸을 낮춰 부엌으로 기어가 카운터를 뛰어넘었다. 뒤쪽 식료품 저장실은 이미 불길에 휩싸였고 열기가 비브를 위협했다. 급하게 금고를 꺼낸 비브는 자신의 겨드랑이에 끼우고 입구를 향해 전속력으로 달렸다. 비브는 큰소리로 포효하며 탠드리의 반대편으로 금고를 던졌다. 모서리로 떨어진 금고에 금이 가며 날카로운 소리가 났다. 비브는 서둘러 부엌으로 돌아가 벽에 걸린 블랙블러드를 응시했다. 블랙블러드를 장식하고 있던 화환은 재가 되어 바닥에 으스러져 있었다. 비브는 커피 머신을 양손으로 들고 입구를 향해 한 발짝 내디뎠다. 위에서 흩뿌려지는 불꽃이 비브의 머리와 어깨에 닿아 고통스럽게 만들었다. 땋은 머리 위로 불이 붙었지만 커피 머신 때문에 털어낼 수 없었다. 비브는 비장한 표정으로 나아가다가 불타고 있는 빗장을 넘었다. 불길은 비브의 허벅지에 스쳤고, 피부는 빠르게 익어버렸다. 양쪽 다리에 극심한 고통이 느껴졌다.

만신창이가 된 몸으로 비틀거리며 나온 비브는 커피 머신을 조심스럽게 바닥에 내려놓고 신음했다. 허리에서 느껴지는 강렬한 통증은 비명을 내지를 수 없을 만큼 고통스러웠다. 지난 몇 주간 느껴본 적 없는 고통이었다.

문을 지탱하던 위쪽의 가로대가 무너지는 소리가 났다. 뒤돌아 건물을 바라보자 펑 하는 폭발음과 함께 문이 바닥으로 떨어졌다. 바늘처럼 날카로운 유리 파편들이 바깥으로 튕겨나왔다. 거리의 사람들은 팔로 제 얼굴을 가리기에 바빴다.

사람들은 건물이 뿜어내는 열기를 느끼며 충격에 빠진 모습으로 길거리에 서있었다. 지붕은 삐거덕거리더니 무너져 내리기 시작했다. 기와는 건물 안으로 쏟아지고, 녹색 불길이 만들어 낸 웅덩이에 빠진 기왓장은 빨간색으로 빛나고 있었다.

깨진 금고와 커피 머신 옆에서 내의만 입고 서있던 탠드리는 비브의 손을 꽉 잡았다. 그녀는 그렁그렁한 눈으로 계속 기침을 했다.

비브는 비장한 표정으로 내부를 응시했다. 커다란 테이블은 한쪽으로 기울기 시작하더니 체리만큼 밝은 빨간색을 내뿜는 기와 파편 사이로 반쯤 가려져 버렸다. 테이블은 결국 스캘버트의 돌이 묻힌 자리 위로 무너졌다.

비브는 탠드리의 손을 꽉 쥐었다.

"그래도 전부 잃은 건 아니에요."

탠드리는 절망적인 모습으로 커피 머신과 금고를 바라보았다.

"위험할 수도 있었어요. 위험한 짓은 하지 말았어야죠."

비브는 탠드리를 바라보며 몸을 숙였다. 둘의 이마가 서로 맞닿았다. 상실과 두려움, 고통의 무게로 인해 어깨가 축 처졌다.

강렬하게 타오르는 불, 계속해서 모여드는 사람들, 시계

탑에서 울리는 종소리 때문에 탠드리가 듣지 못할 거라고 확신하면서 비브는 낮은 목소리로 속삭였다.
"내가 말하려던 건 그게 아니었어요."

25

 불이 난 지 얼마 지나지 않아 경비병들이 등불을 들고 나타났다. 그들은 점점 늘어나고 있는 구경꾼들에게 큰 소리로 물러나라고 외쳤다. 경비병 중 한 명이 이웃의 안내를 받아 자신에게 다가올 때까지, 비브는 그들의 존재를 막연하게만 알아차렸다. 비브는 멍한 상태로 그의 질문에 대답했고, 대답이 끝나기가 무섭게 자신이 한 대답을 잊어버렸다. 그가 사라지자, 비브는 다시 파괴된 건물로 시선을 돌렸다.

 애커스의 마법 집단은…… 그들이 걸치는 가운, 브로치, 오만하고 불만스러운 학자로서의 분위기로 그들을 식별할 수 있었다……. 귀신불을 통제하고 주변 건물로 불이 번지는 걸 막을 수 있었지만 이미 불에 타고 있는 건물의 운명을 바꾸지는 못했다. 그래서 그들은 가게가 불타게 내버려 둘 수 밖에 없었다.

불은 이른 아침이 될 때까지 거세게 타올랐다. 비브와 탠드리는 길거리에 서서 가게가 잿더미로 변하는 모습을 지켜보았다. 벽은 천천히 부서져 내리다가 갑자기 무너지기를 반복했다. 소용돌이치는 불길에 닿은 목재 역시 내부로 무너져 내렸다.

탠드리는 비브 옆에서 웅크리고 있었다. 사막의 바람이 훑고 지나간 것처럼 두 사람은 메마르고 건조해진 상태였다. 비브의 얼굴 피부는 벗겨졌고 허벅지에 입은 화상은 욱신거렸다. 레이니가 다리를 절며 다가와 그들에게 담요 두 개를 덮어주었다. 비브는 상처에 담요가 닿아 고통스러워 곧바로 담요를 벗었지만, 탠드리는 담요를 어깨에 두른 다음 손으로 담요 끝부분을 쥐고 여몄다.

지친 탠드리는 비브의 팔에 몸을 기댔다. 탠드리는 떠나자고 직접적으로 말하지는 않았지만 "언제든 준비가 되면 우리 집에서 지내요."라고 속삭였다.

비브는 그 제안을 받아들일 용기가 나지 않았다. 살갗의 열에도 불구하고 비브의 머리 꼭대기서부터 발바닥까지, 차가운 무언가가 쏟아져 내렸다. 툰에서 보낸 하루하루가 그렇게 빠져나가는 기분이었다. 빠져나간 자리는 공허함으로 대체되었다. 절망이 신체적 반응으로 나타난 것이다. 살면서 이토록 절망스러웠던 적이 있었던가.

이게 바로 탠드리가 말했던 걸까? 이걸 뭐라고 불렀더라…… *마법의 교환 원리?* 이게 바로 그런 걸까? 아니면 누구나 겪을 수 있었던, 단순한 불운일까?

비브는 알 수 없었지만, 그건 중요한 것 같지 않았다.

탠드리는 다시 에둘러서 말했다.

"피곤하지는 않아요?"

탠드리의 목소리는 쉰 상태였다. 귀신불에서는 연기가 많이 나지 않았지만, 그래도 마신 연기 때문에 목이 쓰라렸다.

"여기를 떠날 수 없어요. 아직은 안 돼요."

비브가 말했다.

서서히 힘을 잃고 있는 파괴의 중심부, 비브는 한때 돌이 있었던 자리를 응시했다.

비브는 돌이 아직 그 자리에 있는지 확인해야 했다.

아침이 밝았을 때 녹색 불꽃은 탁탁 소리를 내며 꺼졌다. 귀신불은 물리적인 연료를 다 먹어버리고 어둠이라는 연료도 다 먹어치운 것 같았다. 하지만 열기는 여전히 견디기 어려울 정도였다. 검게 변한 목재와 빨갛게 빛나는 기와에는 가까이 다가갈 엄두가 나지 않았다.

탠드리는 비브를 설득했고 둘은 결국 레이니의 현관에 앉았다. 검게 변한 목재는 전보다 정상적인 연기를 내뿜었다. 마법의 불은 드디어 꺼진 것 같았다. 유해 물질로 뒤범

벽된 검은 연기는 회오리 구름처럼 하늘로 올라가다가 강에서 불어오는 바람을 만나 여기저기로 흩어졌다.

레이니는 빗자루에 몸을 지탱하고 그들 뒤에 서있었다. 비브가 쉰 목소리로 물었다.

"레이니, 혹시 양동이 좀 빌릴 수 있을까요?"

비브는 빌린 양동이를 양손에 하나씩 들었다. 그녀는 여전히 맨발에 민소매 속옷, 짧은 반바지 차림으로 우물로 걸어갔다. 우물에서 양동이 가득 물을 길어 문이 있던 자리의 재 위에 끼얹었다. 물방울이 튀어 오르고 잿더미가 가라앉는 소리가 났다. 물까지 증발시켰던 녹색 불은 이제 사라져 버렸다.

비브는 다시 우물로 가서 물을 긷고 다시 뿌렸다. 그리고 다시, 또다시. 그렇게 조심스럽게 커다란 테이블이 무너진 자리로 다가갔다.

물을 길어온 횟수는 헤아릴 수도 없었다. 비브가 지나온 자갈길 위에는 피 묻은 발자국이 남았다. 다리 위에는 재가 두껍게 쌓였고 허벅지는 따끔거렸다.

탠드리는 현관에서 비브를 지켜보았다. 그녀는 구태여 비브를 말리지 않았다. 말려도 소용없다는 사실을 잘 알고 있었다.

열기는 강렬했다. 비브는 우물에서 돌아오기 전에 몸 위로 물을 끼얹었지만, 물은 순식간에 말라버렸다. 물을 뿌린

직후에는 재가 진흙처럼 진득해졌다가 곧바로 퍼석하게 말라서 다시 갈라져 버렸다.

거리에 있던 사람들은 조금 줄어들었지만, 남은 구경꾼들은 서로 수군거리며 비브가 안으로 들어가는 모습을 지켜보았다.

비브가 넋 나간 상태로 끝나지 않을 것 같은 일을 반복하는 동안 탠드리는 잠깐 사라졌다가 돌아왔다. 조랑말이 끄는 마차, 그리고 칼과 함께였다. 그들은 주위에 있던 사람들의 도움을 받아 커피 머신과 금고를 마차에 실었다. 칼은 마차를 끌고 다시 떠났다.

비브는 크게 신경 쓰지 않았다. 테이블을 구성했던 나무는 남아있지 않았다. 이미 부서져서 타버렸고 일부는 재가 되었다. 양동이의 물이 떨어지자마자 재는 소금처럼 스르르 녹아버렸다.

비브는 무릎을 꿇고 잿더미를 긁어내다가 아래 숨어있던 불에 손을 데었다. 그녀는 일어서서 피투성이가 된 발로 잿더미를 찼다. 그러자 판석이 드러났다.

연기를 들이마신 비브는 거칠게 기침을 뱉으며 판석을 응시했다. 그녀는 한 번 더 양동이에 물을 받아와 쌓여있던 재를 씻어내고 판석 표면을 식혔다. 그러고는 검게 그을린 금속 꼬챙이를 지렛대 삼아 판석의 가장자리를 들어올렸다. 꼬챙이를 테이블 잔해 속으로 던지자, 회색 먼지가 공중으로 피어올랐다.

비브는 무릎을 꿇고 앉아 화상 입은 손으로 뜨거운 흙을 파냈다. 그 안에는 아무것도 없었다. 당연한 일이었다.

비브는 거리로 나왔다. 물속을 걷는 듯한 기분이었다. 소리는 저 멀리서 들리는 것 같았고 중력은 사라져 공중을 둥둥 떠다니는 것 같았다. 비브는 희망을 잃은 얼굴로 탠드리를 응시하더니 비틀거리며 다가갔다.

비브는 갑자기 나타난 렉을 보고 깜짝 놀랐다. 그는 사람들 틈을 비집고 빠르게 걸어왔다. 그는 곱게 개어진 옷과 천으로 만든 신발 두 켤레를 들고 있었다. 비브와 탠드리에게 옷가지를 건넬 때 렉은 아무런 말도 하지 않았지만, 비브는 모여있는 사람들 사이로 반짝이는 고급 회색 원피스를 보았다. 비브를 본 마드리갈은 점잖게 고개를 끄덕인 다음 품위를 지키며 천천히 거리를 걸어갔다.

"고맙습니다."

탠드리가 갈라진 목소리로 겨우 말했다. 비브는 렉이 건네는 물건을 받았다.

렉이 그들에게 뭔가를 중얼거렸지만, 비브는 그 말을 완전히 이해하지 못했다. 어렴풋하게 이해한 상태로 멍하니 서서 옷가지를 응시했다.

어느 순간 비브는 자신이 앉아있다는 것을 알아차렸다. 언제 앉았는지는 기억나지 않았다. 흐리멍덩하게 앞을 바라보던 비브의 시야가 흐릿해지면서 연기로 인한 눈물이 흘러내렸다.

익숙한 목소리가 들렸다.

"아, 이럴 수가……."

목소리의 주인을 알아차린 비브가 눈을 깜박였다. 고개를 돌리고 눈을 가늘게 뜨자, 팀블이 희미하게 보였다. 탠드리는 무릎을 굽힌 상태로 팀블을 마주 보고 조용히 대화를 나누었다.

비브는 눈을 감았다. 다시 눈을 떴을 때 팀블은 사라진 후였다. 시간이 얼마나 흐른 걸까. 비브는 알 수가 없었다.

탠드리가 비브 곁에 있었다.

"그가 왔어요."

탠드리는 비브의 어깨에 손을 얹었다. 탠드리가 말한 곳에는 칼이 있었다. 그는 조랑말이 끄는 마차와 함께 왔다. 탠드리는 조심스레 비브를 이끌어 마차 뒤에 눕게 했다. 비브의 발은 마차 밖으로 빠져나왔지만 개의치 않았다. 비브는 축 늘어진 채 하늘을 가르며 올라가는 검은 연기 띠를 응시했다.

탠드리와 칼의 대화가 마치 먼 곳에서 들려오는 것처럼 귓전에 윙윙거렸다. 돌길을 지나는 마차가 달그락거리는 소리가 들렸다. 불에 탄 가게의 냄새는 옅어졌지만, 여전히 따라붙었다. 잿가루는 그들이 지나가며 만들어 낸 바람을 따라 흩날리는 눈송이처럼 날리더니 사라져 버렸다.

마침내 마차가 멈추고 누군가 비브를 계단 위로 데리고 갔다. 비브는 어느새 탠드리의 방 안에 있었다. 탠드리는 비브를 나무 의자 위에 앉혔다. 의자는 비브의 무게를 감당하느라 삐걱댔다. 잠시 사라졌던 탠드리는 젖은 수건을 가지고 돌아왔다. 그녀는 가능한 한 부드럽게 비브의 살갗을 문질렀지만, 전신에 화상을 입은 비브는 수건 표면의 짧은 돌기들이 사포처럼 느껴졌다.

탠드리는 비브를 렉이 주고 간 옷으로 갈아입힌 다음 침대에 눕혔다.

비브는 어떻게든 의식을 놓지 않기 위해 눈을 감지 않으려고 했다. 하지만 눈을 깜박였을 때 비브는 꿈도 존재하지 않는 어둠 속으로 빠져버렸다.

비브는 천천히 깨어났다. 신체 감각은 조금씩 살아났지만, 절망감은 깊어졌다. 눈을 뜨자, 덮고 있는 담요가 피부에 스쳐 타는 듯한 고통이 느껴졌다. 처음에는 다시 눈을 감고 잠의 망각 속으로 빠져들기를 간절히 바랐지만, 비브는 잠들지 못했다.

"일어났네요."

탠드리가 말했다.

비브는 고개를 돌렸다. 몸 전체가 욱신거렸다. 발에서는 불타는 것 같은 통증이 일었다. 탠드리는 턱까지 담요를 올리고 의자에 앉아있었다. 눈두덩이는 멍이 든 것 같았고 머리칼은 그을려 있었다. 얼룩진 뺨에는 눈물 자국이 선명하게 남아있었다. 두 사람의 몸과 마음에 남은 상처처럼 매캐한 연기 냄새가 짙게 배어있었다.

"네."

비브가 속삭였다. 그 이상의 말을 뱉기 어려웠다. 비브는 갈증이 난다는 사실을 깨달았다. 그건 분명하게 느낄 수 있는 감각이었다. 물이 필요했다.

탠드리는 비브의 생각을 알아차린 듯이 담요를 두른 채 일어나 화장대 앞으로 느릿느릿 걸어갔다. 그리고 물이 가득 찬 주전자를 가져왔다.

비브는 가까스로 몸을 세우고 급하게 물을 마셨다. 단 몇 모금 만에 주전자는 바닥을 보였다.

"고마워요."

비브가 말했다. 비브는 턱에 흥건한 물기를 닦을 생각도 하지 못했다. 차가운 물이 피부의 열기를 가라앉혀 주었다. 비브는 탠드리에게 이 말만큼은 꼭 해야 한다고 생각했다.

"미안해요."

"뭐가요?"

댄드리는 지친 얼굴을 찡그리며 물었다.

"불 속에서 나를 구해준 거요? 내가 그렇게나 대단한 도움이 됐던 거요? 우리 둘 다 애미티한테 고마워해야겠죠."

댄드리는 소리 없이 웃었지만, 표정은 고통스러워 보였다.

"다시 가봐야 해요."

비브가 말했다.

"지금요? 어째서요? 뭣 때문인지 모르겠지만 나중에 해도 돼요. 거기서 건질 수 있는 건 이제 아무것도 없어요."

"확인해 봐야 할 게 있어요."

댄드리는 비브를 바라보다가 한숨을 쉬고 어깨를 으쓱했다.

"그럼, 같이 가요."

"댄드리, 눈 좀 붙여요. 내가 잠자리를 뺏었으니까."

"어차피 당신이 어디에 있는지 모르는 상태로는 잠들 수 없어요. 잠은 나중에 자도 되고요."

비브는 앓는 소리를 내며 일어나 앉았다. 비브는 발을 뻗어서 마드리갈이 준 신발을 신었다. 발바닥이 쓰라려서 입을 꽉 물고 신음했지만, 어떻게든 참아냈다.

비브가 댄드리의 방을 나왔을 때 밖은 땅거미가 젖어 드는 늦은 오후가 되어있었다. 일곱 시간에서 여덟 시간가량 잔 것 같았다. 가게로 돌아가는 길은 아주 느렸다. 비브는 발을 조심스럽게 내디뎠다. 몇 시간 전까지만 해도 애써 무시할 수 있었던 고통이 강하고 날카롭게 찾아왔다. 비브는 탠드리가 말했던 마법 교환 원리를 떠올렸다. 원리에 따르면 무시당했던 고통은 눈덩이처럼 불어난 상태로 돌아오기 마련이었다.

완전한 파괴.

하루가 지나면서 열기가 많이 가라앉았지만, 여전히 뜨거웠다. 벽은 남아있지 않았다. 재가 쌓여 만들어진 언덕, 흔적만 남은 기둥, 부서진 돌들만이 건물이 있던 자리임을 알 수 있게 해주었다. 검게 그을린 잔해들만이 한때 이곳의 모습을 어렴풋이나마 떠올릴 수 있게 해주었다.

비브는 탠드리를 거리에 남겨두고 조심스럽게 발을 옮겨 폐허 안으로 들어갔다. 비브는 카운터가 있던 자리 뒤에 서서 불이 지나간 이후의 잔해를 살펴보았다.

그리고 마침내 그것을 발견했다. 비브는 남아있을지도 모르는 열감을 대비하며 조심스럽게 손을 뻗었지만, 생각보다 차가웠다. 비브는 잿더미 속에서 블랙블러드를 꺼냈다. 열에 뒤틀린 칼에서 검은 입자들이 떨어져 내렸다. 칼자루를 감싸고 있던 가죽은 물론이고 칼자루와 날이 만나는 부분도 타버렸다. 칼코등이 부분도 녹아서 휘어졌다. 칼날은 뒤틀렸지만, 진주색 광택이 마치 기름때처럼 오색으로 빛났다. 날의 중앙, 길게 파인 홈에는 금이 가있었다. 날을 구성했던 강철은 비정상적인 불의 감당할 수 없는 열을 받아 손상돼 버렸다.

　비브는 고개를 숙이고 양손으로 검을 쥐었다. 이전 삶을 버리고 새 삶으로 향하는 다리를 건너왔다. 그리고 이제 폐허가 되어버린 새 삶 앞에 무릎을 꿇었다. 하지만 비브가 건너온 다리는 뒤에서 불타버렸다. 비브는 황폐한 곳에 남겨졌다.

　비브는 검을 다시 잿더미 속으로 던졌다. 그리고 자기 앞에 있는 유일한 길을 선택했다.

26

 비브는 탠드리의 집에서 지내기로 했다. 바닥이 익숙했던 비브는 바닥에 담요를 깔고 자겠다고 고집을 부렸다. 공허함에 잠식된 비브는 탠드리가 드나들었던 상황도 흐릿하게 인식할 만큼 바닥에 누워 눈을 감은 채 시간을 보냈다.

 사흘쯤 지났다고 생각했을 때 문 두드리는 소리가 났다. 탠드리가 문을 여는 소리, 누군가와 조용히 대화하는 소리가 이어지더니 방문이 열리고 누군가 들어왔다.

 "흠."

 비브는 눈을 뜨고 몸을 약간 돌렸다. 칼이 팔짱을 낀 채 비브를 내려다보고 있었다. 돌연 스스로가 한심하다는 생각이 들었다. 칼에게 자신의 약한 모습을 보이며 누워있는 이 상황에 화가 났다. 예전 같았으면 상대에게 이런 약점을 보인 자신을 바보 같다고 자책했을 터였다. 그런 부주의함은 그녀의 목숨을 백 번도 넘게 앗아갔을 것이다. 하지만 칼은 적이 아니었다.

칼은 의자를 끌어와 비브 앞에 앉았다. 그의 짧은 다리는 바닥에 닿지 않고 떠있었다. 그는 무릎 사이에 두 손을 모으고 비브가 일어나 앉을 때까지 기다렸다.

"칼."

비브는 갈라진 목소리로 그를 불렀다.

"가장 급한 건 청소랑 정리예요."

칼은 대답 대신 바로 본론으로 들어갔다.

"그다음에 자재, 인력을 구해야 하고요. 이번에는 우리 둘만으로는 역부족이에요."

"그게 다 무슨 소리예요?"

비브가 물었다. 비브의 목소리에는 짜증이 섞여있었다.

"재건해야죠. 재는 다 식었어요. 잔해와 재는 다 치울 거고요. 폐기물 처리장까지 열 번 정도 왔다 갔다 하면 될 거예요. 일꾼을 한두 명 고용하면 더 빠를 거고요."

"재건이요?"

비브가 그를 올려다보았다.

"칼, 그럴만한 돈이 없어요. 만약 돈이 있다고 해도 이제는 중요하지 않아요."

"탠드리가 말해줬어요. 그 돌의 비밀이요."

칼이 어깨를 으쓱했다.

"어쩌면 지금은 상황이 안 좋을 수도 있겠지만, 당신은 그런 정도의 타격에는 꿈쩍도 안 할 사람이라고 생각했어요."

비브는 자신을 바라보고 있던 탠드리를 보았다.

"그렇다고 상황이 바뀌지는 않아요."

비브가 말했다. 망가진 금고는 한쪽에 놓여있었다. 비브가 잠든 사이 탠드리와 칼이 그곳에 금고를 둔 모양이었다. 비브는 금고를 끌어당겼다. 비브는 목에 걸려있던 열쇠로 자물쇠를 따고 뚜껑을 열었다. 금화 일곱 닢, 은화 한 줌, 여기저기 흩어진 동화 몇 닢이 전부였다. 가장 가치가 높은 백금 주화는 바닥난 지 오래였다.

"몇 년간 모은 돈이었어요."

비브가 물기 어린 목소리로 말했다.

"현상금. 손에 피를 묻히고 번 돈이었죠. 이제 거의 다 사라졌네요."

비브의 눈에는 절망과 분노의 빛이 깃들었다.

"가게도, 돈도 다 잃었어요. 남은 게 없어요. 시작할 때 가졌던 것에 비하면 아무것도 없는 수준이라고요."

비브는 탠드리를 바라보았다. 탠드리는 비브의 절망적인 말에 인상을 찌푸리고 있었다.

"그걸 뭐라고 했었죠……. 마법 교환 원리? 음, 이게 바로 그거네요. 반작용이요."

비브는 어느새 커다란 송곳니를 드러내고 있었다. 겨우 아물기 시작한 피부가 두개골 쪽으로 팽팽하게 당겨졌고 머리는 깨질 듯 욱신거렸다.

마음 한편으로는 친구인 이들에게 상처를 주고 있다는 사실을 알고 있었다. 이제는 뒤로 했다고 여겼던 과거의 자신, 잔인했던 모습이 기어이 잔해 속을 비집고 기어 나왔다. 비브의 일부분은 이제 그만하라고 외쳤지만, 잔인한 자아 앞에서는 소용이 없었다. 반대편 자아는 너무 작고 약해진 상태라 끼어들기조차 어려웠다.

"전부 망쳐버렸다고, 제기랄."

비브가 울부짖었다.

"나는 기회를 날려버렸고 이제 두 번째 기회는 없어요."

비브는 탠드리의 눈을 바라보며 의도적으로 말했다.

"벼랑 끝까지 내몰린 사람이 뭘 할 수 있겠어요. 그냥 이곳을 떠날래요."

탠드리는 머리를 크게 한 대 맞은 것처럼 충격받은 모습이었다.

순간적으로 강렬한 슬픔이 비브의 전신을 관통했다.

"시간이 약이에요. 조금 기다려 봐요."

칼이 특유의 거칠고 차분한 목소리로 말했다.

"제길, 시간이 지난다고 뭐가 달라지는데요?"

비브가 악을 쓰며 소리쳤다.

"그만 가보세요."

비브는 쉰 목소리로 맥없이 말했다. 칼이 조용히 일어나서 나가는 소리를 들었다. 비브는 탠드리도 나갔다고 생각했다. 하지만 어느새 탠드리가 곁으로 다가와 쪼그리고 앉았다. 탠드리는 화상 입은 비브의 뺨을 조심스럽게 어루만졌다.

탠드리는 비브에게 이마를 맞댔다. 며칠 전 기억이 되살아났다.

"길에서 당신이 했던 말, 생각나요? 불이 난 다음에요."

탠드리가 나직하게 물었다. 그녀의 숨결이 비브의 코와 입술에 닿았다.

"아니요."

비브는 모른 체했다.

"당신이 이렇게 말했잖아요. 그래도 전부 잃지는 않았다고요."

탠드리가 말을 멈추었다.

"그리고 내가 말했죠. 위험할 수도 있었다고요."

긴 정적이 따라왔다. 탠드리의 호흡은 느리고 달콤했다.

"지금에서야 당신이 했던 말이 무슨 뜻인지 알게 됐어요."

탠드리의 입술이 자신의 젖은 뺨에 닿기 전까지, 비브는 눈물을 흘리고 있다는 사실을 깨닫지 못했다.

비브는 눈을 뜨고 탠드리의 눈을 마주 보았다. 비브에게 시선을 고정한 탠드리의 표정은 침착했지만, 눈에는 눈물이 그렁그렁했다.

비브의 내면이 따뜻해졌다. 잠시나마 그들이 한때 공유했던 평온한 요새 안에 다시 들어온 것 같았다.

그때 난폭한 옛날의 비브가 다시 튀어나와 속삭였다.

'이게 바로 이 여자의 본모습이지. 그녀의 본심이라고. 너도 이미 알고 있잖아. 이 여자는 등불을 덮개로 감싸는 것처럼 자기 모습을 감추고 있다가 필요할 때만 드러내지. 너는 그녀가 부린 마법에 놀아나게 되는 거라고.'

음침하고 어두운 생각이 귀신불처럼 비브의 마음을 장악했다가 밝아오는 새벽 여명과 함께 증발해 버렸다.

비브가 이전에 몇 번 느꼈던 탠드리의 따뜻한 기운과 생동감 넘치는 기운은 이제 사라졌다.

그 어떤 신비로운 힘도, 그 어떤 영향력도, 그 어떤 속임수도 없었다.

마법 따위는 없었다. 과거에도 없었다. 단 한 번도 없었다.

비브는 탠드리를 바라보았다. 탠드리는 침착한 모습으로 비브의 결정을 기다리고 있었다. 탠드리는 상처받을 준비, 거절당할 준비, 받아들여질 준비. 세 가지 가능성 전부 두려웠지만 모든 상황에 대비해 마음의 준비를 단단히 하고 있었다.

비브는 손을 올려 탠드리의 그을린 머리카락을 귀 뒤로 넘겨주었다.

  비브는 숨을 들이마시고 고개를 앞으로 기울였다. 그리고 속삭이듯 가볍게 탠드리의 입에 입을 맞추고는 팔로 조심스럽게 탠드리를 감싸안았다.

  탠드리도 비브를 감싸안았다.

  칼의 예상은 빗나갔다. 열세 번이나 왔다 갔다 한 후에야 잔해를 전부 치울 수 있었다. 비브는 그가 어디서 조랑말과 마차를 빌렸는지 묻기 민망했다. 재, 깨진 기왓장, 돌 등을 삽으로 퍼올려서 마차에 싣는 작업에만 꼬박 일주일이 걸렸다.

  형체를 알아볼 수 없을 정도로 망가진 화덕은 비브의 손이 닿자마자 조각조각 부서졌다. 칼은 쓸만해 보이는 돌과 벽돌을 따로 추려서 한쪽 끝에 쌓아두었다.

  비브는 이마에 맺힌 땀을 팔로 훔치며 칼을 바라보았다.

  "여기 들어갈 돌, 목재, 자재를 어떻게 감당할 수 있을지 모르겠어요. 인건비는 말할 것도 없고요. 당장 이걸 치우는 게 무슨 의미가 있을까 싶네요."

  이제 비브의 목소리에서 분노는 찾아볼 수 없었다. 분노가 있던 자리는 체념이 대신했다.

칼은 모자를 한쪽으로 기울여 쓰고 기다란 귀를 당겼다.

"흠, 당신이 부두에서 했던 말 기억해요? '*누군가는 바보 같다며 피할 수도 있는 일을 당신은 포기하지 않고 하잖아요.*'라고 했던 거요. 그러니까 나도 이렇게 말할게요. 조금 더 바보가 되어보는 건 어떻겠어요?"

비브는 적절한 대답이 떠오르지 않아 짐을 나르는 일로 돌아갔다. 생각을 끊어내기 위해 몸 쓰는 일에 몰두했다.

비브는 팬드리가 류트도 없이 이틀 연속으로 온 것에 놀랐다. 그는 긴장한 모습으로 도움이 되고 싶다고 말했다. 팬드리는 돌을 운반하기 완벽한, 커다랗고 거친 손의 소유자였다. 비브가 돈을 주겠다고 제안했지만, 그는 제안을 거절했다.

"아니에요."

팬드리가 고개를 저으며 말했다. 그게 다였다.

때때로 탠드리는 물과 빵, 치즈를 가지고 나타났다. 비브는 일부러 탠드리에게 시선을 고정하지 않으려고 애쓰며 둘 사이에 있었던 입맞춤에 대해 깊이 생각하지 않으려고 노력했다.

칼이 벽돌과 자갈이 가득 실린 마차와 함께 도착했다.

"이건 어디서 난 거예요?"

칼이 마차에서 내릴 때, 비브가 물었다.

"아, 이것들은 채석장에서, 저것들은 강가에서요. 둘이 이것 좀 내려주세요. 나는 키가 작아서 손이 안 닿거든요."

칼의 말에 비브와 탠드리는 돌을 한쪽으로 옮겼다.

칼은 벽돌 몇 개를 쌓고 널빤지를 올려 임시 테이블을 만들었다. 그는 깃털 펜과 자를 들고 양피지 앞으로 몸을 숙였다. 탠드리 역시 양피지를 향해 몸을 구부리고 있었다.

비브가 숨을 헐떡이며 다가가자, 칼이 고개를 들었다.

"어차피 처음부터 다시 해야 할 거라면 이전보다 더 좋게 해야죠. 안 그래요? 부엌을 더 크게 만들면 화덕 두 개도 무리 없이 넣을 수 있어요. 자, 한번 보세요."

비브는 깔끔하게 그려진 그의 도면을 내려다보았다.

"저 아이한테 물 좀 가져다줘야겠어요."

탠드리가 멀리 있는 팬드리를 바라보면서 말했다.

"금방 올게요."

탠드리가 자리를 뜬 다음 비브는 칼을 바라보며 양피지를 가리켰다.

"여기는 다락이에요?"

"맞아요."

"좀 바꾸고 싶은 게 있는데……."

비브는 말을 멈추고 머뭇거렸다.

"만약에…… 만약 괜찮다면?"

"어서 얘기해 봐요."
비브는 칼에게 조용히 속삭였다.

칼이 나무와 못이 든 자루를 들고 다시 왔을 때, 비브는 수중에 남은 돈 전부를 칼에게 주었다. 비브의 강요에 칼은 저항하지 않았다. 비브는 그가 무슨 돈으로 이 자재를 전부 구매한 건지 궁금했지만 어느 시점부터는 더 이상 신경 쓰지 않기로 마음먹었다. 그러자 불안감과 해방감이 동시에 찾아왔다.

재건이 시작됐을 때부터 팀블은 매일 점심을 함께했다. 그는 바삭한 페이스트리 속에 따뜻한 고기가 들어간 파이, 시나몬 롤을 담은 자루를 가지고 왔다. 그가 오면 다들 일을 멈추고 약간 올라간 벽 안에 둘러앉아 화기애애하게 음식을 먹었다.

때때로 레이니는 절뚝거리며 길을 건너와 잔소리를 하기도 했다. 그녀는 불을 보면서 혀를 끌끌 차기도 했고 롤빵 하나를 몰래 가지고 가기도 했다.

알고 보니 팬드리는 꽤 실력 있는 석공이었다. 하지만 비브를 제외하고는 누구도 그 사실에 놀라지 않는 듯 보였다.

"아, 맞아요."

그는 빨개진 얼굴로 뒤통수를 긁으며 말했다.

"가족 사업이거든요."

어느 날 반쯤 올라간 벽돌의 가장자리를 자갈로 덮고 있을 때 해밍턴이 조심스럽게 안으로 들어왔다. 그의 가방에는 책 대신 도구가 들어있었다.

"안녕하세요."

그는 약간 쑥스러워하면서 말했다.

"햄."

비브는 그를 보고 놀라며 말했다.

"생각해 봤는데요······. 음, 기초 작업에 방어막을 좀 설정하면 좋아하실 것 같아서요."

그는 겸연쩍은 듯 웃었다.

"불을 막아주는 방어 문구를 넣는 것도 좋지 않을까요?"

"그런 게 가능한 줄 몰랐어요. 그 제안을 거절한다면 여기 있는 모두가 나를 멍청이라고 욕하겠죠."

비브가 대답했다.

"맞아요. 그럴 거예요."

회반죽을 개고 있던 탠드리가 자리에서 일어나면서 말했다. 탠드리는 해밍턴에게 미소를 짓고 비브를 향해 눈썹을 치켜올렸다. 탠드리는 평소의 스웨터 차림이 아닌 작업용 셔츠 차림이었고 뺨에는 회색 얼룩이 묻어있었다. 비브는 탠드리의 모습이 눈이 부실 정도로 매력적이라고 생각했다.

"음, 그렇다면 지금 당장 시작할까요?"

해밍턴이 말했다. 그는 가방에서 여러 가지 장비를 꺼낸 다음 건물의 네 귀퉁이와 각 벽의 중간지점으로 가서 뭔가를 적고 새겼다. 그는 분주하게 이동했다. 비브는 나중에 탠드리에게 자세한 내용을 물어봐야겠다고 생각했다.

만약 스캘버트의 돌이 이곳으로 무언가를 끌어당겼다면 그 무언가는 아직 이곳에 있을지도 모른다. 비브는 그렇게 믿었다.

27

 건물의 골조 공사를 마무리하는 데는 일주일이 걸렸다.

 공사 중간에 점토로 만든 기왓장을 가득 실은 수레가 도착했다. 비브는 칼을 바라보았고 그는 어깨를 으쓱해 보였다.

 비브는 마부에게 다가가 물었다.

 "이게 다 뭐죠?"

 마부는 덩치가 큰 남자였다. 수염은 덥수룩했고 몸집도 건장했다. 그의 옆에 있는 남자는 말랐지만, 근육이 발달한 체형이었다. 비브는 전에 그들을 본 것 같다는 느낌이 들었지만, 어디에서 만난 건지 기억이 나지 않았다.

 "배달이요."

마부가 말했다.

"네. 그런데 누가 보낸 거예요?"

"그건 말할 수 없어요."

그는 어떤 개인적인 감정도 없다는 듯 무심하게 말했다.

"그러면 돈은요? 돈은 내지 않아도 되나요?"

그는 고개를 젓고 동료와 함께 마차에서 내리더니 기왓장을 건물 앞에 쌓아두기 시작했다.

마침내 비브는 그들을 기억해 냈다. 몇 주 전, 렉의 무리에 있던 사람들이었다. 깜짝 놀란 비브는 고급스러운 회색 원피스를 떠올리며 미소를 지었다. 그리고 생각을 떨쳐내려는 듯 고개를 흔들며 다시 일에 집중했다.

칼이 도르래를 설치했다. 지붕에 기와를 올리는 일은 고된 작업이었지만 비브는 기왓장을 양동이에 담아 끊임없이 끌어올렸다. 그렇게 일주일이 지나자, 드디어 지붕이 완성되었다. 그들은 마음이 조금 편안해진 상태로 벽 작업을 시작했다. 팬드리는 이틀에 한 번 꼴로 나타났고 탠드리는 고무망치와 못을 다루는 데 능숙해졌다.

다른 도움들이 왔다 가기를 반복했다. 비브는 그들이 대체 어디서 오는지 알 수조차 없었다. 칼이 고용한 사람들일까, 아니면 마드리갈이 보낸 사람들일까, 아니면 지나는 길에 우연히 보고 도움을 주고 간 걸까. 비브는 더 이상 추측하지 않기로 했다.

이제 나무와 돌로 새롭게 완성되어 가는 가게의 뼈대가 보였다. 다락으로 향하는 제대로 된 계단이 생겼고 식료품 저장실의 위치가 바뀌었으며 가게 앞쪽으로 더 많은 창을 낼 수 있게 창틀이 추가되었다.

팬드리는 동쪽 벽을 따라 이중으로 된 굴뚝을 만들었다. 동쪽 벽에는 난로가 놓일 공간이 이미 마련되어 있었다. 지하에 새로 만든 차가운 음식 저장고도 팬드리가 깔끔하게 마무리했다.

팀블은 매일 따뜻하고 먹음직스러운 음식을 가지고 왔다. 그는 더 넓어진 부엌 공간을 수도 없이 바라보았다.

애미티도 가끔 모습을 드러냈다. 연기를 잔뜩 마신 애미티의 상태가 나빠 보이지 않아 다들 안심했다. 물론 원래의 털도 그을린 것처럼 지저분했기 때문에 애미티가 정말 괜찮은 것인지 알기는 어려웠다. 애미티는 커다란 회색 유령처럼 노출된 구조물 사이를 비집고 다녔다. 마치 자신이 이곳의 주인이라도 된다는 듯 주의 깊게 내부를 둘러본 다음 사라져 버리고는 했다.

3주가 지나자, 벽이 완성되었다. 벽은 석고로 마감되었고

흰색으로 칠해졌다. 계단과 난간이 설치되었고 카운터와 부스 좌석, 테이블도 다시 들어섰다. 여름이 안녕을 고하는 시기였다. 가을의 시린 공기가 아침저녁으로 그들을 괴롭혔다.

목재, 자재는 계속 등장했다. 비브는 완공 후 칼을 통해 자재의 출처를 알아내고 여유가 생기자마자 도움을 준 사람들에게 신세를 갚기로 마음먹었다.

그리고 여전히 탠드리의 방 바닥에서 잠을 잤다. 탠드리에게 폐를 끼친다는 사실이 미안해 수중에 있는 약간의 돈을 가지고 근처 여관으로 옮기거나 방을 빌리려는 소극적인 시도를 몇 번 했지만 눈치가 빠른 탠드리가 바보 같은 짓은 그만두라고 말했다. 그곳에서 지내는 게 좋기도 했다. 그리고 가장 중요한 건 비브는 탠드리와 논쟁하고 싶은 마음이 없었다.

여느 날처럼 고된 하루가 마무리되었다. 비브와 탠드리, 칼. 세 사람은 저물어 가는 빛 속에 서있었다. 그들은 가게 정면, 아직 유리가 없는 어두운 창틀을 바라보았다. 비브가 창틀 위에 임시로 천을 덮어두어야 할지를 두고 고민하고 있을 때 누군가 다가왔다.

아래쪽을 바라보자, 두리아스가 고개를 끄덕이며 그들에게 인사를 건넸다. 몸집이 큰 애미티는 호위무사처럼 그의 뒤에 서있었다. 딱히 놀라운 모습은 아니었다.

"계속 이곳에 남기로 했다니, 다행이에요."

그는 비브를 올려다보며 웃었다.

"이렇게 멋진 커피를 다시 마시지 못한다면 정말 아쉬웠을 거예요."

"그건 이분들 덕분이죠."

비브가 말하면서 팔꿈치로 탠드리를 살짝 찔렀다.

"여기 있는 두 사람이 그걸 가능하게 해줬거든요."

비브는 두 친구를 가리켰다.

탠드리는 생각에 잠긴 상태로 가게를 계속 응시했다.

"아마 그 돌은 아무것도 하지 않았을 거예요."

탠드리가 중얼거렸다.

"흠."

칼은 탠드리의 말에 동의했다.

"돌이요?"

두리아스가 하얗게 센 눈썹을 이마 위로 치켜올리며 물었다.

비브는 구태여 숨길 이유가 없다고 생각했다.

"스캘버트의 돌이요. 제가 두 번이나 멍청한 짓을 한 것 같지만, 예전에 들었……."

"아, 그거."

두리아스가 고개를 끄덕거리면서 비브의 말을 끊었다.

"나도 잘 알고 있죠. 요즘에는 그걸 찾기 어려운 이유가 있어요. 안타까운 일이지만 하도 사냥을 당해서 스캘버트가 멸종위기에 놓였거든요."

"정말이에요?"

두리아스의 말은 비브의 관심을 단박에 사로잡았다.

"세월이 많이 흘렀지만, 수많은 전설과 노래가 그들을 신격화했어요. '행운의 고리'라든지 하는 헛소리들을 꾸며냈고요."

그는 우수에 찬 표정으로 고개를 저었다.

"행운, 돈을 불러다 준다는 부적 같은 거 말이에요. 한때는 그렇게 믿는 사람들이 많았어요."

"그게 사실이 아니에요?"

탠드리가 물었다.

"글쎄요."

두리아스는 자신의 수염을 잡아당기며 대답했다.

"사람들이 바란 결과가 나오지는 않았죠."

"그러니까…… 아무런 의미가 없었다는 거네요."

비브는 씁쓸한 표정으로 고개를 흔들었다.

"제기랄, 결국 그것 때문에 가게가 불타버렸잖아. 돌을 가게 안에 보관하지만 않았어도 페누스가 끼어들 일은 없었을 텐데. 이 모든 상황을 피할 수 있었을 거라고요."

두리아스가 고개를 한쪽으로 기울인 채 상념에 빠진 듯 얼굴을 찌푸렸다.

"그렇게 확신할 일은 아닌 것 같아요."

"그렇지만 지금 말씀하신 게……."

"사람들이 바랐던 결과가 아니라고 한 거지, 효과가 아예 없다는 소리는 아니었어요."

"결과가 어땠는데요?"

칼이 물었다.

"옛날 노래 가사는 사람들의 오해를 불러일으켰어요. 그 돌이 행운을 불러오는 건 아니지만, 뭔가를 불러 모으는 건 사실이에요. 요즘에는 그걸 아는 사람이 거의 없는데 '행운의 고리'는 옛 바다 요정들의 문구예요. 그리고 그 뜻은 내가 알기로는 운명의 집단이에요. 비슷한 것끼리, 비슷한 사람들끼리 모이게 만드는 거죠. 물론 그건 행운일 수도 있어요. 상황에 따라서는 그보다 더한 행운이 없죠! 하지만 그건 사람들이 원했던 게 아니었어요."

비브가 중얼거렸다.

"행운의 고리를 끌어당기고, 가슴 속 열망이 이루어진다네."

생각에 잠겼던 두리아스의 표정이 날카롭게 바뀌었다.

"음…… 그게 여기서는 좋은 쪽으로 작용한 것 같네요. 효과가 있었어요."

비브는 탠드리와 칼은 차례로 본 다음 다시 가게를 바라보았다.

"밤이 늦었네요!"

두리아스는 모자를 벗으며 말했다.

"날이 추워진 걸 보니 시간이 많이 지난 것 같아요. 나이가 들고부터는 해가 진 후에 불을 피운 곳에 있지 않으면 몸이 말을 안 듣거든요. 축하를 받아도 될 것 같은데, 안 그래요? 아니면 축하하기에는 조금 이른가? 내가 타이밍에는 조금 약해서."

"축하요? 가게를 다시 지은 거요?"

"그것도요! 그런데 내가 말한 축하는…… 음, 아니에요. 신경 쓸 것 없어요. 가끔은 이게 몇 번째 반복되는 건지 나도 헷갈린다니까요. 어쩌면 내가 김칫국부터 마시는 걸 수도 있어요! 자, 다들 좋은 밤 되세요!"

두리아스는 돌아서서 길을 따라 사라졌다. 애미티가 그림자처럼 그의 뒤를 따라갔다.

며칠 후 문과 창문이 설치되었다. 이후 커다란 상자 두 개가 실린 거대한 마차가 도착했다. 마차와 함께 예상치 못한 방문객들도 그녀를 찾아왔다.

룬과 갈리나가 마차 위에 나란히 앉아있었다.

"혹시 이게 내가 생각하는 그 물건이야?"

비브가 물었다. 가장자리에 노움의 문양이 새겨진 상자는 새 화덕이 들어가기에 적당한 크기로 보였다.

"아마도, 그럴 거야."

룬은 말하고 조심스럽게 아래로 내려와 돌길에 발을 디뎠다. 비브가 갈리나에게 손을 내밀며 가까이 다가갔지만, 갈리나는 그녀에게 날카로운 시선을 던진 다음 우아하게 길바닥으로 뛰어내렸다.

"이게 다 너의 소녀 때문이야."

갈리나는 탠드리가 있는 쪽을 바라보며 말했다. 탠드리는 가게에서 나오고 있었지만, 그들의 대화를 듣기에는 멀리 있었다.

"내 소녀라고?"

비브가 낮은 목소리로 되물었다.

갈리나는 어깨를 으쓱하더니 뽐내는 듯한 미소를 지었다.

"이걸 가져오셨네요!"

탠드리가 말했다. 비브의 표정을 본 탠드리는 약간 주저하더니 발걸음을 늦추었다.

"이걸 주문한 거예요? 탠드리, 대체 어떻게 이 많은 걸……"

"우리의 작은 기부로 생각해."

룬이 비브의 말을 끊으며 말했다. 그는 말 두 마리 중 하나의 옆구리를 쓰다듬었다.

"탠드리가 편지를 보냈지. 그래서 네게 무슨 일이 있었는지 알게 됐어."

갈리나가 말했다.

비브는 탠드리를 바라보면서 돌을 떠올렸다.

"전부 다요?"

탠드리는 심호흡 후 결연하게 말했다.

"전부 다요."

"그렇다면 너희 둘 다 스캘버트의 돌에 관해서 알고 있는 거야?"

그녀는 옛 동료들에게 물었다.

"그딴 걸 누가 신경 써?"

갈리나는 그런 건 별로 중요한 게 아니라는 듯 손을 흔들었다.

"페누스."

룬이 갑자기 거칠고 공격적인 투로 말했다.

"그를 본 적이 있어?"

비브가 물었다.

"못 본 지 몇 주 됐어. 안 좋게 헤어졌거든. 조금 이상한 자식이라는 건 알고 있었지만, 이렇게까지 했다고?"

갈리나는 노여워하며 고개를 흔들었다.

"그딴 자식은 절대로 봐줘서는 안 돼."

룬이 거들었다.

"그나저나 이걸 내려놓게 좀 도와줘."

비브는 룬과 함께 상자를 옮겼다. 비브가 다음 날 아침에 칼이 상자를 열 수 있게 한 곳에 모아 정리하는 사이 룬은 마차를 마구간에 가져다두러 갔다.

"자, 그래서……."

갈리나가 입을 열었다. 세 사람은 비브가 가쁜 숨을 고르는 동안 상자에 기대어 서있었다. 갈리나는 늘 지니고 다니는 단검을 하나 꺼내 무의식적으로 가지고 놀았다.

"페누스 말이야. 네가 전에 그랬지. 더 이상 네 손을 더럽히고 싶지 않다고. 보아하니 그 말을 잘 지키는 것 같네. 그건 인정해. 지금 이곳이 엉망이 되기는 했지만, 아무튼."

그녀는 탠드리 앞에서 칼을 흔들었다.

"너희 둘 다 폭력을 싫어하는 건 알겠어. 하지만 내가 이걸로 페누스의 손가락을 세 개 정도 가져올 수 있다면 그걸 굳이 반대하지는 않을 거지? 그렇지?"

탠드리는 일부러 허리를 펴며 과장된 몸짓을 해 보였다.

"나한테 묻지 마세요. 지금 허리가 너무 아파서 현명한 판단을 내리기 어려우니까."

비브가 턱을 만지며 생각에 잠겼다.

"만약 두리아스의 이야기가 사실이라면 그럴 필요가 없을지도 몰라."

"두리아스?"

갈리나가 얼굴을 찌푸렸다.

"늙은 노움. 너도 알만한 유형이야. 아주 신비로워. 그의 말에 따르면 돌은 내가 생각했던 방식으로 작동하지 않아. 그가 뭐라고 했더라?"

"비슷한 걸 끌어당긴다고요."

탠드리가 정확하게 기억해 냈다.

"맞아. 페누스가 그걸 가지고 있으면 그에게도 비슷한 일들이 일어날 거야."

"여러 명의 페누스가 모인다는 거지?"

갈리나가 얼굴을 찡그렸다.

비브는 어깨를 으쓱했다.

"어쩌면 굶주린 늑대들을 우리 하나에 가두는 꼴이 될지도 몰라. 그들 중 가장 약한 놈부터 먹어치우겠지, 시간문제야. 결국에는 서로를 죽이게 될 거야."

"그래도 그의 손가락을 얻지 못한다는 게 실망스럽기는 하네."

갈리나가 말했다.

"가게를 다시 열면 너한테 어떤 걸로 보답할 수 있을지 생각해 볼게."

"롤빵이 될 수도 있고."

갈리나는 생각하던 걸 소리 내서 말해버렸다.

비브는 상자 윗부분을 손가락으로 두드리면서 말했다.

"갈리나, 그건 넘치게 챙겨줄 수 있어."

28

날씨는 완연한 가을로 접어들었다. 다시 카페 문을 여는 날이 다가오고 있었다. 사소한 일거리 때문에 예상보다 시간이 더 걸렸고 마지막 2주는 느리게 흘러갔다. 마무리 작업으로 등불을 걸고 새 샹들리에를 달고 테이블과 카운터 상판에 스테인 처리를 하고 광택을 냈다. 화덕과 실링 팬 두 개도 새로 설치했다.

비브는 갈리나에게 돈을 빌려 몇 가지 특별한 물건을 주문했다. 갈리나는 두 달 안에 돈을 갚지 않으면 자신의 단검을 써야 할지도 모른다고 농담했지만, 비브는 자신의 모든 인간관계에서 우정 이상의 무언가를 받았다고 생각했다. 그리고 그들에게 신세를 갚을 몇 개의 아이디어를 가지고 있었다.

새 화덕 두 개, 넓어진 식료품 저장실과 지하 저장실, 널찍한 카운터 뒤의 공간을 둘러본 팀블은 감탄을 금치 못했다. 그는 주방의 끝에서 끝으로 재빠르게 움직이면서 탠드리가 준비해 둔 새 조리도구를 점검하고 화덕을 자세히 들여다보았다. 그리고 애정이 담긴 손으로 화덕을 쓰다듬었다.

팀블은 비브 앞에 서서 두 손을 앞으로 모으고 살짝 고개를 숙였다.

"완벽해요."

그가 속삭였다. 기름방울처럼 반짝이는 팀블의 눈이 그렁그렁했다. 비브는 팀블의 눈높이에 맞추어 무릎을 꿇었다.

"말했잖아요. 최고의 제빵사에게는 최고의 주방이 필요한 법이라고요."

팀블은 놀라움을 감추지 못한 채 비브의 팔뚝 하나를 끌어안고는 식료품 저장실로 사라졌다.

비브는 목이 메었다.

새로 문을 여는 날 아침, 비브는 눈을 떴다. 탠드리는 보이지 않았다. 평소답지 않은 일이었다. 하지만 화장대에 남겨진 쪽지를 보고 불안했던 마음이 가라앉았다.

— 볼일이 좀 있어요. 이따 카페에서 봐요.

비브는 차라리 잘된 일이라고 생각했다. 혼자 있을 때 물건을 받고 싶었기 때문이다.

비브는 '레전드앤라테'의 문을 열었다. 내부는 비어있었고 고요했다. 나무에 바른 광택제 냄새가 강하게 풍겼다. 서늘한 가을 냉기가 깊게 스몄다. 비브는 난로에 불을 붙이고 실링 팬이 돌아가는 모습을 멍하니 바라보았다. 커피 머신은 몇 달 전, 급하게 구출하는 과정에서 생긴 찍힌 자국과 흠집이 보이기는 했지만 조리대 위에서 반짝이고 있었다.

그녀는 계단을 올라가면서 난간을 손으로 쓸었다. 위층으로 올라가자 여전히 한기가 느껴졌지만, 부엌의 온기가 바닥을 통해 서서히 올라오고 있었다. 아침 햇살은 새로 난 창 모서리를 통해 비스듬히 들어와 빛 웅덩이를 만들었다. 칼은 정말이지 기적적인 일을 해냈다.

그때 문 두드리는 소리가 났다. 내려가 보니 짧은 수염이 난 젊은 드워프 두 명이 보였다. 그들은 찬 바람을 맞으며 양손을 비비고 발을 동동거리고 있었다.

"배달시키셨죠?"

둘 중 키가 더 큰 쪽이 망토 주머니에서 접힌 양피지를 꺼냈다.

"조립 서비스도요……?"

"네, 기다리고 있었어요. 나머지 문도 마저 열게요."

비브는 문을 양쪽으로 열었다.

그녀는 짐을 내린 다음 좁은 계단을 통해 위층으로 옮기는 일을 도왔다. 중간중간 약간의 욕설과 앓는 소리가 터져 나왔다.

물건의 포장을 푼 드워프들은 빠르게 조립하기 시작했다. 둘은 아주 효율적으로 일을 마쳤다. 비브는 배달 영수증에 서명하고 덕담을 건네며 그들과 인사했다.

비브는 위층에서 한 시간을 더 보냈다. 하지만 가만히 있지 못하고 초조하게 무언가를 계속 만지작거렸다. 계속 그러다가는 뭔가를 부수게 될 것 같아 멈추었다.

비브는 아무나 위층으로 올라가지 못하도록 아래층 계단 입구에 두꺼운 줄을 설치해 구획을 만들었다. 그녀는 식료품 저장실로 가서 신선한 원두 한 자루와 새 도자기 머그잔 한 개를 가지고 나왔다. 그때부터는 잡생각을 떨쳐버리려고 원두를 갈고 커피를 내리는 일에 몰두했다. 스팀이 내는 소리와 커피 향이 가게 전체에 퍼져 나갔다. 난로의 온기와 창틀에 엉겨 붙은 서리가 공존하는 가운데 긴장감이 스르르 녹아내렸다. 불이 난 후 처음 느껴보는 편안함이었다.

그녀는 카운터에 기대서 커피를 홀짝거리며 최근 출간된 책을 읽었다. 거리를 오가는 사람들의 흐릿한 형체를 바라보면서 만족감으로 채워진 이 특별한 순간을 만끽했다.

그때 쾅 소리와 함께 앞문이 열리면서 마법 같은 순간이 막을 내렸다. 차디찬 바람이 들어왔다. 문 앞에는 칼이 서있었다. 롱코트와 장갑으로 꽁꽁 싸매고 있는 그의 뒤로는 아직은 이르게 느껴지는 첫눈이 떨어지고 있었다.

"흠, 여기 있었네요. 잘됐군요."

그는 비브가 대답도 하기 전에 다시 밖으로 나갔다.

"이쪽은 괜찮아요."

그는 거리에 있는 누군가에게 말했다. 다시 모습을 드러낸 그는 탠드리와 함께 거대한 물건의 양 끝을 각각 들고 있었다. 물건은 종이와 끈으로 포장돼 있었다.

둘은 물건을 카운터에 기대놓고 뒤로 물러섰다.

탠드리의 얼굴은 추위 때문에 빨개져 있었다. 그녀는 서둘러 문을 닫았다.

"자, 둘 다 어서 난로 옆으로 가요. 올해는 겨울이 일찍 오는 것 같네요."

비브는 카운터를 돌아 나와 허리에 손을 얹고 커다란 물건을 바라보았다.

"이게 뭔데요?"

탠드리가 차가운 손을 비비며 말했다.

"가게를 운영하려면 꼭 필요한 거요."

그녀는 비브를 보면서 미소를 지었다. 약간의 불안감이

담긴 미소였다.

"지금…… 그냥 지금 열어보는 게 좋을 것 같아요."

칼 역시 고개를 끄덕이면서 장갑을 벗어 주머니에 넣었다. 비브는 무릎을 꿇고 매듭이 지어진 끈을 몇 초간 만지작거리다가 휴대용 칼을 꺼내 잘라버렸다. 거친 갈색 종이가 벗겨지면서 안에 있던 물건이 모습을 드러냈다.

간판이었다.

"불에 타버린 줄 알았어요."

비브가 나직이 말했다.

"구해냈죠. 전부는 아니지만."

칼이 말했다.

"잠깐만요……. 이건……?"

한때 대검 모양이 양각으로 새겨져 있던 자리에 검 모양의 금속이 붙어있었다. 강철. 그녀는 독특한 진주색 광택, 마치 기름띠처럼 오색으로 빛나는 광택을 알아차렸다.

"맞아요."

탠드리가 비브 뒤로 다가가면서 말했다. 그녀는 긴장한 모습으로 팔짱을 끼고 있었다.

"제가…… 그걸 챙겼거든요. 음…… 과거를 완전히 잊을 필요는 없을 것 같아서요. 아직은요."

탠드리는 말을 멈추었다가 재빨리 덧붙였다.

"과거의 당신이 어떤 사람이었는지, 잊어야 할 이유는 없어요……. 그게 당신을 여기로 이끌어 주기도 했고요."

비브는 새롭게 재탄생한 블랙블러드 위에 손을 올렸다. 지금은 작아진, 과거 자신의 정체성. 한동안 그것을 바라보았다.

"마음에 들어요?"

탠드리가 물었다.

"만약 마음에 들지 않으면 우리가 다시 뗄 수도……."

"완벽해요. 두 분이 블랙블러드를 구했다니, 믿을 수가 없어요."

비브는 일어나서 흘러내리려는 눈물을 참으며 두 사람을 껴안았다.

재개점 날, 눈이 끊임없이 내렸다. 첨탑에서부터 돌바닥까지, 눈은 툰 전체를 덮었다. 잿빛 하늘에 분홍빛 물이 들기 시작했고 그 때문에 동쪽 구름이 더 선명하게 보였다. 구름으로 미루어 보건대 더 많은 눈송이가 떨어질 것 같았다.

다시 만든 간판은 문 바로 위에 자랑스럽게 걸려있었다. 눈송이들은 마치 케이크 장식처럼 간판 구석구석에 내려앉았다.

비브와 탠드리가 먼저 도착해 난로에 불을 지피고 물통을 채웠다. 등불과 촛불을 밝히자, 내부는 아늑한 환영의 빛으로 가득 찼다. 팀블이 도착할 무렵, 우유 배달부가 크림과 버터, 달걀을 배달해 주었다. 팀블은 재료를 섞고 반죽을 치대서 공 모양으로 만들었다. 반죽이 부풀어 오르는 동안 아이싱 재료를 준비했다. 일하는 내내 콧노래를 흥얼거렸다.

칼이 도착했다. 그는 부츠에 묻은 눈을 털고 차가운 숨을 내뱉었다. 탠드리는 그를 위해 따뜻한 커피를 내렸다. 그는 커피를 들고 커다란 새 테이블로 가서 양손으로 따뜻한 머그잔을 감쌌다. 그들은 손님이 얼마나 올지, 롤은 얼마나 빠르게 동이 날지 추측하면서 장난스럽게 내기를 했다.

부엌을 둘러보고 물건을 정리하던 비브의 눈에 뒷벽을 따라 설치된 레일이 들어왔다.

"아, 젠장! 잊어버리고 있었네!"

그녀는 식료품 저장실 안으로 사라졌다가 커다란 칠판을 들고 다시 나왔다. 그녀는 칠판을 카운터에 올리고 탠드리에게 다양한 색으로 이루어진 새 분필 세트를 건넸다.

탠드리는 잠시 생각하더니 작업을 시작했다.

비브와 칼은 가까이 모여서 작업을 지켜보다가 탠드리가 그들을 흘겨보자, 각자 할 일을 찾아 흩어졌다.

잠시 후 탠드리는 자세를 바르게 하고 뒤로 한 발짝 물러나서 완성된 작업물을 살펴보았다.

"이걸 걸 수 있게 도와줘요."

탠드리의 말이 떨어지자 마자 비브는 칠판을 들어 제자리에 걸었다.

재개점 1386년 11월

신장개업

~ 메뉴 ~

커피 이국적인 향 & 풍부하고 묵직한 보디감　　반 닢

라테 고급스럽고 부드러운 버전　　　　　　　한 닢

시원한 커피 한 차원 높은 버전　　　　　반 닢 추가

시나몬 롤

　　환상적인 프로스팅의 시나몬 페이스트리　　네 닢

팀블릿 바삭한 견과류 & 과일이 들어간 별미　두 닢

깊은 밤의 초승달 버터 풍미 가득한

　　겹겹의 페이스트리와 매혹적인 초코 필링　네 닢

휴대가 가능한 머그잔 문의

※

불꽃이 태워버릴 수 없었던 것. 영원히 지속되리라.

　추위에도 불구하고 가게 앞부터 골목 끝까지 줄이 늘어서 있었다. 비브는 사람들을 전부 안으로 들였다. 내부에 줄

이 구불구불 이어졌고 그 덕에 가게는 빠르게 따뜻해졌다. 활력 넘치는 대화 소리가 커피 머신 소리를 덮어버렸다. 볼이 빨개진 손님들은 외투의 지퍼를 열고 버튼을 풀었다. 그들은 축하의 말을 건네며 따뜻한 커피를 받아 들고 자리를 찾아 이동했다.

"평소보다 이른 시간에 왔네요?"

해밍턴이 카운터 앞에 왔을 때 비브는 인사를 건넸다.

"네. 그런데……."

그는 진심 어린 모습으로 내부를 둘러보며 대답했다.

"이 모든 게 정말 흥미롭지 않아요? 솔직히 말하면 여기가 그리웠어요."

"지금 하고 있다던 연구 때문만은 아니고요?"

그는 한숨을 쉬었다.

"여기서 벌어졌던 온갖 것들이요. 이제 끝났어요. 레이아인도 정상적으로 바뀌었고요. 그래서 그게 화재와 관련이 있었던 건지 궁금해요. 혹시 방화범은 알아냈어요?"

"아니요. 안타깝게도 찾지 못했어요."

비브가 대답했다.

"아쉽네요. 그래도 이곳이 더 편안해졌어요."

비브는 고개를 끄덕였다.

"아이스로 드릴까요?"

그는 약간 고민하더니 민망한 듯 말했다.

"밖이 추워서…… 이번에는…… 따뜻한 걸로 주세요."

비브는 해밍턴을 보며 한쪽 눈썹을 들어 올렸다.

"따뜻한 거요? 정말요? 햄, 당신이?"

해밍턴은 기침을 했다.

"그리고 롤도 하나 주세요."

비브는 미소를 지으며 더 이상 그를 놀리지 말아야겠다고 생각했다.

"와! 밖에 너무 추운데요."

팬드리가 들어와서 문을 닫았다. 그는 손가락 끝이 노출된 장갑을 끼고 옷으로 감싼 류트를 겨드랑이에 끼우고 있었다. 그의 손가락에 매달린 줄에는 검고 네모난 장치가 걸려있었다.

"따뜻한 커피 한 잔 줄게요."

탠드리는 라테를 만들기 시작했다.

"네. 감사합니다!"

팬드리는 오른쪽으로 걸어가 식사 공간 끝에 있는 무대를 처음 마주했다. 높은 스툴이 그를 기다리고 있었고 어두운 커튼이 뒤쪽 벽을 덮고 있었다.

"이곳이 저를 위한 거예요?"

"올라가다가 넘어지지 않게 조심해요."

비브가 놀리듯 말했다.

"시작하기 전에 물어볼게요. 그게 뭐예요?"

비브는 팬드리가 가지고 있던 네모난 장치를 가리켰다.

"아, 이거요! 이거는…… 음 마법 증폭기? 라고 불러야 할 것 같은데…… 이거는……."

"……소리를 크게 만들어 주는 거예요?"

비브가 대신 마무리했다.

"가끔은요……?"

팬드리는 난감한 표정을 지었다.

"뭘 하든 창문의 유리만 무사하면 돼요. 지금 막 복구한 가게니까."

그는 어색하게 고개를 끄덕이며 커피를 받고 구석으로 사라졌다.

비브는 짬이 나자마자 팬드리를 확인하러 갔다. 팬드리가 본인 손으로 깔아놓은 돌 위에 있는 모습을 보고 흐뭇하게 미소를 지었다.

팬드리는 감미로운 피치카토 주법으로 가볍게 몸을 풀었다. 네모난 장치는 몇 발짝 떨어진 곳에 있었다. 장치는 음악을 방해하지 않았다. 장치는 소리를 조화롭게 감싸고 어우르며 공간을 가득 메웠다. 팬드리가 달콤하고 애절한 목소리로 노래를 부르기 시작할 때 비브는 미소를 지으면서 물러났다.

몸을 돌린 비브는 마드리갈과 정면으로 마주했다. 마드

리갈은 화려한 털로 가장자리를 장식한, 빨간 망토를 입고 있었다.

비브는 당황한 나머지 할 말을 잃어버렸다.

"축하합니다."

마드리갈이 고개를 살짝 숙이며 말했다.

"이렇게 진전되는 모습을 직접 볼 수 있어 기쁘네요. 당신의 가게는 레드스톤의 진정한 보물이에요. 초기부터 좋은 성과를 보였던 사업이 그런 식으로 사라져 버렸다면 정말 안타까웠을 겁니다."

비브는 놀란 마음을 가다듬고 나름 차분하게 말하고자 애썼다.

"아, 고맙습니다, 여사님."

비브는 전달받았던 물품과 기대하지도 않았던 일꾼들을 떠올리면서 마드리갈에게 가까이 다가갔다.

"정말, 진심으로 감사드려요."

마드리갈은 의미심장한 눈빛으로 커피 머신, 여러 층으로 진열된 페이스트리를 바라보았다. 비브는 카운터로 들어가 마드리갈을 위한 커피를 내리기 시작했다.

고개를 돌린 탠드리는 마드리갈을 보고 깜짝 놀라더니 곧바로 팀블릿과 롤을 담기 시작했다.

"방화범이 잡히지 않아서 유감이에요. 그가 다시 오는 일은 없기를 바랍니다."

마드리갈이 말했다.

"그럴 일은 없을 것 같아요."

비브의 시선이 다시 마드리갈에게 옮겨갔다.

"원하는 건 이미 챙겼을 테니, 다시 올 이유가 없어 보여요."

마드리갈은 고개를 끄덕이고 커피, 빵이 가득 담긴 봉투와 함께 떠났다.

이번에 그녀는 돈을 내겠다고 주장하지 않았다. 그 모습에 비브는 안도했다.

그날 오후 두리아스가 나타났다. 그의 뺨은 추위 때문에 붉어져 있었고 깔끔한 흰 수염에는 눈이 내려앉았다. 이번에는 체스판을 들고 오지 않았다.

"음."

그가 말했다. 그의 손은 코트 안에 있었다.

"내가 기억하던 그대로군."

"꽤 비슷하죠. 몇 가지 더 좋게 바꾸기는 했지만요."

그는 깜짝 놀란 것처럼 보였다.

"아, 맞아요. 그쪽 관점에서 보면 그렇죠."

"커피 드릴까요?"

"아, 네. 그럼요. 저것도 하나 주세요."

그는 까치발을 하고 초콜릿 크루아상을 가리켰다.

"근처에서 애미티를 본 적 있어요?"

비브가 그의 커피를 만들면서 물었다.

"애미티는 자기가 원할 때 왔다 갔다 하죠. 아마 곧 보게 될 거예요."

두리아스가 대답했다.

비브가 커피와 크루아상을 건넬 때 두리아스가 말했다.

"모든 일이 다 잘 풀릴 거예요."

"지금까지는 그렇네요."

비브는 북적이는 가게를 둘러보며 미소를 지었다.

"아, 물론 가게도 그렇지만, 나머지 다른 것도요."

두리아스가 말했다.

"나머지 다른 거요?"

"맞아요."

그는 커피와 빵을 받아 들고 식사 구역으로 천천히 걸어갔다. 탠드리는 두리아스를 바라보았다.

"두리아스는 일부러 불가사의하게 말하는 걸까요?"

비브는 그의 일방적인 체스 게임과 위층에서 몰래 꾸미고 있는 자신의 계획을 떠올리며 어깨를 으쓱했다.

"잘 모르겠어요. 그래도 그와는 내기 같은 걸 하고 싶지 않네요. 질 것 같아요."

29

 날이 저물고, 비브는 마지막 손님에게 카페 문을 열어주며 배웅했다. 문을 닫고 흩어져 있는 동료들을 향해 돌아섰다.

 팀블은 빵 진열대를 정리하느라 바빴고, 탠드리는 커피 머신을 닦느라 바빴다. 칼은 문틀의 경첩을 점검하는 중이었다.

 비브는 한동안 세 사람을 가만히 지켜보았다. 그들이 내는 작은 소란은 아침 시간대의 소란과는 대조적이었다. 굴뚝으로 올라가는 배관이 진동했고 찬 바람은 노래하듯 처마를 스쳤다.

 비브는 조용히 계단 입구를 막아두었던 줄을 열고 위로

올라갔다. 그러고는 돌돌 말린 가죽 케이스를 챙겨 다시 내려왔다.

머그잔을 닦고 있던 탠드리는 가죽 케이스를 들고 2층에서 내려오는 비브를 보더니 의심스러운 표정으로 설거지를 멈추었다.

"잉크병 좀 건네줄래요?"

비브는 탠드리의 눈빛을 애써 외면하며 태연하게 말했다.

"네."

탠드리는 손을 닦고 카운터 아래 있던 잉크병을 꺼냈다. 탠드리는 어느새 의심을 지우고 호기심 어린 눈으로 비브의 손끝을 바라보았다.

비브는 떨리는 목소리를 들키지 않고자 부러 힘주어 말했다.

"다들 여기로 모여주세요."

비브는 긴장한 나머지 너무 큰 소리로 말해버렸다.

다들 한자리에 모여 궁금하다는 표정으로 비브를 바라보았다. 비브는 여섯 개의 눈동자를 의식하며 숨을 깊게 들이마셨다.

"저는…… 말을 잘하는 사람이 아니에요. 그러니까 그냥 평소처럼 얘기할게요. 여기 계신 모두에게 감사드리고 싶었어요."

지난 시간을 떠올리며 감정이 벅차오른 비브의 눈에 눈

물이 맺혔다.

"여기 있는 이 모든 건 여러분이 저한테 준 선물이에요. 그리고 저는……."

비브는 칼과 탠드리를 번갈아 바라보았다.

"저는 자격이 없어요. 제가 살아온 삶, 제가 걸어온 길, 제가 했던 일…… 저한테는 이런 행운을 누릴 자격이 없어요. 그리고 지금 이야기하는 건 이 장소만이 아니에요. 나는 여러분과 함께할 자격이 없어요. 이 세상에 정의라는 게 있었다면 나 같은 사람은 감히 여러분을 만나지도 못했을 테니까요. 여러분의 관심을 얻지도 못했을 거고요. 한동안은 내가 운명을 기만하고 있는 건 아닌가 생각하기도 했어요. 여러분을 곁에 둘 목적으로요. 원래 내 몫이 아니었던 연이은 행운을 억지로 끌어당기고 있는지도 모른다고 생각했죠. 어느 시점이 되면 여러분도 내 실체를 알게 될 거고, 그럼 날 떠날 거라고 생각했어요."

비브는 천천히 숨을 내쉬었다.

"한편으로는 그렇게 생각했던 제가 한심하기도 해요. 내가 여러분을 너무 낮잡아 본 것 같아요. 내 실체를 정말 모를 거라고 여겼던 걸까요? 내 본모습이 아닌 다른 모습으로 여러분에게 다가갈 수 있을 거라 믿었던 내가 너무 멍청한 걸까요?"

비브는 울먹이며 고개를 숙였다. 떨려오는 손을 꽉 붙잡고 다시 말을 이어나갔다.

"그래서 저는 여러분과 함께할 자격이 없는 것 같아요. 계속 함께한다면 여러분은 저와 함께 지내며 많은 것을 용서해야 할지도 몰라요. 그럼에도 우리가 함께할 수 있다면 정말 좋을 것 같아요."

침묵이 내려앉았다. 비브는 그들의 눈을 차례로 바라보았다. 점점 길어지는 정적만큼 비브의 마음도 불안해졌다.

"흠, 그걸 연설로 보자면…… 그다지 나쁘지 않은데."

칼이 말했다.

탠드리가 웃음을 터뜨렸다. 비브의 불안감은 순식간에 증발해 버렸다.

"어, 음, 그건 그렇게 됐으니까……."

비브는 가죽 케이스를 열어 법률 문서를 펼쳤다.

"이건 동업 관련 서류예요. 각각 한 부씩이고요. 이 가게는 제 것이 아니에요. 우리들의 것이죠. 여러분 손으로 지었고 여러분 손으로 만들어 낸 거니까요. 여러분들이 없었다면 아무것도 이룰 수 없었을 거예요. 여기에 서명하기만 하면 돼요."

탠드리는 종이를 들고 조용히 읽어 내려갔다.

"이건 동등한 파트너 관계를 명시한 거잖아요. 이걸 언제 작성한 거예요?"

"일주일 전에요."

비브가 목덜미를 문지르면서 대답했다.

"그러니까…… 처음에 올렸던 구인 광고에도 '승진 기회 제공'이라고 적었잖아요……."

"내가 서명하는 건 바람직하지 않은 것 같아요."

칼이 서류를 내려놓으며 말했다.

"그렇지 않아요! 그게 대체 무슨 말이에요?"

비브가 놀라 소리치듯이 말했다.

"나는 이곳에서 계속 머무르며 일하는 게 아니잖아요. 내가 이 서류에 서명하는 건 두 사람에게 불공평한 일이에요."

"칼."

비브는 그에게 종이를 들이밀며 말했다.

"아까 내가 이곳을 여러분 손으로 지었다고 말했죠. 당신의 경우에는 말 그대로 이곳을 지었어요. 당신만큼 자격이 충분한 사람은 없다고요."

"맞아요. 칼, 어서 서명해요. 만약 까다롭게 군다면 뭔가 고칠 일이 생겼을 때 아주 귀찮아지실 거예요."

탠드리가 말했다.

"팀블이 지금보다 더 큰 부엌을 요구할 수도 있고요."

비브가 거들었다. 팀블은 비브의 말을 지지하듯 찍찍 소리를 냈다. 칼은 투덜거리면서도 세 사람의 재촉에 못 이겨 결국 서명했다.

"마지막으로 하나 더요."

비브는 식료품 저장실에서 작은 브랜디와 고급스러운 잔 네 개를 가져왔다. 그녀는 잔을 일렬로 내려놓고 조심스럽게 브랜디를 따랐다.

"우리 모두를 위해, 건배."

"불꽃이 태워버리지 못한 것들을 위해."

탠드리의 외침에 모두 고개를 끄덕였다.

비브의 동업자가 된 칼과 탠드리, 그리고 든든한 직원 팀블. 네 사람은 브랜디를 마셨다. 팀블은 브랜디를 마시고 기침을 해서 세 사람이 돌아가며 여러 번 그의 등을 쓰다듬어 주어야 했다.

조촐한 개업식이 끝나고, 각자 집으로 돌아가기 위해 비브를 제외한 이들은 자리에서 일어나 짐을 챙겼다.

"탠드리, 조금 더 있다 갈래요?"

비브가 나직이 물었다. 칼은 두 사람을 힐끗 바라보더니 혼자 고개를 끄덕이고는 팀블을 데리고 떠났다.

───◆───

바깥의 한기가 내부로 스며드는 와중에 두 사람의 몸속에서는 브랜디가 연료가 되어 온기를 만들어 내고 있었다.

"음…… 보여주고 싶은 게 있어요."

비브가 탠드리에게 겨우 들릴 정도로 작게 속삭였다. 비브는 재빠르게 몸을 돌려 계단으로 향하며 탠드리에게 손짓했다.

계단 끝에 다다랐을 때, 양쪽으로 나뉜 복도가 나왔다. 복도의 왼쪽과 오른쪽에는 각각 문이 하나씩 있었다. 비브는 왼쪽으로 걸어가 문을 열고 안으로 들어갔다. 비브를 따라 방으로 들어온 탠드리는 놀란 탄성을 내뱉었다.

"비브, 드디어 침대를 샀네요."

방 안에는 침대를 비롯해 옷장과 작은 서랍장, 작은 테이블이 있었다.

"러그도 있고요! 확실히 우리 집 바닥보다는 잠들기 좋겠어요."

방을 둘러보던 탠드리가 활짝 웃으며 만족한다는 듯이 고개를 끄덕였다.

비브는 눈을 감고 천천히 숨을 들이마셨다.

"보여줄 게 하나 더 있어요."

비브가 긴장감에 떨며 말했다.

탠드리는 장난스러운 미소를 지었다.

"혹시 고양이 방을 만든 건 아니겠죠?"

탠드리의 질문에 비브의 긴장감은 배가되었다. 비브는 대답하는 대신 복도 반대편으로 걸어가 문을 열었다. 뒤따라 들어온 탠드리의 눈썹에 의문의 주름이 생겼다. 이 방에도 가구가 갖추어져 있었다. 침대, 옷장, 화장대, 화장대 위에는 잉크, 분필, 스텐실, 양피지 등 온갖 미술 재료가 놓여 있었다.

탠드리는 방의 중앙으로 갔다. 그 자리에서 그녀는 미동도 없이 서있었다.

이어지는 정적에서 비브는 숨조차 쉴 수 없었다.

"비브, 여기는 누구 방이에요?"

탠드리가 조용히 물었다. 탠드리의 꼬리는 곡선을 그리며 흔들렸다.

"당신 방이요. 원한다면요."

그리고 따뜻한 기운이 방 안을 가득 채웠다. 탠드리가 경계심을 풀었을 때 드러나는, 평소에는 숨겨져 있던 자아가 빛나기 시작했다.

탠드리가 다시 비브를 바라보았다. 탠드리는 아무런 말도 하지 않고 비브에게 가까이 다가갔다. 그녀는 비브의 가슴에 얼굴을 묻었다. 두 사람은 더 이상 감정을 억누르지 않았다.

비브는 처음으로 탠드리의 본모습을 마주했다. 그리고 그녀의 우아함에 감탄했다.

탠드리의 타고난 모습은 사람들의 오해를 불러일으켰다. 그녀가 관능적인 존재에 불과하다는 오해. 그들은 촘촘하게 뒤엉킨 실타래에서 자신이 원하는 실만 뽑아서 바라본 것이었다.

　탠드리는 강렬한 자신만의 언어로 감정을 표현했다. 그리고 그 언어는 그녀와 친밀하게 교감을 나눈 사람들만 진정으로 이해할 수 있었다.

　탠드리는 비브의 말에 대답할 필요가 없었다.

　비브는 탠드리의 언어를 이해할 수 있었다.

　탠드리의 입술이 비브의 입술에 닿았을 때, 두 사람 사이에는 그 어떤 의심도 존재하지 않았다.

Epilogue

페누스는 망토를 걸치고 거미줄처럼 얽힌 툰의 남쪽 골목을 가로질렀다. 흩날리던 눈송이가 비스듬한 지붕 위로 떨어졌다. 그는 극한의 추위를 느꼈고 극도로 분노했다.

화재가 난 이후 그는 도시에서 멀리 벗어나 있었다. 자신이 일으킨 마법의 불을 자랑스럽게 여기는 한편 비브가 살아남은 점에 약간의 안도감을 느끼기도 했다. 비브에게 심각한 해를 가할 생각은 없었다. 옛 동료인 룬, 타이부스, 갈리나는 이 일에 불만을 품었지만, 시간이 흐르면 그들의 분노도 사그라들겠거니 생각했다. 만약 그렇지 않더라도 큰 문제가 될 것 같지는 않았다.

카페가 재개점한다는 소식이 페누스를 다시 도시로 끌어

당겼다. 스캘버트의 돌을 손에 넣은 이후부터 점점 불어나는 의심으로 인해 눈으로 직접 확인하고 싶었다.

카페는 정말 재건되었다. 이전만큼 성공적이었다. 어쩌면 이전보다 더 성공적인 것 같았다. 페누스는 그 지점에서 의문이 생겼다. 과연 이 돌에 어떤 힘이 있기는 한 걸까? 만약 비브가 누리는 연이은 행운과 돌이 아무 관련도 없다면, 이 돌에 기대할 수 있는 건 뭘까? 이 모든 게 결국 헛수고였을까?

비브가 돌에 믿음을 가질 정도로 멍청했다면 그것을 탐한 자신은 대체 뭐란 말인가? 그건 이루 말할 수 없을 정도로 불쾌했다.

페누스는 작은 펜던트 안에 돌을 넣어 튜닉 안쪽으로 걸고 있었다. 돌은 감싸고 있는 펜던트가 살갗에 닿아 차가웠다.

모퉁이를 돌아 부두 쪽으로 향하던 중 앞뒤로 드리워진 그림자가 보였다. 누군가 좁고 구불구불한 골목으로 들어서고 있었다. 뒤편에서 인기척이 느껴졌다.

"그쪽이 도시로 돌아올 것 같다는 이야기를 들었어요."

낯익은 목소리가 어렴풋이 기억날 듯 말 듯했다.

페누스가 소리가 나는 방향으로 고개를 돌리자, 마드리갈의 부하, 렉이 서있었다. 페누스는 엷은 미소를 보였다.

"잠깐 들렀어요. 제가 도울 수 있는 일이 있는지 물어보고 싶지만 짧게 방문한 거라 시간이 부족할 것 같네요. 당장 그쪽한테 예의 차릴 기분도 아니고요."

"우리도 당신의 시간이 필요하지 않아요. 마드리갈은 당신이 언급했던 돌에 관심이 있어요. 돌에 새 주인이 생겼다 들었는데, 아마도 당신이겠죠?"

렉의 말에 페누스의 눈이 가늘어졌다.

"마드리갈이 보낸 사람이 둘뿐이라면 그녀는 기대보다 분별력이 떨어지는 사람이군요."

말이 끝나기 무섭게 페누스는 옆구리에 차고 있던 하얗고 가느다란 장검을 뽑아 들었다. 검에는 마법의 빛으로 반짝이는 파란색 잎사귀 문양이 촘촘하게 새겨져 있었다.

렉은 위협적인 상황에도 전혀 동요하지 않았다. 그저 어깨만 으쓱할 뿐이었다.

"페누스, 보이는 게 다가 아닙니다. 어쩌면 당신이 우리 목을 전부 베어버릴 수도 있겠죠. 물론 그런 결말을 원하는 건 아닙니다. 보다시피 나는 내 목이 너무 소중하거든요. 한 가지만 알려드릴게요. 당신은 마드리갈의 분별력을 의심할 수 있지만, 이것만큼은 확실하다고 말할게요. 마드리갈은 한번 물면 끝장을 보는 사람입니다."

페누스는 검의 각도를 조절해 렉의 목 끝을 겨누었다. 그 상태로 멈추어 그는 잠시 생각에 잠겼다. 이내 한숨을 뱉더니 재빨리 왼쪽 벽으로 튀어 올랐다. 한쪽 발로 벽을 디뎌

생긴 반동을 이용해 골목 맞은편 벽으로 다시 한번 튀어올랐다. 그렇게 양쪽으로 튀어 오르기를 반복하며 높게 올랐다.

지붕 위로 안착한 페누스는 신경질적으로 망토를 털어내고 후드를 뒤로 젖혔다. 빼낸 검을 다시 제자리에 넣고, 기와 위를 날쌔게 이동했다. 아래 거리에서는 커다란 소동이 일었다. 마드리갈의 부하들은 페누스가 가까운 옥상으로 이동하거나 지붕에서 내려올 것이라고 예상하며 건물을 에워쌌다.

페누스는 그들이 쉽게 쫓아오지 못한다는 것을 알고 있었다. 그는 눈이 쌓인 차가운 도시의 경관 너머로 보이는 부두와 자신이 곧 타게 될 배의 돛을 응시했다. 그때 뒤에서 무거운 물체가 떨어지는 소리와 함께 기왓장이 달그락거리는 소리가 났다. 산사태가 닥쳐오는 것과 닮은 그르렁 소리에 재빨리 몸을 돌린 페누스는 커다란 잿빛 생명체와 마주했다. 생명체의 털은 삐죽삐죽 솟아있었고, 거대한 송곳니를 제게 드러내고 있었다. 커다란 녹색 눈은 악의와 분노로 가득 차 곧 자신을 삼킬 것 같았다.

"저 빌어먹을 고양이, 또 나타났네."

애미티가 페누스를 향해 뛰어올랐다.

Prequel:

Legends & Lattes의 시작

"칼 조심해!"

룬이 외쳤다. 비브는 자신을 향해 날아오는 단검 두 자루를 피하려고 옆으로 몸을 던졌다. 하지만 길은 오크가 한꺼번에 날아오는 두 개의 단검을 피하기에는 비좁았다. 비브는 벽에 어깨를 부딪쳤다. 단검 하나는 비브를 비켜 갔지만 다른 하나가 스치며 위쪽 팔뚝에 새빨간 상처를 남겼다. 비브는 이빨을 드러내고 신음하며 손바닥으로 상처를 눌렀다.

룬은 뒤돌아 비브가 괜찮은지 확인하고는 목표물을 뒤쫓기 시작했다. '신이시여, 그를 도와주소서.' 룬은 이미 지칠 대로 지친 상태였다. 절대 따라잡지 못할 것 같았다.

비브는 벽을 짚고 일어나 비틀거리며 다시 달리기 시작했다. 그들이 추격 중인 목표물은 엘프였다. 엘프는 호리호리한 몸으로 굽은 길을 전속력으로 달리며 차이를 벌려 나갔다. 단검을 던지는 와중에도 엘프는 속도를 늦추지 않았다. 몇 초만 지나면 모퉁이에 가려져 보이지 않게 될 것이 뻔했다. 그녀를 놓친다는 것은 곧 패배를 의미했다. 비브는 젖 먹던 힘까지 짜내 달리기 시작했고 고작 몇 걸음 만에 룬을 앞질렀다.

비브가 큰 소음을 내며 다가가자, 거리의 노움들이 사방으로 흩어졌다. 비브는 순간 자신이 마치 죄 없는 사람들을 괴롭히고 약탈하는 못된 거인이 된 것 같았다. 정제되지 않은 웃음이 터져 나옴과 동시에 차오르는 숨에 가슴이 터질 것 같아 숨쉬기가 어려웠다.

"페누스!"

비브가 외쳤다.

"저 여자를 계속 주시해!"

비브는 비스듬한 금속 지붕 위를 우아하게 뛰어다니는 그를 바라보았다. 그는 아무런 대답도 하지 않았다. 그가 품위 없게 큰 소리를 내는 장면은 상상하기 어려웠다. 그래도 비브는 페누스가 도망친 여자의 뒤를 계속 밟을 거라고, 믿었다.

이곳 아지무스의 거리를 돌아다니기에 블랙블러드는 너

무 위협적이었다. 그 덕에 대검을 지니지 않은 가벼운 몸으로 목표물과의 거리를 좁혀나갈 수 있었다.

엘프는 지친 기색도 없이 도망쳤다. 그녀는 길게 땋은 머리를 휘날리며 군중을 뚫고 앞으로 나아갔다.

교차로가 보였다. 비브는 두 다리가 조금 더 힘내주기를 바랐다. 만약 저 여자가 골목으로 숨어버리기라도 한다면……

그때 타이부스가 모퉁이에서 거리로 안개처럼 새어 나왔다. 그의 손은 황금색으로 빛났다. 그의 새끼손가락에 새겨져 있던 기호는 양쪽 손바닥 전체로 번져나가면서 반짝거렸다. 그러자 엘프의 발이 휘청거렸다. 그녀의 다리는 중앙이 붙은 가위처럼 교차돼 움직였다. 그녀는 붙어버린 발목이 찢어질 만큼 급하게 앞으로 뛰어가더니 우아하게 무릎으로 착지했다.

타이부스 뒤에 있던 갈리나가 양손에 칼을 들고 앉아있는 엘프에게 다가갔다.

엘프는 옷 안에서 근육을 부풀리는 것 같았다. 적어도 비브의 눈에는 그렇게 보였다. 엘프의 피부는 머리 위를 지나는 구름이 해를 가려버린 것처럼 순간적으로 어두워졌다.

비브가 먼저 다가가 단검을 뽑았다. 그때쯤 엘프는 시장에서 교차로를 지나며 도망치던 때의 모습으로 돌아가 있었다. 그녀는 옆구리를 손으로 움켜쥐고 있었다. 부상을 입은 듯했다. 하지만 엘프가 어떤 부류인지를 생각하면 소매에 단검이나 다른 무언가를 숨겼다고 생각하는 게 더 일리가 있었다. 비브는 의심을 풀지 않았다.

"보드킨?"

비브가 낮은 목소리로 침착하게 물었다.

엘프는 긴장하며 어깨 너머로 비브를 바라보았다. 잠깐이었지만 엘프의 동공이 염소의 동공처럼 네모나게 바뀌었다. 비브는 그 모습을 포착했다.

그때 지붕에서 뛰어내린 페누스가 부드럽게 착지했다. 그는 머리카락을 뒤로 넘기고 가느다란 흰색 장검을 뽑았다. 교차로 근처의 노움들이 불안한 목소리로 수군거렸다. 지역 경비병들이 나타난다면 비브와 동료들은 거북한 상황을 맞닥뜨리게 될 것이다.

"우리가 왜 여기까지 왔는지 잘 알고 있겠지."

비브는 인내심을 발휘하며 차분하게 말했다. 껄끄러운 상황을 피하려면 페누스가 아닌 비브가 해결하는 게 나았다. 그녀는 검을 아래쪽으로 내렸지만 언제든 사용할 준비가 된 상태였다.

"이제 내 친구 타이부스가 네 손을 묶을 거야. 그다음에 일으켜 세울 거고. 누구든 언젠가는 막다른 길에 다다르지. 이게 너의 막다른 길일 뿐이야. 그렇다고 해서 모든 게 끝났다고 생각할 필요는 없어. 아지무스의 법은 공정하니까."

엘프는 웃음을 터뜨렸다. 그녀의 목소리는 생각보다 깊고 풍부했다.

"너는 내가 누구인지 알고 있는 것처럼 말하지만, 실상은 그렇지 않다는 게 분명하네."

엘프는 옆구리에 있던 손을 떼더니 무언가를 공중으로 던졌다. 그러고는 곧바로 고개를 숙이고 두 팔로 머리를 감쌌다.

비브는 순식간에 하늘로 올라간 돌 세 개가 떨어지는 것을 보았다. 돌은 은색이었고 녹색 끈으로 감싸져 있었다.

"빌어먹을."

갈리나는 크게 동요하지 않고 담담하게 말했다.

타이부스가 다시 손을 들어 올렸다. 손에서 불빛이 깜박였다. 페누스는 망토를 당겨 얼굴을 가리고 몸을 웅크렸다. 비브는 손을 쭉 뻗고 앞으로 돌진했다. 돌이 바닥에 떨어지기 전에 보드킨을 처리해야 했다. 하지만 돌은 빠르게 길바닥에 떨어졌다. 떨어지는 순간 섬광이 번쩍하고 비치더니 해로운 검은 연기가 폭발하듯 피어올랐다.

손에 쥔 단검을 떨어트리며 꼬꾸라진 비브는 퍼지는 연기에 저도 모르게 눈을 감았다. 땅을 더듬던 손에 돌이 잡혔다. 비브는 엘프를 찾기 위해 연기구름 속을 기어다녔다. 그러던 중 팔 하나가 붙잡혔다.

"내 팔이야!"

칼리나는 비브의 어깨를 쥐고 날카롭게 소리쳤다.

찬 바람이 느껴졌다. 눈을 뜨자, 연기는 사방으로 흩날리며 사라지고 있었다. 타이부스는 눈을 감고 손가락을 거미처럼 움직이고 있었고 페누스는 남은 연기 속에서 차가운 분노를 장착한 채 걸어 나왔다. 비브는 제자리에서 빠르게 회전하면서 군중 속에 숨어 있을지 모를 엘프를 찾았다. 하지만 엘프는 사라지고 없었다.

대신 그녀가 있던 자리에 작은 가죽 주머니가 반쯤 열린 채 놓여있었다. 비브는 그것을 들어 올렸다.

"음."

룬이 숨을 헐떡이며 다가와 손을 무릎에 얹고 몸을 구부렸다. 그가 숨을 내쉬자 땋은 수염이 펄럭거렸다.

"적어도 그 여자가 보드킨이라는 건 알게 됐군."

이렇게 체계적으로 설계된 도시에서 방향을 잃기가 이렇게나 쉽다니……. 비브는 믿을 수가 없었다. 아지무스는 중심에서부터 바깥쪽으로 점점 확장되어 나가는 동심원 구조였다. 각각의 원에는 번호가 매겨졌다. 거리는 아름다웠고 잘 정돈되어 있었지만, 비브는 각각의 거리를 구분하기가 어려웠다. 그녀는 길을 기억하기 쉽게 랜드마크가 있었으

면 좋겠다고 생각했다.

비브는 터널이나 고분 같은 곳에서 시간을 많이 보냈기 때문에 폐쇄공포증 따위는 없었다. 하지만 작은 노움의 도시의 건물은 대부분 여러 층으로 지어져 키가 큰 비브는 종종 이층 창문을 통해 안을 들여다볼 수 있었다.

그들은 신속하게 보드킨이 사라진 곳에서 떠났다. 의심 가득한 지역 경비병들을 기다릴 이유도, 번거롭게 많은 질문을 받을 이유도 없었다. 피를 흘리며 돌아다니는 2미터가 훌쩍 넘는 오크를 찾아내는 건 그다지 어려운 일이 아닐 터였다.

그들은 갈리나를 따라 7번 원에 속한 거리의 방으로 돌아갔다. 임시로 빌린 방이었다. 갈리나는 고향에 온 듯 편안해 보였다.

계단을 오를 때 호스텔 주인은 미심쩍은 눈초리로 그들을 주시했다. 비브는 다친 팔이 그의 시야에 들지 않아 다행이라고 생각했다. 비브는 상처를 손으로 꽉 눌러서 바닥에 피가 떨어지지 않도록 했다.

천장은 불편할 정도로 낮았다. 스파이어 지역에 비브의 키를 감당해 줄 건물이 있기는 했지만, 숙소의 수가 많지는 않았다. 결정적으로 그중 어디도 페누스가 요구하는 고급스러움의 최소 조건을 충족시키지 못했다. 처음에 비브는 불평하지 않았지만, 뒤늦게 짜증이 났다. 그래도 난방이 되는 바닥과 등불은 만족스러웠다.

비브는 몸을 구부린 채 갈리나를 따라 방으로 들어갔다. 나머지 동료들이 뒤따라 들어왔고 블랙블러드는 쌓여있는 짐 더미 옆, 침대 위에서 빛나고 있었다.

페누스가 말을 꺼내려고 입을 열었지만 룬이 한발 더 빨랐다.

"앉아봐. 내가 한번 볼게."

비브의 다리를 토닥거리며 말했다.

룬이 가방에서 붕대와 정제된 알코올을 꺼내는 동안 바닥에 앉은 비브는 몰려오는 허리 통증 때문에 얼굴을 찌푸렸다. 점점 더 심해지는 허리 통증은 팔에 새로 생긴 상처보다 골칫거리였다.

페누스는 더 이상 기다릴 수 없었다.

"다들 동의하겠지만, 오늘은 만족할 만한 성과를 내지 못했어."

아름답게 빚어진 그의 얼굴은 굳어있었다.

"타이부스도 그렇고 나도 그렇고, 다음에는 그 여자를 쉽게 찾을 수 없을 거야. 외모만 보고 그 여자를 알아차리기 어려울 거라고."

룬은 비브의 팔뚝에 난 상처를 알코올 솜으로 문지르고 거즈로 감쌌다. 비브는 끙 하는 소리를 냈다.

"너무 세게 감지 마."

비브가 말했다.

"세게 감아야 해."

룬이 대답했다.

"팔을 굽히면 뜯어져 버릴 거야."

"그럼 안 굽히면 되겠네."

룬이 단호하게 말했다.

"생각은 해봤어?"

페누스는 완전한 침묵을 고수하는 데 도가 텄다. 그의 침묵은 어떤 말보다 영향력이 컸다. 룬은 조용히 한숨을 쉬었다. 그들은 페누스를 바라보았다.

그는 무표정한 얼굴로 방 안을 훑었다. 갈리나는 조그만 침대 위에 앉아 무의식적으로 단검을 빙빙 돌렸고 타이부스는 구석에 서있었다. 마침내 페누스가 입을 열었다.

"목표를 달성하려면 더 이상의 실수는 용납되지 않아."

갈리나가 코웃음을 쳤다.

"우리가 상대하는 건 보드킨이야. 보드킨에 관한 얘기는 다들 알고 있잖아. 애초에 쉬운 일이 아니었다고. 그녀가 전설적으로 회자되는 데에는 다 이유가 있어. 게다가 그 여자는 대플그림이기도 하잖아!"

갈리나는 협탁 위, 목표물을 묘사한 초상화를 낚아채고 얼굴을 찡그렸다. 초상화는 정교하게 그려졌지만 그게 다 무슨 소용이라는 말인가.

"이런 헛수고를 왜 한 걸까? 그 여자가 다시 이 모습 그대로 나타날 리가 없잖아. 이번에도 이것처럼 보이지 않았고."

"그러니까 우리가 최선을 다해야 한다는 거야."

페누스는 의미심장한 눈빛으로 비브의 팔을 힐끗 바라보았다.

비브의 내면에서 작은 분노의 불꽃이 피어오르기 시작했지만, 피로감의 파도가 덮쳐와 분노는 순식간에 밀려나 버렸다. 비브는 반박하려던 말을 삼키고 챙겼던 가죽 주머니를 흔들었다. 짤랑거리는 소리가 났다.

"아예 아무것도 못 건진 건 아니야."

비브는 주머니를 열고 내용물을 살폈다.

"연금술사들이 찾던 게 그거일 수도 있어."

갈리나가 목을 길게 빼고 내용물을 보면서 말했다.

"아니야."

비브는 코르크 마개로 막힌 작은 유리병 몇 개를 꺼냈다. 마개는 왁스로 봉인되어 있었다. 유리병 안에는 각각 다양한 색의 액체가 들어있었다.

"이 안에 설계도는 없어."

"페인트 같아 보이는데."

룬이 말했다. 비브는 봉인된 왁스를 깨부수고 코르크를 연 다음 냄새를 맡았다.

"페인트가 맞는데 양이 너무 적어. 헛간을 칠할 용도는 아닐 텐데."

"끝내주는군. 우리가 예술 활동을 즐길 정도는 되겠어."

페누스가 말했다.

"이게 결정적인 단서가 될 수도 있어. 그건 아무도 모르는 일이야."

비브가 말했다. 그녀는 코르크 마개를 다시 끼우고 창을 통해 들어오는 주황빛 저녁노을에 병을 비추어 보았다.

페누스가 비브의 말을 반박하려던 찰나 타이부스가 끼어들었다.

"내 생각은 이래."

나머지가 깜짝 놀라 그를 바라보았다. 타이부스의 피부는 회색빛이었고 조용하기까지 해서 사람들은 그가 함께 있다는 사실을 종종 잊었다.

그는 동료들의 반응을 전혀 눈치채지 못한 듯 계속 말을 이었다.

"레디우스와 탠젠트가 우리를 고용한 이유는 보드킨을 잡는 거, 그리고 도난당한 물건을 되찾으려는 거잖아. 둘 중 후자는 어렵지 않아. 게다가 후자만 성공해도 그들은 보상금을 줄 것 같은데?"

"많은 액수는 아니어도 조금은 줄 거야. 우리는 실용적인 부류니까 현실적으로 생각해 보면."

갈리나는 엄지로 노움인 자기 자신을 가리키며 말했다.

"지금 의뢰인이 가장 걱정하는 건 그 여자가 경쟁자들에게 물건을 팔아버리지는 않을까, 하는 거라고."

"그렇다면 그걸 고려해 볼 필요가 있겠는데."

타이부스가 말했다. 페누스의 입술이 얇아졌다.

"그 여자를 찾거나 설계도를 찾는다. 두 가지는 떼려야 뗄 수가 없어. 논쟁할 필요도 없다고. 일부 보상금을 받는 것에 만족할 이유가 없다는 말이야. 보드킨처럼 유명한 사람을 잡는 건 그 자체로 금전적 보상 이상의 가치가 있지."

비브는 그의 말에 반대 의견을 내고 싶었지만, 굳이 그런 수고를 할 필요가 없다고 판단했다.

"좋아, 내일부터 바로 시작하자. 그 여자는 금방 떠나지 않을 거야. 여기를 뜰 이유가 없잖아? 대플그림인데. 지금은 어떤 얼굴로 바뀌어 있을지 대체 누가 알겠느냐고. 혹시 마법으로 그 여자를 추격할 수 있을 거라고, 생각하는 거야?"

비브는 페누스와 타이부스를 바라보았다.

"시간만 있다면."

타이부스가 대답했다.

"시간이 좀 많이 걸리겠지만, 맞아."

페누스가 거들었다.

"이제 조심하겠지. 우리 얼굴도 이미 알고 있으니까. 우리는 함부로 도시를 돌아다니면 안 돼. 마법의 불을 번쩍이면서 사람들 눈에 띄게 돌아다니면 안 된다고."

"그렇다고 손 놓고 가만히 있을 수는 없어."

갈리나가 말했다. 페누스는 갈리나를 보며 눈썹을 치켜올렸다.

"맞아."

비브는 말하면서 페인트가 든 병 하나를 들어 올렸다.

"팀을 나누어서 전략적으로 행동해야 해. 탐정 놀이를 하는 거지."

팀을 나누면 비브에게 따라올 뜻밖의 이점 중 하나는 페누스의 가시 돋친 말에서 잠시나마 벗어날 수 있다는 것이었다.

비브는 바닥의 침낭 위에서 밤새 뒤척였다. 다친 팔뚝은 여전히 욱신거렸다. 게다가 아이러니하게도 다친 쪽 팔을 아래로 향하게 눕고 싶었다. 거리에서 쏟아져 들어오는 등불의 빛이 잠든 갈리나의 얼굴과 한쪽 손에 쥐어진 칼날을 비추었다. 평소 갈리나의 코 고는 소리는 비브에게 안정감을 주었지만, 오늘 밤은 그 소리가 신경에 거슬렸다.

비브는 블랙블러드의 날을 갈면서 마음을 안정시키면 어떨까 하고 잠시 고민했지만, 동료들을 깨우고 싶지는 않았다. 대신 조용히 일어나 가방을 뒤졌다. 노트를 꺼낸 그녀는 창문 아래 벽에 등을 기대고 앉았다. 책갈피를 끼워둔 페이지를 펼치자, 은은한 빛이 노트 위로 쏟아졌다. 그녀는 적어둔 문구를 훑어보았다.

마법 세계의 경계에 다다랐네.
스캘버트의 돌이 불타오르며

비브는 맞은편 페이지에 적어둔 내용을 손가락으로 쓸며 내려갔다. 카르두스 북쪽 산지에 관한 소문. 동쪽 농삿길에서 발견된 발자국. 폐허가 되어버린 철광산 입구에서 목격된 수많은 눈을 가진 생명체.

아직 충분하지 않았지만, 비브는 조급해졌다. 당장 행동으로 옮기고 싶었다. 하지만 확실히 해야 한다. 스캘버트 여왕이 아니면 안 된다. 페누스를 설득할 수 있을까. 그는 절대로 받아들이지 않을 것이다.

그럼에도 그들이 성공한다면? 음, 그 이후의 미래는 하얀 백지처럼 비어있었다. 미래를 채워 넣을 무언가를 찾아야 한다. 비브는 당연히 그 무언가를 찾아낼 것이다.

잠들어 있는 친구를 보자 털어놓지 않은 진실이 비수가 되어 가슴을 찔렀다.

그녀는 다시 침낭으로 기어갔다. 누워서 천장을 바라보며, 노트를 가슴에 꼭 안고 잠들었다.

"행운을 빌어."

룬이 말했다. 그는 갈리나와 비브에게 경례를 해보이고 페누스와 타이부스를 빠르게 쫓아갔다. 페누스는 물리적 힘이 필요한 경우를 대비해 드워프와 한 팀이 되기를 고집했다.

"조심해!"

비브는 그의 뒤에서 손을 들고 외쳤다.

페누스는 비브의 말을 무시했지만, 타이부스는 비브를 따라 손을 들었다.

갈리나는 입안에 아침 식사를 가득 집어넣은 상태로 중얼거렸다.

"그 병 하나만 줘봐."

편하게 움직이기 위해 비브는 자신의 몫을 이미 먹어치웠다. 호스텔 로비에서 따뜻하게 제공된 따뜻하고 두툼하고 부드러운 달걀 요리와 햄이었다. 그 때문에 호스텔에 대한 평가가 한 단계 올라갔다. 비브는 손가락을 바지에 닦고 가방에서 페인트 병 하나를 꺼냈다. 병을 건네주려고 팔을 뻗자, 팔에 난 상처가 타오르는 것처럼 느껴졌다.

갈리나는 손바닥으로 병을 튕기더니 공중으로 올라간 병을 다시 낚아챘다.

"우리는 도서관으로 가자."

비브는 눈썹을 찌푸렸다.

"도서관? 나는 번화가에 나가서 사람들한테 물어보고 다니면 어떨까, 생각했어. 이게 페인트라는 건 이미 알고 있잖아. 더 찾아봐야 할 이유라도 있어?"

"너는 노움의 도서관에 가본 적이 없구나. 그렇지?"

갈리나는 비브를 올려다보며 물었다.

"음, 그렇기는 하지만……."

"그냥 나를 믿어봐."

두 사람은 북쪽으로 향했다. 이번에도 비브는 갈리나의 길 안내를 따랐다. 아지무스는 정말이지 거대한 도시였다. 그들은 기하학적이면서 추상적인 거대한 조각상들을 지나쳤다. 눈으로 하나하나 따라가기 어지러울 정도였다. 거리 곳곳에는 기다란 증기용 호스가 깔끔하게 묶여 벽에 고정되어 있었다. 그 아래를 지날 때면 호스에서 나는 쉭쉭 소리가 들렸다. 화환은 호스를 감쌌고 잘 손질된 담쟁이덩굴은 담장을 뒤덮고 있었다. 거리의 모든 풍경이 에메랄드그린 색으로 펼쳐졌다. 도시의 시각적인 환경이 비브를 압도했다.

헛수고가 될 것이 뻔했지만, 비브는 보드킨의 흔적을 발견하기 위해 군중들 사이를 주의 깊게 살폈다. 아지무스는 노움의 대도시이기는 했지만, 다른 종족들도 다양하게 사는 곳이었다. 인간과 엘프, 돌의 요정, 바다의 요정, 드워프, 호브와 수도승 차림으로 바쁘게 지나가는 랫킨 무리가 보였다.

도둑으로 명성이 자자한 보드킨을 거리에서 우연히 마주칠 확률은 없었다. 그녀의 타고난 도피 능력을 고려하면 더더욱 그랬다. 그래도 주의를 기울여서 나쁠 건 없었다.

갈리나는 도시를 안내하면서 군중을 헤치고 나아가는 내내 설명을 곁들였다. 비브는 실수로 노움을 밟지 않으려고 조심하면서 갈리나가 명소를 가리킬 때마다 감탄사를 내뱉고 고개를 끄덕였다.

도착하기 한참 전부터 도서관 건물의 모습이 보였다. 일곱 개의 탑이 원형으로 배치되어 있었고 각 탑은 통로로 연결되어 있었다. 경이로울 정도로 멋진 이 건축물은 각이 진 채 불거져 나온 요소로 장식되어 있었다. 표면에는 작품으로 보이는 정교한 선들이 조화롭게 새겨져 있었다. 이 건물은 도시의 다른 건물들과는 규모부터 달랐다. 비브는 이 안에서는 어떤 문을 지나치더라도 고개를 숙일 필요가 없을 것 같았다.

"여기에 수많은 책이 있다는 거지?"

비브는 벌어진 입을 닫지 못한 채 말했다.

"꽤 많다고 할 수 있지."

갈리나가 눈을 반짝거리며 대답했다.

"책보다 많은 게 있어. 나를 믿으라고 했잖아."

그들은 하나의 탑으로 올라가 황동으로 만든 대형 문 두 개를 통과하자 웅장한 복도가 나왔다. 비브는 그곳의 크기에 압도되었다. 각 벽에는 거대한 선반이 설치되어 있었고 선반에는 책들이 빼곡히 들어차 있었다. 가장자리의 나선형 통로는 계단으로 연결되면서 층층이 배열되어 있었고 책상과 테이블은 여기저기 놓여있었다. 어두운 유리의 높은 창문은 은은한 빛만 들여보냈지만, 내부의 등불이 노란 빛을 고르게 비추었다.

"이렇게 큰 곳에서 대체 어떻게, 책을 찾을 수가 있어?"

비브가 혼란스러워하며 물었다.

갈리나는 근처 선반에 있던 평평한 금속 세트를 가리켰다. 각각의 금속판 위에는 이름표가 붙어있었다. 세포 소기관, 난자, 부엉이 서식지. 각각의 이름표 아래는 일련의 검은 점들이 보였다.

"여기에는 체계가 있어. 그렇지만 오늘 우리는 책을 보러 온 게 아니야."

갈리나가 말했다.

실망감이 비브를 덮쳤다. 책만 본다고 하면 여기서 몇 날 며칠을 보낼 수 있을 것 같았다. 아니 몇 주도 보낼 수 있을 것이다.

"내가 물어봐야 얘기해 줄 거지?"

"너는 지금 뭔가를 알고 싶은 거잖아, 그것도 당장. 여기는 저마다의 관점을 가진 일곱 명의 학자가 있어. 너는 그들 중 한 명과 이야기할 수 있고."

갈리나가 대답했다. 그러고는 비브를 향해 장난스러운 미소를 지어 보였다.

"일곱 개의 관점은 알고 있겠지?"

비브가 시큰둥하게 말했다.

"내가 모른다는 거 알잖아."

"그게 뭔지 설명해 줄까?"

"응. 그런데…… 지금 당장은 말고."

갈리나는 주머니에 있던 병을 빼서 들어 올렸다.

"아마도 이건 세 번째 관점에 관한 것일 거야. 그렇다면 세 번째 탑으로 가야 해. 거기 가서 세 번째 학자가 우리한테 어떤 정보를 줄지 알아보자. 책을 통해서는 과거의 정보를 얻고 학자를 통해서는 현재의 정보를 얻는 거지."

비브는 다시 한번 내부를 둘러보았다. 탑 중앙에 높게 솟은 구조물이 눈에 들어왔다. 구조물 주변으로는 계단이 곡선 형태로 감겨있었다. 노움과 키가 큰 종족들 몇몇이 구조물 근처에 있는 안내 데스크의 직원과 이야기하려고 줄을 서있었다. 비브는 엄지로 직원을 가리키며 눈썹을 들어 올렸다.

"맞아. 첫 번째 학자야."

갈리나가 고개를 끄덕이며 말했다.

"유기체. 한마디로 생명체랑 관련된 관점이지. 나랑 같이 세 번째 탑으로 갈래? 아니면······."

그녀는 비브의 표정을 보고 말끝을 흐리며 미소 지었다.

"괜찮다면 여기를 좀 둘러보고 싶은데, 그래도 돼?"

비브는 그러고 싶어 안날이 난 것 같았지만, 미안해하면서 말했다.

"내가 조금이라도 도움이 된다면 나도 당연히 같이 가고 싶지만······."

갈리나가 비브의 말을 끊으며 웃었다.

"네 표정만 봐도 알아. 여기서 원하는 만큼 실컷 구경해. 아, 하나만 약속해. 페누스를 보면 내가 얼마나 똑똑한지 꼭 말해줘."

"물론이지. 네가 천재라고 할게."

비브는 진지하게 말하고 이내 미소를 지었다.

갈리나는 시종일관 웃으면서 그 자리를 떠났고 비브는 혼자 남게 되었다.

책으로만 뒤덮인 공간 안에 혼자 있는 듯한 기분이었다. 비브는 손끝에서부터 목덜미까지 이어지는 짜릿한 전율을 느꼈다. 그녀는 첫 번째 학자에게로 향하는 줄을 바라보았다. 느리게 움직이는 줄을 보고 비브는 혼자서 답을 찾기로 결심했다. 규칙이나 절차 등은 몰랐지만, 어쩐지 이 탑이 자신의 관심사에 딱 맞는 곳이라는 느낌이 들었다. 육감 같은 것이었을까?

주어진 임무에 집중해도 모자랄 시기에 시간을 낭비하고 있다는 잔소리가 머릿속에서 들렸지만, 비브는 그 소리를 무시해 버렸다. 갈리나가 일을 잘 처리하고 있을 터였다.

바닥을 빠르게 둘러본 비브는 층층이 쌓인 판들이 알파벳순으로 배열되었다는 것을 알아차렸다. 주제에 따라서도 효율적으로 나누어 놓은 것 같았다. 검은 점들이 정확하게 분류해 주는 역할을 하는 것 같았지만, 일단은 그냥 둘러보기로 했다.

비브는 여러 계단 중 하나에 올라갔다. 노움의 체구에 맞게 만들어진 폭 낮은 계단을 천천히 오르면서 자기 모습이 얼마나 우스꽝스럽게 보일지 생각했다. 비브는 빼곡하게 꽂혀있는 갖가지 색의 책등을 손가락으로 쓸면서 종이와 잉크 냄새를 들이마셨다.

비브가 처음 훑어본 책 몇 권은 서부 지역에 서식하는 동물에 관한 논문이었다. 조금 더 색다르고 이국적인 것, 조금 더 옛것을 원했던 비브는 얼굴을 찌푸리며 더 높이 있는 책장을 바라보았다. 갈리나가 돌아오기까지 시간이 얼마나 남았을까. 결국 비브는 도움을 받기로 결심했다. 그리고 가죽 표지의 책들을 책장에 정리하느라 바쁜 학자에게 다가

갔다. 학자는 나이가 지긋해 보였다. 비브는 몸을 구부리고 목을 가다듬었다.

"어, 실례합니다."

그는 고개를 들고 무테안경 너머로 비브를 바라보았다.

"네. 도와드릴까요?"

"네. 저는, 어, 제가 찾고 있는 건……."

비브는 잠깐 주저하다가 최대한 구체적으로 말하는 게 낫겠다고 판단했다.

"……스캘버트에 관한 책이에요."

비브는 동화책을 찾는 아이라도 된 것처럼 스스로가 유치하게 느껴졌다.

학자는 비브를 위아래로 훑어본 다음 말했다.

"역사적인 내용이 담긴 걸 찾으세요? 아니면 실용서를 찾으세요?"

"둘 다요."

학자는 고개를 끄덕이고 가까운 계단으로 빠르게 걸어갔다. 놀란 비브는 그의 뒤를 따라갔다.

그는 세 개의 책장 앞에서 비브에게 일곱 권의 책을 건넸다. 도움을 청한 건 천만다행이었다. 몇 시간을 돌아다녀도 혼자서 찾지 못할 게 뻔했다. 비브는 그에게 고맙다는 인사를 건네고 일곱 권의 책을 근처 테이블로 옮겼다. 테이블은 너무 낮아서 제대로 사용하기에 불편해 보였고 의자는 비브의 체중을 견디기 어려울 것 같았다. 비브는 자리에 앉는 대신 한 손을 테이블 상판에 올리고 책장을 넘기기 시작했다. 몇 분 후, 비브는 노트를 꺼내 펼치고 깃털 펜을 손에 쥐었다. 비브는 집중해서 노트에 조사한 내용을 옮겨 적었다.

따끔거렸던 팔의 통증은 느껴지지 않았다. 비브는 마음의 눈을 떴다. 마음의 눈으로 지금껏 밟아온 길을 벗어나 흐릿하지만, 가능성 가득한 미래를 바라보았다.

―◆―

"여기 있었네!"

테이블에 페인트 병이 닿는 소리에 비브는 주위를 살피며 본능적으로 노트를 덮었다. 노트를 덮는 속도가 너무 빨라서 의심을 사기에 충분했다.

갈리나는 노트 위에 얹어진 비브의 손을 의미심장하게 바라보았다. 추측에 잠긴 갈리나의 미소가 순간적으로 옅어지더니 곧 다시 환해졌다.

"무언가 하느라 바쁠 것 같기는 했어."

갈리나는 마치 아무것도 눈치채지 못했다는 듯 태연하게 말했다. 비브는 애써 웃었지만 자신의 웃음소리가 자연스럽게 들릴 거라 기대는 하지 않았다.

"그나저나 세 번째 학자가 뭐라고 했어? 내가 맞춰볼까? 너는 페인트 병을 그에게 줬고 그는 너한테 보드킨의 주소랑 보드킨이 좋아하는 달걀 요리를 알려줬겠지?"

갈리나는 추측을 늘어놓는 비브에게 장난스럽게 혀를 내밀었다.

"하하, 비브 너 정말 웃기다. 아무튼 나는 이게 뭔지 정확하게 알고 있어. 그리고……"

그녀는 테이블 위에 있던 병을 다시 들고 흔들었다.

"이게 어디서 온 건지도 알아."

"페인트잖아. 우리 다 그렇게 알고 있고."

"음, 맞아. 그런데 어떤 종류의 페인트인지가 중요해. 이건 금속 조각이 들어간 유성 페인트야. 세밀한 작업이 필요할 때 사용하는 거지. 아주 작은 붓 같은 걸로 말이야. 게다가 이건 특정한 종류의 나무에 사용하기에 적합해. 네가 그때 말한 것처럼 누구도 이걸로 헛간을 칠하지는 않는다고."

"휴, 그렇다면 보드킨이 미술가라는 소리야? 좋아, 어쩌면 이게 도움이 될 수도 있겠다. 아지무스에 이런 페인트를 파는 곳이 몇 군데나 있을까?"

"그게 가장 중요한 점이지."

갈리나의 미소가 더 환해졌다.

"딱 한 곳이거든."

가게 내부는 질서정연한 바깥 거리와는 완전히 대조적이었다. 아마인유와 테레빈유 냄새가 모든 감각을 자극할 만큼 강하게 풍겼다. 뒤쪽 벽에는 칸막이 선반이 빽빽하게 들어서 있었고 선반에는 다양한 색깔로 채워진 유리병이 가득했다. 들보에서 들보 사이를 연결한 철사에는 캔버스들이 걸려있었다. 마치 빨랫줄에 빨래가 걸린 것 같았다. 구석에 놓인 여러 개의 이젤은 서로 어수선하게 엉켜서 뼈가 쌓여있는 것처럼 보였다. 높이가 들쭉날쭉한 테이블들 위에는 다양한 크기의 붓이 담긴 상자들이 무질서하게 놓여있었다.

비브는 걸린 캔버스를 손등으로 올려야만 그곳을 지나갈 수 있었다.

카운터 뒤에는 새처럼 생긴 노움이 짐승의 뻣뻣한 털을 실로 엮고 있었다. 노움은 털을 엮어 붓을 만든 다음 조그만 가위로 붓끝을 다듬었다. 그녀는 작업에 온전히 집중한 듯 혀를 이 사이로 내밀고 있었다.

그녀는 붓의 끝부분에 연결된 실을 조심스럽게 제거했다. 그러고는 꼼꼼하게 결과물을 관찰했다. 마지막으로 불필요한 가닥을 세심하게 잘라낸 다음에야 비브와 갈리나를 올려다보았다.

"도움이 필요하신가요?"

그녀의 목소리는 섬세한 그녀의 손가락만큼 가늘었다.

"네, 맞아요!"

갈리나는 카운터에 페인트 병을 올렸다. 병에 든 파란색 페인트는 낮게 매달린 등불이 내뿜는 빛을 받아 반짝였다.

"제 친구가 이 재료가 좀 부족하다고 리필을 원해서요."

카운터 뒤의 여성은 찌푸린 얼굴로 비브를 보았다. 경계하는 눈치였다. 밖에서 기다리는 편이 낫지 않았을까, 비브는 생각했다.

다행히 가게 주인은 병으로 주의를 돌렸다. 주인은 병을 들어 가까이 들여다보았다. 그녀의 혀가 다시 이 사이로 나왔다.

"음, 금속 조각. 코발트 47."

"맞는 것 같아요."

갈리나가 밝은 목소리로 맞장구를 쳤다.

"꽤 중요한 프로젝트에 쓰일 것 같아서요. 분명 더 필요할 거예요."

"레이튼은 나한테 시간을 줘야 해요. 이걸 구하려면 시간이 필요해요. 늘 가지고 있는 물건이 아니거든요."

레이튼이라는 이름이 얼굴을 찌푸린 노움의 입을 벗어나자마자 비브와 갈리나는 재빨리 시선을 교환했다. 이 특정 혼합물을 구매하는 고객이 단 한 명이라는 사실에 비브는 쾌감을 느꼈다.

갈리나는 억지로 웃으며 말했다.

"엘프들이 어떤지 잘 아시잖아요. 늘 느긋하고 여유롭죠. 그들은 다른 사람들도 그럴 거라고, 생각해요. 특히 엘프들이 뭔가에 집중할 때는 다른 사람의 일정 따위는 안중에도 없어요."

"음, 네. 그 시계는 너무……."

가게 주인이 눈을 끔벅였다.

"엘프들이라고 하셨나요?"

"아, 음, 엘프 같은 사람들이라고 말하려던 거였어요."

갈리나는 재빠르게 기지를 발휘해 위기를 넘겼다.

"음, 어쨌든 사장님이 이거랑 같은 혼합물을 배합하기 좋게 병을 여기 두고 갈까요? 돈은 지금 드릴까요?"

갈리나는 주머니를 뒤졌다. 실수를 만회할 때 돈보다 효과적인 건 없었다.

"아니에요. 괜찮습니다."

주인은 다시 스툴에 앉았다. 그녀의 찡그렸던 얼굴도 어느새 펴졌다.

"오후 내내 작업해야 할 것 같네요. 내일 아침에 다시 오세요."

은화 몇 닢을 카운터에 슬쩍 올리면서 갈리나가 말했다.

"내일 아침에 확실히 올 거예요. 그냥 알아두시라고요."

은화를 본 주인의 눈이 휘둥그레졌다. 비브는 갈리나가 너무 많은 돈을 주는 것 같다고 생각했지만, 또 다른 질문이 튀어나오기 전에 서둘러 가게를 나왔다.

"그렇다면 보드킨이 레이튼이라는 이름으로 돌아다니고 있거나 레이튼의 가방을 훔쳤다는 거네. 막다른 길이나 마찬가지야. 그래도 이 말은 해야겠어. 보드킨에 대한 내 첫인상 말인데, 그녀는 예술가와는 거리가 멀어 보여."

가게를 나온 둘은 정오의 볕을 가려주는 긴 차양을 따라 수백 걸음 이상 걸었다. 다행히 차양은 비브의 키보다 높게 설치되어 있었다. 갈리나는 불쾌하다는 표정을 지었다.

"그래도 페누스 말이 맞는 건 싫어."

비브는 어깨를 으쓱했다. 그러자 위쪽 팔뚝에서 찌르는 듯한 통증이 느껴졌다.

"그래도 이게 우리가 가진 가장 결정적인 단서야. 취미 활동으로만 봐서는 딱히 이상한 게 없어. 시계를 만든다거나 아니면 시계를 색칠한다? 여유 시간에는 뭐든 할 수 있고 누군가가 뭘 하는지는 아무도 모르는 일이니까."

"어, 어."

갈리나는 그늘진 벽에 기대어 예리한 눈빛으로 비브를 바라보았다.

비브는 갈리나의 날카로운 시선을 못 본 체했다.

"어쨌든 우리는 이름을 알아냈어. 이 도시에 노움이 아닌 시계 장인은 얼마나 될까?"

"스파이어에 가보는 게 좋겠다."

갈리나는 사악한 미소를 지었다.

"무슨 일이 있어도 페누스보다 먼저 그 여자를 찾아낼 거야."

"기다렸다가 다 같이 가는 게 나을 것 같지 않아?"

비브는 상처에 감긴 붕대를 바라보며 혼잣말하듯 이야기했다.

"지난번에 보드킨이 우리를 따돌렸잖아. 지금은 몸을 사리고 있을 게 뻔해. 게다가 룬이 소외감을 느낄지도 몰라."

"지금 우리가 기다릴 수 없는 이유를 전부 나열해 줘?"

"이유가 한두 개가 아니라는 거야?"

비브는 그녀를 보면서 웃었다.

"이유는 내가 지어내면 되니까."

비브는 페누스를 떠올렸다.

"아니야. 그럴 필요 없겠다."

―――◆―――

아지무스 지역과 스파이어로 불리는 구역 사이의 경계선을 넘는 건 초현실적으로 느껴졌다. 스파이어 지역에 들어서자마자 건물의 규모가 갑자기 바뀌었다. 뒤를 돌아보자, 마법 세계에 들어선 것처럼 모든 게 비현실적으로 느껴졌다. 거리의 폭이 더 넓어진 건 아니었지만, 문틀이 높아진 걸 보자 비브는 뭉쳐있던 근육이 풀리는 듯한 해방감을 느꼈다.

세 개의 원을 차지한 스파이어 구역은 아지무스의 전체에 비하면 그리 큰 면적은 아니었다. 하지만 거리가 곡선으로 이루어졌기 때문에 조금만 걷다 보면 상대적으로 작은 건물들은 시야에서 사라져 버렸다. 그래서 아예 다른 영토의 도시에 온 듯한 기분도 들었다. 노움의 비율이 높다는 점만 제외하면 말이다.

목표물에 가까이 다가갈수록 그들의 정체가 탄로 날 위험, 목표물이 도망갈 위험도 커졌다. 지금 상황에서는 행운의 여신이 자신들의 편임을 바라는 수밖에 없었다. 비브는 불필요한 주목을 받지 않으려고 노력했지만, 아지무스에 머무는 내내 그녀가 마주친 오크는 단, 네 명뿐이었다. 게다가 이곳의 거리는 아지무스보다 더 한산했기 때문에 닭 농장에 있는 돼지처럼 눈에 띌 수밖에 없었다.

레이튼이라는 이름과 예의를 갖춘 질문, 동전 몇 닢 덕분에 정확히 작업장 앞에 도달할 수 있었다. 갈리나와 비브는 놀라우리만치 깨끗한 골목에서 멈추었다. 바로 앞에는 철제 계단이 있었다.

"저기 좀 봐봐. 내 눈에는 저게 시계 장인의 간판으로 보여. 조금 외진 곳이기는 해도 여기가 맞는 것 같아."

비브가 말했다. 계단 위에 있는 좁은 현관의 난간 뒤로 빨간 문이 보였다. 문에는 얇은 금속 기어 세트와 시곗바늘 두 개가 예술적으로 설치되어 있었다.

상자를 나르는 드워프 둘이 그들을 지나쳐 모퉁이를 돌아 사라질 때까지 기다렸다. 두 사람만 남아 골목이 다시 조용해졌을 때 비브가 물었다.

"저 안에 사람이 있는지 확인해 보고 문을 열어볼까?"

"그 여자는 도둑이야. 문은 잠겨있을 거야."

갈리나가 대답했다.

"음, 내가 문을 '열어볼까'라고 했던 건……."

비브는 두 손으로 자물쇠를 따는 모양새를 해보였다.

갈리나는 헛웃음을 치며 말했다.

"여기서 기다려, 이 덩치야. 눈에 안 띄게 조심하고."

갈리나는 계단을 올라가 문 옆에 난 작은 창문을 통해 내부를 들여다보았다.

"아무도 없어."

갈리나는 아래쪽을 향해 말했다.

"어두운 걸 좋아하는 게 아니라면 말이야. 반대쪽 창문 덮개는 전부 닫혀있거든."

갈리나가 조그마한 렌치와 핀을 꺼내 잠긴 문을 열었다. 몇 분 후 도구를 다시 주머니에 넣으며 계단을 내려왔다. 비브는 깜짝 놀랐다.

"문제 있어?"

"아니, 잠긴 문은 열었어. 그런데 아무도 없어. 일단 한 명은 저 안을 수색해야 하고 다른 한 명은 밖에서 기다려야 해. 보드킨이 언제 돌아올지 모르니까. 그리고 이웃들을 돌아다니면서 좀 캐고 다닐 필요가 있어. 키나 외모로 결정하려는 건 아니지만, 그래도 사람들의 의심을 덜 사려면……."

"알아. 이해했어. 조심해. 알겠지? 그리고 들어올 때는 창문을 두 번 두드려. 내가 다른 사람이랑 착각해서 너한테 주먹을 날릴 수도 있으니까."

갈리나는 웃으면서 단검을 공중에 던졌다. 단검의 날은 비브의 엄지와 검지 사이로 착지했다.

"그 말 못 들은 걸로 하고 들어가서 네가 얼마나 빠른지, 한 번 시험해 보고 싶기도 한데."

그들은 서로에게 고개를 끄덕였다. 비브는 계단을 올라가 조용히 문을 열고 들어간 다음 문을 잠갔다.

작업실 내부는 어두웠다. 비브의 발소리만이 공간을 가득 메웠다. 유리 케이스 안에 있는 등불은 희미한 빛을 뿜어냈다. 눈이 서서히 어둠에 적응하자, 내부 가구들이 윤곽을 드러내기 시작했다.

비브는 놀란 마음으로 천천히 숨을 내쉬었다. 방은 서너 개 정도였는데 지금 서있는 이 중간 방은 완전히 비어있었다. 아니, 처음에는 비어있는 것 같았다. 하지만 그렇지 않았다. 구석에 커다란 물건들이 놓여있었다.

비브는 문 옆에 난 조그만 창을 돌아본 다음 위험을 감수하기로 했다. 주변 상황을 명확하게 파악하는 게 우선이었다. 먼저 등불 아래쪽에 달린 조절 장치를 돌렸다. 딸칵 소리가 났다. 이어서 팝콘이 터지는 듯한 소리가 나더니 작고 파란 불꽃이 올라왔다. 비브는 가능한 한 불빛의 세기를 낮추면서도 주위가 잘 보일 수 있도록 장치를 조절했다.

방이 나뉘는 곳은 아치형 구조물로 구분되어 있었다. 흐릿하게 보이는 아치 너머에는 덮개가 내려진 창문이 있었다. 그 구역에는 기다란 작업용 테이블도 있었는데, 테이블에는 몇 안 되는 도구들이 깔끔하게 정리되어 있었고 반 정도 조립된 화려한 시계가 톱니바퀴, 기어, 회전축과 함께 가지런히 놓여있었다. 시계 표면은 정교하게 조각된 나무로 만들어졌고 풍경화가 반 정도 그려져 있었다. 가느다란 붓과 페인트 병도 한쪽에 준비되어 있었다. 테이블 아래로는 튼튼해 보이는 스툴이 있었다.

방 구석구석에 배달용 상자가 쌓여있었고 한쪽에는 돌돌 말린 러그가 세워져 있었다.

비브는 몸을 숙여 조용히 아치를 통과해 작은 부엌으로

들어갔다. 싱크대 근처에 접시 몇 개가 쌓여있었고 공간에 비해 작아 보이는 식탁과 의자 두 개가 덩그러니 놓여있을 뿐이었다.

다른 아치 너머로는 침대와 옷장이 있는 방이 보였다. 방 안에는 아래층으로 향하는 계단이 있었다. 그 계단을 내려가면 정문이 나오는 것 같았다. 비브는 이 작업실의 정문이 어째서 골목에 있는 건지 의문이 들었다.

비브는 양손을 허리에 얹고 혼란스러운 마음으로 주위를 둘러보았다.

"빌어먹을, 대체 이게 뭐야? 여기가 일급 도둑의 은신처라고?"

비브는 중얼거렸다.

께름칙한 의심이 눈덩이처럼 불어나기 시작했다. 그녀와 갈리나가 한 일이 얼마나 멍청한 짓이었는지를 몸소 증명하는 꼴이 되어버릴 것 같았지만 이미 발을 들인 후였다.

비브는 출입구가 두 개라는 사실이 영 마음에 들지 않았다. 어쩌면 위험할 수도 있었다. 비브는 밖에서 문을 열지 못하게 의자 하나를 가져가 아래층 계단과 문 사이에 받쳐 놓았다.

비브는 작업실로 다시 올라갔다. 설계도 같은 건 어디에도 보이지 않았다. 작업대에서 나무로 된 끌을 집어 상자 뚜껑을 차례로 열었다. 안에는 시계 부품으로 가득한 나무

쟁반, 완성된 시계들이 충격 흡수용 톱밥 위에 올라가 있었다.

비브는 고개를 저었다. 이곳에서의 작업은 분명 취미 이상으로 보였다. 명성이 자자한 도둑이 이렇게까지 정교하고 숙련된 시계공이었다니, 놀라운 일이었다. 보드킨의 손 기술이 보통이 아닐 거라는 사실은 예상했지만.

나머지 상자에는 접힌 옷가지와 망토, 식기류와 잡동사니가 들어있었다.

"이 도시를 뜰 생각인가 보군."

비브가 중얼거렸다.

하지만 의문이 생겼다. 만약 여기가 보드킨의 은신처가 확실하다면, 이런 귀중한 물건을 창문에서 들여다보이는 곳에 놔두지는 않았을 것이다.

비브는 빠르게 작업대를 살펴보며 숨을만한 공간이 있는지 보았다. 부엌도 샅샅이 뒤졌다. 그녀는 캐비닛 벽을 두드려 보기도 하고 가구 내부를 확인해 보기도 했다. 나무 바닥을 발로 디뎌보고 소리를 들으며 혹시 모를 틈이 있는지도 확인했다. 침대 매트리스를 번쩍 들어보고 옷장 안도 들여다보았다. 마침내 비브는 조그만 화장대로 다가갔다. 화장대가 비어있는 것을 확인한 다음 화장대 아래쪽 바닥을 두드렸다. 비어있는 공간에서 나는 경쾌한 소리에 미소가 지어졌다.

가짜 바닥을 치우자, 접힌 양피지 한 묶음이 비브를 기다리고 있었다.

비브는 일어나서 양피지를 펼쳤다. 그러고는 거리 쪽에 난 창문으로 들어오는 가느다란 빛에 의지해 내용을 들여다보았다. 페이지에는 정교하게 그려진 선들이 가득했고 선에는 각각 치수와 주석이 달려있었다. 도서관에서 봤던 암호나 다름없는 파이프 모양도 빽빽이 그려져 있었다.

"여기 있었네."

비브는 양피지에 그려진 몇 가지 아이디어가 그토록 커다란 가치를 가진다는 사실에 감탄했다. 그녀는 뒤에 있는 방을 돌아보았다.

"페누스 말이 맞았다는 건 인정해야겠네. 반쪽짜리 조치에 만족할 이유는 없지."

그녀는 작업실로 돌아가 등불을 끄고 스툴을 구석으로 옮긴 다음 기다렸다.

비브는 크게 감명받았다. 바깥 계단에서는 그 어떤 소리도 들리지 않았기 때문이다.

그녀가 앉은 자리에서는 창문이 보이지 않았지만, 바닥을 가로지르던 햇빛의 밝기에 미묘한 변화가 느껴졌다. 그녀는 즉시 경계 태세를 갖추었다.

겨우 들릴만한 딸각 소리가 나더니 천천히 문이 열렸다.

저녁 햇빛이 방 전체를 가로지르며 미끄러져 들어왔다. 어떤 형체도 보이지 않았다.

문은 닫히지 않았다.

비브는 언제든 사용할 수 있게 테이블 구석에 걸어둔 단검을 뽑고 싶어서 손이 근질거렸지만, 애써 충동을 억눌렀다.

어둠 속에서 보드킨이 걸어 나와 비브를 똑바로 응시하며 말했다.

"나머지는 어디 있지? 네 친구들 말이야."

비브는 낮고 부드러운 그 목소리를 단번에 알아차렸다.

"등불을 켜서 직접 내 모습을 보는 건 어때?"

"나는 어두워도 잘 보여."

"음, 나는 잘 안 보이거든. 네가 다음 단계를 실행하기 전에 보여줄 게 있어. 이걸 거꾸로 들어버리는 바보 같은 짓은 하고 싶지 않아. 그러니까 네가 좀 도와줘."

보드킨은 잠시 미동 없이 서있다가 한 발짝 뒤로 물러서서 등불을 켰다. 그러고는 옆으로 이동해 부드럽게 문을 닫았다.

갑자기 내부가 밝아진 탓에 비브는 눈을 가늘게 뜨고 혹시 모를 보드킨의 돌발 행동을 예의 주시했다. 하지만 보드킨은 아무것도 하지 않았다.

빛에 적응한 비브는 보드킨의 모습이 이전과 별반 다르

지 않다는 것을 알게 되었다. 솔직히 놀랐다. 비브는 보드킨이 다른 모습으로 변신했을 거라고 확신했었는데 의외였다.

우아한 엘프의 얼굴, 편안해 보이는 옷차림, 길게 땋아 내린 밝은색 머리……. 그리고 한 손에 부채꼴 모양으로 들려있는 날카로운 세 개의 단검.

비브는 설계도를 손가락 사이에 끼워서 들어 올렸다. 보드킨은, 다리를 꼬고 느긋한 모습으로 여전히 스툴에 앉아 있었다.

"그 단검 세 개로 나를 공격할 수도 있겠지. 하지만 이 말은 해야겠어. 나는 계속 이곳에 올 거야. 화가 아주 많이 난 상태로 말이야."

보드킨은 역겨운 소리를 내면서 목에 걸고 있던 행운의 부적 같은 걸 빼더니 바닥에 내팽개쳤다.

"이 쓰레기 같은 놈. 그 자식, 죽여버릴 거야."

"아, 네가 던진 게 뭔지 몰라도 그건 아마 효과가 없을 거야. 마법을 써서 너를 찾아낸 건 아니거든. 페인트 덕에 널 찾았지."

비브는 작업대 위에 올려둔 페인트 병과 설계도를 손짓하며 말했다.

"보아하니 운이 따라주지 않는 취미를 가졌네. 레이튼이 너 맞지?"

늘 냉정한 분노만 표출했던 보드킨이 처음으로 다른 감정을 드러냈다. 충격을 받은 그녀의 표정이 우스꽝스러울 정도였다. 잠깐이었지만 걱정의 빛도 스쳤다.

하지만 보드킨은 빠르게 원상태로 돌아왔다. 비브는 단검, 설계도, 자신 사이를 오가는 시선을 알아차렸다. 비브는 그녀의 시선이 어떤 의미인지, 이미 경험에서 알고 있었다.

"그나저나 이 장물들을 아직 팔아버리지 않았다는 게 놀라워. 도시를 떠나는 길에 팔아버려야 안전할 텐데 말이야."

비브는 가까이에 놓인 상자를 만지작거리며 말했다.

"너, 말이 많구나. 아직 아무도 피를 보지 않았어. 의뢰인이 나를 살려두기를 원하나 봐?"

보드킨이 말했다.

"그건 우리 팀의 판단에 맡기겠다고 하더군."

보드킨은 고개를 끄덕였다.

"자, 별다른 변수가 없다면 나는······."

하지만 보드킨은 이미 움직이고 있었다. 비브는 욕을 내뱉을 시간조차 없이 빠르게 설계도를 셔츠 안에 넣고 다른 손으로는 단검을 뽑았다. 날이 가죽 케이스를 스치는 소리가 났다.

단검은 방을 가로지르며 날아갔다. 검이 손에서 벗어나는 순간, 비브는 스툴에서 뛰어내려 몸을 굴렸다. 그녀는 빠르게 무릎을 바닥에 딛고 일어났다. 단검은 석고벽에 박히며 가루를 뿜어냈다.

보드킨의 근육이 옷 안에서 움직이더니 팽팽하게 불어났다. 그녀의 피부는 검푸른색으로 서서히 변했다. 마치 검푸른 잉크가 리넨 천에 스며드는 것 같았다. 밝은 머리칼과 홍채는 창백해졌다. 동공은 뒤틀리더니 일자 모양으로 바뀌었고 손가락은 기이하게 휘어지더니 핏기 없는 발톱 모양이 되었다.

'대플그림이라는 게 바로 저런 거구나.' 비브는 생각했다. '더 이상 말로는 안 되겠군.' 비브는 완전히 일어나서 보드킨이 다가오지 못하도록 검을 가로로 휘둘렀다.

"다치게 하고 싶지는 않지만, 상황이 상황인 만큼 어쩔 수가 없네. 보아하니 이제 너한테는 남은 단검도 없는 것 같은데."

비브는 보드킨의 턱에 칼끝을 겨누었다.

"엿 먹어."

작은 동요도 보이지 않는 보드킨의 말에 비브는 한숨을 쉬었다. 비브가 지금 부상으로 팔이 온전치 않고, 검이 없다고 해도 비브는 보드킨보다 30킬로그램은 더 나가는 거구였다. 육체적인 싸움이 이어진다면······.

그때, 보드킨이 놀라울 정도로 빠르게 비브의 검을 쳐냈다. 순식간에 검은 바닥으로 떨어졌다. 보드킨은 비브가 당황한 사이, 비브의 팔을 뒤로 감아 반대편으로 내동댕

이쳤다. 비브의 다리가 작업대에 닿으며 움직임이 멈췄다. 비브의 등허리는 작업대 모서리에 충돌하며 강한 통증이 느껴졌다. 부딪히며 작업대 위에 놓인 도구와 페인트들은 공중으로 날아갔고, 병은 박살이 났다. 비브는 잽싸게 일어났지만, 등허리에 가해진 충격으로 현기증과 구역질이 몰려왔다.

보드킨은 공격을 멈추지 않았다. 방을 가로지르며 달려온 그녀는 날카로운 손톱으로 비브를 공격하기 바빴다. 사라진 칼을 찾지 못해 방어만 하던 비브의 팔뚝에는 깊은 상처가 여러 군데 생겼다. 보드킨은 대화에 쓸 인내심이 바닥난 사람처럼 공격하는 데 집중했다.

비브의 마음은 차갑게 식었다. 얼음물 안에 잠겨버린 것 같았다. 얼음물 안에서 다른 생각은 사치였다. 오직 살아남을 방법만을 도모해야 했다.

비브는 가까스로 보드킨의 손목을 붙잡아 끌어당겼다. 다른 팔로는 그녀의 허리를 감아올렸다. 보드킨의 발이 공중에 떴다. 둘의 호흡이 가빠졌다.

보드킨은 어색한 자세로 비브의 등을 계속 공격했다. 강한 공격에 비브의 셔츠가 찢어졌다. 비브는 그대로 벽 쪽으로 돌진하면서 들고 있던 보드킨을 벽에 처박았다. 그 충격으로 석고벽이 부서졌고 먼지, 나무 조각, 회색 파편들이 우박처럼 쏟아져 내렸다. 두 사람은 앞으로 더 나아가다가 부엌 바닥에 쓰러졌다.

비브의 체중이 보드킨 위에 실려 보드킨은 숨을 쉬지 못했다. 어떻게든 공기를 들이마시려 했지만, 그녀의 폐 안으로 들어가는 건 석고 먼지뿐이었다. 그녀는 짧고 거친 기침을 계속 내뱉었다. 눈에서는 눈물이 흘러내렸고 먼지를 뒤집어쓴 검푸른 피부는 회색이 되어버렸다.

비브는 코로 숨을 쉬면서 한쪽 팔꿈치로 몸을 지탱했다. 몸을 일으킨 그녀는 보드킨의 양쪽 손목을 붙잡고 입안 가득한 흙을 뱉어냈다. 그리고 쉰 목소리로 말했다.

"오크의 두개골이 얼마나 단단한지 보여줘야 하는 상황은 만들지 마. 알아들었어? 벌써 진절머리가 나니까."

보드킨은 공기를 몇 차례 들이마시며 눈을 깜박였다. 비브는 아래 깔린 보드킨의 근육이 여전히 긴장한 상태임을 알아챘다. 빌어먹을, 아직 끝이 아니군. 비브는 지친 상태로 생각했다.

보드킨은 진주 같은 날카로운 이빨을 드러냈다.

"그건 효과가……."

비브는 말을 멈추고 귀를 기울였다.

보드킨도 그 소리를 들었는지, 그녀의 시선이 옆으로 이동했다.

앞쪽 계단에서 쿵 소리가 났다. 누군가 문을 열려고 하자, 문에 기대어져 있던 의자가 계단에 부딪혔다.

"발레야?"

살짝 열린 문을 통해 남자의 목소리가 희미하게 들렸다. 비브는 목표물을 내려다보며 고개를 젖혔다.

'*발레야? 도대체 이 여자는 가짜 이름이 몇 개나 되는 거야?*'

그때 보드킨의 얼굴에 두려움과 공포가 스쳤다. 잘못 본 게 아니었다. 그녀는 드러난 감정을 어떻게든 숨기려고 하면서 자신을 제압하고 있는 비브에게 다시 분노했다.

"발레야. 자기! 위에 있는 거야? 지금 짐이 많아. 이것 좀 같이 들어줘!"

의자가 다시 문에 부딪히더니 투덜대는 소리가 들렸다.

"자기야?"

비브가 속삭였다. 그 순간 모든 게 맞아떨어졌다.

"이봐."

비브는 낮은 목소리로 다급하게 물었다.

"저게 레이튼이지, 맞지?"

일층에서 자신을 부르는 소리에 발레야는 비브 아래서 어떻게든 벗어나려고 몸을 비틀었다. 그녀의 입술은 고통으로 뒤틀렸다. 이번만큼은 비브도 발레야의 눈가에 맺힌 눈물이 먼지 때문이라고 생각하지 않았다.

발레야는 싸울 의지를 상실해 버린 것 같았다. 비브를 바라보며 마지막으로 이를 드러냈다. 그러고는 고개를 끄덕였다.

비브는 공중을 떠다니는 먼지 사이로 덮개 덮인 창문을 바라보며 몇 초간 침묵했다. 덮개 틈으로 빛이 들어왔다. 발레야가 숨을 쉴 때마다 비브에게도 그녀의 호흡이 느껴졌다. 그들은 더 이상 싸우지 않았다.

비브는 그녀를 내려다보았다. 발레야는 비브의 얼굴을 훑어보면서 숨은 의도를 알아내려고 했다.

그리고 발레야가 속삭였다.

"제발, 풀어줘."

"너한테 남은 기회는 단 한 번뿐이야."

비브는 낮은 목소리로 말했다.

"네 손목을 풀어줄 거야. 하나씩. 허튼수작 부리지 마."

비브는 천천히 왼쪽 손목을 풀고 그다음 오른쪽을 풀었다. 그러고는 무릎으로 그녀의 다리를 누르며 앞을 가로막았다.

둘은 서로를 응시했다. 일순간 정적이 흘렀다.

"빌어먹을."

계단 아래서 중얼거리는 소리가 들렸다. 뒤이어 문을 세게 치는 소리가 나더니 거리 쪽으로 뭔가 떨어져 구르는 소리가 이어졌다.

"빌어먹을!"

다시 같은 소리가 났다. 금속이 또르르 굴러가는 소리,

유리가 깨지는 소리가 나더니 더 심한 욕설이 들렸다. 레이튼이 들고 있던 짐에 문제가 생긴 듯했다.

다른 때 같았으면 비브는 동정심을 느꼈을지도 모른다. 하지만 지금은 안도감을 느꼈다. 그의 불행 덕분에 시간을 벌었으니까.

비브는 발레야의 다리를 누르던 무릎을 떼고 일어났다. 그녀는 뒤로 빠르게 물러나다가 테이블 다리에 부딪혔다. 그녀는 눈을 감고 코로 천천히 숨을 들이마셨다. 어느새 검푸른 피부는 창백한 원래 피부로 돌아와 있었다. 발레야의 손목 주위에는 심한 멍이 들어있었다. 금발 머리칼도 돌아왔다. 다시 눈을 떴을 때 그녀의 눈동자는 옅은 갈색이었고 충혈된 상태였으나 동공은 다시 원 상태였다.

그녀는 코로 숨을 몰아쉬면서 비브의 다음 행동을 예의주시했다. 비브는 한숨을 뱉으며 먼지와 파편 속에 주저앉았다.

"저 사람이 시계 장인이야?"

"어."

"너희 둘의 관계도……?"

"어."

잠시 정적이 이어졌다.

"그도 알고 있어?"

비브가 지친 목소리로 물었다.

침묵이 대답을 대신했다.

발레야가 무슨 말을 하려는 모습으로 눈을 감고 앉아있었다. 레이튼이 곧 계단을 올라올 것 같았다. 비브는 더 이상 생각할 시간이 없다고 직감했다. 비브가 말을 꺼내려고 입을 열었지만, 발레야가 한발 앞섰다.

"마지막으로 크게 한 건."

발레야가 자조적인 웃음을 보이며 조용히 말했다.

"농담이야. 매번 일을 할 때마다 그게 마지막이라고 생각했으니까."

발레야는 실소를 터뜨렸다.

"이번에는 처음으로, 그 다짐이 진심이었어. 여기서 벗어나고 싶은 이유를 레이튼이 제공했으니까. 그리고 거의 성공할 뻔했지."

비브는 손을 내려다보았다. 먼지로 잔뜩 뒤덮인 손은 회색이었다. 비브는 잠들지 못하던 밤들, 중간중간 짬을 내서 하던 조사, 그것들을 적은 노트, 그리고 아직 어떻게 채워나가야 할지 모르는 빈 페이지를 떠올렸다.

몇 초 후, 비브는 고개를 끄덕이고 일어섰다. 작은 불꽃이 바람에 커지는 것처럼 등에 난 상처의 고통이 갑자기 커졌다. 비브는 짧게 신음하며 설계도를 넣어둔 가슴팍을 두드렸다.

"이걸 너한테 줄 수는 없어. 그리고 저것도 내가 어떻게 할 수 없어."

비브는 망가진 벽과 그 너머를 가리켰다.

"그래도 네가 여기서 빠져나갈 길을 찾도록 내버려둘 수는 있어. 알아들었어?"

발레야는 고통으로 얼굴을 찌푸리며 간신히 자리에서 일어났다. 그녀는 앓는 소리를 내면서 고개를 끄덕였다.

"좋아. 행운을 빈다고 말해주고 싶지만, 지금은 딱히 그럴 기분이 아니라서."

비브는 앞 계단 쪽으로 돌아섰다. 아무래도 레이튼은 이쪽 문이 열리지 않아 포기한 후 뒤쪽으로 돌아간 것 같았다.

그때 발레야가 양 주먹을 모아 있는 힘껏 비브의 팔에 난 상처를 가격했다. 비브는 비명을 삼키고 옆으로 넘어지면서 계단 난간을 잡으려 했지만 실패한 채 바닥에 고꾸라졌다.

"나는 처음부터 다시 시작하는 건 안 해."

발레야가 비브 위에 서서 숨을 몰아쉬면서 말했다. 그녀는 칼을 거꾸로 들고 있었다. 피부는 여전히 창백했지만, 동공은 다시 검은색으로 가늘어졌고 살갗은 끓기 직전의 물처럼 떨렸다.

"그렇다면 이걸로 끝이겠네."

높고 날카로운 목소리가 끼어들었다.

갈리나가 부엌으로 들어서자, 둥둥 떠다니던 먼지가 마

치 안개처럼 그녀 주위를 감쌌다.

"거기에서 얼마나 있었던 거야?"

바닥에 있던 비브가 쉰 목소리로 물었다.

"음, 한동안은 보기 좋았지. 그 순간을 망치고 싶지 않을 정도로."

발레야를 응시하는 갈리나의 시선은 날카로웠다. 갈리나는 양손에 단검을 각각 두 개씩 가지고 있었다.

"그런데 이제는 기꺼이 망칠 준비가 됐어."

비브는 끙 소리를 내며 간신히 난간을 붙잡고 일어섰다.

"타이밍이 아쉽네."

"너는 칼을 쥔 사람 앞에서 등을 돌렸잖아. 지금 농담할 상황이 아니야."

"저 여자가 아직 칼을 가지고 있는 줄은 몰랐지."

"그뿐이야? 너는 쟤를 놓아주려고 했잖아."

비브는 갈리나를 바라보았다. 비브는 입을 열기도 어려울 만큼 지쳐있었다.

"그건 지금도 그래."

발레야의 모든 긴장이 순식간에 풀리는 듯했다. 그녀는 쥐고 있던 칼을 떨어뜨리고 온몸의 힘이 빠진 모습으로 바닥에 주저앉았다.

"제기랄, 비브. 그건 안 돼."

갈리나의 분노가 극에 달했다.

"갈리나, 저 여자의 남편, 애인, 그게 뭐든…… 이제 곧 저 문으로 들어올 거야."

"그딴 건 상관없어."

갈리나가 이를 갈면서 대답했다.

"갈리나, 그냥 내가 원하는 대로 해줘."

"저 여자를 위해서?"

비브는 갈리나의 눈을 바라보았다.

"저 여자를 위해서가 아니라 나를 위해서."

뒤쪽에서 계단을 오르는 소리가 났다.

갈리나는 성을 내며 바닥에 떨어진 발레야의 칼을 집으면서 발레야 쪽으로는 시선조차 주지 않았다.

"그러면?"

갈리나는 칼로 계단 아래쪽을 가리켰다.

그들은 재빨리 계단을 내려갔다. 비브는 의자를 들어 계단 위로 던졌다.

비브와 갈리나는 거리로 나왔다.

절뚝거리며 호스텔로 돌아가는 길은 팽팽한 긴장감이 녹아든 침묵과 함께했다. 비브는 짧게 머물렀던 아지무스의 거리에서 얼마나 많은 피를 흘렸는지 헤아려 보았다.

더 이상 호스텔 주인에게 상처를 숨길 방법이 없었다. 비브는 주인의 못마땅한 시선을 고스란히 받으면서 위층으로 올라왔다. 이제 내일이면, 아니 어쩌면 그보다 빠르게 새로운 숙소를 구해야 할 터였다.

동료들과 같이 지내는 방에 들어간 비브는 설계도를 꺼내 자신의 가방 안에 넣었다. 찢어진 셔츠를 벗고 고개를 숙인 채 말없이 앉아있었다. 갈리나는 화가 난 듯 툴툴거리며 거칠게 비상 의료용품을 꺼냈다.

그래도 비브의 상처를 소독하고 붕대로 감쌀 때는 조심스럽게 움직였다. 깨끗한 셔츠로 갈아입은 비브는 등의 상처가 벌어지고 오므라들기를 반복할 때마다 앓는 소리를 냈다. 테이블 모서리에 부딪혀서 생긴 멍은 심장 박동에 맞추어 욱신거렸다.

"꼴좋네. 당해도 싸."

발레야의 집을 떠나온 후 갈리나가 처음으로 입을 열었다.

"고마워."

비브는 조용히 말하며 테이블 위의 세숫대야에서 젖은 수건을 짰다. 그러고는 얼굴에 묻은 먼지를 닦아냈다.

둘은 한동안 서로를 마주 보았다. 갈리나는 아랫입술을 세게 깨물었다.

오래된 친구 사이가 으레 그렇듯 그들은 그렇게 긴장의 매듭을 풀었다.

"너는 어떨지 몰라도 나는 여기 앉아서 네가 피 흘리는 걸 보면서 다른 동료들을 기다리고 싶지는 않아."

비브는 말없이 고개만 끄덕였다.

갈리나는 비브를 조금 더 관찰하더니 앞으로 걸어가 문을 열었다.

"자, 나가서 바람 좀 쐬자."

밤의 서늘한 기운이 잔잔한 파도처럼 서서히 밀려왔다. 펑 소리가 나면서 거리의 등불이 동시에 켜졌다. 둘은 정처 없이 거리를 걸었다. 비브의 팔에는 붕대가 감겨있었고, 증류소에서 날법한 알콜 냄새가 났다. 비브는 절뚝거리는 자신의 바라보는 거리의 시선이 신경 쓰였다.

갈리나는 목청을 가다듬었다.

"내 생각에는 우리가 입을 맞추는 게 좋겠어. 그녀가 너를 기습한 후 도망쳤다고 말이야."

갈리나는 비브의 상처 난 팔을 가리켰다.

"이걸 보면 그럴듯하잖아. 안 그래?"

비브는 코웃음을 쳤다.

"그거야말로 페누스가 늘 생각하는 내 모습이잖아. 적한테 완전히 당해버렸는데 적은 도망까지 갔다? 페누스는 놀라지도 않을 거야. 자기 생각이 맞다고 좋아하겠지."

"그래도 그가 틀렸잖아."

갈리나가 조용하게 말했다.

"어…… 그렇지. 그런데 이번에는 그의 잘못된 판단이 쓸

모가 있었어."

"적어도 우리는 물건을 손에 넣었으니까."

갈리나가 웃으면서 말했다.

"그리고 우리가 먼저 그 여자를 찾았잖아."

비브도 살짝 웃었다.

"그렇지."

비브가 갑자기 멈추어 섰다. 비브 앞에서 걷고 있던 갈리나는 뒤늦게 알아채고 의아한 표정으로 뒤를 돌아보았다.

"저게 뭐야?"

비브가 물었다.

"뭐가?"

"저…… 냄새."

냄새의 출처를 찾는 데는 그리 오랜 시간이 걸리지 않았다. 바로 앞에 담쟁이덩굴 사이에 낀 조그만 가게가 있었다. 가게에서 나오는 노란 불빛은 바깥으로 아늑하게 퍼졌다. 가게 밖에는 아주 작은 테이블들이 두 개의 커다란 창에서 쏟아져나오는 불빛을 받으며 놓여있었다. 웅성거리는 대화 소리, 식기류가 가볍게 맞닿는 소리가 안에서 희미하게 새어 나왔다.

"아."

갈리나는 코를 킁킁거리며 말했다.

"이 냄새는 조금 생소할 수도 있는데 커피라고 불러. 요즘에는 이런 가게가 몇 군데 있어."

한 번도 맡아본 적 없는 냄새였다. 비브는 숨을 깊게 들이마셨다. 따뜻하고 풍부한 자연의 냄새가 났다. 오래된 나무, 구운 견과류, 그리고⋯⋯ 마음이 편안해지는 향.

"잠시만. 금방 올게."

비브가 중얼거렸다.

비브는 망설임 없이 가게 안으로 들어섰다. 절뚝거렸던 비브의 다리가 어느새 안정되었다. 잠과 휴식 사이에 있는 어딘가, 그 편안한 경계에 발을 들이는 기분이었다.

조그만 가게 중앙에는 기다란 대리석 카운터가 있었다. 내부는 흰색과 파란색이 조합된 정교한 타일로 장식되어 있었다. 뒷벽에는 대형 칠판이 걸려있었고 칠판에는 깔끔한 서체로 메뉴가 적혀있었다. 그중 절반은 비브가 처음 보는 단어들이었다.

반짝이는 기계 두 대가 카운터에 올라가 있었다. 기계음에 이어 파이프 사이로 물이 지나가는 소리가 나더니 김이 모락모락 나는 짙은 갈색을 띤 액체가 도자기 머그잔에 떨어졌다.

작은 테이블 주위에 둘러앉은 손님들은 저녁 수다에 빠져있었다. 그들은 뜨거운 음료를 홀짝이면서 작은 숟가락으로 내용물을 저었다.

비브가 카운터에 다가가자, 기계를 조작하던 노움이 그

녀와 시선을 맞추려고 목을 위로 뺐다.

"어떤 걸로 드릴까요?"

비브는 그 노움 위로 우뚝 솟아있었다. 이 아담한 곳에 있기에는 비브의 체구가 너무 컸다. 하지만 비브는 설명할 수 없는 묘한 편안함을 느끼며 물었다.

"커피 하나만 주실래요?"

"조금 특별한 맛을 원하시나요?"

그는 자신의 뒤에 있는 칠판을 가리켰다.

"가장 많이 팔리는 걸로 주세요."

비브는 창문 근처에서 기다렸다. 분주한 움직임을 지켜보면서 그녀는 미동 없이 서있었다. 자신이 움직임이 이곳의 일상을 깨뜨릴지도 모른다는 듯 가만히 있었다. 비브는 갈리나가 들어와 자신의 표정을 살피고 있다는 사실을 눈치 챘다. 갈리나는 비브의 얼굴에서 뭔가를 읽어냈을 것이고 묵묵히 있는 게 낫다고 판단했을 것이다.

카운터 뒤의 노움은 비브에게 작은 컵을 건넸다. 비브는 커다란 두 손으로 조심스럽게 컵을 받아들고 한 발짝 물러나 향을 깊이 들이마셨다. 비브의 몸을 받아줄 만한 의자는 없었지만, 개의치 않았다.

비브는 눈을 감고 조심스레 한 모금 마셨다.

심장을 도는 피처럼 커피의 따뜻한 열기가 비브를 가득 채웠다.

"아."

비브는 숨을 뱉었다.

비브는 마음의 눈으로 저 멀리, 흐릿한 지평선을 보았다.

풍경은 서서히 선명해졌다. 노트를 가져오지 않은 게 후회되었다. 빈 페이지에 채울 것이 생겼다.

팀블릿

팀블의 레시피

재료

밀가루	300g	으깬 카다멈	1/2 작은술
캐스터 설탕	150g	곱게 간 육두구	1 작은술
갈색 설탕	50g	슬라이스 아몬드	200g
달걀	2개	바닐라 추출물	2 작은술
식용유	3 큰술	물	3 큰술
베이킹파우더	1과 1/2 작은술		

방법

1 화덕을 180°C로 예열하고 쟁반에 유산지를 깔아준다.

2 커다란 볼에 밀가루, 캐스터 설탕, 갈색 설탕, 베이킹파우더를 넣고 섞는다.

3 으깬 카다멈, 육두구, 슬라이스 아몬드를 넣는다.

4 다른 볼에 식용유, 달걀, 바닐라 추출물과 물을 넣어 재료를 천천히 섞어 반죽한다.
5 반죽을 두 개의 커다란 롤로 나눈 후에 화덕에서 25~30분 정도 굽는다.
6 구워진 롤을 꺼내 10분 정도 식힌 후 적당한 크기로 자른다.
7 자른 롤을 유산지에 올리고 화덕에서 15~20분 정도 더 구운 다음 선반에 올려 식힌다.
8 맛있는 팀블릿을 먹는다!

팀블릿을 조금 색다르게 만들어 보고 싶다면?

- ◆ 팀블릿을 초콜릿에 담그기
- ◆ 팀블릿에 아몬드 대신 피스타치오 사용하기
- ◆ 바닐라 추출물 대신 장미수를 사용하기

비브의 카페를 아시나요

초판 1쇄 인쇄 2025년 8월 14일
초판 1쇄 발행 2025년 8월 22일

지은이 트래비스 볼드리
옮긴이 한지희
펴낸이 김문식 최민석
총괄 임승규
편집장 조연수
책임편집 한수림
편집 백승민 이혜미 김지은 김민혜
마케팅 조아라
디자인 배현정

펴낸곳 (주)해피북스투유
출판등록 2016년 12월 12일 제2016-000343호
주소 서울시 서대문구 신촌로 25-1 보고타워 4층
전화 02)336-1203
팩스 02)336-1209

© 트래비스 볼드리, 2025
ISBN 979-11-7096-520-6 03840

- 이 책은 (주)해피북스투유와 저작권자와의 계약에 따라 발행한 것이므로 무단전재와 무단복제를 금지하며, 이 책 내용의 전부 또는 일부를 이용하려면 반드시 저작권자와 (주)해피북스투유의 서면 동의를 받아야 합니다.
- 잘못된 책은 구입하신 곳에서 바꾸어드립니다.